BASTEI LÜBBE TASCHENBUCH

Über die Autorin:

Ella Zeiss wohnt mit ihrem Mann und ihren zwei kleinen Töchtern in der Nähe von Köln und ist eine absolute Leseratte. Sie liebt es, in schönen Geschichten zu versinken, Zeit mit ihrer Familie zu verbringen und schreibend am Laptop zu sitzen. Unter den Namen Ellen McCoy und Elvira Zeißler veröffentlicht sie mit großem Erfolg Liebesromane und romantische Fantasy.

Besuchen Sie auch die Homepage der Autorin
www.elvirazeissler.de und ihre Lesergruppe
www.facebook.com/groups/BuchweltenVollGefuehlUndMagie

ELLA ZEISS

Das Glück hat viele Seiten

Roman

BASTEI
LÜBBE
TASCHENBUCH

BASTEI LÜBBE TASCHENBUCH
Band 17847

MIX
Papier aus verantwortungsvollen Quellen
FSC® C083411
FSC
www.fsc.org

Dieser Titel ist auch als E-Book erschienen

Originalausgabe

Lektorat: Lena Schäfer
Umschlaggestaltung: Johannes Wiebel | punchdesign, München
Unter Verwendung von Motiven von © shutterstock.com: Del Boy;
Twin Design; AlexandrBognat; Susan Fox; Arcansel;
Matusciac Alexandru; Nomad_Soul; Dirk M. de Boer
Satz: hanseatenSatz-bremen, Bremen
Gesetzt aus der Minion Pro
Druck und Verarbeitung: CPI books GmbH, Leck – Germany
ISBN 978-3-404-17847-6

2 4 5 3 1

Sie finden uns im Internet unter
www.luebbe.de
Bitte beachten Sie auch: www.lesejury.de

KAPITEL 1

»Sicher, ist doch überhaupt kein Problem, Frau Konrads.« Die Stimme ihres Chefs troff vor Sarkasmus. »Nehmen Sie sich ruhig auch den Freitag frei. Oder am besten gleich die nächsten drei Monate.« Sein Tonfall wurde schneidend. »Muss ich Sie daran erinnern, dass Sie noch in der Probezeit sind? Und dass wir heute einen überaus wichtigen Termin haben?«

»Nein«, murmelte Hannah kleinlaut. Gleichzeitig regte sich ihr Stolz. Sie hatte Herrn Lorenz noch nie so herablassend und unterkühlt erlebt. Bisher war er ihr zwar fordernd, aber nicht gefühllos erschienen. »Meine Tante ist überraschend gestorben«, rief sie ihm den Grund für ihren Anruf in Erinnerung. Wenn sie jetzt klein beigab, würde er nie wieder Rücksicht auf sie und ihr Leben nehmen. »Ich muss mich um ein paar Dinge kümmern. Es wird nicht lange dauern. Morgen bin ich wieder da.« Sie ballte beschwörend die Fäuste. Was, wenn er nicht darauf einging? Wenn er sie einfach feuerte? Waren ihr der Notartermin und ein Besuch an Tante Marlies' Grab wirklich so viel wert?

Andererseits konnte sie den Notar nicht drei Monate warten lassen, bis ihre Probezeit vorbei war und sie einen freien Tag bekam. Was auch immer Tante Marlies ihr hinterlassen hatte, es hatte ihr offenbar viel bedeutet. Obwohl sie sich zehn Jahre nicht gesehen hatten, hatte sie gewollt, dass Hannah es bekam.

»Ist das Ihr letztes Wort, Frau Konrads?«

»Ja«, erwiderte sie tapfer. Wenn Herr Lorenz auf einen familiären Todesfall keine Rücksicht nahm, war er vielleicht doch nicht der optimale Arbeitgeber für sie.

»Wie Sie meinen. *Ein Mal* kann jedem was dazwischenkommen. Meyer wird Ihren Kunden übernehmen. Wir sehen uns am Montag.«

Entschlossen schluckte Hannah ihre Enttäuschung herunter. »Montag?«, wiederholte sie verwirrt. Sie wollte doch nur einen Tag wegbleiben.

»Ja. Heute und morgen wird sich alles um die neue Kampagne drehen. Und da Sie nicht dabei sind, wird Ihre Anwesenheit nicht benötigt. Nutzen Sie die Zeit, um ihre Angelegenheiten *abschließend* zu regeln. Ist das klar?«

»Glasklar«, murmelte Hannah.

»Auf Wiederhören, Frau Konrads. Und herzliches Beileid.«

»Danke.« Noch nie hatte sie jemanden diese Worte so beiläufig aussprechen hören. »Auf Wiedersehen, Herr Lorenz.«

Hannah legte auf und versuchte, sich ihren Optimismus zu bewahren. Aufgeschoben war nicht aufgehoben. Sie würde noch ihre Chance bekommen, sich zu beweisen.

Sie warf einen Blick auf die Uhr. Ihr Zug ging in vierzig Minuten. Hastig kramte sie eine kleine Reisetasche hervor und packte das Nötigste hinein. Sie hatte zwar nicht vor, über Nacht zu bleiben, wollte aber lieber auf Nummer sicher gehen. Herr Lorenz hatte recht: Sie sollte wirklich zusehen, dass sie alles erledigte, was es zu erledigen gab. Sie hatte keinesfalls vor, jemals wieder einen Fuß in dieses Kaff in der tiefsten Eifel zu setzen.

Der Zug fuhr bereits ein, als Hannah keuchend den Bahnsteig erreichte. Die letzten hundert Meter war sie gerannt. Zum Glück hatte sie sich auf der Türschwelle dazu entschlossen, ihre High Heels gegen ein Paar Ballerinas einzutauschen.

Obwohl Hannah sie eigentlich gar nicht so sehr mochte, trug

sie meist hohe Schuhe, seit man ihr in einem Persönlichkeitsseminar gesagt hatte, dass man sie mit ihren eins dreiundsechzig und der recht zierlichen Gestalt sonst zu leicht übersah. In den nächsten ein oder zwei Tagen musste sie allerdings niemandem etwas beweisen, niemanden beeindrucken oder für sich gewinnen. Sie konnte einfach nur Hannah sein. Die still und heimlich den Ort besuchte, an dem sie aufgewachsen war, und ebenso unbemerkt wieder verschwand. Ohne die Erinnerungen allzu sehr aufzuwirbeln.

Kaum hatte der Zug sich in Bewegung gesetzt, schloss Hannah die Augen. Die Nacht war kurz gewesen. Erst am Vorabend war sie von einem zehntägigen Seminar heimgekommen. Wie hatte sie sich darauf gefreut, die Pumps von den Füßen zu schleudern und sich ein Schaumbad zu gönnen!

Völlig außer Atem hatte sie den vierten Stock des Altbaus erreicht, in dem sie seit Kurzem wohnte. Vielleicht hätte sie doch einen Fahrstuhl auf ihre Wunschliste für die Wohnungssuche setzen sollen. Aber es war auch so schon schwer genug gewesen, in Köln eine bezahlbare Wohnung zu finden, die fast allen ihren Ansprüchen entsprach – nicht zu groß, hell und nur fünf Minuten von der Straßenbahn entfernt. Ihre erste eigene Wohnung.

Nicht dass sie nicht gerne mit Katja zusammengelebt hätte. Aber seit deren Freund Lars bei ihnen eingezogen war, war es eindeutig zu eng geworden. Außerdem war die WG nur für die Studienzeit gedacht gewesen. Dass dazu noch zwei weitere Jahre gekommen waren, lag vor allem daran, dass Hannah nach ihrem Abschluss lediglich befristete Projektverträge hatte ergattern können. Damit haute man keinen Vermieter vom Hocker.

Das war jetzt allerdings vorbei. Seit drei Monaten arbeitete sie für die renommierte Kölner PR-Agentur Lorenz & Partner. Sie hatte endlich ihren Traumjob gefunden.

Die letzten Wochen waren unglaublich gewesen. Anstrengend, aber auch aufregend. Sie hatte bei kleineren Projekten geholfen, Seminare besucht, erfahrenen Kollegen über die Schulter geschaut. Morgen hätte sie endlich den Lohn für ihre Mühe kassieren und ihren ersten eigenen Klienten bekommen sollen. Sie hatte alles schon deutlich vor sich gesehen: Wie ihre Kampagne Herrn Lorenz begeisterte und sie selbst nicht nur die Probezeit problemlos überstand, sondern auch einer glänzenden Zukunft als PR-Managerin entgegenschaute.

Doch dann hatte ein Schreiben alles zunichtegemacht. Ein förmlich aussehender Brief mit schwarzem Rand, der sie bei ihrer Ankunft, in einem dicken Stapel aus Werbung versteckt, erwartet hatte.

Hannah hatte sofort gewusst, dass etwas nicht stimmte. Ihre Hände hatten gezittert, als sie den Umschlag öffnete und ihr der Briefkopf ins Auge sprang: *Hans Bricken, Notar, Kempenich.*

Sie hatte gar nicht weiterlesen wollen, doch ihre Augen waren schneller als ihr Verstand.

Sehr geehrte Frau Konrads,
wir bedauern sehr, Ihnen mitteilen zu müssen, dass Frau Marlies Heppner verstorben ist. Die Beisetzung findet am 12. Juni um 13 Uhr auf dem Friedhof in Kempenich statt. Die Testamentseröffnung ist für den 15. Juni um 13 Uhr angesetzt. Sollten Sie diesen Termin aus wichtigen Gründen nicht wahrnehmen können, bitten wir um Ihre Rückmeldung.
Hochachtungsvoll,
Hans Bricken

Hannah hatte diese Zeilen angestarrt, bis sie vor ihren Augen zu verschwimmen begannen. Sie hatten sich unauslöschlich in ihr Gehirn eingebrannt.

Noch immer konnte sie es nicht fassen. Tante Marlies war tot. Ihre Beerdigung war vor drei Tagen gewesen. Sie selbst war nun auf dem Weg, um den Notartermin in Kempenich wahrzunehmen.

Sie schluckte, nahm ihre große schwarz umrandete Brille ab und wischte sich fahrig über das Gesicht.

Kempenich.

Wie lange war sie dort nicht mehr gewesen? Wie lange hatte sie nicht mehr an diesen Ort gedacht? Zehn Jahre mussten es inzwischen sein, denn so lange war ihre Mutter bereits tot.

Ohne dass sie es wollte, tauchten Bilder vor Hannahs Augen auf: Tante Marlies, die sie herumwirbelte oder ihr Märchen erzählte. Der altmodische Buchladen, in dem Hannah sich in einer Ecke verkroch, um in Ruhe zu lesen, während Mama und ihre Schwester die Kunden bedienten.

Seit dem Tod ihrer Mutter hatte Hannah den Laden nur noch ein einziges Mal betreten. Danach hatte sie die Tür zu all den schmerzhaften Erinnerungen schwungvoll zugeschlagen. Ihr Vater und sie waren weggezogen und nie wieder nach Kempenich zurückgekehrt.

Jetzt war auch Tante Marlies unwiederbringlich fort. Und Hannah hatte sich nicht einmal von ihr verabschiedet.

Sie atmete tief durch. Sie wollte die Gefühle, die ihr Herz ergriffen hatten, nicht zulassen, wollte die Trauer und das Bedauern nicht. Tante Marlies' Tod hatte keine Auswirkung auf ihr Leben, sie war schon lange kein Teil mehr davon gewesen. Und ganz sicher wollte Hannah nicht in dieses Kaff zurückkehren, in dem sie ihre Kindheit verbracht hatte.

Vielleicht sollte sie den Termin einfach absagen. An der nächsten Station aussteigen und sich schleunigst auf den Weg ins Büro machen, um zu retten, was von ihrer Karriere noch zu retten war. Sie könnte dem Notar mitteilen, dass sie den Termin nicht wahrnehmen würde – und auch keinen anderen –, und die ganze Sache endgültig vergessen.

Hannah zögerte, das Handy bereits in der Hand. Schließlich

schüttelte sie den Kopf. Das erschien ihr dann doch zu feige, der Erinnerung an Tante Marlies nicht würdig. Sie hatte schon die Beerdigung verpasst, auch wenn das kaum ihre Schuld war. Die Beisetzung war viel zu kurzfristig angesetzt. Auf dem Land tickten die Uhren wahrlich anders. Im Dorf verbreiteten sich Neuigkeiten stets in Windeseile. Zumindest war es früher so gewesen, und Hannah bezweifelte, dass sich in den letzten zehn Jahren viel daran geändert hatte.

Ihr Blick fiel auf die Handtasche, in der der Brief sicher verstaut war. Es waren schlichte, nüchterne Worte, die zwischen den Zeilen so viel mehr enthielten, als für Außenstehende ersichtlich war. All die unausgesprochenen Dinge drückten wie ein zentnerschweres Gewicht auf Hannahs Brust. Sie musste mit jemandem darüber sprechen, sonst würde sie platzen.

Sie schaute auf die Uhr. Ihr Vater musste bereits auf der Arbeit sein. Sie wollte ihn nicht stören, zumal er es eh nicht so mit Worten und Gefühlen hatte. Blieb also Katja. Die flexiblen Arbeitszeiten waren einer der Vorteile, die Katjas Tätigkeit als freie Journalistin mit sich brachte.

Ihre Freundin ging sofort ran. »Hey, Hannah.«

»Hi.« Sie merkte, wie leise und belegt ihre Stimme klang.

»Ist alles in Ordnung?«

»Ja.« Hannah strich sich eine dunkle Strähne aus den Augen. »Nein«, korrigierte sie sich. »Meine Tante ist gestorben.«

»Oh.« Eine kurze Stille folgte. »Das tut mir leid. Wie fühlst du dich?«

»Keine Ahnung.«

»Standet ihr euch nahe? Ich meine … Ich wusste gar nicht, dass du eine Tante hast.«

»Sie ist die Schwester meiner Mutter.«

»Oh.« Dieses Mal klang Katja deutlich betroffener. Sie wusste, dass Hannah ihre Mutter früh verloren hatte. »Kann ich irgendetwas für dich tun?«

Hannah atmete tief durch. »Ich komme schon klar. Ich habe sie seit Jahren nicht mehr gesehen. Ich weiß jetzt bloß nicht, was ich machen soll.«

»Inwiefern?« Hannah konnte beinahe hören, wie ihre Freundin die Stirn runzelte.

»Ich habe einen Brief vom Notar bekommen. Die Beerdigung habe ich verpasst. Aber ich bin zur Testamentseröffnung eingeladen.«

»Und, fährst du hin?«

»Ich bin auf dem Weg. Aber vielleicht sollte ich umkehren. Ich habe kein gutes Gefühl dabei. Herr Lorenz war alles andere als begeistert.« Sie verpasste gerade ihre Chance, bei ihrem Chef einen phänomenalen Eindruck zu hinterlassen.

»Glaubst du, du hast was Tolles geerbt?«, fragte Katja weiter.

Hannah stockte. Daran hatte sie noch gar nicht gedacht.

»Stell dir mal vor, du bekommst einen richtigen Batzen Geld! Du könntest deinen Studienkredit abzahlen und dir endlich ein Auto leisten«, schwärmte Katja. »Wieso habe ich keine reiche Erbtante?«

»Tante Marlies war ganz bestimmt nicht reich«, entgegnete Hannah. Der alte Buchladen und die kleine Wohnung darüber waren alles, was sie jemals besessen hatte. Und Hannah wollte beides nicht haben. Dieses Kapitel ihres Lebens lag lange hinter ihr.

»An deiner Stelle würde ich mir das auf jeden Fall anhören«, sagte Katja pragmatisch. »Wenn du magst, komme ich nach. Wann genau ist dieser Termin?« Im Gegensatz zu Hannah musste sie sich keine Gedanken darüber machen, wie ihr Chef reagierte, wenn sie für ein paar Stunden verschwand.

»Das ist lieb von dir, aber ich schaffe es alleine.«

Es ging um einen einzigen Vormittag. Zwei Stunden hin, zwei zurück und eine halbe Stunde dort. Das würde sie schon überstehen. Irgendwie.

KAPITEL 2

Zischend glitt die Bustür auf, und sofort stieg Hannah der Duft frisch gedüngter Felder in die Nase. Irgendwo krähte ein Hahn. Auf der Straße lagen platt gefahrene Pferdeäpfel. Sie war gerade mal eine Autostunde von Köln entfernt, und doch kam es ihr vor, als wäre sie am anderen Ende der Welt gelandet.

Mit der Reisetasche über der Schulter stieg sie aus. Der Bus, in dem sie sich die letzte Dreiviertelstunde hatte durchschütteln lassen, fuhr hinter ihrem Rücken davon. Sie legte den Kopf in den Nacken und schirmte die Augen gegen die Sonne ab. Der Himmel schien hier tatsächlich blauer zu sein, ohne den Smog, der wie eine Dunstwolke über der Großstadt hing.

Die Kirchturmglocke schlug drei Mal. Es war Viertel vor eins. Hannah rückte ihre Brille zurecht und straffte die Schultern. Dann setzte sie sich in Bewegung. Es war erstaunlich, wie wenig sich hier in den letzten zehn Jahren verändert hatte. Ihre Füße fanden wie von selbst den Weg zur angegebenen Adresse.

Sie passierte die kleine Bäckerei, in der sie früher so gerne Brötchen geholt hatte, und wandte hastig den Kopf ab, als sie durch die Glasscheibe hindurch dem Blick der Verkäuferin begegnete. Nicht zu fassen, dass Frau Andrecht noch immer hinter der Theke stand, sie war schon damals uralt gewesen. Im Gegensatz zu ihr hatte Hannah sich in den letzten Jahren stark verändert. Ihre Haare waren kürzer, die Brille größer, das Gesicht erwachsener geworden. Hatte Frau Andrecht sie etwa trotzdem erkannt?

Hannah wagte es nicht, sich noch einmal umzudrehen, sondern eilte stocksteif weiter. Das Letzte, was sie wollte, war, zum Tratschthema Nummer eins in Kempenich zu werden. Wieso hatte sie nicht daran gedacht, eine Sonnenbrille mitzunehmen? Doch sie hatte nicht damit gerechnet, dass irgendjemand sie erkennen würde, immerhin hatten ihr Vater und sie damals alle Brücken gründlich hinter sich abgerissen.

Die Augen starr auf den Boden gerichtet, erreichte sie schließlich das Büro des Notars und huschte erleichtert hinein.

»Frau Konrads?«, wurde sie von der Frau im Vorzimmer begrüßt. »Sie können gerne schon durchgehen. Herr Bricken wartet bereits auf Sie.«

»Danke.« Hannah lächelte unsicher und trat durch die holzvertäfelte Tür.

Ein Mann um die fünfzig in einem dunklen Nadelstreifenanzug schaute von den Unterlagen auf, die auf seinem Schreibtisch lagen.

»Frau Konrads, schön, dass Sie es einrichten konnten.« Er stand auf und reichte ihr die Hand. »Bitte, setzen Sie sich. Wir fangen direkt an.«

Verwirrt schaute Hannah sich um. »Wollen Sie nicht noch auf die anderen warten?«

»Welche anderen?« Er sah sie über den Rand seiner Brille hinweg fragend an.

»Ähm.« Hannah kam sich plötzlich ziemlich dämlich vor. Sie kannte solche Termine nur aus dem Fernsehen, und da gab es meist mehrere Erben, die gierig auf die Hinterlassenschaft des Verstorbenen lauerten.

»Sie sind Frau Heppners nächste Angehörige und die einzige Erbin.«

»Oh.« Nun fühlte sie sich richtig miserabel. Ihre Tante hatte außer ihr niemanden gehabt? Und Hannah hatte sie im Stich gelassen. Hatte nur an ihren eigenen Kummer gedacht und keinen zweiten Gedanken daran verschwendet, wie es für Tante Marlies gewesen sein musste, ihre einzige Schwester zu verlieren.

»Bevor wir beginnen, können Sie sich bitte ausweisen?«

»Sicher.« Hannah kramte ihren Ausweis hervor und reichte ihn dem Notar.

Herr Bricken studierte ihn aufmerksam und machte einen Vermerk in seiner Akte, bevor er ihn an sie zurückreichte. Dann öffnete er einen versiegelten Umschlag.

»Sie können sich den genauen Wortlaut gerne später in Ruhe durchlesen. Im Wesentlichen geht es darum, dass Ihre Tante Ihnen ihren kompletten Besitz hinterlassen hat.«

Hannah konnte den Notar nur wortlos anstarren.

»Die Vermögenswerte belaufen sich auf ein Sparbuch mit 5.321 Euro sowie das Gebäude mit dem Buchladen und der darüberliegenden Wohnung.«

»Das möchte ich nicht!«, sagte Hannah wie aus der Pistole geschossen. Das Geld konnte sie gut gebrauchen. Sie könnte sich davon ein kleines Auto leisten oder einen Urlaub. Aber mit dem Buchladen wollte sie nichts zu tun haben.

Dort hatte sie vom Tod ihrer Mutter erfahren. Dort hatte sie sich in den Tagen zuvor verkrochen, in Büchern vergraben, der harten Realität zu entfliehen versucht, anstatt am Bett ihrer Mutter zu sitzen. Tante Marlies hatte sie in diesem Verhalten bestärkt, hatte gemeint, dass es nicht gut für sie wäre, ihrer Mutter beim Sterben zuzusehen. Und dann war es zu spät gewesen. Mama war fort, und Hannah konnte nie wieder ihre Hand halten, nie wieder ihre Stimme hören. Sie hatte die letzten Stunden mit ihrer Mutter gegen Tinte und Papier eingetauscht, gegen flüchtige Geschichten, die im wirklichen Leben keinerlei Macht besaßen.

»Sie lehnen die Erbschaft also ab?« Der sachliche Ton des Notars brachte Hannah in die Gegenwart zurück.

»Nur den Buchladen, wenn das geht«, sagte sie zögernd.

Er schüttelte bedauernd den Kopf. »Sie können die Erbschaft nur ganz oder gar nicht annehmen.«

Hannah seufzte. Sie hätte nichts gegen ein kleines Finanzpolster einzuwenden gehabt. Aber so nötig hatte sie das auch wieder nicht.

»Dann eben gar nicht«, sagte sie leise. Ihr Leben spielte sich in Köln ab. Einen verstaubten Laden in Kempenich brauchte sie so dringend wie einen Klotz am Bein.

»Sind Sie ganz sicher?« Der Notar musterte sie forschend. »Immerhin hat das Gebäude einen gewissen Wert.«

»Wie meinen Sie das?«

Herr Bricken blätterte in seinen Unterlagen. »Da wäre zum einen das Grundstück, dann der Laden und der Buchbestand sowie die Wohnung im Obergeschoss. Einer groben Schätzung zufolge dürfte sich der aktuelle Marktwert auf rund 200.000 Euro belaufen.«

Hannah verschluckte sich und musste husten. »200.000 Euro?«, wiederholte sie krächzend. Noch nie hatte sie sich eine solche Summe auch nur vorgestellt.

»Ja. Wenn Sie das Haus verkaufen möchten.«

Sie räusperte sich. »Geht das denn?«

Der Notar lächelte nachsichtig. »Sie sind die Erbin, Frau Konrads. Sie können damit tun und lassen, was Ihnen beliebt.«

»Wirklich?«

»Natürlich. Möchten Sie Ihre Entscheidung noch einmal überdenken?«

»Ja.« Hannah nickte überwältigt. Das wollte sie in der Tat.

»Gut. Dann gehen wir schnell noch die übrigen Positionen durch, damit ich Ihnen einen Erbschein ausstellen kann. Ihre Tante hat verfügt, dass Sie von den persönlichen Dingen, die sich in der Wohnung befinden, alles behalten können, was Ihnen gefällt. Der Rest soll an eine gemeinnützige Organisation gespendet werden, die AWO zum Beispiel oder die Caritas.«

»Kein Problem.«

»Sehr schön. Dann muss ich Sie noch darauf hinweisen, dass Sie bei Ihrem zuständigen Finanzamt erbschaftssteuerpflichtig sind.«

»Auch das noch«, murmelte Hannah leise. Sie fühlte sich hin- und hergerissen und hoffnungslos überfordert. Die Trauer über Tante Marlies' Tod, die Freude über die unerwartete und mehr als großzügige Erbschaft und all die Verpflichtungen, die damit plötzlich auf sie einstürmten, brachten ihren Kopf zum Schwirren. Sie hatte noch nicht einmal ein Auto, und jetzt sollte sie sich um den Verkauf eines Buchladens kümmern? Wie fing man so etwas überhaupt an?

Herr Bricken schien ihre Gedanken zu erraten. »Keine Sorge, wenn Sie Hilfe brauchen, können Sie sich jederzeit an mich wenden. Zunächst sollten Sie das alles einfach sacken lassen.«

»Danke.« Hannah rang sich ein Lächeln ab. »Das werde ich tun.«

»Haben Sie noch Fragen?«

Eine ganze Menge. Sie wusste gar nicht, wo sie anfangen sollte. Also schüttelte sie stumm den Kopf. Der Notar hatte recht. Vielleicht würde sie das alles besser fassen, besser begreifen können, wenn sie eine Nacht darüber geschlafen hatte.

Herr Bricken schob ihr ein paar Formulare hin, die sie fast schon blind unterschrieb. Sie verstand eh nur die Hälfte von dem, was er ihr dazu erzählte. Schließlich reichte der Notar ihr eine in Leder gebundene Mappe, die alle erforderlichen Unterlagen enthielt.

»Alles Gute, Frau Konrads!«, sagte er zum Abschied und drückte kurz ihre Hand.

Ehe Hannah es sich versah, hatte er sie schon aus seinem Büro hinausbegleitet. Sie drückte die Ledermappe fest an die Brust, verabschiedete sich von der Vorzimmerdame und stieg die Treppe nach unten.

Sie hatte die Glastür des Bürogebäudes fast erreicht, als sich plötzlich eine Gestalt aus dem Schatten löste.

»Frau Konrads?«, erklang eine männliche Stimme hinter ihr.

Hannah zuckte erschrocken zusammen und sah sich um – direkt in ein Paar funkelnde grüne Augen, die sie aufmerksam musterten. Ein leichter Bartschatten umspielte ein markantes Gesicht mit ausgeprägten, fast eckigen Kieferknochen. Die dunklen Haare waren leicht nach oben gegelt, und ein charmantes Lächeln lag auf den vollen Lippen.

Hannah schluckte und riss ihren Blick von diesem Gesicht los, nur um die durchtrainierte Brust ihres Gegenübers anzustarren, denn die befand sich genau auf ihrer Augenhöhe. Unter dem eleganten grauen Hemd mit den hochgekrempelten Ärmeln konnte sie deutlich die Wölbung der Muskeln erkennen.

»Frau Konrads?«, wiederholte der Mann, und sie hörte einen Hauch von Belustigung in seinen Worten. »Es tut mir leid, ich wollte Sie nicht erschrecken.«

Hannah räusperte sich. Sie war doch kein albernes Schulmädchen mehr. »Schon gut.« Sie richtete sich zu ihrer vollen Größe auf – wieso noch mal hatte sie auf Absätze verzichtet? »Kennen wir uns?«, fügte sie verwundert hinzu, als ihr auffiel, dass der Mann nicht nur ihren Namen wusste, sondern offenbar auf sie gewartet hatte.

Er kam ihr überhaupt nicht bekannt vor und stammte definitiv nicht von hier. Auch wenn er ein paar Jahre älter zu sein schien, hätte sie sich mit Sicherheit an ihn erinnert, wenn er an ihrer Schule gewesen wäre. Und sie konnte sich auch nicht vorstellen, dass er später nach Kempenich gezogen war. Niemand zog freiwillig hierher, die meisten gingen eher fort.

»Nein, leider noch nicht.« Kleine Grübchen erschienen auf seinen Wangen, als sein Lächeln sich vertiefte. »Ben Fullert.«

»Angenehm.« Hannah zögerte kurz, bevor sie seine große,

warme Hand ergriff. »Meinen Namen kennen Sie wohl schon. Kann ich Ihnen irgendwie helfen?«

»Na, das hoffe ich doch.« Er grinste sie herausfordernd an. »Wie ich hörte, haben Sie den alten Buchladen an der Goldbachstraße geerbt.«

Wow, Neuigkeiten verbreiteten sich hier wirklich schnell!

»Ich würde ihn gern kaufen.«

»Was?« Verdattert starrte Hannah den Fremden an. Meinte er das ernst? Jetzt fehlte nur noch, dass der Himmel sich öffnete und Sternenstaub herabrieselte. Wenn das keine göttliche Fügung war, dann wusste sie es auch nicht.

»Das kommt für Sie bestimmt sehr plötzlich. Aber wenn Sie mir die Chance geben, erkläre ich es Ihnen sehr gerne. Bei einem Mittagessen vielleicht?«

»Okay«, willigte Hannah lachend ein. Sie konnte ihr Glück kaum fassen. Noch vor wenigen Minuten hatte sie keine Ahnung gehabt, wie sie das alles in nur drei Tagen regeln sollte. Denn sie machte sich nichts vor: Sollte sie am Montag nicht pünktlich um neun in der Agentur erscheinen, konnte sie die Festanstellung vergessen, von einer Karriere ganz zu schweigen.

»Sehr schön. Mein Wagen steht gleich da vorne.« Ben Fullert öffnete ihr mit vollendeter Höflichkeit die Tür.

Das blendend helle Tageslicht ließ Hannah blinzeln, als sie ins Freie trat. Das war jedoch nicht der einzige Grund, warum sie auf der Treppe innehielt. Mit einem wildfremden Mann in ein Restaurant zu gehen war eine Sache, zu ihm ins Auto zu steigen – eine völlig andere.

»Hannah!«, erklang von irgendwoher der Ruf einer Frau.

Irritiert wandte sie den Kopf. Sie hatte unerkannt bleiben wollen und war plötzlich zur meist gesuchten Person in ganz Kempenich geworden.

Eine leicht korpulente ältere Dame eilte auf sie zu. Das gab den Ausschlag. Hannah wollte niemanden treffen, niemanden sehen, den sie von früher kannte. Je schneller sie das Ganze hinter sich brachte, desto besser.

»Wo genau steht denn Ihr Wagen?«, fragte sie ihren Begleiter.

Er hob die dichten, geraden Augenbrauen, kommentierte die Situation jedoch nicht. »Hier entlang.« Die Geschwindigkeit, mit der er sich auf den Weg machte, ließ erahnen, dass auch ihm der Abgang nicht gerade ungelegen kam.

Sie bogen um eine Ecke. Die Frau rief erneut Hannahs Namen. Dieses Mal klang sie regelrecht entrüstet. Hannah reagierte nicht darauf. Sie würde nicht zulassen, dass sich die Klatschweiber erneut den Mund über sie zerrissen.

Ein silbergrauer Mercedes erwachte zum Leben, als Ben Fullert die Fernbedienung betätigte. Wer auch immer er war, er schien Geld zu haben. Sein Angebot konnte also tatsächlich ernst gemeint sein.

Sie hatten den Wagen fast erreicht. Hannah trat einen Schritt zur Seite, um ein älteres Ehepaar vorbeizulassen, das ihnen Hand in Hand auf dem Bürgersteig entgegenkam. Als sie auf gleicher Höhe waren, schaute der Mann Ben Fullert grimmig an.

»Schämen Sie sich nicht?«, fragte die Frau verächtlich.

Er zuckte lediglich mit den Schultern und lächelte höflich.

»Was war denn das?«, fragte Hannah, sobald die beiden außer Hörweite waren.

»Keine Ahnung«, entgegnete ihr Begleiter selbstbewusst. »Ich habe mir längst abgewöhnt, solche Fragen zu stellen. Vermutlich stehe ich mit einem Reifen über der Parkplatzmarkierung.« Er grinste und öffnete ihr die Beifahrertür.

Hannah ließ sich auf den Sitz fallen und sah sich noch einmal um.

Hinter ihnen tauchte die Frau auf, die vorhin nach ihr gerufen hatte. Sie stützte die Hände auf ihren Knien ab und rang sichtlich nach Luft. Kurz regte sich Hannahs schlechtes Gewissen. Es war nicht gerade nett von ihr gewesen, vor der Frau davonzulaufen. Durch die Heckscheibe beobachtete sie sie besorgt. Sie war nicht mehr die Jüngste. Was, wenn sie einen Herzinfarkt oder Ähnliches erlitt?

Langsam richtete die Frau sich auf. Ihr schien nichts weiter zu fehlen. Beruhigt wandte Hannah sich dem Mann zu, der neben ihr auf dem Fahrersitz Platz genommen hatte. Niemand hatte die ältere Dame gezwungen, ihr zu folgen. Außerdem war der gut gelaunte Ben Fullert ein deutlich erfreulicherer Anblick.

»Wohin fahren wir eigentlich?«, fragte Hannah, als er zielstrebig auf den Ortsausgang zusteuerte.

»Ich kenne da ein gemütliches Landgasthaus etwas außerhalb.«

Da kam nur eins infrage. »Sie meinen das *Eulentürmchen?*«

Er musterte sie verwundert. »Sie kennen sich ja gut aus. Ich dachte, Sie kämen nicht von hier?«

Hannah lachte. »Ich bin hier aufgewachsen.«

»Wirklich? Sie wirken überhaupt nicht so.« Er verstummte verlegen. »Ich meine …«

»Schon gut«, unterbrach sie ihn geschmeichelt. »Ich verstehe, was Sie meinen, und nehme es einfach als Kompliment.«

Seine Mundwinkel zuckten. »Dann bin ich ja beruhigt. Kommen Sie oft hierher?«

»Nein.« Ihre Heiterkeit verschwand. »Ich bin seit zehn Jahren nicht mehr hier gewesen.«

»Jaja, die Verlockungen der Großstadt«, meinte er leichthin, und Hannah hatte das Gefühl, dass er gern mehr über die Gründe erfahren hätte, aber die gingen ihn nun wirklich nichts an.

»So ungefähr«, bestätigte sie achselzuckend.

»Und wie lange werden Sie bleiben?«

»Ich bin noch nicht sicher. Ein oder zwei Tage, bis alles geregelt ist. Am Montag muss ich auf jeden Fall wieder in Köln sein.«

Ben Fullert lächelte so charmant, dass ihr Herz unwillkürlich einen kleinen Hüpfer machte. »Ich hoffe, ich kann dazu beitragen, dass Sie Ihren Zeitplan einhalten. Und vielleicht können Sie mir anschließend die örtlichen Sehenswürdigkeiten zeigen.«

Hannah räusperte sich. Flirtete er etwa mit ihr? Sie konnte nicht behaupten, dass ihr das missfiel. Dennoch, so leicht würde sie sich nicht einwickeln lassen. Außerdem passte etwas an ihm nicht ganz zusammen, sie kam bloß nicht darauf, was es war.

»Da wären wir.« Er bog auf den fast leeren Parkplatz des Gasthofs ein und stellte den Wagen ab.

Um diese Uhrzeit war das *Eulentürmchen* nicht gerade gut besucht. Genau richtig, um sich in Ruhe zu unterhalten.

Der Kellner führte sie auf die lauschige Terrasse, die von Weinranken beschattet war.

»Es ist wirklich schön hier«, bemerkte Hannah.

»Ja. Und ich schätze die Privatsphäre.«

Sie schmunzelte. »Stimmt, in Kempenich hätte man uns kaum in Ruhe gelassen.«

Sein Gesicht verdüsterte sich kurz, entspannte sich gleich darauf aber wieder. »Haben Sie noch viele Bekannte dort?«

»Nicht wirklich, nein.« Ein Schatten legte sich auf ihr Gemüt. »Tante Marlies war die Einzige, die mir etwas bedeutet hat.«

»Mein herzliches Beileid.«

»Danke.« Sie schüttelte den Kopf, um die plötzliche Traurigkeit zu vertreiben.

»Darf ich uns einen Wein bestellen?«, fragte Ben Fullert, und Hannah nickte.

Sie entschied sich für gebratenes Lammfilet, das gut zu dem roten Burgunder passte, den er ausgesucht hatte.

»Auf eine vielversprechende Zusammenarbeit«, sagte er und hob sein Glas. Dabei sah er ihr tief in die Augen.

Hannah spürte, wie sich ihre Wangen röteten, und trank hastig einen Schluck Wein. Der Kerl brachte sie ganz schön ins Schwitzen – und zwar auf eine äußerst angenehme Art. Normalerweise ließ sie sich nicht so leicht aus dem Konzept bringen und begegnete Männern eher mit einer gesunden Zurückhaltung, bis sie sie besser kannte. Aber sie hatte es auch noch nie mit einem Mann wie Ben Fullert zu tun gehabt. Sowohl, was das Aussehen betraf, als auch in Sachen Finanzen spielte er in einer etwas anderen Liga als ihre Studienfreunde oder Kollegen.

»Apropos Zusammenarbeit«, sagte Hannah hastig, um ihr Gegenüber nicht weiter anzustarren. »Möchten Sie mir nicht endlich etwas über Ihr Vorhaben erzählen?« Sie beglückwünschte sich selbst zu ihrer gewählten Ausdrucksweise. Das Studium und die Jahre als PR-Beraterin schienen sich auszuzahlen.

Er nippte ebenfalls an seinem Glas. »Viel gibt es da eigentlich nicht zu sagen. Ich habe mit Ihrer Tante schon alles besprochen. Der Laden lief in letzter Zeit nicht mehr so gut, und sie wollte sich gern zur Ruhe setzen. Ich wollte ihr das Grundstück mitsamt dem Laden und dem Buchbestand abkaufen. Wir haben sogar schon den Kaufvertrag aufgesetzt.« Er seufzte tief. »Aber dann ist sie leider nicht mehr dazu gekommen, ihn zu unterschreiben.«

Die Frage, wie Tante Marlies eigentlich gestorben war, lag Hannah auf der Zunge, aber sie wollte sich nicht die Blöße geben, vor einem Wildfremden zuzugeben, dass er besser über ihre Familie Bescheid wusste als sie selbst. Wieso war sie nicht darauf gekommen, den Notar danach zu fragen?

»Frau Konrads?« Ihr abwesender Blick musste ihm aufgefallen sein.

»Sagen Sie doch Hannah zu mir«, entfuhr es ihr. Sofort bereute sie ihren Vorschlag. Das war nicht ganz angemessen, immerhin waren sie so etwas wie Geschäftspartner.

Das warme Lächeln, das auf seinem Gesicht erschien, brachte die Grübchen zur Geltung und seine Augen zum Strahlen. »Sehr gerne.« Er stieß sein Glas erneut mit einem leisen Klirren gegen das ihre. »Ich bin Ben.«

Hannah spürte den absurden Wunsch in sich aufsteigen, ihre Finger auf seine zu legen. Zum Glück erschien in diesem Moment der Kellner mit ihrem Essen, und sie hatte sich gerade noch rechtzeitig wieder unter Kontrolle. Hier ging es schließlich um Wichtigeres als das Kribbeln, das Bens Gegenwart in ihr auslöste.

»Sie … du«, korrigierte sie sich rasch, »möchtest also den Laden meiner Tante kaufen.«

»*Deinen* Laden«, widersprach er ihr lächelnd.

»Ähm, richtig. Meinen Laden.« Es fühlte sich komisch an, diese Tatsache laut auszusprechen. Sie wollte nichts mit dem Geschäft zu tun haben, gleichzeitig hörte es sich irgendwie bedeutsam an. Tante Marlies hatte ihr den Buchladen vererbt, und nun trug sie die Verantwortung dafür. »Du siehst gar nicht aus wie ein Buchhändler.« Endlich schaffte sie es, den nagenden Gedanken in ihrem Hinterkopf in Worte zu fassen.

Ben verschluckte sich an seinem Steak. »Das bin ich auch nicht«, erklärte er hustend.

»Und du kommst auch nicht aus dieser Gegend.« Es war eine Feststellung, keine Frage.

»Nein.« Grinsend widmete er sich wieder seinem Essen.

»Hast du vor, hierherzuziehen?«, setzte Hannah ihr Verhör fort.

»Gott bewahre!«, sagte er entschieden, doch seine Augen funkelten belustigt. Ihre Verwirrung schien ihn zu amüsieren.

»Und wozu brauchst du dann den Laden?«

Ben kaute sorgfältig, bevor er die Gabel hinlegte und bedächtig nickte. »Ich bin Geschäftsmann«, erklärte er. »Der Laden hat viel Potenzial, das deine Tante nicht genutzt hat. Ich würde das gerne ändern.«

»Und wie soll das gehen, wenn du nicht hier bist?«

»Ich werde Leute einstellen. Einen Geschäftsführer, Personal. Ich möchte gern einen Ort daraus machen, an dem die Menschen sich rundum wohlfühlen.«

Hannah lächelte. Das klang wirklich toll. Sie konnte sich gut vorstellen, wieso Tante Marlies ausgerechnet an Ben hatte verkaufen wollen. Es hätte ihr bestimmt gefallen, wenn ihr kleiner Buchladen richtig aufpoliert würde.

Blieb nur noch eine Frage zu klären. »Wie viel hast du ihr denn geboten?«

»220.000 Euro.«

Nur mit Mühe gelang es Hannah, ihren Mund geschlossen zu halten. Das waren ja 20.000 mehr, als Herr Bricken geschätzt hatte.

»Es ist ein wirklich faires Angebot«, setzte Ben nach, als sie nicht reagierte.

Das glaubte sie sofort. *Zweihundert-zwanzig-tausend Euro!* Sie ließ den Betrag in Gedanken auf der Zunge zergehen. Diese Summe könnte schon sehr bald ihr gehören.

»Deine Tante hätte sich damit einen schönen Lebensabend machen können.«

»Ja.« Hannah nickte und wusste nicht, was sie sonst noch sagen sollte. Sollte sie versuchen, ihn weiter hochzuhandeln? Oder lieber auf der Stelle zusagen und sich einfach darüber freuen, dass sich all ihre Probleme mit einem Schlag in Wohlgefallen auflösten?

»Und was ist mit dir?«, fragte Ben in die Stille hinein. »Du möchtest den Laden doch nicht behalten, oder?«

»Ich? Gott bewahre!«, wiederholte sie schmunzelnd seine Worte. Dann wurde sie wieder ernst. »Ich habe mit Büchern nichts am Hut, nicht mehr. Sie gaukeln einem bloß eine heile Welt vor, in der Wunder geschehen können und alles möglich ist. Aber dieses Versprechen können sie nicht einhalten. Nichts und niemand kann das.«

»Das hört sich ernst an.« In Bens Tonfall schwangen zu gleichen Teilen Betroffenheit und Neugier mit. Und noch etwas anderes, vielleicht der Wunsch, die Unterhaltung wieder in lockerere Bahnen zu lenken.

»Oh ja.« Hannah bemühte sich um ein Lächeln. »Bücher und ich haben eine lange Geschichte. Ich möchte dich damit nicht langweilen.« Oder ihm den Appetit verderben. Sie atmete tief durch. »Mein Leben spielt sich in Köln ab. Und das ist auch gut so.«

»Und was genau gehört zu diesem Leben?«

Oho, jetzt wurden die Fragen persönlich!

»Ich arbeite in einer großen PR-Agentur.«

Er musterte sie anerkennend. »Ich finde, das passt zu dir.«

Sie lehnte sich kokett vor. »Und wieso?«

»Du bist attraktiv, selbstbewusst und wirkst sehr authentisch. Was auch immer du mir andrehen wolltest, ich würde es dir abkaufen.« Sein Blick suchte den ihren und hielt ihn fest.

»Nun ja. Falls du mal Unterstützung brauchst, weißt du ja jetzt, wo du mich findest.«

»Ein verlockendes Angebot. Ich komme bestimmt darauf zurück.«

So, wie er das sagte, hörte es sich geradezu unanständig an. Dabei hatte Hannah es rein geschäftlich gemeint. Oder zumindest weitgehend. Er war definitiv kein Mann, den sie von der Bettkante schubsen würde. Erst mussten sie allerdings das Geschäftliche über die Bühne bringen. Und dafür brauchte sie einen klaren Kopf.

»Du sagtest, der Kaufvertrag wäre schon fertig abgestimmt?«, wechselte sie das Thema.

»Ähm, ja.« Falls dieser Richtungswechsel Ben störte, zeigte er es nicht. »Ich habe ihn sogar dabei. Wenn du möchtest, kann ich dir nachher ein Exemplar zum Lesen mitgeben.«

Der war ja echt auf alles vorbereitet! Wenn die Klienten in der Agentur auch so gut mitdenken würden, wäre Hannahs Leben deutlich leichter. »Du verlierst keine Zeit, was?«

»Ich habe vermutet, dass du nicht lange in der Gegend bleiben würdest, und dachte, es wäre für uns beide von Vorteil, die Sache schnell über die Bühne zu bringen.«

»Wie kamst du darauf?«

Verwundert runzelte Ben die Stirn. »Worauf?«

»Woher wusstest du, dass ich nur kurz bleiben würde? Dass ich überhaupt komme? Und meinen Namen?«

Er schmunzelte. »Dein Name und der Termin der Testamentseröffnung waren nun wirklich kein Geheimnis. Ich musste lediglich danach fragen. Und da in Kempenich praktisch jeder jeden kennt, wusste ich auch sehr bald, dass du nicht dort wohnst.«

»Also hast du auf gut Glück beim Notar auf mich gewartet?«

»Ja. Und was für ein Glück ich hatte.«

Hannah räusperte sich und blickte auf ihren Teller, um sich nicht in seinem Blick zu verlieren. Ihr Inneres kribbelte vor Aufregung, und das lag nicht nur an der unerwarteten Erbschaft und dem Wunsch, keinen Fehler zu machen. »Kann ich den Vertrag bitte haben?«

»Du lässt dich nicht so leicht von deinem Ziel ablenken, was?« Sie meinte, Anerkennung in seiner Stimme zu hören.

»Geschäft ist Geschäft. Und das trenne ich gern vom privaten Teil.«

O Gott, hatte sie das gerade tatsächlich gesagt?

Natürlich entging Ben ihr verbaler Ausrutscher nicht. Interessiert zog er beide Augenbrauen hoch. »Es gibt also noch einen privaten Teil?«

Hannah biss sich auf die Lippe, bis ihr auffiel, dass diese Geste ziemlich missverständlich war. »Wer weiß«, raunte sie verheißungsvoll und schenkte ihm einen möglichst lässigen Augenaufschlag.

»Ist bei Ihnen alles in Ordnung?« Sie zuckte zusammen, als sie die Stimme des Kellners vernahm. Sie war so in ihr Geplänkel mit Ben vertieft gewesen, dass sie ihn gar nicht bemerkt hatte. »Hat es geschmeckt?« Er griff nach ihrem Teller.

»Ja, danke.« Hannah lächelte dem Kellner flüchtig zu. Sie hatte fast nichts von ihrem Essen mitbekommen. Kaum zu glauben, dass der Teller schon leer war. Sie wollte sich noch nicht von Ben verabschieden.

»Möchtest du noch einen Kaffee?«, fragte dieser, als hätte er ihre Gedanken erraten.

»Gerne. Einen Milchkaffee bitte.«

»Und für mich einen doppelten Espresso.«

Der Kellner eilte davon.

»Wo waren wir?« Ben legte seine Hand auf den Tisch, wobei seine Fingerkuppen leicht die ihren streiften. Es hätte Zufall sein können, aber das glaubte sie nicht.

Mit einem wissenden Lächeln zog Hannah ihre Hand ein paar Zentimeter zurück. »Du wolltest mir den Vertrag geben.«

Er grinste amüsiert und schüttelte schicksalsergeben den Kopf. Dann griff er in die Aktentasche, die auf dem Stuhl neben ihm lag, und holte eine dünne Mappe hervor. »Bitte sehr.«

Am liebsten hätte Hannah direkt hineingeschaut. Sie musste die Summe mit eigenen Augen sehen, um es gänzlich glauben zu können. Eine einzige Unterschrift konnte sie unvorstellbar reich machen. Gerade deswegen wollte sie den Vertrag allerdings lieber in aller Ruhe und ohne neugierige Augen unter die Lupe nehmen.

»Wo wir schon beim Geschäftlichen sind«, riss Bens Stimme sie aus ihren Gedanken. Er verstummte und schien nach Worten zu suchen. »Ich möchte dich natürlich nicht unter Druck setzen … Aber da wir offenbar beide nicht länger als nötig hierbleiben möchten, habe ich für morgen vorsorglich einen Notartermin vereinbart. Natürlich nur, wenn du einverstanden bist.«

»Einen Notartermin?«, wiederholte Hannah verständnislos.

»Ja. Jeder Immobilienverkauf muss notariell beglaubigt werden.«

»Natürlich, das weiß ich«, stammelte sie hastig, um nicht zugeben zu müssen, dass sie sich mit diesem Thema noch nie auseinandergesetzt hatte.

»Außerdem kann dir der Notar alle Fragen beantworten, falls du noch welche haben solltest.«

Natürlich durchschaute er sie. Er wirkte allerdings nicht so, als würde ihm ihre Ahnungslosigkeit etwas ausmachen. Es lag keine Herablassung oder Missbilligung in seiner Stimme. Ihm schien lediglich daran gelegen zu sein, dass alles reibungslos und fair ablief.

»Ähm. Alles klar. Ich schaue mir den Vertrag in Ruhe an und melde mich dann bei dir. Hast du eine Handynummer?«

»Selbstverständlich.« Ben griff in seine Brusttasche und hielt dann plötzlich inne. »Ich habe meine Visitenkarten vergessen. Moment.« Er holte einen Stift hervor und kritzelte seine Nummer auf eine Serviette. »Tut mir leid«, meinte er entschuldigend. »Normalerweise ist das nicht ganz mein Stil.«

»Kein Problem.« Hannah grinste. »Es kommt auf den Inhalt an, nicht auf die Form.«

Der Kaffee wurde serviert. Langsam rührte sie mit dem Löffel im cremigen Milchschaum, während sie darüber nachdachte, wie sie das Gespräch weiter in Gang halten könnte.

»Wie bist du überhaupt auf Tante Marlies' Buchladen aufmerksam geworden?«, fragte sie neugierig.

Ben runzelte die Stirn. »So genau kann ich mich nicht mehr

daran erinnern. Es ist schon ein paar Jahre her, dass ich Kontakt zu ihr aufgenommen habe. Ich glaube, ich bin bei einer Internetrecherche auf ihre Seite gestoßen. Plötzlich war da dieses Bild von einem urigen, kleinen Buchladen mit dem ausgeblichenen Schild *Marlies' Bücherecke*. Das hat mich irgendwie angesprochen. Und als ich in der Gegend war, habe ich mir den Laden angesehen.«

Das klang tatsächlich nach einem glücklichen Zufall. »Ich wusste gar nicht, dass Tante Marlies eine Homepage hat.«

»Auch ältere Damen müssen mit der Zeit gehen. Und so schwierig ist das heutzutage ja nicht mehr.«

Das stimmte allerdings. »Ich muss mir die Seite nachher unbedingt mal ansehen«, meinte Hannah.

»Ich hoffe, das kann noch ein wenig warten.« Ben sah sie fragend an. »Ebenso wie die Lektüre des Vertrags. Du hast mir eine kleine Führung versprochen.«

Sie strahlte ihn an. »Sehr gerne. Was möchtest du sehen?«

»Was hast du denn im Angebot?«

»Hm, mal überlegen. Da wären die üblichen Felder, Wiesen und Wälder. Die Bauernhöfe nicht zu vergessen.«

»Klingt verlockend.«

»Oh ja, und unglaublich spannend. Dann gibt es natürlich noch die historische Kirche und das Glöcknerhaus in Kempenich …«

»Ich glaube, das kenne ich beides schon«, warf er ein.

»Dann, fürchte ich, kann ich dich nicht mehr überraschen. Außer …« Ihr kam plötzlich eine Idee. Sie wusste bloß nicht, ob es eine gute war.

»Außer was?«

»Es gibt eine alte Burgruine, etwa zwanzig Minuten von hier entfernt. Von dort aus hat man einen wunderschönen Blick auf die Umgebung.« Außerdem war es der romantischste Ort, den Hannah kannte. Zumindest kam es ihr so vor, weil sie dort, im

Schatten der Burgmauer, auf einem Klassenausflug ihren ersten Kuss bekommen hatte.

»Hört sich gut an.« Ben winkte dem Kellner und verlangte die Rechnung.

Hannah zückte ebenfalls ihr Portemonnaie.

Überrascht sah er sie an. »Ich habe dich eingeladen.«

»Es war rein geschäftlich«, rief sie ihm in Erinnerung.

»Dann kann ich es ja von der Steuer absetzen.« Er zwinkerte ihr selbstbewusst zu.

Sie verdrehte die Augen und steckte ihr Portemonnaie wieder ein. »Danke.«

»Nichts zu danken.«

Da war es schon wieder, dieses Lächeln, das seine Augen zum Funkeln brachte und ihr durch Mark und Bein ging.

KAPITEL 3

»Jetzt nach links, glaube ich«, murmelte Hannah kleinlaut.

»Soll ich nicht doch lieber das Navi anschmeißen?«, erkundigte Ben sich belustigt.

Sie verzog das Gesicht. »Ich dachte wirklich, ich kenne mich hier aus.«

Er lachte warmherzig. »So haben wir zumindest etwas von der Gegend gesehen.«

»Tut mir leid.«

Seit über einer halben Stunde kurvten sie bereits durch die umliegenden Dörfer. Doch obwohl sie den Hügel mit der Burg die ganze Zeit vor Augen hatten, fanden sie einfach nicht den Weg hinauf.

Schlagartig wurde Ben wieder ernst. »Mir nicht. Ich finde es schön, mit dir durch die Landschaft zu fahren.«

Hannah atmete tief durch und suchte nach Worten. Die Wahrheit war, dass sie seine Gegenwart ebenfalls genoss – den lockeren Flirt, die Spannung, die sich schon den ganzen Nachmittag über immer stärker zwischen ihnen aufbaute. Es war, als wüssten sie beide, womit diese Bekanntschaft letztlich enden würde. Die Frage war nur, wann es dazu kam. Vielleicht sollten sie den Wagen irgendwo auf einem schattigen Waldparkplatz abstellen und es einfach tun.

»Was ist jetzt mit dem Navi?«, fragte Ben.

»Ja, schalt es ein«, krächzte Hannah hastig. Wenn sie nicht bald bei dieser Burg ankamen, würde sie ihre unzüchtigen Gedanken nicht länger für sich behalten können. Und das wäre alles andere als geschäftstüchtig.

»Wie du willst.« Er grinste schelmisch. »Ich wäre auch weiter einfach mit dir durch die Gegend gefahren.«

»Wir wollen doch nicht unnötig die Umwelt verschmutzen.«

»Auch wieder wahr. Wie heißt diese Burg noch mal?«

»Olbrück.«

Er gab den Namen ein. »Oh, da haben wir sie ja. Wie es aussieht, sind wir tatsächlich auf dem richtigen Weg.«

»Wirklich?«

»Mehr oder weniger.«

Hannah lachte. »Du musst meine Gefühle nicht schonen. Ich weiß, dass mein Orientierungssinn miserabel ist.«

»Interessant. Hast du noch andere Schwächen?«

»Abgesehen von meinen Kochkünsten? Nicht, dass ich wüsste. Und was ist mit dir?«

»Ich kann ganz hervorragend kochen.«

»Wow!«, entfuhr es ihr. Sofort blitzte ein Bild vor ihrem inneren Auge auf, wie Ben geschickt mit Messer und Kochlöffel hantierte.

»Und mein Orientierungssinn ist auch ganz passabel. Zumindest, wenn mich nicht gerade eine wunderschöne Frau ablenkt.«

Damit war dann wohl sie gemeint.

»Hast du denn gar keine Schwächen?«

»Ich habe mir noch nie besonders viele Gedanken darüber gemacht«, gab er offen zu.

»Nein? Dabei wird das in jedem Bewerbungsgespräch verlangt.«

»Ist wohl einer der Vorteile, wenn man sein eigener Boss ist«, erklärte er achselzuckend.

»Wie ist das so?«

Bens Gesicht nahm einen leicht abweisenden Ausdruck an.

»Nicht halb so spannend, wie es sich vermutlich anhört. Und ziemlich viel Arbeit. Du weißt schon, als Selbstständiger arbeitet man selbst und ständig.«

Hannah schaute ihn aufmerksam an. Ganz so schlimm konnte es wohl nicht sein, immerhin vertrödelte er gerade nur zum Spaß einen ganzen Nachmittag mit ihr.

»Was machst du eigentlich genau?«, fragte sie.

»Ich suche interessante Locations und hole das Beste aus ihnen raus.«

Hannah runzelte die Stirn. Sie konnte sich noch immer nicht allzu viel darunter vorstellen. »Bist du so eine Art Optimierungsinvestor?«

Er grinste schief. »So in etwa. Schau mal, wir sind da.« Ben stellte den Wagen ab, öffnete die Tür und stieg aus. Für ihn war das Thema offenbar beendet.

Ein wenig wunderte es Hannah schon, dass er so zögerlich Auskunft gab, aber eigentlich ging es sie nichts an. Er wollte den Buchladen kaufen und auf Vordermann bringen, sie wollte ihn loswerden. Und dabei sprang auch noch eine hübsche Stange Geld für sie heraus. Es gab also keinen Grund, sich zu beschweren.

Sie stieg ebenfalls aus, und Ben hielt ihr einladend seinen Arm hin.

»Wollen wir?«

Hannah zögerte kurz, bevor sie sich bei ihm einhakte. Jetzt, wo er so dicht neben ihr stand, kam er ihr noch größer vor. Ihr Kopf reichte ihm gerade mal bis zur Schulter. Unter ihren Fingern spürte sie seinen ausgeprägten Bizeps und widerstand dem Impuls, darüberzustreicheln.

Es war nur ein Arm, Herrgott noch mal! Und sie kein pubertierender Teenager.

Schweigend schlenderten sie den gewundenen Weg entlang und unter einem steinernen Torbogen hindurch. Überall um sich herum hörte Hannah Vögel zwitschern, während die Sonne ihr warm auf den Rücken schien.

»Es ist so friedlich, so ruhig«, bemerkte Ben versonnen, als könnte er ihre Gedanken lesen.

Hannah atmete tief die frische, nach Gräsern duftende Luft ein. »Ich habe ganz vergessen, wie schön es hier ist.«

»Bist du früher oft hergekommen?«

»Ein paarmal. Mit dem Fahrrad ist der Anstieg ganz schön steil.«

Er musterte sie neugierig. »Wie alt warst du, als du weggezogen bist?«

»Sechzehn«, erwiderte sie knapp. Sie würde diese Tür jetzt auf keinen Fall öffnen. Seit zehn Jahren war sie fest verschlossen. Und das war gut so.

Ben schien ihre Antwort richtig zu deuten, denn er bohrte nicht weiter nach. Er hatte seine Themen, über die er nicht sprechen wollte, und sie ihre.

Sie erreichten die Kuppe des Hügels, auf der – von Ruinen umgeben – ein etwas neuerer Turm aufragte, und nahmen auf einem Mauervorsprung Platz. Wie auf einem Handteller lag das sonnenbeschienene Tal vor ihnen, am Horizont konnten sie die diesigen Umrisse des Siebengebirges erkennen.

»Das wäre ein toller Ort für ein Picknick«, bemerkte Ben leise.

Hannah verdrehte die Augen. »Männer denken immer nur an das eine.«

Ben sah sie fragend an.

»Wir haben das Restaurant erst vor einer Stunde verlassen, und du willst schon wieder essen.«

»Okay, dann habe ich wohl doch eine Schwäche.« Er lachte. »Ich habe ganz vergessen, wie es ist, einfach nur frei zu haben, die Seele baumeln zu lassen.« Er drehte den Kopf zu ihr und sah sie von der Seite an. »Danke.«

Hannah wusste, wenn sie seinen Blick jetzt erwiderte, würde er sie küssen. Und ein ziemlich großer Teil von ihr war dazu mehr als bereit. Er war der aufregendste Mann, dem sie seit Langem – oder jemals? – begegnet war. Trotzdem hielt sie sich zurück. Er wirkte aufrichtig und sehr charmant, dennoch wäre es dumm, ihm blind zu vertrauen. Sie würde sein Angebot in Ruhe prüfen, ohne sich von ihren aufgewühlten Hormonen durcheinanderbringen zu lassen.

Sie stützte sich mit den Armen hinter ihrem Rücken ab und schaute ins Tal hinunter. Noch immer spürte sie Bens Blick auf sich ruhen. Schließlich tat er es ihr gleich, lehnte sich ein wenig zurück, reckte sein Gesicht den warmen Sonnenstrahlen entgegen und schloss die Augen.

Die Sonne neigte sich allmählich dem Horizont zu, als sie sich schließlich wieder an den Abstieg machten. Sie hatten über dies und das geredet und zwischendurch immer wieder geschwiegen – die Seele baumeln lassen, wie Ben es genannt hatte. Hannah musste zugeben, dass es ihr gutgetan hatte. Nicht nur die unverhoffte Auszeit an sich, sondern auch die Erinnerungen, die nach und nach in ihr aufgestiegen waren. Nichts Weltbewegendes, nichts, was sie bewusst verdrängt hatte oder was allzu schmerzhaft war, sondern einfach Bilder und Fragmente aus ihrer Kindheit. Dinge, an die sie viel zu lange nicht mehr gedacht hatte, aus Angst vor dem, was sie in ihr auslösen könnten. Dabei hatte Hannah eine glückliche Kindheit und Jugend gehabt, die von einem einzigen traumatischen Ereignis überschattet wurde.

»Soll ich dich zurück nach Kempenich fahren?«, erkundigte sich Ben, als sie den Wagen erreichten.

Die Frage traf sie unvorbereitet. Sie hatte sich noch keine Gedanken darüber gemacht, wo sie die Nacht verbringen sollte.

»Ja, wenn du eh in die Richtung fährst«, erwiderte sie zaghaft. Soweit sie sich erinnern konnte, gab es im Ort ein Gasthaus. Zumindest hatte es früher eins gegeben.

»Ich selbst bin in Weibern abgestiegen«, er konnte sich bei diesem Ortsnamen ein Grinsen nicht verkneifen, »aber ich fahre dich gerne nach Kempenich.«

Hannah stutzte. »Hast du was gegen Kempenich?« Er schien den Ort ja regelrecht zu meiden.

»Nein, wieso?«

»Dort gibt es auch ein Hotel.«

Ben zuckte mit den Schultern. »Es gibt sich alles nicht viel. Die Dörfer sind nur einen Katzensprung voneinander entfernt. Und die *Eifelstube* in Weibern wurde mir empfohlen.«

»Na, dann sehe ich sie mir auch mal an.«

»Du kommst mit mir mit?«, fragte er überrascht.

»Falls noch ein Zimmer frei ist«, erklärte Hannah hastig, während in ihrem Kopf eine wilde Fantasie zum Leben erwachte, was geschehen würde, wenn alle Zimmer ausgebucht wären und sie das seine mit ihm teilen müsste. Sie blinzelte und hoffte, dass ihre Wangen nicht knallrot geworden waren. »Ich habe kein Hotel gebucht, weil ich nicht wusste, wie lange ich bleiben würde.«

Er trat einen Schritt näher an sie heran. »Und jetzt weißt du es?« Seine weiche Stimme klang wie eine Liebkosung.

»Ja.« Sie legte den Kopf in den Nacken, um ihm besser ins Gesicht sehen zu können. »Mindestens bis morgen. Immerhin haben wir noch was zu erledigen«, sagte sie so sachlich wie möglich, während ihr Herz wegen seiner Nähe aufgeregt pochte.

Ben nickte und atmete tief durch. »Dann lass uns fahren.«

Hannahs Sorge – beziehungsweise Hoffnung – erwies sich als völlig unbegründet. In der *Eifelstube* waren noch mehr als genug Zimmer frei.

»Sehen wir uns beim Abendessen?«, fragte Ben, als sie ihren Schlüssel in Empfang nahm.

»Ich bin nicht sicher, ich bin noch ziemlich satt«, erwiderte sie, auch wenn das nicht der wahre Grund war. Sie wollte endlich den Kaufvertrag studieren, und dabei konnte sie ein Paar grün funkelnder Augen, das sie durcheinanderbrachte, ganz und gar nicht gebrauchen.

»Dann bis morgen?«

»Ja.«

»Falls du irgendwelche Fragen hast, ruf mich jederzeit an.« Natürlich wusste er genau, womit sie ihren Abend verbringen würde. »Gute Nacht, Hannah.«

»Gute Nacht, Ben.« Sie schulterte ihre Reisetasche und marschierte, ohne sich noch einmal umzudrehen, in Richtung Treppenhaus.

In ihrem Zimmer lehnte sie sich von innen gegen die Tür und schloss die Augen. Was für ein verrückter Tag! Die Ereignisse waren dermaßen auf Hannah eingeprasselt, dass sie nicht dazu gekommen war, sie richtig zu verarbeiten. Erst gestern hatte sie von Tante Marlies' Tod erfahren. Heute kamen dann die unverhoffte Erbschaft, das Aufeinandertreffen mit Ben und die Aussicht, den Buchladen gegen richtig viel Geld eintauschen zu können. Angesichts dieser Entwicklungen waren das Gespräch mit ihrem Chef und ihre Karriere völlig in den Hintergrund geraten. Dabei waren das die Dinge, die wirklich zählten. Das war ihr Leben. Dafür hatte sie die letzten sechs Jahre sehr hart gearbeitet.

Hannah atmete tief durch und ließ sich auf das breite Bett fallen. Alles der Reihe nach. Sie holte die Mappe hervor, die Ben ihr gegeben hatte, und schlug sie auf. Dann ließ sie zitternd die Luft entweichen, die sie unbewusst angehalten hatte. Da stand es, schwarz auf weiß: *zweihundertzwanzigtausend (220.000) Euro*, in Worten und in Zahlen.

Das musste sie sofort Katja erzählen!

Während sie darauf wartete, dass ihre Freundin das Gespräch annahm, überflog Hannah den Vertrag, doch die Zeilen tanzten vor ihren Augen, und alles, was sie sehen konnte, war die fett gedruckte Zahl.

»Hannah? Wie ist es gelaufen? Wo bist du jetzt?«, erklang Katjas neugierige Stimme.

Hannah gab den Versuch auf, das komplizierte Juristendeutsch zu entziffern. »Ich bin noch in der Eifel, und du wirst mir nie glauben, was passiert ist!«

»Erzähl!« Sie konnte sich lebhaft vorstellen, wie Katja sich auf ihrem Bett aufrecht hinsetzte.

»Also …« Wo sollte sie bloß anfangen? »Tante Marlies hat mir ihren Buchladen vermacht. Erst war ich gar nicht sicher, ob ich die Erbschaft annehmen soll. Ich brauche nichts, was mich an dieses Dorf bindet. Dann tauchte dieser Typ auf.« Sofort blitzte Bens Gesicht vor ihrem inneren Auge auf, und ein breites Lächeln erschien auf ihren Lippen.

»Was für ein Typ?«, fragte Katja ungeduldig, als Hannah nicht weitersprach.

»So ein Geschäftsmann«, erklärte sie hastig. Sie musste sich zusammenreißen. Der wunderschöne Nachmittag, den sie zusammen verbracht hatten, tat schließlich nichts zur Sache. »Er hat mir 220.000 Euro für den Laden geboten. Das war wohl alles bereits mit Tante Marlies abgestimmt, sie sind bloß nicht dazu gekommen, den Vertrag zu unterschreiben.«

Eine kurze Stille folgte.

Dann brüllte Katja ihr begeistert ins Ohr: »Wow! Das ist ja Wahnsinn!«

Hannah lachte. »Du sagst es. Morgen ist schon der Notartermin. Es fügt sich alles perfekt. Ich erfülle Tante Marlies' letzten Wunsch und bekomme auch noch einen ganzen Haufen Geld dafür.«

»Warte mal.« Katja klang auf einmal ziemlich skeptisch.

»Was denn?«

»Geht das nicht etwas zu schnell? Willst du nicht noch ein paar Vergleichsangebote einholen? Woher willst du wissen, dass dieser Kerl dich nicht übers Ohr haut?«

»Er bietet mir 20.000 mehr als den Wert, den der Notar mir genannt hat. Außerdem ist Ben nicht der Typ dafür.«

Katja holte tief Luft. »*Ben?* Ihr seid schon beim Du? Oder kennst du ihn noch von früher?«

»Nein, ich kannte ihn nicht. Er scheint ein sehr netter und anständiger Mann zu sein.«

»Sieht er vielleicht auch noch gut aus?«

»Könnte sein«, gab Hannah kleinlaut zu.

»Hannah!«, sagte Katja mahnend. »Muss ich dich etwa daran erinnern, dass das Aussehen nichts über die Absichten oder den Charakter eines Mannes aussagt?«

»Natürlich nicht. Und du verstehst das ganz falsch. Unsere Beziehung ist rein geschäftlich.«

»Ja, klar. Deswegen nennst du ihn auch schon *Ben*.«

»So heißt er nun einmal. Und ja, er mag ein attraktiver Mann sein, aber das eine hat mit dem anderen nichts zu tun«, rechtfertigte Hannah sich.

»Du solltest ihn definitiv noch mal hochhandeln.«

»Was?«

»Sicher. Du kannst nicht das erste Angebot annehmen, das er dir macht. Da geht mit Sicherheit noch was.«

»Hm.« Hannah verzog nachdenklich das Gesicht. Ganz unrecht hatte Katja damit nicht. »Was soll ich denn fordern? Zehntausend mehr? Oder fünf?«

»Mindestens zwanzig.«

»Ja, klar.«

»Dann könntet ihr euch auf zehn einigen.« Katja lachte. »Und wenn das hinhaut, gibst du mir so richtig einen aus.«

»Das mache ich auf jeden Fall. Auch wenn er nicht darauf eingehen sollte.« Hannah zögerte. »Meinst du, Lars könnte einen Blick auf diesen Kaufvertrag werfen? Er hat von so was mehr Ahnung als ich.« Immerhin hatte Katjas Freund einige Semester Jura studiert und dann zu Wirtschaft gewechselt.

»Natürlich, kein Problem. Schick einfach Fotos von den Seiten rüber.«

»Danke, ihr seid die Besten!«

»Ich weiß. Und jetzt erzähl mir alles über diesen Ben.« Katjas Tonfall ließ keinen Widerspruch zu.

»Da gibt es nicht viel zu erzählen. Er hat mich zum Essen eingeladen, und ich habe ihm zum Ausgleich ein wenig die Sehenswürdigkeiten gezeigt.«

»Und dann habt ihr euch ganz brav die Hand geschüttelt und seid eurer Wege gegangen?« Katja klang, als könnte sie das nicht recht glauben.

»So ungefähr. Wir sind zwar im selben Hotel, aber ich bin direkt in mein Zimmer gegangen.«

»Du bist im Hotel? Nicht in der Wohnung deiner Tante?«

»Nein.« Das war so abwegig, dass sie nicht einmal darüber nachgedacht hatte. Die Wohnung gehörte Tante Marlies. Hannah konnte nicht nach all den Jahren plötzlich auftauchen und sich dort breitmachen.

»Das ist nicht gesund.«

»Was denn?«

Katjas Stimme wurde sanft. »Ich weiß nicht genau, was in deiner Jugend passiert ist. Man muss allerdings kein Psychologe sein, um zu erkennen, dass du etwas verdrängst. Deine Tante ist gerade gestorben, hat dir einen Buchladen und eine Wohnung vermacht, und du hast dir beides nicht einmal angeschaut?«

Hannah spürte, wie ihre Kehle eng wurde. »Ich weiß genau, wie es dort aussieht«, presste sie mühsam hervor und drängte all die Emotionen zurück, die an die Oberfläche wollten.

Die Mauer, die sie um sich herum errichtet hatte, bekam Risse. Sie wusste selbst, dass ihr Verhalten für Außenstehende nicht ganz nachvollziehbar war – damals wie heute –, trotzdem war es richtig für sie. Ihr Vater war der Einzige, der sie verstand. Nach dem Tod ihrer Mutter war ihre ganze Welt zusammengebrochen, und sie beide hatten keinen anderen Ausweg gesehen als einen kompletten Neuanfang. Irgendwo, wo sie nicht alles an den Verlust erinnerte, wo ihnen nicht auf Schritt und Tritt mitfühlende Blicke oder wohlgemeinte Ratschläge begegneten.

Irgendwann hatte Hannah schließlich ihren Frieden damit gefunden und sich mit ihrem neuen Leben arrangiert – zumindest glaubte sie das. Dennoch hatte sie Angst vor dem, was zum Vorschein kommen würde, wenn sie den Buchladen oder Tante Marlies' Wohnung betrat. Beides war in ihrer Erinnerung zu eng mit ihrer Mutter verknüpft.

»Hannah, wenn du es jetzt nicht tust, wirst du später keine Gelegenheit mehr dazu bekommen. Glaub mir, es ist nicht dasselbe, wenn die Orte, die dir etwas bedeutet haben, auf einmal in fremder Hand sind.«

Katja selbst hatte das erst kürzlich erfahren. Vor ein paar Wochen hatte sie das kleine Dorf in Polen besucht, in dem sie ihre Kindheit verbracht hatte, und dort nichts mehr vorgefunden, an das sie sich erinnern konnte. Fremde Menschen, umgebaute Häuser – es war, als wäre ihre Kindheit plötzlich fort. Sie hatte eine ganze Weile gebraucht, um sich von diesem Schock zu erholen.

Für Hannah hingegen wäre das eine Befreiung. Wenn all die schmerzhaften Erinnerungen fort wären, würde sie sich endlich frei und unbefangen fühlen.

»Ist schon okay«, sagte sie. »Ich habe das Kapitel Kempenich vor langer Zeit abgeschlossen. Ich bin nur hier, um den Nachlass meiner Tante zu regeln.«

»Wenn du meinst.« Katja klang nicht ganz überzeugt.

»Ja«, bestätigte Hannah mit Nachdruck.

»Gut, dann schick mir gleich den Vertrag rüber und halte mich über *Ben* auf dem Laufenden.« Katja betonte seinen Namen auf eine fast unanständige Weise.

»Du bist unmöglich, weißt du das?«, schnaubte Hannah.

»Ja, weiß ich. Aber dafür liebst du mich«, antwortete Katja lachend und legte auf.

Rasch fotografierte Hannah die Seiten des Kaufvertrags ab und schickte die Bilder an ihre Freundin. Dann nahm sie ihn wieder zur Hand und begann, sich durch die komplizierten, verschachtelten Sätze zu quälen.

Eine Stunde später ließ Hannah sich erschöpft auf die Matratze fallen. Sie konnte nicht behaupten, alles bis ins kleinste Detail verstanden zu haben, und an der einen oder anderen Stelle zierten kleine Fragezeichen den Rand des Schriftstücks. Im Großen und Ganzen hatte sie jedoch nicht das Gefühl, dass es irgendwelche verborgenen Fallstricke gab. Wieso auch? Das Risiko lag ja eher auf der Seite des Käufers. Sie bekam ihr Geld, und damit war die Sache für sie erledigt.

Sie schaute auf ihr Handy. Bisher war keine Antwort von Lars gekommen. Er hatte versprochen, sich zu melden, falls ihm irgendetwas Ungewöhnliches auffallen sollte.

Hannahs Magen knurrte. Vielleicht sollte sie hinuntergehen. Womöglich saß Ben noch im Restaurant. Wie würde er auf ihr Erscheinen reagieren? Würde er sich freuen oder sie für aufdringlich halten? Sie musste sich ja nicht zu ihm setzen. Sie würde ihm zuwinken und ihm die Entscheidung überlassen, ob er sie zu sich einlud. Immerhin war es nicht verboten, etwas essen zu gehen. Falls sie sich dabei trafen, hatte das nichts mit ihm zu tun, und auch nicht damit, dass sie ihn gerne wiedersehen wollte.

Ihr Bauch kribbelte. Das letzte Mal, dass ein Mann sie so angezogen hatte, war auf einem Seminar gewesen. Sie hatten zwei tolle Nächte miteinander verbracht. Es war das Verrückteste und Spontanste gewesen, was Hannah je getan hatte. Sie hatte nicht einmal Katja davon erzählt, weil es gar nicht ihrem Naturell entsprach, mit einem Mann, der ihr gefiel, direkt in die Kiste zu steigen. Dennoch bereute sie es nicht. Es war schön gewesen, sie hatte sich frei, begehrenswert und lebendig gefühlt. Und sie hatte absolut nichts dagegen, diese Erfahrung mit Ben zu wiederholen.

Sobald sie alles Geschäftliche geregelt hätten.

Hannah schnappte sich ihre Handtasche sowie den Zimmerschlüssel und ging zur Tür.

Sie drehte eine Runde durch das kleine Hotelrestaurant und blieb dann enttäuscht stehen. Von Ben fehlte jede Spur. Erst jetzt wurde ihr bewusst, wie sehr sie sich auf ein Wiedersehen gefreut hatte. Unschlüssig verließ sie das Restaurant.

Die Dame an der Rezeption schaute sie fragend an.

Hannah zögerte. Sollte sie einfach nach Bens Zimmernummer fragen? Sollte sie ihn anrufen? Immerhin hatte er ihr seine Handynummer gegeben. Vielleicht könnte sie ihre Fragen zum Vertrag als Aufhänger nehmen. Aber es war schon spät und sie nicht mehr richtig aufnahmefähig. Sie wollte auf keinen Fall einen Fehler machen, bloß weil ihre Hormone das Kommando übernommen hatten.

Seufzend wandte Hannah sich ab und verließ das Hotel. Ein kleiner Spaziergang würde ihr guttun. Außerdem hatte sie vorhin um die Ecke eine Pizzeria entdeckt, die bestimmt günstiger war als das hauseigene Restaurant.

Schmunzelnd hielt sie inne. Ab morgen würde sie sich ein Essen in einem Fünf-Sterne-Lokal leisten können, und hier stand sie und machte sich Gedanken über ein paar Euro. Doch wenn sie ehrlich war, reizte sie das Geldverprassen nicht. Sie würde sich ganz genau überlegen müssen, was sie mit der Summe anfangen wollte.

Während sie die Straße entlanglief, suchten ihre Augen die Umgebung ganz automatisch nach Bens hochgewachsener Gestalt ab, und allein beim Gedanken an ihn breitete sich in ihrem Inneren eine prickelnde Wärme aus.

Stopp!, rief sie sich selbst zur Ordnung. Das ging jetzt wirklich zu weit. Bei Bens Anblick weiche Knie zu bekommen war eine Sache, immer wieder an ihn zu denken eine andere. Sie hatte wahrlich wichtigere Sorgen.

Hannah hatte gerade ihre Pizza bestellt, als ihr Handy klingelte. Sie nahm ab und trat vor die Tür, um ungestört sprechen zu können.

»Hey, Süße!«, trällerte Katja gut gelaunt ins Telefon. »Lars hat sich den Vertrag angesehen.«

»Und?«

»Ist ein ganz normaler Standardvertrag. Er hat ihn sogar mit einem Muster aus dem Internet abgeglichen. Wenn du also ganz sicher bist, dass du verkaufen möchtest …«

»Natürlich möchte ich das!«, unterbrach Hannah sie entschieden. »Was soll ich denn sonst machen? Nach Kempenich ziehen und Bücher verkaufen?«

»Das nicht. Du könntest den Laden auch verpachten oder vermieten.«

»Dann hätte ich ihn ja ewig an der Backe. Außerdem hat Tante Marlies es so gewollt.«

»War ja nur eine Idee«, ruderte Katja zurück.

»Nicht deine beste«, entgegnete Hannah.

Abgesehen davon, dass sie sich nicht damit belasten wollte und ihre Tante den Verkauf bereits eingefädelt hatte, ging sie nicht davon aus, dass der Laden besonders lukrativ war. Vielleicht gelang es Ben, mehr daraus zu machen. Sie glaubte ihm allerdings aufs Wort, dass das Geschäft zumindest in den letzten Jahren nicht mehr sonderlich viel abgeworfen hatte. Immerhin belief sich das gesamte Vermögen ihrer Tante auf gerade mal fünftausend Euro. Für Hannah selbst war das zwar eine Stange Geld, aber als Lohn für ein ganzes arbeitsames Leben war es nicht gerade viel.

»Dann verkaufst du den Laden?«

»Ja.« Hannah atmete tief durch und grinste übers ganze Gesicht. »Ich verkaufe ihn.«

»Ich drücke dir für morgen ganz fest die Daumen. Und vergiss nicht, den Preis hochzuhandeln.«

»Keine Sorge, das vergesse ich nicht. Danke!«

»Schlaf gut, Süße. Und vor allem alleine.«

»Haha«, murmelte Hannah. »Ich ruf dich an, wenn alles erledigt ist.«

»Bis dann.«

Lächelnd ging sie in das Lokal zurück, um ihre Pizza zu holen. Sie hätte nie erwartet, dass ihre Rückkehr nach Kempenich so aufregend werden würde.

KAPITEL 4

Skeptisch starrte Hannah auf ihre magere Garderobe. Bei ihrer Abfahrt hatte sie nicht damit gerechnet, dass ihr Outfit eine Rolle spielen würde.

Für den Notartermin gestern hatte sie einen hellen Hosenanzug ausgesucht, aber den konnte sie heute auf keinen Fall wieder anziehen. Blieben noch das Sommerkleid oder die Jeans und das T-Shirt, die sie für den Rückweg eingepackt hatte. Nicht gerade die Kleidung, die Männerherzen höherschlagen ließ.

Sie seufzte und griff nach dem geblümten Kleid. Zumindest versprach es heute warm genug dafür zu werden. Und auch wenn sie darin leider jünger aussah, als sie war, hoffte sie, dass es Ben gefiel. Es passte gut zu ihrem Teint und brachte ihre schlanke Taille zur Geltung. Schade nur, dass sie keine hochhackigen Sandalen dabeihatte. Sie fand, dass ihre Beine ohne Absätze immer etwas zu kurz wirkten.

Es half alles nichts. Rasch betonte Hannah ihre Augen mit etwas Lidschatten und Mascara. Wenn sie sich nicht beeilte, würde sie Ben womöglich beim Frühstück verpassen.

Obwohl er mit dem Rücken zur Tür saß, erkannte sie ihn sofort. Heute trug er ein dunkelblaues, leicht schimmerndes Hemd, das sich über seinen breiten Schultern spannte. Die Ärmel hatte er erneut hochgekrempelt, was seiner geschäftsmäßigen Erscheinung einen sportlichen Touch verlieh.

Als hätte er ihre Anwesenheit gespürt, wandte Ben den Kopf

und schenkte ihr ein strahlendes Lächeln. Hannah spürte, wie ihre Knie weich wurden. Was für ein Mann!

»Guten Morgen. Möchtest du dich zu mir setzen?«

»Gerne.« Sie winkte einer Kellnerin zu, um sich ein Frühstück zu bestellen.

»Hast du gut geschlafen?«, fragte Ben, nachdem das erledigt war und sie ihm gegenüber Platz genommen hatte.

»Es geht so«, erwiderte Hannah wahrheitsgemäß. Sie hatte lange darüber gegrübelt, wie sie das Gespräch auf den Kaufpreis lenken sollte. Und obwohl sie nicht mit der Tür ins Haus fallen wollte, lieferte ihr Bens Frage die Vorlage dafür. Vielleicht würde sie keine bessere mehr bekommen.

»Was war denn los?« Er beugte sich interessiert vor. »Hast du überlegt, was du mit dem vielen Geld anfangen sollst? Oder jemand Bestimmten vermisst?«

Die Kellnerin erschien mit ihrem Frühstück. Bedächtig trank Hannah einen Schluck Kaffee, bevor sie Ben antwortete. Hatte er gerade wissen wollen, ob sie an *ihn* gedacht hatte? Oder zielte seine Frage eher darauf ab, ob sie mit jemandem zusammen war? Egal. Das tat jetzt überhaupt nichts zur Sache.

»Ich habe über den Vertrag nachgedacht.«

»Oh. Ist dir etwas unklar?«

»Nicht direkt. Ich habe den Entwurf von einem Freund prüfen lassen, und er scheint in allen wesentlichen Punkten in Ordnung zu sein«, erklärte sie möglichst lässig. Ben sollte nicht glauben, dass sie vertrauensselig oder naiv wäre. »Nur mit einem Punkt bin ich nicht ganz einverstanden.«

»Und der wäre?«

Hannah glaubte, Respekt in seinen Augen aufblitzen zu sehen, und verkniff sich ein zufriedenes Lächeln. »Der Preis«, entgegnete sie ungerührt.

Überrascht zog Ben die Augenbrauen hoch. »Der gebotene Betrag ist mehr als fair.«

»Das kann schon sein. Leider habe ich dafür nur dein Wort. Ich könnte mich natürlich umhören, einen Makler beauftragen und abwarten, ob sich noch ein Interessent findet. Um ganz sicherzugehen.« Sie biss in ihr Brötchen, damit er nicht merkte, wie aufgeregt sie war. Ihr Herz pochte wie verrückt. Sie war noch nie besonders gut im Pokern gewesen.

Nachdenklich lehnte Ben sich zurück.

Er durchschaute sie. Bestimmt durchschaute er sie. Tapfer widerstand Hannah dem Impuls, alles wieder zurückzunehmen. Entschieden kaute sie auf ihrem Brötchen herum und hoffte, dass er ihr Verhalten als selbstbewusst auffasste und nicht als panisch.

»Ich verstehe deinen Einwand«, sagte Ben langsam. »Ich dachte allerdings, uns wäre beiden an einer schnellen Abwicklung gelegen.«

Sie zuckte mit den Schultern. »Der Laden frisst ja kein Brot.«

»Er muss unterhalten werden, beheizt. Das verursacht Kosten, die du dir sparst, wenn du ihn mir zeitnah verkaufst.«

Mist! Daran hatte sie gar nicht gedacht. Doch das durfte sie ihn auf keinen Fall merken lassen. »Im Sommer werden die Heizkosten schon nicht so hoch sein.« Sie lächelte und trank einen weiteren Schluck von ihrem Kaffee.

Ben fuhr sich mit den Händen resigniert durchs Gesicht. »Worüber reden wir hier eigentlich?«

Verwirrt sah sie ihn an. »Über den Buchladen?«

Seine Mundwinkel zuckten. »Über wie viel Geld, meine ich.«

»Ach so.« Sie schluckte. Jetzt oder nie. »240.000.«

Ben stieß einen leisen Pfiff aus.

Hannahs Herz sank. Er würde sich nie darauf einlassen. Sie hatte es gleich gewusst.

»Deiner Tante hätten die 220 vollauf genügt.«

»Ich bin aber nicht sie.«

»Das lässt sich nicht leugnen.« Bens Augen blitzten amüsiert. Dann seufzte er tief. »230 und keinen Cent mehr.« Hannah schnappte nach Luft, doch er sprach weiter, bevor sie etwas sagen konnte. »Und dafür darf ich dich nachher zum Essen einladen.«

Sie lächelte geschmeichelt und maß ihn mit einem abschätzenden Blick. Das hörte sich nach einem ziemlich unmoralischen Angebot an. Sie wollte nicht den Eindruck erwecken, käuflich zu sein. Andererseits hatte sie nichts dagegen, mit ihm auszugehen – ganz unabhängig von dem gebotenen Betrag. Und solange sie das wusste, war es eigentlich egal, was er von ihr hielt. Immerhin würde sie ihn nach diesem Wochenende kaum noch einmal wiedersehen.

***

Gespannt wartete Ben ihre Reaktion ab. Wobei seine Aufregung zu gleichen Teilen dem geschäftlichen wie dem privaten Aspekt galt. Hannah war so süß und gleichzeitig sexy. Selbstbewusst und naiv. Ein wandelnder – und überaus faszinierender – Widerspruch.

Um den Verkauf an sich machte er sich keine Sorgen. Zur Not würde er auch noch die weiteren Zehntausend drauflegen, die sie gefordert hatte. Angesichts der geplanten Investitionen fiel dieser Betrag nicht allzu sehr ins Gewicht. Viel wichtiger war, dass er endlich loslegen konnte.

Noch vor zwei Tagen hatte Ben garantiert nicht vorgehabt, sich mit der Erbin des Buchladens einzulassen. Er hatte sie nur abfangen und den Verkauf zügig abwickeln wollen. Doch als er Hannah gesehen hatte, konnte er einfach nicht widerstehen. Jetzt saß sie ihm gegenüber, mit ihren ausdrucksstarken braunen Augen hinter der großen Brille, ihrem hübschen, fast schon herzförmigen Gesicht und den rosa schimmernden Lippen, die förmlich zum Küssen einluden. Ihre fein geschwungenen Brauen waren skeptisch erhoben und ließen vermuten, dass sie nicht ganz so jung und leichtgläubig war, wie sie auf den ersten Blick erschien.

Ihre Mundwinkel hoben sich leicht. »Einverstanden.«

Eine immense Erleichterung durchflutete Ben. Er wusste schon, wohin er sie bringen würde, sobald der Notartermin erledigt war. Gestern hatte sie ihm einen Einblick in ihre Vergangenheit gewährt. Heute würde er sich revanchieren. Er kannte keine Frau, die beim Anblick des glitzernden Wassers und der Weinberge nicht schwach werden würde.

»Mir ist übrigens noch eine Sehenswürdigkeit eingefallen«, sagte Hannah. »Vielleicht können wir nach dem Essen einen Abstecher dorthin machen.«

»Was ist es denn?«, fragte er neugierig, auch wenn seine Pläne für den Tag bereits feststanden.

»Im Naturschutzgebiet gibt es eine Heilquelle. Unter der Woche ist sie nicht stark besucht. Es ist wirklich schön da, und man kann das Wasser direkt aus dem Felsen trinken.«

Ben bemühte sich um eine undurchdringliche Miene. Er kannte diese Heilquelle, natürlich kannte er sie. Dadurch war er auf diese Gegend überhaupt erst aufmerksam geworden. Das war jedoch mit Sicherheit kein Thema, das er mit Hannah vertiefen wollte. Er setzte sein charmantestes Lächeln auf.

»Das klingt überaus verlockend, aber ich habe eine andere Idee.«

»Und die wäre?«

»Lass dich überraschen«, raunte er geheimnisvoll und stellte erfreut fest, dass sich ihr Gesicht erwartungsvoll erhellte.

***

»Nimmst du mich gleich mit nach Kempenich?«, fragte Hannah nach dem Frühstück.

Eine leichte Beunruhigung huschte über Bens Gesicht. »Wieso denn das?«

»Ich denke, wir haben in einer Stunde den Notartermin?«, entgegnete sie verständnislos.

»Ja, aber der ist nicht in Kempenich.«

»Ist er nicht?«

»Nein.« Ben zuckte mit den Schultern. »Es spielt ja keine Rolle, wo der Vertrag beglaubigt wird. Und da ich hier untergekommen bin, wollte ich nicht extra nach Kempenich fahren.«

»Auch gut.« Hannah war ebenfalls nicht sehr scharf darauf, in ihren Heimatort zurückzukehren. Sie musste an die eigenartige Frau denken, die sie gestern verfolgt hatte. Vielleicht lauerte die ja schon wieder irgendwo auf sie. Was sie wohl gewollt hatte?

»Treffen wir uns in einer halben Stunde an der Rezeption?«, riss Bens Stimme sie aus ihren Gedanken.

»Was? Ach so, sicher. Bis gleich.«

Da sie nicht wusste, was sie in der Zwischenzeit anfangen sollte, packte Hannah schon mal ihre Tasche. Sobald der Notartermin vorbei war, hatte sie keinen Grund mehr, noch länger hierzubleiben.

Oder doch?

Sollte sie nicht wenigstens das Grab ihrer Tante besuchen? So viel war sie ihr schuldig, nachdem diese ihr ihr Lebenswerk vermacht hatte.

Hannah ließ sich schwer auf das Bett sinken. Sie war nicht sicher, ob sie den Mut aufbringen würde, diesen Friedhof zu betreten, den Ort, an dem sie – von Schuldgefühlen und verzweifelter Trauer geplagt – für immer Abschied von ihrer Mutter genommen hatte. Erstaunlicherweise hatte sie nie Probleme da-

»Doppelter Grundbucheintrag?« Jetzt verstand Hannah auf einmal nur noch Bahnhof. Hätte der Kerl die wirklich interessanten Dinge nicht etwas ausführlicher erklären können?

»Der Laden läuft noch immer auf den Namen Ihrer Tante, Frau Konrads. Mit dem Erbschein, den Sie mir ausgehändigt haben, werde ich ihn erst auf Sie und dann auf Herrn Fullert umschreiben. Damit alles seine Richtigkeit hat.«

Hannah nickte und warf Ben einen verstohlenen Blick zu. Hoffentlich hielt er sie jetzt nicht für minderbemittelt. In seinem Gesicht las sie jedoch nichts als gespannte Erwartung. Er schien sich wirklich auf den Buchladen zu freuen. Hannah wurde ganz warm ums Herz. Es war schön zu wissen, dass das kleine Geschäft in so gute Hände kam.

Sie setzte ihre Unterschrift in die vorgesehenen Felder, und Ben tat es ihr gleich.

»Sehr schön.« Herr Kaltbach stempelte die Blätter ab, unterschrieb sie seinerseits und reichte jedem von ihnen eine Mappe mit den Unterlagen.

Strahlend wandte Ben sich ihr zu. »Herzlichen Glückwunsch!« Er streckte ihr die rechte Hand entgegen. »Es ist eine Freude, mit dir Geschäfte zu machen.«

Hannah grinste und ergriff seine Hand. Sie konnte noch immer nicht fassen, dass das hier tatsächlich passierte. Schon bald würden 230.000 Euro ihr – bisher kaum vorhandenes – Finanzpolster gehörig aufstocken. Sie wagte kaum, sich vorzustellen, was sie damit alles würde anfangen können.

»Jetzt, wo das Geschäftliche geregelt ist, können wir endlich zum vergnüglichen Teil des Tages übergehen«, raunte Ben. Hannah fiel auf, dass er noch immer ihre Hand festhielt.

Hastig entzog sie ihm ihre Finger und warf dem Notar einen verlegenen Blick zu. Er schien nichts bemerkt zu haben und sortierte seelenruhig die Unterlagen auf seinem Tisch.

»Lass uns gehen«, sagte Ben leise.

Es fühlte sich mittlerweile ganz selbstverständlich an, sich bei ihm unterzuhaken. Seite an Seite verließen sie das Büro des Notars.

»Verrätst du mir jetzt endlich, wohin wir fahren?«, fragte Hannah, als er ihr die Autotür aufhielt.

»Heute zeige ich dir ein Stück von meiner Heimat.«

»Frankfurt?«, entfuhr es ihr. In den Unterlagen stand unter seinem Namen eine Frankfurter Adresse. Abgesehen davon, dass es nicht gerade um die Ecke lag, fand Hannah diese Stadt nicht sonderlich romantisch.

»Wie kommst du denn darauf?«, fragte Ben überrascht.

»Wohnst du da etwa nicht?«

»Woher weißt du das?«

»Es steht im Kaufvertrag.« Er sollte bloß nicht glauben, sie würde ihm hinterherspionieren.

»Ach ja.« Er bog in die Landstraße ein. »Ich bin vor fünfzehn Jahren zum Studieren nach Frankfurt gegangen und irgendwie dort hängen geblieben.«

»Und wo bist du aufgewachsen?«

»Du kannst es einfach nicht abwarten, was?«, neckte er sie.

»Über kurz oder lang werde ich es ohnehin erfahren, also kannst du es mir auch gleich verraten.«

»Also gut. Ich stamme aus einem kleinen, verschlafenen Stadtteil von Koblenz.«

»Das Deutsche Eck soll sehr schön sein.«

»Ja, es hat schon was. Aber die Mosel ist noch viel schöner. Du solltest sie mal sehen, wenn die Sonne darauf scheint und sie sich wie ein glitzerndes Band um die Weinberge schlängelt.«

Hannah war beeindruckt. So eine poetische Ader hätte sie ihm gar nicht zugetraut. »Du klingst, als hättest du dich dort sehr wohlgefühlt.«

»Habe ich auch.«

»Wieso bist du dann fortgegangen?«

»Mich hat die große weite Welt gereizt. Koblenz war mir damals viel zu klein, zu vertraut.«

»Und, hast du sie gesehen?«

»Was denn?«

»Die große weite Welt?«

»Ein wenig. Ich habe ein Semester in Boston studiert und eins in Kopenhagen. Und in den ersten Jahren im Job bin ich viel in Europa herumgereist.«

»Und dann interessierst du dich für einen Buchladen in Kempenich?« Je mehr Hannah über Ben erfuhr, desto weniger Sinn ergab sein Vorhaben.

»Vielleicht will ich sesshaft werden.« Er zuckte mit den Schultern, und sie spürte, dass er ihrer Frage auswich.

»Du interessierst dich nicht für Bücher, oder?«

»Nicht direkt.« Er sah sie nicht an. »Sagen wir mal, ich bin darauf spezialisiert, kleine Schätze zu finden und das Beste daraus zu machen.«

»Und Tante Marlies' Laden ist so ein Schatz?«

»Definitiv.«

Okay. Wenn er das sagte. Er hatte offensichtlich mehr Ahnung vom Geschäft als sie.

»Außerdem weiß ich nicht, ob ich noch lange in Frankfurt bleibe«, erklärte Ben. »Meine Mutter ist nicht mehr die Jüngste. Und es ist gut, etwas in der Nähe zu haben, dem ich mich widmen kann.«

»Deine Mutter wohnt noch in Koblenz?«

»Ja. Wenn du nichts dagegen hast, würde ich meinen Besuch bei ihr heute allerdings lieber ausfallen lassen.« Er zwinkerte ihr verschwörerisch zu. Es war offensichtlich, dass er das Gespräch in eine andere Richtung lenken wollte.

»Siehst du sie oft?« Hannah konnte die Sehnsucht in ihrer Stimme nicht ganz verbergen.

»Nicht so oft, wie ich sollte«, gab Ben zu. »Ich versuche, es mindestens einmal im Monat einzurichten.«

»Und dein Vater?«

»Der ist vor sieben Jahren gestorben.«

»Oh, das tut mir leid.«

Ben zuckte mit den Schultern. »Ist schon in Ordnung. Wir hatten kein schlechtes Verhältnis, aber besonders nahe haben wir uns nie gestanden. Meine Eltern haben sich getrennt, als ich neun war.«

»Das war bestimmt nicht leicht für dich.«

»Ehrlich gesagt habe ich ihn kaum vermisst. Er war schon vorher nicht oft zu Hause. Unser kleiner Vorort war ihm nie genug.«

Hannah schmunzelte. »Daher also deine Sehnsucht nach der großen weiten Welt?«

»Schon möglich. Was ist mit dir?«

»Meine Mutter ist vor zehn Jahren an Krebs gestorben«, sagte sie leise. Nachdem er ihr so viel anvertraut hatte, wollte sie ehrlich zu ihm sein. »Es war ein sehr langer und qualvoller Prozess.«

»Das wusste ich nicht«, sagte Ben betreten.

»Wie denn auch?« Hannah blickte auf ihre ineinander verschränkten Hände hinab.

»War das der Grund, warum du weggezogen bist?«, fragte er sanft.

»Ja. Mein Vater und ich konnten einfach nicht länger in Kempenich bleiben.« Sie spürte, wie ihre Kehle eng wurde, und musste schlucken. »Das ist lange her«, sagte sie, konnte damit jedoch nicht mal sich selbst überzeugen.

»Und dein Vater?«

»Er lebt in Bonn. Wir verstehen uns gut, und ich besuche ihn regelmäßig.«

Hannah biss sich schuldbewusst auf die Lippe. Sie war

noch gar nicht dazu gekommen, ihm von Tante Marlies' Tod zu erzählen. Sie waren so daran gewöhnt, alle Themen zu umschiffen, die mit Kempenich zusammenhingen, dass sie nicht wusste, wie sie ihm die Neuigkeit beibringen sollte. Sie musste ihn auf jeden Fall anrufen, sobald sie zurück in Köln war.

Ben schien zu spüren, dass sie nicht weiter über ihre Vergangenheit reden wollte. »Hast du eigentlich schon großen Hunger?«, wechselte er unvermittelt das Thema.

Erleichtert atmete Hannah auf. »Nicht besonders, wieso?«

»Ich kenne da ein ganz hervorragendes, gemütliches Restaurant. Das macht allerdings erst gegen Abend auf. Wir könnten irgendwo einen kleinen Snack zu uns nehmen, und dann zeige ich dir den Ort, von dem ich vorhin gesprochen habe, bevor wir den Tag bei einem leckeren Essen ausklingen lassen. Was meinst du?«

»Das hört sich ganz wunderbar an.« Wie das rundum perfekte Date.

Wie schade, dass ihre Wege sich nach diesem Tag trennen würden.

KAPITEL 5

»Ich versteh das nicht.« Enttäuscht schaute Ben durch das dunkle Fenster einer offensichtlich geschlossenen Dönerbude. »Erst letzten Monat habe ich mir hier noch was zu essen geholt.«

»Ist doch halb so schlimm«, besänftigte Hannah ihn.

»Das sagst du so leicht.« Er verzog das Gesicht in gespielter Verzweiflung. »Ich kann dich schließlich nicht verhungern lassen!«

Sie lachte. »Keine Sorge, so schnell kippe ich nicht um. Außerdem ist das hier bestimmt nicht der einzige Laden, wo wir was zu essen bekommen können.« *So* klein war dieser Vorort von Koblenz schließlich nicht, auch wenn er mit den engen, verwinkelten Gassen sehr urig und gemütlich wirkte.

»Es gibt noch eine Pizzeria …«, setzte Ben zögernd an.

»Aber?«

»Dazu müssten wir direkt am Haus meiner Mutter vorbei.« Er wirkte wie ein ertappter Schuljunge, was Hannah bei seiner Statur irgendwie besonders niedlich fand.

Sie schmunzelte. »Ich habe vorhin einen kleinen Supermarkt gesehen. Heutzutage haben die alle eine Backtheke. Da werden wir bestimmt fündig.«

Er schaute sie zweifelnd an. »Ein Mittagssnack vom Billigbäcker?«

»Ist wohl nicht ganz dein Stil, was?«

»Zumindest nicht, wenn ich eine Frau beeindrucken möchte.«

Sofort regten sich die Schmetterlinge in Hannahs Bauch. »Du möchtest mich also beeindrucken?«

»Autsch.« Er griff sich theatralisch ans Herz. »Das ist dir noch gar nicht aufgefallen? Dabei habe ich mir solche Mühe gegeben.«

Grinsend schüttelte Hannah den Kopf. »Du hast ja noch ein paar Stunden.«

»Was für ein Glück!«

»Du sagst es.« Gut gelaunt hakte sie sich bei ihm unter. Es machte wirklich Spaß, mit ihm so ungezwungen herumzualbern.

Sie machten es sich mit ihrer Ausbeute auf einer Bank bequem und ließen sich die Sonne auf den Rücken scheinen.

»So etwas habe ich schon ewig nicht mehr gemacht«, sagte Hannah. Normalerweise nahm sie ihr Mittagessen an ihrem Schreibtisch im Büro ein oder ging mit Kunden auswärts essen.

»Hey, das war ganz alleine deine Idee«, rechtfertigte sich Ben und nahm einen Schluck von seinem O-Saft.

»Ich beschwere mich auch gar nicht. Ich finde es … schön«, gab Hannah zu, beinahe selbst überrascht.

»Wirklich?« Interessiert wandte Ben sich ihr zu.

»Du etwa nicht?«

»Irgendwie schon.« Er zuckte mit den Schultern. »Vermutlich kommt es auf die Gesellschaft an.«

»Machst du das eigentlich oft?«

»Was denn? Frauen mit derart exquisitem Essen verführen?«

Sie lachte auf. »Zum Beispiel.«

»Nein, ich glaube, das habe ich noch nie gemacht.«

Hannah stutzte. Machte sie das zu etwas Besonderem, oder war sie bloß besonders leicht zu haben?

»Wieso nicht?«, fragte sie.

»Hättest du Ja gesagt, wenn ich dich zu Brötchen und Saft auf einer Parkbank eingeladen hätte?«

Ja, das hätte sie. Weil es, wie er treffend bemerkt hatte, auf die Gesellschaft ankam, nicht auf das Essen.

»Ist mal was anderes«, entgegnete sie lässig. »Immer bloß diese teuren Restaurants, das wird auf Dauer langweilig.«

Seinem Blick konnte sie entnehmen, dass er nicht genau wusste, wie er ihre Antwort einzuordnen hatte. Gut so. Er sollte sich nicht zu sicher sein, dass er sie bereits am Haken hatte.

Sie stopfte sich das letzte Stück Käsebrötchen in den Mund und wischte sich die Hände an einem Taschentuch ab. »Sollen wir los?«, fragte sie Ben, der seine Pizzastange ebenfalls aufgegessen hatte.

»Sicher.« Er warf die leere Tüte zielsicher in einen Mülleimer. »Lass uns gehen.«

Ben führte sie hinunter zur Mosel, wo ein schmaler Fußweg am Ufer entlangführte. Er hatte nicht übertrieben, es war wunderschön hier. Das Wasser glitzerte in der Sonne, die Baumkronen über ihnen raschelten, Vogelgezwitscher erfüllte die Luft.

Ben grinste. »Schon ganz nett, oder?«

»Durchaus«, gab Hannah gut gelaunt zurück.

Er musterte abschätzend ihre Schuhe. »Wärst du für eine kleine Wanderung zu haben?«

»Kommt darauf an, wie unwegsam das Gelände ist.«

»Das ist nicht das Problem, es ist nur ein Stück zu gehen.«

»Das werde ich wohl noch hinkriegen. Falls es sich lohnt«, fügte sie mit einem koketten Augenaufschlag hinzu.

»Das tut es definitiv.«

»Wow!« Staunend blieb Hannah stehen und schaute ins Flusstal hinunter.

Der Aufstieg hatte sich wirklich gelohnt, auch wenn er

schweißtreibend gewesen war. Die Mosel wand sich wie eine silberne Schlange zwischen den Weinbergen hindurch, die Sonne schien warm vom strahlend blauen Himmel, der Duft reifender Weintrauben hing in der Luft.

Ben trat neben sie. Ein überaus zufriedenes Grinsen lag auf seinem Gesicht. Als wäre er eigenhändig für die vor ihnen liegende Aussicht verantwortlich.

»Früher bin ich oft hergekommen, wenn mich etwas bedrückt oder aufgewühlt hat. Und später …« Er räusperte sich und brach ab.

Hannah lachte amüsiert auf. »Und später hast du reihenweise Mädchen mit hier raufgeschleppt, gib's zu.«

Er schmunzelte. »Die eine oder andere vielleicht. Das ist aber schon ewig her. Funktioniert es denn immer noch?«

Sie zuckte mit den Schultern und wandte sich wieder dem Fluss zu. »Ich muss das noch ein wenig auf mich wirken lassen. Sobald ich es weiß, gebe ich dir Bescheid.« Sie bemühte sich, ihre Mundwinkel unter Kontrolle zu halten.

Ben lachte auf. »Lass dir ruhig Zeit. Ich setz mich einfach so lange hierhin und warte.« Er deutete auf eine Bank.

Hannah blieb noch ein wenig stehen, dann nahm sie neben ihm Platz. »Es ist wirklich schön hier. Ich glaube, jeder von uns braucht hin und wieder solche Orte.«

»Leider fehlt mir meist die Zeit für so etwas.«

»Vielleicht muss man sie sich einfach nehmen.«

Ben warf ihr einen überraschten Blick zu. »Schon möglich.«

Hannah streckte ihr Gesicht der Sonne entgegen und schloss die Augen. Sie sollte ihren eigenen Rat öfter beherzigen.

Irgendwann schaute Ben auf die Uhr. »Wir müssen langsam los. Immerhin haben wir noch den Rückweg vor uns, und mein Magen knurrt schon gewaltig.«

Hannah nickte, dankbar dafür, dass er die Schuld auf sich

nahm. Dabei war es ihr Magen, der sich gerade viel zu laut zu Wort gemeldet hatte.

Der Abstieg kam ihr kürzer vor, vermutlich weil sie nicht die ganze Zeit bergauf gehen musste. Dennoch war Hannah sich sicher, dass sie morgen ihre Beine spüren würde. Sie war nicht gerade untrainiert, aber allzu sportlich leider auch nicht.

Sie schlenderten noch ein Stück am Moselufer entlang, dann lotste Ben sie in eine schmale, gepflasterte Gasse, und kurz darauf standen sie vor einem urigen Lokal.

»Haben Sie noch einen Tisch im Wintergarten?«, wandte er sich an den Kellner.

»Selbstverständlich.« Der Mann lächelte und führte sie in einen kreisrunden Anbau mit gläsernem Kuppeldach und weich gepolsterten Korbstühlen.

Ganz gentlemanlike zog Ben einen der Stühle für Hannah zurück. Lächelnd nahm sie Platz, und er setzte sich ihr gegenüber an den kleinen runden Tisch.

»Du solltest auf jeden Fall die Kroketten probieren«, empfahl er ihr, als der Kellner ihnen die Speisekarten reichte. »Die werden hier selbst gemacht und ganz verschieden gefüllt, mit Preiselbeeren oder mit Pilzen zum Beispiel.«

Beeindruckt schlug Hannah die Karte auf. Das hörte sich in der Tat sehr verlockend an. Sie entschied sich für Preiselbeerkroketten und ein Steak, Ben bestellte ihnen eine Flasche Rotwein dazu.

»Auf unsere Begegnung.« Er prostete ihr mit einem bedeutungsvollen Lächeln zu.

Hannah stieß ihr Glas leicht gegen das seine. Auch ohne den Wein fühlte sie sich von diesem absolut perfekten Tag und dem Mann, der ihr gegenübersaß, wie berauscht. Natürlich wusste sie, dass genau das seine Absicht war, dass er sie verführen wollte. Dennoch war sie überaus geschmeichelt von der Mühe, die er sich gab. Und das war nicht der einzige Grund, wieso dieser Tag einen besonderen Zauber hatte. Sie und Ben schienen einfach auf einer Wellenlänge zu liegen.

Sie nahmen sich ausgiebig Zeit, das wirklich einzigartige Menü zu genießen, und saßen anschließend noch lange bei Kerzenschein zusammen, während draußen die Sonne unterging und den Himmel in die schönsten Farben von Gold über Violett bis Dunkelblau tauchte.

Irgendwann hielt Ben ihr auffordernd eine Hand hin. »Möchtest du tanzen?«

»Hier?« Überrascht schaute Hannah sich um. Aus den Lautsprechern drang zwar leise Musik, und in der Mitte des kreisrunden Raumes war genügend Platz, dennoch war dies nicht gerade ein Tanzlokal.

»Wieso nicht?« Ben zuckte lächelnd mit den Schultern. »Ich glaube nicht, dass es die beiden da stören würde.« Er deutete auf das einzige andere Pärchen, das am gegenüberliegenden Ende des Wintergartens verliebt Händchen hielt.

»Also gut«, willigte Hannah zögernd ein. Befangen ging sie um den Tisch herum und rechnete fast damit, dass gleich der Kellner angerauscht käme, um sie zur Ordnung zu rufen.

Das Gefühl verflog, sobald sie Bens starken Arm auf ihrem Rücken spürte. Ihn schien nichts aus der Ruhe zu bringen. Sie hob den Kopf, um ihn besser ansehen zu können, und genoss das warme Lächeln, mit dem er sie bedachte. Langsam begann er, sich mit ihr im Takt der Musik zu wiegen, und zog sie ganz sanft Stück für Stück immer näher an sich heran, bis sich ihre Körper auf ganzer Linie berührten.

Hannah schmiegte ihre Wange an seine durchtrainierte Brust und spürte, wie sich sein Griff verfestigte. Sie schloss die Augen und versuchte, ihr aufgeregt trommelndes Herz unter Kontrolle zu bringen. Er roch so gut und fühlte sich noch besser an.

Seine Hand rutschte tiefer, bis sie auf ihrer Taille liegen

blieb. Nur noch ein paar Zentimeter, und er würde ihren Po berühren. Normalerweise hasste Hannah es, wenn die Kerle das versuchten. Dieses Mal hätte es sie nicht gestört. Sie wünschte fast, er wäre nicht so ein vollkommener Gentleman.

Das Lied verklang. Vorsichtig rückte Ben ein wenig von ihr ab. Enttäuscht schaute sie zu ihm auf.

»Wenn ich dich noch irgendwo hinfahren soll, müssen wir los.« Seine Stimme klang rau, und sie hörte deutlich die unausgesprochene Frage darin.

»Und wenn nicht?«, hauchte sie und fühlte sich wagemutig und leicht verrucht.

Ein dunkler Glanz trat in seine Augen. »Dann könnten wir auch hier übernachten. Es ist immerhin ein Hotel.«

»Gib es zu, du hast das von Anfang an geplant.« Hannah biss sich auf die Unterlippe, um ihr Lächeln zu unterdrücken, was ihr kläglich misslang.

»Geplant nicht, aber gehofft.« Er strich mit dem Daumen über ihre Wange. Dann beugte er sich zu ihr herab und küsste sie, behutsam, sanft und voller Verheißung.

Hannahs Knie wurden weich, und sie klammerte sich an seine Schultern, während sie seinen Kuss erwiderte.

»Das werte ich dann als ein Ja?«, murmelte er.

Statt einer Antwort ließ Hannah ihre Zungenspitze vorschnellen. Die Berührung jagte wie ein Blitzschlag durch ihren Körper.

Ben versteifte sich kurz, löste sich widerstrebend von ihr und schluckte. »Lass uns gehen«, flüsterte er heiser.

Sie nickte.

Er nahm ihre Hand und zog sie mit sich zur Rezeption.

»Entschuldigung!«, rief der Kellner ihnen verwirrt hinterher.

»Setzen Sie das Essen auf die Hotelrechnung«, sagte Ben, ohne innezuhalten.

Hannah spürte den wissenden Blick des Mannes auf sich ruhen, aber es war ihr egal. Sie war erwachsen und wusste genau, was sie jetzt wollte.

Die Rezeption war nicht besetzt. Ungeduldig drückte Ben auf die Klingel. Es kostete Hannah alle Überwindung, ihm nicht die Hände um den Hals zu schlingen und da weiterzumachen, wo sie eben aufgehört hatten.

Endlich kam eine ältere Dame in Sicht.

»Wir hätten gern ein Zimmer«, sagte Ben eine Spur zu atemlos.

»Ihr Name?«

»Ben Fullert.«

»Mit zwei L?«

»Ja!«

Seelenruhig tippte sie seinen Namen in den Computer ein. »Geburtsdatum und Adresse?«

Hannah unterdrückte ein Seufzen. Das würde noch ewig dauern.

Ben schien zum gleichen Schluss gekommen zu sein, denn er zog hastig sein Portemonnaie aus der Tasche und warf seinen Ausweis auf den Tresen. »Steht alles hier drauf, Sie können es in Ruhe notieren. Ich hole ihn morgen früh wieder ab.«

Die Frau runzelte die Stirn. »Sie haben es wohl besonders eilig?«

»So könnte man es sagen.«

»Zimmer zwölf. Die Treppe hoch und dann rechts«, sagte die Dame resigniert. »Ich wünsche eine schöne Nacht!«, fügte sie mit dem Anflug eines Lächelns hinzu.

Hannah rekelte sich wohlig und blinzelte träge ins helle Tageslicht. Sie lag in einem Hotelbett, und ihr Körper fühlte sich federleicht an.

Ben. Sie seufzte zufrieden und drehte den Kopf.

Er lag nicht mehr neben ihr in dem zerwühlten Bett. Stattdessen stand er, nur mit einer Jeans bekleidet, mit dem Rücken zu ihr am Fenster und telefonierte leise. Leider nahm Hannah ohne ihre Brille nur einen verschwommenen Umriss wahr. Sie stemmte sich widerwillig in die Höhe, das Bett quietschte, und Ben fuhr unvermittelt herum. Rasch hielt er die Hand über das Handy und trat näher.

»Tut mir leid, ich wollte dich nicht wecken.«

»Hast du nicht.« Hannah wickelte sich in die Decke und richtete sich auf.

»Ich bin gleich bei dir«, raunte er und drehte sich wieder zum Fenster.

Hannah tastete auf dem Nachttisch nach ihrer Brille. Irgendwo hier musste sie doch sein. Etwas fiel klappernd zu Boden. Sie verzog das Gesicht und beugte sich weiter hinunter. Etwas Schwarzes lag auf dem hellen Boden. Ihre Finger schlossen sich darum, und sie erkannte den Umriss einer Fernbedienung. Mist! Ohne ihre Brille war sie blind wie ein Maulwurf.

»Alles in Ordnung?«, fragte Ben. Soweit sie es erkennen konnte, hatte er noch immer das Handy am Ohr.

»Ja.« Endlich hatte sie die Brille gefunden und setzte sie hastig auf. Sofort wurde die Welt um sie herum wieder klar.

»Ist gut, ich melde mich später«, sagte Ben in sein Telefon. »Bis dann.« Er lächelte entschuldigend.

»Wer war das?«, fragte Hannah neugierig, auch wenn er ihr keine Rechenschaft schuldete.

»Es war beruflich«, erwiderte er knapp.

»Hast du denn nie frei? Es ist immerhin Samstag.«

Er zuckte mit den Schultern und setzte sich neben sie aufs Bett. »Ich habe mir die letzten anderthalb Tage freigenommen«, erklärte er grinsend und hauchte ihr einen Kuss auf die Lippen. »Irgendwann muss ich auch wieder was tun. Hast du gut geschlafen?«

»Ja, danke.« Hannah schaute auf ihre Hände hinab, unsicher, wie es nun weitergehen sollte.

War es das jetzt gewesen? Würden sie noch das Wochenende zusammen verbringen? Würden sie sich jemals wiedersehen? Sie hätte nichts dagegen einzuwenden. Sie mochte ihn wirklich.

»Ich würde sehr gern noch länger mit dir hierbleiben.« Ben strich über ihre nackte Schulter. »Aber ich habe noch einen wichtigen Termin.«

Da hatte sie ihn – ihren Rausschmiss.

»Kein Problem, ich habe ja auch noch etwas vor«, sagte Hannah hastig. Von der Ungezwungenheit, die am Vorabend noch zwischen ihnen geherrscht hatte, war nichts mehr übrig.

»Soll ich dich nach Köln fahren? Ich muss eh in die Richtung.«

»Nein.« Sie atmete tief durch und schüttelte den Kopf. »Ich fahre nach Kempenich zurück. Das bin ich Tante Marlies einfach schuldig.«

»Tu es nicht«, bat er ungewöhnlich ernst.

»Wieso nicht?«

Er räusperte sich und wandte den Kopf ab. »Vielleicht ist es manchmal besser, die Vergangenheit ruhen zu lassen«, sagte er leise. »Außerdem hätte ich dann noch ein wenig länger das Vergnügen deiner Gesellschaft.«

Hannahs Herz machte einen kleinen Hüpfer. Sie wollte nicht zu viel in seine Worte hineininterpretieren, aber das hörte sich nicht so an, als wäre die letzte Nacht für ihn vollkommen bedeutungslos.

»Ich bin ja nicht aus der Welt. Du kannst dich gerne bei mir melden, wenn du mal wieder in Köln bist.«

»Ja, sicher.« Er erhob sich abrupt und schnappte sich sein Hemd.

Verwirrt sah Hannah ihn an. Er klang nicht so, als würde er das wirklich tun.

Ben drehte sich zu ihr um. Sein Lächeln wirkte erzwungen. »Ich fahre dich selbstverständlich zurück nach Kempenich, wenn du das willst.«

»Ist schon in Ordnung.« Sie winkte ab. »Ich möchte nicht, dass du deinen Termin verpasst.«

Außerdem hatte sie plötzlich keine Lust mehr, zu ihm ins Auto zu steigen. Dafür war die Stimmung zwischen ihnen von einem Moment auf den nächsten viel zu verkrampft geworden. Und sie wollte nicht anhänglich wirken. Sie hatten beide ihren Spaß gehabt, und jetzt trennten sich ihre Wege.

***

Ben hielt vor dem Koblenzer Hauptbahnhof. Er hatte es sich nicht nehmen lassen, Hannah zumindest hierherzubringen, obwohl sie ihm mehrfach versichert hatte, dass es nicht nötig sei.

Mehr als einmal war er versucht gewesen, es ihr zu sagen. Und jedes Mal hatte er gekniffen. Dabei war sie nicht dumm. Sie merkte mit Sicherheit, dass etwas nicht stimmte. Auch wenn sie die Wahrheit niemals erraten würde.

Vielleicht hatte er Glück, und sie würde es tatsächlich nie erfahren. Er hatte den Tag – und die Nacht – mit ihr sehr genossen. So sehr wie schon lange nichts mehr. Und er wollte nicht, dass sie schlecht über ihn dachte, auch wenn es streng genommen keine große Rolle spielte. Außerdem würde die Wahrheit ihr nur unnötig wehtun, ohne dass sie etwas daran ändern konnte.

Ben seufzte.

»Danke fürs Herbringen.« Hannah schnallte sich ab und griff nach der Reisetasche, die zwischen ihren Füßen stand.

»Gerne«, murmelte Ben.

Vielleicht sollte er mit ihr nach Kempenich fahren und dafür sorgen, dass sie nach dem Besuch auf dem Friedhof auf direktem Wege nach Hause fuhr, ohne irgendeinem dieser elenden Tratschweiber zu begegnen, die für ihn jeden Besuch in dem Dorf zu einem Spießrutenlauf machten. Dann hätte er jedoch zugeben müssen, dass er gar keinen Termin hatte, dass es nur ein ziemlich schlechter Vorwand gewesen war, um sie möglichst schnell zurück nach Köln zu bringen.

»Man sieht sich.« Hannah hob zum Abschied grüßend die Hand.

»Ja, bis dann.« Er zwang sich zu einem Lächeln.

Gern hätte er ihr mehr versprochen. Aber sie würde ihn kaum wiedersehen wollen, wenn sie jemals hinter seinen Plan kam. Und *so* nötig hatte er ihre Gesellschaft nun auch wieder nicht.

Es war besser so – für alle Beteiligten. Ein glatter Schnitt, keine Verpflichtungen, keine Erklärungen. Sie hatten beide genau gewusst, worauf sie sich einließen. Und genau das hatten sie auch bekommen. Er den Buchladen. Sie das Geld. Und beide eine verdammt heiße Nacht.

Hannah schlug die Autotür hinter sich zu und ging entschlossen davon.

Ben wendete den Wagen und gab Gas. Er würde sich nicht nach ihr umdrehen. Endlich hatte er das erreicht, worum er so lange gekämpft hatte. Und damit würde er von nun an alle Hände voll zu tun haben.

KAPITEL 6

Zischend glitten die Bustüren hinter Hannah zu. Es fühlte sich irgendwie surreal an, zum zweiten Mal innerhalb von drei Tagen nach Kempenich zurückzukehren. Wie ein groteskes Déjà-vu. Nur dass dieses Mal kein Ben Fullert auf sie wartete, sondern lediglich das Grab ihrer Tante. Und auch ihre Situation hatte sich erheblich verändert. Sie war keine mittellose PR-Beraterin mehr, die kaum die nächste Rate ihres Studienkredits abbezahlen konnte. Sie war reich – oder würde es zumindest sehr bald sein.

Das verdankte sie allein Tante Marlies, die sie nicht vergessen hatte, obwohl Hannah so sang- und klanglos aus ihrem Leben verschwunden war.

Erst ihre Mutter, dann deren Schwester – sie war für beide nicht da gewesen, als sie sie gebraucht hatten. Entschieden drängte Hannah die Schuldgefühle zurück. Sie hatte nicht gewusst, dass Tante Marlies etwas fehlte. Und sie konnte zumindest hoffen, dass ihre Tante ihr nicht böse gewesen war. Sonst hätte sie ihr wohl kaum alles hinterlassen.

Die Kirchenglocke schlug dreimal. Hannah fiel auf, dass sie keine Ahnung hatte, wie spät es eigentlich war. Sie holte ihr Handy aus der Handtasche und stellte verstimmt fest, dass der Akku leer war. Hoffentlich hatte sie ihr Ladekabel dabei, ganz sicher war sie sich da nicht.

Seufzend steckte sie das nutzlose Handy wieder ein. Sie würde schon irgendwie zurechtkommen. Sie hatte ohnehin nicht vor, allzu lange zu bleiben. Nach dem Abstecher zum Friedhof würde sie eine Kleinigkeit essen und dann den nächsten Bus in Richtung Zivilisation nehmen. Nach wie vor verspürte sie keinerlei Verlangen, den Buchladen zu besuchen. Er gehörte ja auch gar nicht mehr ihr.

Hannah bog um die Kurve. Vor ihr ragten die hohen, alten Bäume empor, die den Friedhof umfassten. Vorsichtig öffnete sie das quietschende Tor. Etwas abseits standen zwei ältere Damen mit gesenkten Köpfen, ansonsten schien der Friedhof menschenleer zu sein.

Hannah ging weiter, bis ihr auffiel, dass sie keine Ahnung hatte, wo Tante Marlies begraben war.

Sie würde doch nicht …

Ihr Herz begann zu rasen, als ihr die naheliegendste Möglichkeit einfiel – das Grab ihrer Mutter. Oder besser gesagt, die Stelle, an der es einmal gewesen war. Sie konnte entweder direkt dort nachsehen oder erst den ganzen Friedhof absuchen.

Seufzend bog Hannah in den schmalen, kiesbestreuten Pfad ein. Es wäre albern, Stunden mit einer sinnlosen Suche zu vergeuden.

Tante Marlies' frisches Grab fiel in diesem älteren Teil des Friedhofs direkt ins Auge. Große Blumenkränze schmückten die Erde, dahinter erhob sich ein provisorisches Holzkreuz. Hannahs Kehle wurde eng. Erinnerungen stürmten auf sie ein. Vor zehn Jahren hatte es hier fast genauso ausgesehen.

Zitternd blieb sie stehen und starrte den Namen auf dem Kreuz an. Das hier war nicht ihre Mutter. Auch wenn der Verlust ihrer Tante beinahe ebenso schmerzhaft war.

Hannah räusperte sich. »Hallo, Tante Marlies«, flüsterte sie. »Es tut mir leid, dass ich erst jetzt komme und dass ich nicht für dich da gewesen bin.« Ihre Augen füllten sich mit Tränen. »Wenigstens habe ich deinen letzten Wunsch erfüllt und den Laden an Ben verkauft.« Mit einem verlegenen Lächeln wischte sie sich über die feuchten Wangen. »Ich kann verstehen, wieso du das gewollt hast. Dein Laden wird bei ihm in guten Händen sein.«

Die zwei älteren Damen von vorhin tauchten am Ende des Pfades auf. Hannah beachtete sie nicht weiter, sondern wandte sich wieder dem Grab ihrer Tante zu. Es gab so viel, was sie ihr sagen wollte, aber irgendwie fehlten ihr die richtigen Worte.

»Danke!«, sagte sie daher schlicht. »Danke, dass du mich nicht vergessen hast. Ich hätte nie damit gerechnet, dass du ausgerechnet mir den Buchladen vermachst. Aber ich kann das Geld wirklich gut gebrauchen. Und …« Sie musste schlucken, bevor sie weitersprechen konnte. »Und es bedeutet mir sehr viel, dass du mich nicht aufgegeben hast.«

Die zwei Damen hatten sie nun fast erreicht. Sie hatten die Köpfe zusammengesteckt und tuschelten miteinander.

»Das ist sie! Das ist sie bestimmt!«, flüsterte eine von ihnen nicht gerade leise.

Ohne die beiden auch nur eines Blickes zu würdigen, drehte Hannah sich um und setzte sich in Bewegung. Sie wollte so schnell wie möglich verschwinden. Sie kannte diese Frauen zwar nicht, aber sie schienen durchaus zu wissen, wer sie war, und sie hatte keinerlei Lust, über die letzten zehn Jahre ihres Lebens ausgequetscht zu werden.

Ein erstickter Schrei ließ sie herumfahren.

»Inge, was ist denn los?«, rief eine der Damen erschrocken.

Ihre Begleiterin hielt sich mit schmerzverzerrtem Gesicht die Hand vor die Brust.

Oh Gott! Es sah aus, als würde sie gerade einen Herzinfarkt erleiden.

Mit zwei Sprüngen war Hannah bei ihnen, gerade noch rechtzeitig, um die Dame aufzufangen, bevor sie zu Boden fiel. Sie schien sich nicht mehr auf den Beinen halten zu können.

»Mein Herz, mein Herz!«, stöhnte sie unentwegt.

»Wir brauchen einen Notarzt!«, rief Hannah panisch und suchte nach ihrem Handy, bis ihr einfiel, dass der Akku leer war.

»Es wird gleich wieder, Kindchen«, röchelte die Dame in ihrem Arm. Dann wandte sie den Kopf und sagte mit erstaunlich fester Stimme zu ihrer Freundin: »Jetzt ruf schon an!«

Die andere Frau, die noch deutlich älter wirkte als ihre Begleiterin, holte tatsächlich ein Handy aus ihrer altmodischen Handtasche und wählte eine Nummer. Hilflos tätschelte Hannah die Hand der Dame und betete stumm darum, dass sie ihr nicht unter den Fingern wegstarb.

»Karin? Hier ist Ute«, sagte die Frau mit dem Handy aufgeregt. »Wir sind auf dem Friedhof. Du hattest recht.« Sie legte auf. »Karin ist unterwegs«, verkündete sie erleichtert.

»Ist Karin die Ärztin Ihrer Freundin?«, fragte Hannah verwirrt.

»Nicht direkt. Aber sie weiß, was zu tun ist.«

»Wäre es nicht besser, sie in ein Krankenhaus zu bringen?« Besorgt betrachtete Hannah die Dame, die sie noch immer stützte. Sie wirkte schon deutlich entspannter.

Diese winkte ab. »Ach was«, sagte sie und klang bereits bemerkenswert munter. »Geben Sie mir noch ein paar Minuten, dann bin ich wieder wie neu.«

»Sind Sie sicher?«

»Natürlich, Kindchen.«

Hannah zögerte. Wenn der Dame nichts fehlte, konnte sie sich eigentlich auch auf den Weg machen.

Als hätte diese ihre Gedanken gelesen, schloss sich ihre Hand fester um Hannahs Arm. »Bitte bleiben Sie noch!« Sie gab ihrer Stimme wieder einen kläglichen Klang.

Hannah hatte immer mehr das Gefühl, dass hier irgendetwas nicht stimmte. Sie schaute sich nach der zweiten Frau um und sah, dass diese bis zur Weggabelung zurückgegangen war und angestrengt nach etwas – oder jemandem – Ausschau zu halten schien.

»Haben Sie das öfter? Probleme mit dem Herzen, meine ich?«, fragte Hannah, um die Stille irgendwie zu füllen.

»Hin und wieder ein Stechen. In meinem Alter bleibt das leider nicht aus.«

Aufmerksam musterte Hannah die Frau und versuchte abzuschätzen, wie alt sie wohl war. Sechzig? Siebzig? Irgendwas dazwischen vermutlich. Etwa so alt wie Tante Marlies. Vermutlich hatten sie sich gekannt. Immerhin kannte in Kempenich jeder jeden. Sie konnte Hannah mit Sicherheit erzählen, wie Tante Marlies gestorben war. Die Frage lag ihr schon auf der Zunge, als plötzlich Leben in die Dame kam.

Sie entzog Hannah energisch ihre Hand und richtete sich auf.

Hannah vergewisserte sich, dass sie sicher auf eigenen Beinen stehen konnte, bevor sie sie losließ.

»Danke für Ihre Hilfe, Kindchen!« Die Dame hakte sich gut gelaunt bei Hannah unter. Ihre Beschwerden schienen wie weggeblasen zu sein. »Kommen Sie mit.«

»Und wohin?«

Die Frau deutete nach vorne.

Erstaunt bemerkte Hannah, dass deren Freundin – Ute, wie sie vorhin am Handy gesagt hatte – nicht länger allein war. Eine weitere Frau war auf der Bildfläche erschienen. Vermutlich diese Karin, von der die beiden gesprochen hatten. Gemeinsam eilten die zwei älteren Damen auf sie zu.

Hannah blieb wie angewurzelt stehen. Sie hatte Karin schon einmal gesehen. Sie war es gewesen, die sie nach dem Notartermin verfolgt hatte.

»Was geht hier vor?«, fragte sie. War das eben alles nur gespielt gewesen?

Die Frau an ihrer Seite lächelte stolz. »Das war fast oscarreif, nicht wahr? Das soll mir Doris von der Theaterspielgruppe erst mal nachmachen, wenn sie meint, dass ihr die nächste Hauptrolle zusteht.«

»Was?« Hannah verstand nur Bahnhof. Welche Theatergruppe?

»Keine Sorge, Kindchen. Karin wird dir gleich alles erklären.«

»Hannah!« Die Frau, die gerade dazugestoßen war, klatschte entzückt in die Hände und sah sie hingerissen an. »Wie erwachsen du geworden bist!«

Hannah bedachte sie mit einem skeptischen Blick. »Sollte ich Sie kennen?«

Karin seufzte. »Komm mit, ich habe dir viel zu erzählen. Ich bin so froh, dass ich dich noch erwischt hab.«

Hannah durchkämmte angestrengt ihr Gedächtnis. Irgendwie kam ihr die Frau tatsächlich bekannt vor.

»Ich bin Karin, Marlies' Freundin«, half diese ihrem Gedächtnis auf die Sprünge.

»Tante Karin?« Hannah versuchte, das Bild einer Frau mit langen graublonden Haaren, das in ihrer Erinnerung aufblitzte, mit der vor ihr stehenden Dame zusammenzubringen. Es fiel ihr nicht leicht, was vor allem an der dunklen Kurzhaarfrisur liegen musste, die sie inzwischen trug. Sie sah damit fast jünger aus als vor zehn Jahren, und auf jeden Fall deutlich fescher.

»Stimmt genau.« Karin lächelte Hannah voller Wärme an. »Ich habe gewusst, dass du nicht einfach verschwinden würdest, ohne Marlies' Grab zu besuchen.«

Hannah schluckte. »Wie ist sie überhaupt gestorben? Ich wusste nicht, dass sie krank war …« Sie hatte es auch gar nicht wissen können. Weil sie sich nie bei ihrer Tante gemeldet hatte.

Betrübt senkte Karin den Kopf. »Es war ein Herzinfarkt, sehr überraschend. Sie hat nicht lange leiden müssen.«

Hannah nickte. Wenigstens etwas. »Danke, dass ihr euch um alles gekümmert habt.« Sie deutete fahrig in Richtung Grab. Wahrscheinlich wäre das ihre Aufgabe gewesen. Eine Beerdigung kostete schließlich Geld. Vielleicht war das sogar der Grund dafür, dass Karin sie so dringend sprechen wollte. Plötzlich schämte Hannah sich abgrundtief dafür, am Donnerstag vor ihr davongelaufen zu sein. »Ich ersetze euch selbstverständlich alle Ausgaben.«

»Darum geht's doch nicht! Marlies hat für alles vorgesorgt.«

»Wie denn das?«

»Mit einer Sterbegeldversicherung. Sie wollte niemanden in Unkosten stürzen.«

Stattdessen hatte sie ihren gesamten Besitz einer Nichte hinterlassen, die sich nicht um sie gekümmert hatte. Erneut drängte Hannah die aufsteigenden Schuldgefühle zurück. Sie wusste aus Erfahrung, dass es keinen Sinn hatte, sich darin zu suhlen. Die Vergangenheit ließ sich nicht ändern.

»Was wolltest du dann mit mir besprechen?«, fragte sie.

»Lass uns das an einem gemütlicheren Ort tun«, sagte Karin ausweichend. »Danke für eure Hilfe«, fügte sie an die beiden anderen Frauen gewandt hinzu, die ihr Gespräch neugierig belauscht hatten. »Ihr könnt den Übrigen jetzt Entwarnung geben.«

»Entwarnung?«, entfuhr es Hannah überrascht.

»Ja. Seit zwei Tagen überwachen wir schon alle Orte, an denen du auftauchen könntest. Den Buchladen, euer altes Haus, den Friedhof und das Notariat.«

Hannah war nicht sicher, ob sie belustigt oder eher verstört sein sollte. Man hatte sie ja regelrecht gestalkt – oder es zumindest versucht.

»Wer ist *wir?*«

»Na, unser Buchclub und ein paar Freunde.«

»Buchclub?«

Karin nickte besänftigend. »Ich werde dir alles erklären, versprochen.«

»Na, da bin ich ja gespannt.«

Hannah folgte Karin durch die verwinkelten Gassen der Altstadt.

»Wohin gehen wir?«

»Am besten direkt zu mir. Dort können wir in Ruhe reden.«

»Worum geht es denn überhaupt? Ich wollte eigentlich zurück nach Köln.«

Trotzdem konnte Hannah nicht leugnen, dass sie neugierig war. Die ganze Mühe, die Karin sich gegeben hatte, um sie zu treffen, musste schließlich einen Grund haben. Gleichzeitig durfte sie nicht vergessen, dass ihr richtiges Leben sich außerhalb von Kempenich abspielte. Ihre Karriere stand auf überaus wackeligen Beinen. Genau genommen hätte sie das Wochenende nutzen sollen, um sich ein absolut geniales Konzept zu überlegen, das sie Herrn Lorenz am Montag präsentieren konnte.

Karin warf ihr einen missbilligenden Blick zu. »Zeit für ein Mittagessen wirst du wohl noch haben. Bist ohnehin viel zu dürr.« Als wäre damit alles gesagt, ging sie entschlossen weiter.

Schließlich blieb sie vor einem hellen Bungalow stehen, in dessen Vorgarten üppige Rosenbüsche blühten, und öffnete das Gartentor.

»Sieht sehr hübsch aus«, kommentierte Hannah, um irgendetwas zu sagen. »Wohnst du alleine hier?«, fügte sie hinzu, als Karin die Tür öffnete und sie in einen blitzblank geputzten Flur traten.

»Ja. Meine Kinder sind schon lange ausgezogen. Und mein Mann ist vor fünf Jahren gestorben.«

»Das tut mir leid«, sagte Hannah.

»Braucht es nicht.« Karin winkte ab. Sie schien nicht sonderlich um ihn zu trauern.

»Was riecht hier so gut?«, fragte Hannah und schnupperte.

»Ich habe einen Schmortopf auf dem Herd. Ich wollte gerade essen, als Utes Anruf kam.« Karin zog ihre Schuhe aus und schlüpfte in ein Paar Pantoffeln. »Du kannst dir schon mal die Hände waschen, ich decke so lange den Tisch. Das Bad ist hier links.«

Schmunzelnd folgte Hannah der Aufforderung. Es fühlte sich eigenartig an, plötzlich derart bemuttert zu werden.

Karin stellte gerade eine dampfende Schüssel auf den Tisch, als Hannah zu ihr ins Esszimmer trat.

»Mmh, das duftet himmlisch!«, bemerkte sie. Ihr Magen knurrte bestätigend.

»Du bekommst wohl nicht oft was Gescheites auf den Tisch.« Karin häufte ihr eine beeindruckende Portion Gemüse und Braten auf den Teller.

»Ich koche öfter selbst«, verteidigte sich Hannah. Es roch allerdings nie so gut wie hier.

»Bestimmt nur dieses Tofu-Zeug und Salat.«

Hannah grinste. »Hin und wieder gibt's auch mal 'ne Schweinshaxe.«

Karin musterte sie einen Moment lang ungläubig, dann lachte sie auf. »Schön, dass du endlich da bist! Und jetzt greif zu.«

»Danke.« Hannah spießte ein Stück Fleisch auf ihre Gabel und kostete vorsichtig, um sich nicht die Zunge zu verbrennen. Es schmeckte so wunderbar, wie es roch.

»Standet ihr euch eigentlich sehr nahe, Tante Marlies und du?« Hannah konnte sich daran erinnern, dass Tante Karin hin und wieder im Buchladen ausgeholfen hatte, nachdem ihre Mutter erkrankt war, aber sie war damals jung und viel zu sehr mit sich selbst beschäftigt gewesen, um sich für die Erwachsenen zu interessieren.

»Sie war meine beste Freundin.« Karin atmete tief durch und schien um Fassung zu ringen.

»Es tut mir leid. Es war bestimmt nicht leicht für dich.«

»Nein, das war es nicht.« Karin seufzte. »So ist das Leben. Es hätte Marlies viel bedeutet, dass du gekommen bist.«

»Wieso hat sie sich nie bei mir gemeldet?« Hannah war nicht sicher, wie sie darauf reagiert hätte. Jetzt würde sie es nie erfahren.

»Sie wollte dich nicht bedrängen. Sie verstand, wie schwer das alles für dich war. Wie ungern du an Kempenich und deine Mutter erinnert werden wolltest. Außerdem hat sie geglaubt, sie hätte noch Zeit.«

»War es das, was du mir erzählen wolltest?«

»Nicht ganz.« Karin legte die Gabel beiseite und schaute Hannah ernst an. »Ich muss mit dir über den Laden reden. Erst recht, nachdem ich diese Heuschrecke Ben Fullert mit dir gesehen habe.«

»Was?« Hannah blieb fast der Bissen im Hals stecken. Sie hustete und trank einen Schluck Wasser.

»Dieser Typ ist erstmals vor knapp einem Jahr hier aufgetaucht, hat sich überall eingeschleimt und Marlies mit Engelszungen zu überreden versucht, ihm den Laden zu verkaufen.«

Ein tonnenschwerer Klumpen bildete sich in Hannahs Magen. »Und das wollte sie nicht?«

»Na ja, kurz hat er sie tatsächlich in Versuchung geführt. Sie wurde ja auch nicht jünger und hatte eh schon mit dem Gedanken gespielt, sich zur Ruhe zu setzen. Und da du den Laden nie gewollt hast …« Karin zuckte mit den Schultern.

»War sein Angebot denn nicht fair?«, fragte Hannah.

»Doch, es war okay, es ging Marlies aber nicht ums Geld. Dieser Ben Fullert hat nicht mit offenen Karten gespielt, er hat geglaubt, sie über den Tisch ziehen zu können. Aber Marlies hat ihn durchschaut. Ich sage nur, ein Hoch auf das Internet.«

»Wieso denn? Was hat sie herausgefunden?« Hannah war, als würde das Zimmer sich plötzlich um sie drehen.

»Nicht sie selbst. Utes Enkelin hat ihr ein wenig geholfen.

Die ist ganz fix mit diesen ganzen Computerdingen, hat auch die Homepage für den Laden gemacht.«

»Und?«

»Marlies hat sie also gebeten, diesen Ben Fullert mal zu überprüfen. Es kam ihr merkwürdig vor, dass ein junger und scheinbar erfolgreicher Mann wie er sich plötzlich für ihren Buchladen in unserem kleinen Nest interessiert.«

»Und weiter?« Hannah wurde immer ungeduldiger. Karin sprach mit einer derartigen Abscheu von Ben, dass ihr ganz übel wurde.

»Er ist kein Buchhändler!«, verkündete diese entrüstet. »Er besitzt Hotels!«

Gespannt wartete Hannah auf eine Erklärung. Das konnte noch nicht alles sein.

»Hotels, verstehst du?«, sagte Karin noch einmal, als von Hannah keine angemessene Reaktion kam.

»Na und?« Nach Karins Vorrede hatte sie fast schon damit gerechnet, dass Ben in kriminelle Machenschaften verwickelt war und mehrere Leichen im Keller hatte.

Karin starrte sie so entgeistert an, als hätte sie gerade zugegeben, regelmäßig kleine Kätzchen zu quälen. »Er wollte den Buchladen plattmachen!«

»Hat er das gesagt?«, fragte Hannah vorsichtig, während sie fieberhaft überlegte, was Ben ihr über seine Pläne für den Laden erzählt hatte. Er hatte gesagt, dass er ihn zu einem Ort machen wolle, an dem die Menschen sich rundum wohlfühlten, dass er das Beste aus ihm herausholen würde. Sie hatte das nicht hinterfragt, war ganz automatisch davon ausgegangen, dass er den Laden weiterführen wollte.

»Nein, das musste er auch gar nicht«, beantwortete Karin Hannahs Frage. »Uns war sofort klar, was er vorhatte. Und als er kurz darauf das Grundstück hinter dem Buchladen erworben hat, gab es kein Leugnen mehr.«

»Hinter dem Laden ist doch gar nichts«, sagte Hannah verständnislos. Solange sie sich erinnern konnte, war dahinter nichts als Brachland mit ein paar Bäumen gewesen. Als Kind hatte sie gern in diesem Miniwald gespielt.

»Eben.« Karin nickte bedeutungsvoll. »Das Land hat schon immer den Brohls gehört. Die Gemeinde hat mehrfach versucht, es Frank abzukaufen, aber er wollte nicht. Hat immer getönt, das sei seine Altersvorsorge, und auf das richtige Angebot gewartet. Anscheinend hat er es von Ben Fullert endlich bekommen.«

Hannah runzelte verwirrt die Stirn. »Und wozu braucht er dann den Buchladen?«

Das ergab überhaupt keinen Sinn. Wenn Ben nicht gerade einen Wolkenkratzer bauen wollte, war das Grundstück der Brohls mehr als ausreichend für ein Hotel. Sie konnte sich ohnehin nicht vorstellen, dass allzu viele Leute ausgerechnet in Kempenich Urlaub machen wollten.

»Aus zwei Gründen.« Karin hielt demonstrativ Zeige- und Mittelfinger in die Luft. »Erstens hat das hintere Grundstück keine Anbindung an die Straße, und zweitens braucht er auf jeden Fall die Quelle.«

»Was für eine Quelle?«

»Die Heilquelle in Marlies' Hinterhof.« Karin klang, als wäre das selbstverständlich.

»Du meinst den Springbrunnen?« Hannah hatte noch nie etwas von irgendeiner Quelle gehört.

»Ja. Nur dass es kein künstlicher Springbrunnen ist. Es ist eine Mineral- und Heilquelle.«

»Deshalb hat das Wasser dort immer so gut geschmeckt?«

Karin schmunzelte. »Ja. Marlies selbst hat es lange Zeit nicht gewusst. Irgendwann hat sie aus einer Laune heraus das Wasser untersuchen lassen, weil sie endlich wissen wollte, was es damit auf sich hatte. Und dabei hat sich herausgestellt, dass es sehr reich an Silizium und anderen Mineralien ist. Sie hätte das Wasser abfüllen und für gutes Geld verkaufen können. Aber das kam für sie nicht infrage. So eine Abfüllanlage hätte alles verschandelt. Von den LKWs, die hier ständig durchgefahren wären, ganz zu schweigen. Deshalb hat Marlies die Quelle auch nie eintragen lassen. Sie wollte nicht belästigt werden.«

Hannah schluckte. »Wer hat denn davon gewusst?«

Karin zuckte mit den Schultern. »Keine Ahnung. Wir haben das nicht an die große Glocke gehängt, es allerdings auch nicht gerade geheim gehalten. Die Mädels vom Buchclub wussten es. Ein paar andere Leute im Ort vermutlich ebenfalls.«

»Und der Notar, Herr Bricken?«, fragte Hannah.

Karin musterte sie überrascht. »Ich glaube nicht. Mit dem haben wir ja sonst nichts zu tun. Und außerdem lebt er gar nicht hier, sondern in Spessart. Wieso?«

»Nur so«, meinte Hannah schnell. Sie war keine Expertin, aber sie konnte sich gut vorstellen, dass das Grundstück mit der Quelle deutlich mehr wert war als die von ihm angesetzten 200.000 Euro. Wenn er davon gewusst hätte, wäre das aalglatter Betrug gewesen.

Sie fuhr sich mit der Hand durchs Gesicht, als ihr die ganze Tragweite dieser Enthüllung dämmerte. Ben hatte sie nach Strich und Faden betrogen. Er hatte ihr eiskalt ins Gesicht gelogen, als er behauptete, Tante Marlies hätte ihm den Laden verkaufen wollen. Er hatte ihr nur einen Bruchteil dessen gezahlt, was das Grundstück vermutlich wert war. Und sie obendrein auch noch flachgelegt.

Hannah wünschte sich, die Erde möge sich auftun und sie verschlingen. Sie war ja so dämlich!

»Hannah? Ist alles in Ordnung? Du bist so blass.« Karin musterte sie besorgt.

Sie riss sich zusammen. »Bist du ganz sicher, dass es Ben Fullert um diese Quelle geht?«

»Und ob! Er hat sogar auf dem Brohls-Grundstück Bohrungen durchführen lassen, in der Hoffnung, die Wasserader zu treffen. Fehlanzeige. Alles, was er gefunden hat, war ganz normales Grundwasser.« Karin grinste. Bens Versagen schien ihr eine immense Genugtuung zu bereiten.

»Du magst ihn wohl nicht besonders?« Hannah konnte dieses Gefühl mittlerweile sehr gut nachvollziehen, doch wieso Karin das Ganze so persönlich nahm, war ihr ein Rätsel.

»Na ja.« Sie zuckte mit den Schultern. »Ich fand es nicht gerade sympathisch, dass er nicht mit offenen Karten gespielt hat, als er Marlies das Angebot gemacht hat. Es klang, als wollte er den Buchladen weiterführen. Und er hatte sie fast so weit, an ihn zu verkaufen. Als alles rausgekommen ist, haben wir erwartet, dass er einfach verschwinden würde. Dann wäre alles gut gewesen. Es gehört Größe dazu, eine Niederlage einzugestehen. Größe, die Herr Fullert offensichtlich nicht besitzt. Denn stattdessen hat er sich hier breitgemacht, das Brohls-Grundstück gekauft und so manch anderem in der Nachbarschaft ein Angebot unterbreitet. Da ist er allerdings an die Falschen geraten. Wir wollen hier keine Touristenmassen, die das Dorf überrennen, keinen Betonbunker und auch keine Abfüllanlage.«

Hannah nickte betrübt. Sie konnte verstehen, dass die Einheimischen von Bens Plänen nicht gerade begeistert waren. Und wenn sie erfuhren, dass Hannah ihm den Schlüssel zu alldem in die Hand gegeben hatte, würde sich der gesamte Groll gegen sie richten.

»Vielleicht wäre es ja gar nicht so schlimm, wenn er sein Hotel baut«, versuchte sie Karin und sich selbst zu beruhigen. Sie konnte sich nicht vorstellen, dass die Touristen plötzlich scharenweise nach Kempenich stürmten. Hier gab es nichts. Und auch der kleine Springbrunnen in Tante Marlies' Hinterhof stellte nicht gerade eine gewaltige Sensation dar.

»Glaub mir, dieser Ben Fullert ist mit allen Wassern gewaschen. Wenn er was anpackt, bringt er es auch zu Ende. Wenn ich nur daran denke, was er am Donnerstag abgezogen hat.«

Donnerstag? Da war sie doch angereist.

»Was war denn am Donnerstag?« Hannah hatte ein ganz mieses Gefühl. Konnte es tatsächlich noch schlimmer werden?

»Du hast dich vielleicht gewundert, wieso *er* beim Notar auf dich gewartet hat, *ich* aber nicht«, sagte Karin.

Zu dem Zeitpunkt mit Sicherheit noch nicht. Jetzt kam es Hannah in der Tat eigenartig vor.

»Ich habe einen Anruf von Herrn Brickens Assistentin bekommen, dass die Testamentseröffnung um einen Tag verschoben worden sei.«

»Was?«

»Ja. Keine Ahnung, wie Ben Fullert das hinbekommen hat. Aber ich habe keinen Zweifel daran, dass er dahintersteckt. Immerhin war er selbst zur rechten Zeit am rechten Ort.« Karin schnaufte und schüttelte entrüstet den Kopf. »Ich vermute ja, dass Paula, dieses Flittchen, damit zu tun hat.«

»Paula?«

»Ja, Paula Reinold. Sie muss ein paar Klassen über dir gewesen sein. Jetzt arbeitet sie im Vorzimmer von Herrn Bricken.« Karin senkte verschwörerisch die Stimme. »Und wenn du mich fragst, ist sie ihm nicht nur dort zu Diensten. Trotzdem macht sie jedem Mann, der ihr über den Weg läuft, schöne Augen. Und Ben Fullert ist mit Sicherheit auch kein Kostverächter, so wie der aussieht.«

Hannah schluckte und betrachtete konzentriert das Muster auf der Tischdecke. Hoffentlich waren ihre Wangen nicht so rot, wie sie sich anfühlten. Nein, ein Kostverächter war Ben definitiv nicht.

»Wie auch immer, ich dachte am Donnerstag also, ich hätte den ganzen Tag Zeit, und habe den Hausputz in Angriff genommen. Dabei habe ich so ein schönes Hörbuch gehört und deswegen das Klingeln des Telefons nicht mitbekommen. Die Andrecht-Hilde hat dich nämlich gesehen, als du aus dem Bus gestiegen bist, und mich natürlich direkt angerufen. Als ich runterkam und sah, dass der Anrufbeantworter blinkt, war es fast schon zu spät. Ich bin sofort losgelaufen. Dann habe ich dich mit *ihm* gesehen und das Schlimmste befürchtet.«

»Hast du das?«, presste Hannah mit dünner Stimme hervor.

»Ja. Ich hatte solche Angst, dass du was Dummes tust.«

Hannah rang sich ein schwaches Lächeln ab.

»Deswegen haben wir auch sofort Wachen vor Herrn Brickens Notarbüro aufgestellt. Aber du bist zum Glück nicht wieder dort aufgetaucht.«

Hannah war fassungslos. Ben hatte wirklich an alles gedacht. Er hatte sie aus Kempenich fortgebracht, bevor sie mit irgendjemandem sprechen konnte. Wie praktisch, dass es im Nachbarort ebenfalls einen Notar gab. Und sie selbst hatte es so eilig gehabt, die Tür zu ihren Erinnerungen wieder zuzuschlagen, dass sie nichts von alledem hinterfragt hatte.

Oh Gott! Sie war sogar heute Morgen noch geschmeichelt gewesen, wie sehr er sich um ihr Wohlbefinden sorgte. Immerhin hatte er sie mehrfach gefragt, ob sie wirklich nach Kempenich zurückkehren wollte. Er hatte ihr geraten, die Vergangenheit ruhen zu lassen.

So ein Arsch! Damit würde er nicht durchkommen! Nicht mit ihr! Das war Betrug und arglistige Täuschung!

Hannah war schon halb aufgesprungen, um Ben zur Rede zu stellen, als ihr einfiel, dass er gerade einen beruflichen Termin hatte. Was auch immer es an einem Samstag für ihn zu regeln gab.

Resigniert ließ sie sich wieder auf ihren Stuhl sinken.

»Was ist los?« Karin bedachte sie mit einem argwöhnischen Blick.

»Nichts«, log Hannah hastig. »Ich frage mich nur, wieso Tante Marlies ausgerechnet mir diesen Buchladen vererbt hat.« Sie wünschte sich, sie hätte es nicht getan. Dann wäre sie jetzt nicht für dieses Desaster verantwortlich.

»Wem hätte sie den Laden denn sonst hinterlassen sollen? Sie hatte außer dir doch keine Familie.«

Damit landete eine weitere Schippe voll Schuldgefühl auf Hannahs Seele. Fast schon trotzig zuckte sie mit den Schultern. »Dir zum Beispiel. Du scheinst eh bestens über alles Bescheid zu wissen.«

Karin lachte auf. »Kind der Liebe, holder Engel, was soll ich denn mit dem Buchladen? Ich bin froh, dass ich endlich in Rente bin! Nein, der Laden braucht jemanden, der ihn mit Liebe und Elan weiterführt.«

Hannah stockte. »Damit kannst du jetzt nicht mich meinen.« Sicherlich hatte Tante Marlies nicht von ihr erwartet, dass sie sich persönlich um den Buchladen kümmerte.

»Nein.« Karin seufzte. »Das wäre natürlich sehr schön gewesen, und ich denke, im Stillen hat Marlies sich das immer gewünscht. Aber sie hat akzeptiert, dass dein Leben anders aussieht. Sie war sehr stolz auf dich, weißt du?«

Nein, das hatte Hannah nicht gewusst. Und sie hatte auch nicht das Gefühl, besonders viel in ihrem Leben erreicht zu haben.

»Wenn ihr klar war, dass ich den Laden nicht will, wieso hat sie ihn mir dann überlassen?« Diese Frage beschäftigte Hannah nach wie vor.

»Sie hat immer gehofft, dass du zurückkehren würdest. Nicht ihretwegen oder weil sie Kempenich für so schön hielt, sondern deinetwegen.«

Verständnislos schaute Hannah Karin an.

»Sie war der Meinung, dass du dich deiner Vergangenheit stellen musst, um glücklich und frei zu sein. Ich glaube, mit dieser Erbschaft wollte sie dich genau dazu zwingen, da du aus eigenen Stücken nicht dazu bereit warst.«

Hannah schnaubte. »Also ist es eine Art Therapie für mich? Wozu soll das gut sein? Um eine längst verheilte Wunde wieder aufzureißen?«

Karin sah sie fast schon mitleidig an. »Wenn diese Wunde wirklich verheilt wäre, würdest du dich nicht darüber aufregen. Sie ist allerhöchstens verschorft.«

Hannah presste die Lippen aufeinander.

»Warst du denn überhaupt schon im Laden?«, fügte Karin sanfter hinzu.

»Nein.« Sie versuchte, möglichst unbekümmert zu wirken.

»Vielleicht solltest du das tun.«

»Ich wüsste nicht, wozu.« Sie hatte ihn schließlich bereits verkauft. An einen Mann, der ihn bedenkenlos plattmachen wollte.

Hannah atmete tief durch. Eigentlich konnte es ihr egal sein, was mit dem Laden geschah und wie die Leute im Dorf zum neuen Eigentümer standen. Sie wollte ohnehin nicht länger hierbleiben. Natürlich fand sie es mehr als dreist, wie Ben sie übers Ohr gehauen hatte. Dieser Kerl hatte offensichtlich keinerlei Skrupel oder Anstand. Kein Wunder, dass er so großzügig auf ihre Forderung eingegangen war. Das Grundstück war schließlich viel mehr wert als das, was er ihr gezahlt hatte. Trotzdem würde Hannah bald mehr Geld besitzen, als sie sich jemals erträumt hatte. Sie konnte es einfach nehmen und von hier verschwinden.

Ein missbilligender Ausdruck trat auf Karins Gesicht. »Du solltest den Laden besuchen. Das bist du Marlies schuldig.«

Betreten senkte Hannah den Blick. Auch wenn sich alles in ihr dagegen sträubte, wusste sie, dass die Freundin ihrer Tante recht hatte. Der Laden war Tante Marlies' Lebenswerk, und sie hatte ihn Hannah vermacht. Gleichzeitig konnte sie nicht leugnen, dass Karin mit ihrer Einschätzung ins Schwarze getroffen hatte: Die Wunde in ihrem Herzen war noch lange nicht verheilt, vielmehr schwärte sie ungehindert vor sich hin. Allein der Gedanke daran, den Laden zu betreten, ließ den Kloß in ihrem Hals auf die Größe einer Melone anschwellen.

»Du isst jetzt auf, und dann gehen wir hin«, sagte Karin in einem Tonfall, der keinen Widerspruch duldete.

Lustlos stocherte Hannah in ihrem Essen herum. Ihr war der Appetit vergangen.

KAPITEL 7

Mit pochendem Herzen schaute Hannah an der Fassade des kleinen Buchladens empor. Er sah noch genauso aus wie früher. Das große, leicht verwitterte Holzschild über dem Eingang verlieh ihm ein uriges Aussehen. Die Front war in einem sonnigen Gelb gestrichen, das selbst Regentage zum Leuchten brachte. Und im Schaufenster lagen sorgfältig ausgesuchte Bücher, von denen die meisten auf keiner aktuellen Bestsellerliste auftauchten. Tante Marlies hatte ihre Klassiker schon immer über alles geliebt.

Damals war es noch echte Literatur, hatte sie Hannah stets gepredigt. *Heutzutage gibt es fast nur Massenware.*

Wie es aussah, hatte sie ihre Meinung bis zuletzt nicht geändert.

Karin öffnete die Tür. Mit einem trostlosen Scheppern schlug das *Geschlossen*-Schild von innen gegen die Scheibe. Hannah unterdrückte den Impuls, einfach wegzulaufen. Das hatte sie vor zehn Jahren bereits getan.

Auf hölzernen Beinen betrat sie den Laden und sah, wie Karin sich verstohlen über die Wangen wischte. Für sie war es offensichtlich auch nicht leicht.

»Bleibt der Laden jetzt geschlossen?«, fragte Hannah, um die Stille irgendwie zu durchbrechen.

»Bisher haben wir ihn wenigstens ein paar Stunden am Tag geöffnet, und das würden wir gern so weiterführen, wenn es dir recht ist. Natürlich nur, bis alles geregelt ist. Wir müssen die Menschen schließlich mit Lesestoff versorgen.«

»Wir?« Hannah ließ ihren Blick schweifen. Sie konnte Karin einfach nicht in die Augen sehen. Konnte nicht zugeben, dass im Grunde bereits alles geregelt war.

»Na, ich und die anderen Mädels vom Buchclub.«

Ach ja, den hatte sie schon einmal erwähnt.

»Was ist das für ein Buchclub?«

»Oh, den gibt es schon seit mindestens dreißig Jahren.« Ein wehmütiges Lächeln trat auf Karins Gesicht. »Marlies hat ihn ins Leben gerufen. Er war für uns die Chance, etwas eigenes zu haben, abseits von Kindern, Haushalt, Ehe und Beruf.«

»Das wusste ich gar nicht.«

»Woher auch? Du warst damals noch zu jung. Aber uns bedeutet der Buchclub wirklich viel. Marlies hatte ein sicheres Händchen dafür, immer die richtige Lektüre zu finden. Es wird nicht einfach, ihn ohne sie weiterzuführen.«

Hannah schluckte.

»Ich möchte dich nicht mit meinen Erinnerungen zuschütten. Sieh dich einfach in Ruhe um. Wenn du was brauchst, ich sitze dahinten und lese.« Karin deutete auf den gemütlichen Ohrensessel am Fenster, der früher auch Hannahs Lieblingsplatz gewesen war. Nur der Bezug war inzwischen erneuert worden. Wenn sie die Augen schloss, konnte sie sich selbst dort sehen, mit einem dicken Schmöker in der Hand. Dort hatte sie auch gesessen, als sie erfuhr, dass ihre Mutter für immer fort war.

Hastig wandte Hannah den Blick ab.

Langsam ging sie an den Regalreihen entlang. Das leicht schummrige Licht verlieh dem Laden noch immer etwas Geheimnisvolles, als würden hinter jeder Ecke unentdeckte Schätze und Wunder auf sie warten. Selbst die Luft roch verheißungsvoll nach altem Papier und Druckerschwärze.

Zwischen manchen neueren Titeln winkten die Begleiter ihrer Kindheit Hannah wie alte Freunde zu: *Die Schatzinsel*,

Moby Dick, *Der Schwarze Pfeil*. Sie blieb stehen und zog *Anne auf Green Gables* aus dem Regal. Ihre Mutter hatte ihr das Buch empfohlen. Wie hatte sie diese Geschichten geliebt!

Zitternd atmete Hannah durch. Sie spürte, wie ihr Tränen in die Augen stiegen. Ihr war, als wäre sie plötzlich wieder zwölf, als könnten Mama und Tante Marlies jeden Moment lachend durch die Hintertür treten. Sie biss sich auf die Unterlippe. Sie waren fort, alle beide. Nichts und niemand konnte sie jemals wieder zurückbringen. Kein noch so magisches Buch. Harry Potter, Gandalf, König Artus – sie alle waren machtlos gegenüber der Wirklichkeit.

Entschlossen stellte Hannah den Roman auf seinen Platz zurück und wandte sich ab. Ihre Augen blieben an einem anderen Buch hängen, und sie schwankte. Es lag noch immer auf dem Tisch, wo sie es wutentbrannt hingeknallt hatte, bevor sie verzweifelt aus dem Laden gestürmt war, um nie mehr zurückzukehren.

Vielleicht wäre das jetzt ebenfalls eine gute Idee gewesen. Aber ihre Beine waren so schwer, dass sie sich kaum vom Fleck bewegen konnte. Und ihre Brust war so eng, dass sie kaum noch Luft bekam.

Tante Marlies hatte ihr dieses Buch nach der Beerdigung ihrer Mutter gegeben. Sie hatte geglaubt, dass es Hannah helfen könnte, einen Weg aus ihrer Trauer zu finden und nach vorne zu schauen. Doch das konnte es nicht. Kein Buch hätte das vermocht, denn ein Buch war keine Zeitmaschine, die es ihr ermöglicht hätte, bei ihrer Mutter zu sein, ihre Hand zu halten, ihr letztes Lächeln zu sehen.

Hannah ballte die Hände zu Fäusten und biss sich in die Fingerknöchel, um das Schluchzen zurückzuhalten, das sie zu ersticken drohte. Dann lehnte sie sich an die Wand, schloss die Augen und zählte zitternd bis zehn.

»Hannah? Ist alles in Ordnung?«

»Ja«, presste sie hervor und öffnete die Augen. »Ich kann nicht fassen, dass das noch immer hier liegt«, fügte sie mehr zu sich selbst hinzu.

Karin folgte ihrem Blick. »*P.S. Ich liebe Dich?* Kennst du dieses Buch?«

»Nein.« Es war das erste Buch, das Hannah *nicht* gelesen hatte. Das erste von vielen.

»Es ist wirklich schön. Traurig, aber schön.« Nachdenklich nahm Karin es zur Hand. »Ich habe mich immer gefragt, wieso es hier liegt, bei den Klassikern. Wir haben eine Menge davon verkauft. Aber immer wenn jemand dieses Exemplar in die Hand genommen hat, brachte Marlies es wieder zurück und nahm stattdessen eins vom Stapel. Ich habe das nie verstanden.«

Hannah schniefte und wischte sich über die Augen. »Hat sie es dir nicht erklärt?«

»Sie sagte bloß, dass das Buch hier auf jemanden wartet.«

Hannah nickte langsam. »Auf mich. Es hat auf mich gewartet.« Sie spürte die Neugier der älteren Frau, doch sie wollte jetzt ganz sicher nicht darüber reden.

»Dann ist es ja gut, dass es dich gefunden hat«, sagte Karin und drückte aufmunternd ihre Schulter.

»Ja.« Zögernd streckte Hannah die Hand aus und nahm das Buch. Sie wusste nicht, ob sie es jemals lesen würde, aber zumindest würde sie es für immer behalten. Sie drückte es fest an ihre Brust und konnte auf einmal wieder freier atmen.

Der Buchladen, die Erbschaft und vor allem dieses Buch, das all die Jahre hier geduldig auf sie gewartet hatte, waren der Beweis dafür, dass Tante Marlies keinen Groll gegen sie gehegt hatte.

Und wenn eine Tante verzeihen konnte, dann doch erst recht eine Mutter.

Heiße Tränen schossen Hannah in die Augen, und dieses Mal konnte sie sie nicht mehr zurückhalten. Hemmungslos schluchzend sank sie in sich zusammen, kauerte sich auf den Boden und weinte, wie sie viel zu lange nicht mehr geweint hatte.

Hannahs Kopf dröhnte, und ihre Nase war völlig verstopft, als ihr Tränenstrom schließlich versiegte. Sie fühlte sich ausgelaugt, leer und gleichzeitig seltsam befreit. Als hätte ihre Seele dieses reinigende Gewitter gebraucht, als hätte sie die finsteren Wolken in ihrem Inneren eine Ewigkeit mit sich herumgeschleppt.

»Geht's wieder?«, fragte Karin besorgt.

Sie hatte tröstend einen Arm um Hannahs Schultern geschlungen, wie diese nun dankbar bemerkte.

»Ja.« Hannah kramte nach einem Taschentuch. »Tut mir leid«, fügte sie peinlich berührt hinzu. »Normalerweise habe ich mich besser im Griff.«

»Manchmal müssen die Dinge einfach raus. Keiner kann immer nur stark sein.«

»Tante Marlies kam mir immer unglaublich stark vor.«

Karin lächelte leicht. »Auch sie hatte ihre schwarzen Tage.«

»Ihr habt euch wirklich nahegestanden, oder?«

»Ja. Sie war meine beste Freundin. Wir haben uns gegenseitig durch manche schwere Zeit geholfen.«

»Danke.« Hannah drückte fest Karins Hand. »Danke, dass du für sie da gewesen bist.« Als ich selbst sie im Stich gelassen habe, fügte sie in Gedanken hinzu.

»Das habe ich gern gemacht. Und dir werde ich auch helfen.«

»Wobei denn?«, fragte Hannah gerührt. Sie war noch immer ein wenig benebelt.

»Bei der Suche nach einem Käufer für den Laden. Wir werden dafür sorgen, dass er in die richtigen Hände kommt.«

Das brachte Hannah abrupt auf den Boden der Tatsachen zurück. Sie räusperte sich. Das wäre der richtige Zeitpunkt, um Karin zu gestehen, dass der Laden bereits verkauft war. An Ben

Fullert. Genauso gut hätte sie allerdings verkünden können, dass Luzifer persönlich das Geschäft übernahm.

Das hätte ihr Tante Marlies mit Sicherheit nie verziehen.

Auch ihrer Mutter hatte der Laden viel bedeutet. Noch immer konnte Hannah an manchen Stellen ihre Handschrift erkennen. Die Kinderbuchecke hatte sie gestaltet, den verblassten Zauberhut genäht, den kleinen Metalltisch, auf dem Wasser für die Kunden bereitstand, zusammen mit Hannah auf einem Flohmarkt gefunden.

Wie hatte Hannah das alles bloß so kaltblütig aufgeben können? Hatte sie wirklich solche Angst vor ihrer Erinnerung gehabt? Oder hatte sie sich von Bens funkelnden grünen Augen und seinem aufrichtig wirkenden Pfadfinderlächeln einwickeln lassen?

Energisch kämpfte Hannah sich auf die Beine. Noch war nicht aller Tage Abend. Sie würde nicht zulassen, dass Ben Fullert den Buchladen – und das gesamte Dorf – zerstörte.

»Wohin willst du?«, fragte Karin verwirrt.

»Ich muss los.«

»Jetzt schon? Wir haben noch nichts besprochen. Und du warst gar nicht in Marlies' Wohnung. Du kannst jetzt nicht einfach fort.«

»Ich komme ja wieder«, besänftigte Hannah sie hastig. »Ich muss nur kurz was erledigen.«

»Und das kann nicht warten?«

»Nein.«

»Wann kommst du zurück?«

»In ein paar Stunden.« Hannah zögerte. Sie wusste noch nicht mal, wo sie die Nacht verbringen sollte. »Hast du … Hast du den Schlüssel zu Tante Marlies' Wohnung?«

Nun, da sie von Ben vermutlich doch kein Geld sehen würde, musste sie etwas sparsamer mit ihren Finanzen umgehen. Und auch wenn es sich noch immer komisch anfühlte, in der Wohnung ihrer Tante zu übernachten, erschien es ihr nicht mehr ganz so abwegig wie wenige Stunden zuvor.

»Sicher.« Karin kramte in ihrer Tasche und förderte einen Schlüsselbund zutage. »Den solltest wohl ohnehin du behalten. Sehen wir uns morgen früh?«

»Ja.« Hoffentlich würde sie dann gute Neuigkeiten haben.

Quälend langsam tuckerte der Bus die holprige Landstraße entlang. Genervt lehnte Hannah die Stirn an die Fensterscheibe. Am liebsten hätte sie Ben direkt zur Rede gestellt, ihm seine ganze Niederträchtigkeit um die Ohren gepfeffert und eine Auflösung des Kaufvertrags gefordert.

Die Gedanken schwirrten durch ihren Kopf wie ein Schwarm aufgeregter Bienen. Nicht zum ersten Mal verfluchte sie sich dafür, ihr Handy nicht rechtzeitig aufgeladen zu haben. Vielleicht hätten Katja oder Lars irgendeinen Tipp für sie gehabt, wie sie das Gespräch gestalten sollte. Ben einfach alles an den Kopf zu knallen war vermutlich nicht gerade der beste Weg.

Andererseits hatte sie allen Grund dazu. Er hatte in betrügerischer Absicht gehandelt und sie vorsätzlich getäuscht. Nun war er aufgeflogen, und das Geschäft war damit hinfällig. Der Sachverhalt lag glasklar auf der Hand, und das Recht war eindeutig auf Hannahs Seite.

Endlich hielt der Bus an. Von gerechtem Zorn erfüllt, stürmte Hannah hinaus und lief die Straße zum Hotel entlang. Erst an der Rezeption hielt sie kurz inne. Was, wenn er gar nicht mehr da war? Wenn er nach seinem Termin zurück nach Frankfurt gefahren war?

»Frau Konrads?«, fragte die junge Frau an der Rezeption überrascht. »Haben Sie etwas vergessen?«

»Nein.« Hannah rückte ihre Brille zurecht und zwang sich zur Ruhe. »Doch. Ich muss Herrn Fullert noch etwas geben.«

Sie brauchte immerhin irgendeinen Grund, um nach ihm zu fragen. »Wissen Sie, ob er auf seinem Zimmer ist?«

»Es tut mir leid.« Die Dame schüttelte bedauernd den Kopf. »Ich habe ihn nicht gesehen.«

Hannah zwang sich zu einem Lächeln. Was war nur aus den guten alten Zeiten geworden, als man seinen Schlüssel beim Verlassen des Hotels noch abgeben musste?

»Dann schaue ich einfach nach.« Sie zögerte. »Wie war noch mal die Zimmernummer?«

Die Frau runzelte unwillig die Stirn, tippte aber pflichtschuldig seinen Namen in ihren Computer. »Achtzehn.«

»Danke!« Bevor sie es sich anders überlegen oder Hannah aufhalten konnte, hastete diese zum Treppenhaus.

Vor Bens Tür blieb Hannah einen Moment stehen und atmete tief durch. Sie wollte ihn überrumpeln und ihm direkt den Wind aus den Segeln nehmen, damit er gar nicht erst auf die Idee kam, ihr zu widersprechen. Da wäre es wenig hilfreich, wenn sie außer Atem und nach Luft japsend vor ihm stand. Falls er überhaupt da war.

Sie lauschte. War da nicht das Klackern einer Tastatur zu hören?

Hannah hob den rechten Arm und klopfte entschlossen.

Das Klackern brach ab. Sie hörte Bens federnde Schritte, dann öffnete er die Tür.

»Hannah?«, entfuhr es ihm überrascht.

Sein Anblick brachte sie für einen Moment aus dem Konzept. Sie hatte den eleganten Geschäftsmann erwartet, der sie so aalglatt hereingelegt hatte. Stattdessen stand er ihr nun barfuß und mit leicht zerwuschelten Haaren gegenüber. Statt eines frisch gebügelten Hemds trug er ausgewaschene Jeans und ein T-Shirt, das sich über seinen Brust- und Armmuskeln spannte.

Sie räusperte sich und reckte kämpferisch das Kinn. Von seinem Äußeren würde sie sich nicht mehr beeindrucken lassen.

»Ja, Hannah!«, bestätigte sie und zwängte sich an ihm vorbei in sein Zimmer.

»Ähm, komm doch rein«, kommentierte er trocken und schloss hinter ihr die Tür.

Hannah wandte sich um und funkelte ihn an. »Du hast wohl nicht erwartet, mich noch mal wiederzusehen?«

»Nicht direkt, nein.« Er sah sie abschätzend an. »Aber wenn du schon mal hier bist, magst du was trinken?« Lässig schlenderte er zu seinem Schreibtisch hinüber und klappte den Laptop zu.

»Das kannst du dir sparen«, bemerkte sie bissig. Sie hatte zwar nicht gesehen, woran er gearbeitet hatte, konnte es sich aber ungefähr denken.

»Also nichts zu trinken?«, resümierte er mit einem spöttischen Zug um den Mund. Ihm schien die Situation auch noch Spaß zu machen.

»Das meine ich nicht, und das weißt du genau«, zischte sie.

Seine Miene versteinerte. »Wieso klärst du mich nicht einfach auf?«

»Ich weiß, was du mit dem Buchladen vorhast. Und auch, dass du mich reingelegt hast. Aber damit kommst du nicht durch! Betrug ist immer noch strafbar.«

»Oha.« Er hob abwehrend die Hände. »Das sind aber schwere Geschütze, die du hier auffährst.« Zu ihrem Leidwesen wirkte er nicht im Mindesten beunruhigt.

»Und das ist erst der Anfang. Der Deal ist geplatzt!«

»Mit dem *Deal* meinst du nicht etwa unseren abgeschlossenen und notariell beglaubigten Kaufvertrag?«

»Doch, genau den«, stammelte Hannah, nun etwas verunsichert.

Ben zuckte ungerührt mit den Schultern. »Da muss ich dich leider enttäuschen. Der Vertrag ist wasserdicht.«

»Mal sehen, ob das die Anwälte auch so sehen, wenn sie erfahren, wie du mich belogen hast.« Oh, wie sie sich wünschte, dieses überhebliche Lächeln aus seinem Gesicht zu wischen!

Ihre Worte ließen ihn völlig kalt. »Ich habe nicht gelogen.«

Seine Unverschämtheit verschlug ihr die Sprache. »Du möchtest aus dem Buchladen …«

»… einen Ort machen, an dem die Menschen sich rundum wohlfühlen. Stimmt genau.«

» … ein Hotel machen!«, führte sie ihren Satz aufgebracht zu Ende.

»Und inwieweit widerspricht das meiner Aussage?«

Fassungslos starrte Hannah ihn an. »Du … Du … hast mich in dem Glauben gelassen, dass du den Buchladen weiterführst.«

Ben verschränkte die Arme vor der Brust. »Ich bin wohl kaum dafür verantwortlich, was du *glaubst*. Ich habe dir weder meinen Namen verheimlicht noch die Tatsache, dass ich Geschäftsmann bin. Mit wenigen Klicks hättest du herausfinden können, dass mir drei kleine, aber feine Hotels gehören. Und dich dann fragen, was ich wohl mit einem Buchladen anfangen sollte.«

»Du Mistkerl!«, stieß Hannah hervor. Unglaublich, dass er jegliche Schuld von sich wies.

»Wir wollen jetzt nicht auch noch beleidigend werden.«

Zitternd atmete Hannah durch und kämpfte gegen ihre Wut an. »Und dass du mir erzählt hast, Tante Marlies hätte dem Verkauf bereits zugestimmt, habe ich mir wohl auch bloß eingebildet?«

Ben presste verärgert die Lippen zusammen, offenbar hatte er diesem Argument nichts entgegenzusetzen. Er *hatte* sie eiskalt belogen.

»Du hast mir den wahren Wert des Grundstücks vorenthalten«, fügte Hannah triumphierend hinzu. »Und mich mit einer viel zu geringen Summe abgespeist.«

»Es geht dir ums Geld?« Er wirkte überrascht.

»Nicht nur, aber auch. Und da kannst du dich definitiv nicht rausreden.«

»Das muss ich auch gar nicht. Du hast den Vertrag unterzeichnet, ganz freiwillig und ohne Zwang. Und wenn wir schon so ehrlich miteinander reden: Ich habe einen mehr als angemessenen Preis für das bisschen Land, die bruchreife Bude und die paar Bücher gezahlt.«

Ihn so abfällig über den Ort sprechen zu hören, der Tante Marlies heilig gewesen war, ließ Hannah laut nach Luft schnappen. Für Ben besaß wohl nichts außer Geld einen Wert.

»Du hast bei deiner Aufzählung die Quelle vergessen.«

»Welche Quelle?«

Hannah maß ihn mit einem vernichtenden Blick. »Du willst mir doch nicht weismachen, dass du nichts von der Heilquelle weißt!«

»Sie ist nicht registriert. Und damit ist es nichts weiter als Wasser, das aus einem Loch in der Erde kommt.«

Hannah ballte die Fäuste. So kam sie offensichtlich nicht weiter. »Du wirst von meinem Anwalt hören!« Sie hoffte, dass er die leere Drohung nicht sofort durchschaute. Sie hatte keinen Anwalt. Sie kannte noch nicht einmal einen.

»Du wirst nicht mehr Geld von mir bekommen«, stellte Ben vollkommen ruhig klar.

»Das will ich auch nicht. Ich will den Laden zurück!«, sagte sie mit Nachdruck. »Ich hätte ihn dir nie verkauft, wenn ich die Wahrheit über dich gewusst hätte. Und vor allem wäre ich nicht mit dir ins Bett gestiegen!«

Die letzten Worte hatten ihren Mund verlassen, bevor sie sie zurückhalten konnte. Hannah spürte, wie sie knallrot anlief, dennoch hielt sie Bens Blick tapfer stand. Sie würde ihm gegenüber keine Scham oder Schwäche zeigen, auch wenn sie sich gerade sehr, sehr dämlich vorkam. Sie musste ihm nicht auch noch aufs Brot schmieren, dass sie wie ein verliebtes Schulmädchen auf seine Masche hereingefallen war.

Er atmete tief durch. »Du möchtest den Laden doch gar nicht.« Er klang, als wollte er noch einmal vernünftig mit ihr reden. Vielleicht hatte die Drohung mit dem Anwalt ja einen wunden Punkt bei ihm getroffen. »Du wolltest ihn so schnell wie möglich loswerden. Welchen Unterschied macht es, was daraus wird? Mit dem Geld kannst du dir eine Zukunft aufbauen, eine eigene Agentur gründen oder einfach nur dein Leben genießen. Fahr nach Hause, Hannah.«

»Oh ja«, entfuhr es ihr bitter. »Du kannst wirklich überzeugend sein, wenn du es darauf anlegst. Aber jemand wie du kann das überhaupt nicht verstehen.«

»Jemand wie ich?«

»Ja. Ein Mensch ohne Anstand und Moral. Ich will gar nicht wissen, wie viele Leichen du bereits im Keller hast.«

»Das denkst du also von mir?« Sie konnte nicht genau erkennen, ob er beleidigt oder amüsiert war.

»Ja!«, entgegnete sie eine Spur zu trotzig. »Das ist genau der Eindruck, den du bei mir hinterlassen hast. Wer sonst würde mit einer Frau ins Bett steigen, die er gerade nach Strich und Faden betrogen hat?«

Bens Kiefer mahlte. »Was das Bett angeht, schienst du durchaus auf deine Kosten zu kommen. Und ich musste mich nicht einmal sonderlich anstrengen, um dich dorthin zu bekommen.«

Ihre Hand schnellte vor und landete mit einem vernehmlichen Klatschen auf seiner Wange. Erschrocken zuckte Hannah zurück – sie hatte noch nie einen Menschen geschlagen.

Bens Finger schlossen sich wie ein Schraubstock um ihr Handgelenk. Kalte Wut tanzte in seinen Augen. »Wenn du jetzt fertig bist«, zischte er mühsam beherrscht, »möchte ich dich bitten, zu gehen.«

»Nichts lieber als das.« Energisch entriss sie ihm ihre Hand und stürmte aus dem Zimmer.

Dieser arrogante, überhebliche Mistkerl! Für ihn war das alles ein abgekartetes Spiel. Er hatte sie aus reinem Kalkül verführt und sie aus Kempenich fortgelockt, damit niemand seinen perfiden Plan durchkreuzen konnte. Und sie hatte sich auch noch geschmeichelt gefühlt. Hatte tatsächlich mit ihm geschlafen. Dabei war es für ihn rein geschäftlich gewesen.

Hannah dachte an die vergangene Nacht zurück, an die Leidenschaft und die Zärtlichkeiten, die sie geteilt hatten, und bittere Galle stieg in ihr hoch. Er war zu weit gegangen, viel zu weit. Sie fühlte sich verraten und benutzt.

Damit würde er nicht durchkommen! Sie würde nicht zulassen, dass er den Laden, der Tante Marlies, ihrer Mutter – und früher auch ihr selbst – so viel bedeutet hatte, erbarmungslos abriss, dass er die Liebe und den Zauber, die darin steckten, einfach plattwalzte, um einen seelenlosen Touristenbunker zu errichten. Sie würde das selbstzufriedene Grinsen aus seinem Gesicht tilgen und ihm zeigen, dass sie nicht das kleine, naive Dummchen war, für das er sie offensichtlich hielt.

***

Krachend fiel die Tür hinter Hannah ins Schloss. Der Knall hallte in Bens Ohren wider. Aufgebracht starrte er ihr hinterher.

So ein Mist!

Er wischte sich übers Gesicht und versuchte, die Fassung wiederzufinden. Seine linke Wange brannte immer noch von ihrem Schlag, und er betastete vorsichtig die wunde Stelle. Hannah hatte einen ordentlichen Wumms drauf. Wenn er Pech hatte, würde der Abdruck noch eine Zeit lang zu sehen sein.

Das war allerdings sein kleinstes Problem. Er hatte gehofft, Hannah würde einfach wegfahren, ohne etwas von seinem Vorhaben zu erfahren. Nicht weil sie das Projekt irgendwie verhindern oder aufhalten könnte – das Geschäft war wasserdicht. Sie hatte den Finger allerdings auf eine sehr empfindliche Stelle gelegt. Die Verachtung in ihrem Blick, als sie sagte, *jemand wie er* könne das nicht verstehen, hatte ihn mehr getroffen, als er ihr gegenüber jemals zugeben würde. Dabei war er gar nicht so ruchlos, wie sie offenbar dachte, meistens jedenfalls nicht.

Ben wusste selbst, dass er nicht ganz fair mit ihr umgesprungen war, und fühlte sich nicht wohl in seiner Rolle, aber leider hatte er keine andere Wahl gehabt. Die Investoren saßen ihm im Nacken. Hätte er das verflixte Grundstück hinter dem Buchladen nicht gekauft, hätte er Kempenich längst aufgegeben. Nun erwarteten die Kapitalgeber jedoch das versprochene Hotel und die damit einhergehende Rendite. Darüber hinaus hatte er noch immer die Schulden seines Vaters am Hals. Er hatte das Risiko, erneut eine Absage zu kassieren, einfach nicht eingehen können.

Außerdem war der kleine Ort geradezu perfekt für seine Pläne. Wenn er die Augen schloss, sah er die exklusive Wellness-Oase, die gestressten Großstädtern ein perfektes Kleinstadt-Flair vermittelte, schon vor sich. Dass er Hannah dafür hatte enttäuschen müssen, tat ihm leid. Aber das Hotel und der Ertrag, den es ihm bringen würde, waren eine kleine Notlüge wert gewesen. Hannah würde es schon verschmerzen. Sie lebte in Köln und würde ihrem Heimatdorf ohnehin schon morgen den Rücken zukehren.

Ben seufzte und wandte sich wieder seinem Laptop zu.

Er verspürte einen leichten Stich des Bedauerns, weil Hannah ihn für ein hinterhältiges Arschloch hielt. Doch er hatte weiß Gott genug andere Sorgen. Es spielte schlichtweg keine Rolle, was sie von ihm hielt. Ihre Wege würden sich nie mehr kreuzen.

KAPITEL 8

»Du hast was?!«

Hannah wand sich unter Karins fassungslosem Blick. Sie hatte die halbe Nacht wach gelegen und sich abwechselnd Gedanken darüber gemacht, wie sie Ben aufhalten und wie sie Karin die Wahrheit möglichst schonend beibringen konnte. Beides leider mit äußerst mäßigem Erfolg. Also hatte sie die Bombe einfach direkt platzen lassen, als Karin mit einer Tüte frischer Brötchen und einem kleinen Picknickkorb bei ihr aufgetaucht war.

Betreten senkte Hannah den Kopf und stellte schnell zwei Teller auf den Tisch. »Ich habe nicht gewusst, was er vorhat«, murmelte sie kleinlaut.

»Wie meinst du das?« Karin musterte sie scharf. »Wann hast du ihm den Laden denn verkauft?«

»Am Freitag.« Überaus geschäftig verteilte Hannah das Besteck.

»Das heißt gestern, als ich dir alles erklärt habe …«

»… war es schon zu spät.«

»Puh!« Karin ließ sich schwer auf einen Stuhl fallen und atmete ein paarmal tief durch. »Also ist sein Plan voll aufgegangen. Wieso hast du denn nichts gesagt?«

»Ich …« Hannah räusperte sich. »Ich wollte noch einmal mit ihm reden. Ich dachte, ich könnte ihn überzeugen, es wieder rückgängig zu machen.«

Karin schnaubte. »Soll ich raten, wie das ausgegangen ist?«

»Nicht nötig.« Hannah gab den Versuch auf, beschäftigt zu wirken, und setzte sich ebenfalls hin. »Er hat sich wie ein richtiges Arschloch verhalten. Ganz anders als zuvor.«

»Kein Wunder. Er hat schließlich bereits bekommen, was er wollte. So ticken die Männer nun mal.«

»Das lasse ich nicht auf mir sitzen!«, verkündete Hannah entschieden.

»Was hast du vor?«

»Ich werde mir den Laden zurückholen.«

»Wie denn?«

»Vor Gericht, wenn es sein muss! Er hat mich belogen und getäuscht. Wenn ich die ganze Wahrheit gewusst hätte, hätte ich ihm den Laden niemals verkauft.«

Karins Gesicht hellte sich ein wenig auf. »Meinst du das ernst?«

»Und ob!«

»Dann brauchst du einen guten Anwalt.«

Und Geld, fiel Hannah schlagartig ein. Ohne Bens Zahlung standen ihr nur die rund fünftausend Euro von Tante Marlies zur Verfügung.

»Kannst du mir jemanden empfehlen?«, fragte sie unsicher. »Der nicht zu teuer ist?«

Karin runzelte nachdenklich die Stirn. »Bärbels Sohn ist Anwalt. Vielleicht kann der uns ja weiterhelfen.« Aufmunternd drückte sie Hannahs Hand. »Lass den Kopf nicht hängen. Ich trommle die Mädels zusammen, und dann lassen wir uns was einfallen.«

»Danke.« Hannah lächelte gerührt. Ihr war, als wäre ihr ein zentnerschweres Gewicht von den Schultern genommen worden. Sie hatte nicht damit gerechnet, dass Karin so verständnisvoll reagierte. Sie hatte sich schon halb darauf eingestellt, in Schimpf und Schande aus dem Dorf gejagt zu werden.

»Schon gut.« Die ältere Frau seufzte. »Und jetzt solltest du lieber was essen. Ich habe das Gefühl, du wirst deine Kräfte noch brauchen.«

Hannah hatte gerade das Geschirr abgetrocknet, als es an der Tür klopfte. Es war fast, als hätten die *Mädels* vom Buchclub auf Abruf bereitgestanden.

»Ich gehe schon!«, rief Karin und eilte zur Tür.

Hannah folgte ihr in den Flur und erkannte die beiden Damen vom Friedhof. Hallende Schritte auf der Treppe ließen vermuten, dass noch jemand anders im Anmarsch war.

»Was ist denn so wichtig, dass wir sofort herkommen sollten?«

»Ich war schon fast auf dem Weg zur Kirche.«

»Kommt erst mal rein«, befahl Karin und lotste die Frauen in die gemütliche Wohnküche. »Ich erkläre euch alles, wenn Bärbel da ist.«

Eine dritte Frau, die Hannah bisher nicht gesehen hatte, erreichte keuchend die Wohnungstür.

»Alles in Ordnung?«, fragte Hannah besorgt.

»Bestens. Ich muss nur kurz verschnaufen.« Sie legte eine Hand auf die Brust und atmete tief durch. »Ich bin so eine Eile nicht mehr gewohnt.«

»Komm her, Bärbel!«, rief Karin ihr ungeduldig zu.

Hannah sah, wie sich drei Augenpaare erwartungsvoll auf Karin richteten, und hätte sich am liebsten in irgendeiner dunklen Ecke verkrochen. Es war so gut wie ausgeschlossen, dass Karins Freundinnen genauso verständnisvoll reagieren würden wie sie.

»Ihr kennt ja alle unsere Hannah«, setzte Karin an, und Hannah winkte verlegen in die Runde. »Das sind Ute und Inge, die du schon vom Friedhof kennst«, fuhr Karin an Hannah gewandt fort. »Und das ist Bärbel.«

Die Angesprochenen nickten kurz mit ihren sorgsam frisierten Köpfen.

Karin holte tief Luft. »Mädels, wir haben ein Problem«, sagte sie ernst. »Hannah hat den Laden verkauft.«

Stille folgte ihren Worten.

»Das war anzunehmen«, bemerkte Inge schließlich. »Immerhin hat sie sich seit Jahren nicht mehr hier blicken lassen. Nichts für ungut, Kindchen.«

Hannah lächelte schwach. Das ließ sich in der Tat nicht leugnen.

»Wo also liegt das Problem?«, fragte Bärbel ungeduldig.

»Der Käufer ist Ben Fullert.«

»Was?!«

»Das kann doch nicht sein!«

»Was hast du dir bloß dabei gedacht?«

Ungläubig starrten die drei Damen Hannah an.

»Ich habe Marlies davor gewarnt, Hannah den Laden zu überlassen«, sagte Ute grimmig. »In der Großstadt lernen die jungen Leute heute nichts mehr von Anstand und Pflichtgefühl.«

»Der Laden hat deiner Tante alles bedeutet. Wie konntest du nur?«, fragte Bärbel. »Es hätte ihr das Herz gebrochen.«

»Ich bin sicher, sie dreht sich gerade in ihrem Grab um«, fügte Ute hinzu.

Hannah fühlte sich, als hätten sie sie geschlagen. Nein, schlimmer noch, mit Füßen getreten, so wie sie es mit dem Lebenswerk ihrer Tante getan hatte.

»Ist gut jetzt!«, meldete Karin sich entschieden zu Wort. »Hannah hat einen Fehler gemacht, aber sie wusste es halt nicht besser.«

»Was soll das denn heißen? Leidet sie an Amnesie oder einer Persönlichkeitsstörung?«

»Du solltest weniger Thriller lesen, Inge!« Karin holte ihre Freundinnen auf den Boden der Tatsachen zurück. »Ben Fullert hat sie einfach abgefangen und ihr lauter Märchen erzählt, dass er sich mit Marlies bereits einig war und dass der Vertrag eine reine Formalie wäre.«

»Und das hat sie ihm geglaubt?«, entfuhr es Ute fassungslos.

»Ich hatte keinen Grund, es nicht zu tun«, verteidigte sich Hannah. »Er wirkte so aufrichtig und nett.«

Ute schnaufte abfällig. »Sag bloß, du hast dich von ihm einwickeln lassen. Hat er dir schöne Augen gemacht?«

Hannah biss die Zähne zusammen und blieb die Antwort schuldig. Ja, sie *war* seinem Charme erlegen, aber das hatte nicht das Geringste mit dem Verkauf des Buchladens zu tun.

Utes Augen weiteten sich. »Hast du dich etwa von ihm rumkriegen lassen?«

Hannah spürte, wie sie errötete. »Wie kommst du denn darauf?«, stammelte sie.

»Hannah!«, raunte Karin missbilligend.

Sie räusperte sich. »Das spielt jetzt alles überhaupt keine Rolle.«

»Finde ich auch«, ergriff Inge überraschend für sie Partei. »Der Kerl ist schon ein Leckerbissen. Wenn ich dreißig Jahre jünger wäre …« Sie seufzte und ließ den Satz bedeutungsvoll ausklingen.

»Also wirklich, Inge!« Karin sah sie ungläubig an.

»Was denn?« Inge zuckte mit den Schultern. »Wir waren schließlich auch mal jung.«

Hannah schmunzelte. Diese Inge wurde ihr immer sympathischer.

»Wie auch immer. Was geschehen ist, ist geschehen«, sagte Karin. »Wir müssen jetzt überlegen, wie es weitergeht.«

»Was meinst du damit?« Die drei Damen sahen sie gespannt an.

»Ich werde nicht zulassen, dass Ben Fullert den Buchladen kaputtmacht«, verkündete Hannah entschlossen.

»Und wie willst du das verhindern?«, fragte Bärbel.

»Wir wollen den Kaufvertrag anfechten«, erklärte Karin. »Es war schließlich Betrug, was er da abgezogen hat.«

»Hm.« Bärbel verzog nachdenklich das Gesicht. »Ich weiß nicht, ob das so einfach geht. Ein Prozess wäre teuer und langwierig.«

»Vielleicht muss es gar nicht dazu kommen«, warf Hannah hoffnungsvoll ein. »Vielleicht reicht ja schon die Androhung einer Klage. Immerhin wäre das ganz schlechte Publicity für Ben. Ich bezweifle, dass es ihm den ganzen Ärger wert ist. Für ihn geht es schließlich nur ums Geschäft.« Weder der Laden noch der Ort noch sie selbst hatten für Ben irgendeine Bedeutung.

»Und da kommst du ins Spiel«, griff Karin den Faden wieder auf und sah Bärbel an. »Beziehungsweise dein Stefan.«

»Du willst, dass er die Sache übernimmt?« Bärbel klang nicht begeistert.

»Vielleicht kann er uns zumindest eine erste Einschätzung geben.«

»Ich kann ihn ja mal fragen.«

»Danke.«

Erwartungsvolle Stille breitete sich aus.

»Jetzt sofort?«, fragte Bärbel verwirrt.

»Nein, übermorgen reicht auch«, kommentierte Inge trocken.

Bärbel warf ihr einen wütenden Blick zu, holte ihr Handy aus der Handtasche und verließ die Küche.

»Und, was ist, kann er herkommen?«, fragte Karin ungeduldig, als Bärbel zurückkam.

»Nein, er wohnt schließlich in Trier. Und er fährt an seinem einzigen freien Tag in der Woche bestimmt nicht extra her.«

»Und was machen wir jetzt?«, fragte Ute entmutigt.

»Das, was ich immer mit ihm tue: skypen. In einer halben Stunde hat er Zeit für uns.«

»So was machst du?«, fragte Ute, und es hörte sich fast so an, als wäre Skypen etwas Unanständiges.

»Sonst kriege ich meine Enkel ja gar nicht zu Gesicht. Solltest du auch mal ausprobieren.« Bärbel schaute Hannah fragend an. »Hast du eigentlich einen Laptop?«

»Leider nicht dabei.«

»Dann müssen wir wohl alle mit zu mir.«

»Wenn es nicht zu viele Umstände macht«, sagte Hannah.

»Ach was«, entgegnete Inge an Bärbels Stelle. »So kommt endlich mal wieder ein bisschen Leben in die Truppe.« Sie tätschelte aufmunternd Hannahs Hand. »Wir kriegen das schon hin, Kindchen.«

»Das wird nicht funktionieren.« Stefans verzerrte Stimme machte Hannahs Hoffnungen direkt zunichte.

»Wieso nicht?«

»Weil es keine Rolle spielt, mit welcher Absicht eine Immobilie gekauft wird. So wie ich es verstanden habe, wurde der Buchladen nicht zweckgebunden vererbt und auch nicht zweckgebunden verkauft.«

»Was bedeutet das?«, fragte Karin.

»Wenn im Testament oder im Kaufvertrag gestanden hätte, dass der Buchladen weitergeführt werden soll, hätten wir vielleicht eine Chance. Das ist aber nicht der Fall, oder?«

»Nein«, räumte Hannah ein. »Und was ist mit der Quelle? Er hat mir nichts davon gesagt.«

»Das musste er auch nicht. Hierbei gilt der Grundsatz: wie gesehen, so gekauft. Als Besitzerin müssten dir eigentlich mehr Informationen vorliegen als dem Käufer. Er hatte keinen Grund zu der Annahme, dass du von der Quelle nichts gewusst hast.«

»Hatte er wohl!«

»Aber so würde sein Anwalt argumentieren. Und jedes Gericht dieses Landes würde ihm recht geben.«

»Und was ist mit der Tatsache, dass er mich belogen hat?«,

fragte Hannah mit zunehmender Verzweiflung. »Er sagte, Tante Marlies hätte dem Verkauf bereits zugestimmt.«

»Damit wären wir wieder bei der Zweckungebundenheit«, erklärte Stefan. »Du hattest das Recht, den Buchladen an wen auch immer zu verkaufen. Und genau das hast du getan. Alles vollkommen legal.« Er atmete tief durch. »Man könnte versuchen, mit arglistiger Täuschung zu argumentieren, aber leider haben wir dafür überhaupt keine Beweise. Weder dafür, dass Herr Fullert etwas Falsches behauptet hat, noch dafür, dass deine Tante den Verkauf nicht wollte.«

»Er ist ein Lügner und Betrüger und kommt damit einfach so durch?«, entfuhr es Karin entrüstet. »Er hat mich in voller Absicht von dem Notartermin ferngehalten, nur damit er Hannah abfangen und entführen konnte!«

Stefan runzelte die Stirn. »Er hat dich gegen deinen Willen mitgenommen, Hannah?«

Kurz war sie versucht, einfach Ja zu sagen, um Ben eins auszuwischen. Doch natürlich würde sie damit nicht durchkommen und stände am Ende selbst als Lügnerin dar. »Nein«, gab sie widerwillig zu.

»Aber er hat mir einen falschen Termin ausrichten lassen«, beharrte Karin.

»Warst du zu dem Termin offiziell eingeladen?«

»Nein.«

»Hast du einen Beweis dafür, dass es a) überhaupt passiert ist und b) kein Versehen war?«

Karin sagte nichts.

»Selbst wenn man ihm beides irgendwie beweisen könnte, ist es an sich keine Straftat. Und es hat definitiv nichts mit dem fraglichen Geschäft zu tun.«

»Wir können also gar nichts machen?«, fasste Hannah das Gespräch niedergeschlagen zusammen.

»Klagen kann man immer.« Stefan beugte sich näher zur

Kamera und sah sie direkt an. »Ich möchte nur keine falschen Hoffnungen wecken. Der Prozess würde langwierig und teuer werden, falls die Klage überhaupt zugelassen wird. Die Rechtslage ist in diesem Fall ziemlich eindeutig.«

»Aber das ist nicht fair!«, rief Hannah entrüstet.

»Das kommt manchmal leider vor. Zwischen Recht und *gerecht* gibt es einen großen Unterschied.«

Hannah ballte die Fäuste und kämpfte mit den Tränen. Die Schlacht war also schon zu Ende, bevor sie überhaupt angefangen hatte. Und Ben würde mit seinen krummen Tricks einfach so davonkommen.

»Versteh mich nicht falsch«, sagte Stefan einfühlsam. »Ich bin auf eurer Seite. Und wir können es gern versuchen – egal, wie schlecht die Gewinnchancen sind. Falls du eine Rechtsschutzversicherung hast, die die Kosten übernimmt, reiche ich die Klage gerne ein.«

»Nein«, murmelte Hannah leise. »Keine Versicherung.«

»Dann würde ich dir nachdrücklich empfehlen, die Sache ruhen zu lassen.«

Entmutigt schaute Hannah in die Runde, in der Hoffnung, dass irgendjemandem der rettende Einfall kam. Doch die vier übrigen Frauen wirkten ebenso ratlos wie sie.

»Danke, Liebling«, sagte Bärbel schließlich und zwang sich zu einem Lächeln. »Drück Moni und die beiden Jungs von mir, ja?«

»Mache ich. Bis dann.« Stefan hob grüßend die Hand. Dann wurde der Bildschirm schwarz.

Hannah stützte die Ellbogen auf den Tisch und vergrub das Gesicht in den Händen.

»Das war wohl nichts«, brummte Ute.

»Dann eben auf die altmodische Art«, verkündete Inge plötzlich angriffslustig und stieß Hannah leicht in die Seite an.

Müde hob sie den Kopf. »Wie meinst du das?«

Inges Augen funkelten vergnügt. »Du musst ihn mit seinen eigenen Waffen schlagen.«

Hannah verstand noch immer nicht.

»Du sollst ihn verführen, Kindchen!« Inge kicherte.

»Ich soll *was?*« Entgeistert starrte Hannah sie an.

»Na, so abwegig ist der Gedanke ja wohl nicht. Schließlich habt ihr beide schon mal …«

»Ja, aber das war, bevor ich wusste, was für ein Mistkerl er ist!« Allein beim Gedanken, noch einmal in Bens Nähe zu kommen, flammte Wut in Hannah auf.

Irritiert stellte sie fest, dass die übrigen Frauen Inge nicht widersprachen, sondern vielmehr aufmerksam zuhörten.

»Trotzdem findest du ihn attraktiv«, beharrte diese. »Und er dich offensichtlich auch. Du musst das ausnutzen, Mädchen!«

»Und wie stellst du dir das vor?«

Inge seufzte ungläubig. »Muss ich dir wirklich erklären, wie man einem Mann den Kopf verdreht? Du bist jung und hübsch. Allein das müsste eigentlich schon reichen.«

Hannah atmete tief durch und zwang sich zur Ruhe. Dieses Gespräch war völlig absurd. »Ich verstehe noch immer nicht, was das bringen soll.« Außer dass sie sich zu allem Überfluss auch noch wie ein billiges Flittchen vorkommen würde.

»Du könntest ihn überzeugen, dir den Buchladen zurückzugeben. Für guten Sex sind Männer zu fast allem bereit«, erklärte Inge.

Mit großen Augen starrte Hannah die ältere Dame an, die auf den ersten Blick so harmlos und gesittet wirkte. Welch bewegte Vergangenheit mochte sich wohl hinter dem gepflegten Äußeren verbergen?

»Stimmt. Nur leider neigen sie dazu, ihre Versprechen zu vergessen, sobald sie bekommen haben, was sie wollten«, warf Karin ein.

»Auch wieder wahr«, gab Inge zu.

»Vielleicht kann sie ihn dazu bringen, eine Erklärung zu unterzeichnen, wenn er noch ganz entspannt und benebelt ist«, schlug Bärbel hilfsbereit vor.

»Stopp!«, rief Hannah entrüstet. »Ich werde *nicht* mit ihm schlafen.«

Erstaunt hielten die vier Freundinnen inne.

»Nicht einmal für den Buchladen?«

Erwartungsvoll schauten vier Augenpaare sie an.

Hannah wusste genau, was sie bezweckten. Sie wollten ihr Schuldgefühle einreden, und machten das gar nicht so schlecht.

»Es würde nichts bringen. Ben ist mit allen Wassern gewaschen. So leicht lässt er sich nicht einwickeln.« Ganz abgesehen davon, dass er Hannah – nach ihrer letzten Begegnung – womöglich gar nicht erst in seine Nähe lassen würde.

»Dann eben Plan B«, verkündete Inge. »Du rührst ihm ein Schlafmittel in den Wein und klaust ihm den Vertrag.«

»Wer bist du? Mata Hari?«, entfuhr es Hannah verdattert.

Inge zuckte geheimnisvoll mit den Schultern. »Nicht ganz. Aber auch ich habe so einiges erlebt.«

»Sie war sogar eine Zeit lang mit dem Bürgermeister liiert«, raunte Karin Hannah ins Ohr. »Da schnappt man schon mal den einen oder anderen schmutzigen Trick auf.«

Hannah dachte kurz nach. Inges Plan B könnte tatsächlich funktionieren. Sie würde so tun, als wollte sie sich mit Ben versöhnen. Vielleicht ließ er sogar mit sich reden, wenn sie für eine lockerere Atmosphäre sorgte.

Erinnerungen an ihren Tag in Koblenz und den Ausflug zur Burg Olbrück stiegen in ihr auf. Sie hatte tatsächlich das Gefühl gehabt, auf einer Wellenlänge mit ihm zu sein. Natürlich hatte er ihr nur etwas vorgespielt, um sie in Sicherheit zu wiegen. Doch wenn sie es schaffte, diese Stimmung wieder heraufzubeschwören, würde er vielleicht zugänglicher werden und sich ihre Argumente anhören. Einen Versuch war es wert.

Und sollte es nicht klappen, würde sie ihm ohne Bedauern das Schlafmittel unterrühren.

»Also gut, ich mache es«, sagte sie in die gespannte Stille hinein.

Lauter Jubel brach aus. Inge fiel Hannah stürmisch um den Hals. Die vier Frauen taten gerade so, als hätten sie die Schlacht bereits gewonnen.

Hannah grinste, beeindruckt von ihrer Euphorie, auch wenn sie die Zuversicht nicht ganz teilen konnte.

»Gut. Dann wollen wir dich mal zurechtmachen.« Inge klopfte ihr aufmunternd auf die Schulter.

»Wie zurecht?« Hannah schaute prüfend an sich herab. Sie trug die Jeans und das T-Shirt, die sich noch in ihrer Reisetasche befunden hatten. Sie fand, dass sie damit ganz ordentlich aussah – frisch, leger und durch die eng geschnittene Jeans sogar ein klein wenig sexy.

»Na ja, ein bisschen mehr Make-up, ein tieferer Ausschnitt, vielleicht ein Push-up-BH?«

Hannah räusperte sich unbehaglich. Ihre Brüste waren gewiss nicht riesig, aber *so* klein waren sie auch wieder nicht. »Glaubt ihr nicht, dass er Verdacht schöpfen wird, wenn ich plötzlich wie eine Femme fatale vor seiner Tür stehe?« Ganz abgesehen davon, dass sie sich selbst total unwohl fühlen würde. Also noch unwohler als ohnehin schon.

»Papperlapapp!«, widersprach Ute entschieden. »Er wird geschmeichelt sein. Männer sind nicht ganz so kompliziert gestrickt.«

»Ich habe da eine Idee.« Bärbel legte Hannah eine Hand auf die Schulter, bevor sie erneut widersprechen konnte. »Meine jüngste Tochter hat in etwa deine Statur. Sie ist zwar weitgehend ausgezogen, ein paar Klamotten sind aber noch hier. Wieso kommst du nicht einfach mit nach oben und schaust nach, ob dir was gefällt?«

Hannah nickte zögernd. Vielleicht fand sie ja tatsächlich etwas Passendes.

»Und denk an die Unterwäsche!«, rief Inge. »Schwarze Spitze kommt immer gut an.«

Hastig sprang Hannah auf und folgte Bärbel nach oben, bevor sie noch weitere hilfreiche Tipps mit auf den Weg bekam.

»Hier.« Bärbel öffnete den Kleiderschrank. »Ich lasse dich jetzt allein.«

»Danke.« Aufmerksam musterte Hannah die Auswahl. Viel war es nicht gerade: ein paar Hosen, zwei Röcke, ein Pulli und einige Shirts.

Sie zog ein schwarzes Top heraus und hielt es prüfend vor sich. Es war aus sanft fallender Viskose, ärmellos und oben mit einer Kordel gerafft. Auf Höhe der Brust verlieh ein dreieckiger Schlitz dem Oberteil das gewisse Etwas. Rasch schlüpfte Hannah aus ihrem T-Shirt und streifte sich das Top über. Es passte gut zu ihrer engen Jeans und den dunklen Haaren. Sie steckte sich den vorderen Saum locker in die Hose und schaute zufrieden in den großen Spiegel. Ja, so könnte es gehen.

Anerkennendes Gemurmel empfing sie, als sie die Treppe hinunterstieg.

Inge klatschte zufrieden in die Hände. »Gut. Dann brauchen wir jetzt nur noch den Wein. Hat jemand einen guten Tropfen zu Hause?«

»Ich müsste noch was dahaben, von unserem letzten Ausflug zum Weingut«, sagte Ute. »Wir können gleich auf dem Rückweg bei mir vorbeigehen.«

»Und das Schlafmittel?«, fragte Hannah.

»Davon habe ich mehr als genug«, erklärte Karin.

»Gut. Dann ist ja alles geregelt«, meinte Bärbel. »Morgen um elf treffen wir uns im Buchladen, und Hannah kann uns alles berichten.«

»Oder fast alles«, fügte Inge zwinkernd hinzu.

Hannah verdrehte die Augen. Diese Inge war einfach unverbesserlich!

Dann fiel ihr plötzlich etwas ein. »Wir können uns morgen nicht treffen.« Sie musste pünktlich um neun im Büro sein und ihrem Chef beweisen, dass sie eine exzellente und absolut zuverlässige Mitarbeiterin war.

»Wieso nicht?«, fragte Karin.

»Ich muss unbedingt zurück nach Köln. Ich habe nur zwei Tage frei bekommen.«

»Schaffst du das denn?«

Hannah fuhr sich durchs Gesicht und nickte. »Irgendwie kriege ich das schon hin.«

Wenn sie im Morgengrauen den ersten Zug nach Köln nahm, konnte sie vor dem Arbeitstag noch kurz nach Hause und duschen. Sie musste sich nur ein Taxi zum Bahnhof organisieren, denn natürlich fuhren um diese Zeit keine Busse.

Es war ein straffer Zeitplan, aber durchaus zu schaffen.

»Ich rufe Karin morgen an, um ihr alles zu erzählen. Und am Wochenende komme ich wieder her«, versprach sie den Damen vom Buchclub.

»Wir drücken dir ganz fest die Daumen«, sagte Inge, und die anderen nickten bestätigend.

»Danke.« Hannah lächelte in die Runde. Auch wenn die Hauptlast des Plans auf ihren Schultern ruhte, fühlte es sich gut an, nicht ganz allein dazustehen.

KAPITEL 9

Nervös zupfte Hannah das geliehene Top zurecht. Seit fünf Minuten stand sie schon vor Bens Tür und traute sich nicht, anzuklopfen. Sie hatte keine Ahnung, ob sie das wirklich durchziehen konnte. Sie war noch nie eine besonders gute Schauspielerin gewesen, auch wenn Inge ihr noch ein paar Tipps mit auf den Weg gegeben hatte.

Stell dir vor, du wärst jemand anderes, eine Geheimagentin, die wichtige Unterlagen besorgen muss. Für dich gelten heute andere Regeln als für Hannah. Du bist aufregend, begehrenswert, mutig und verschlagen. Und du tust das alles für den Buchladen.

Noch vor ein paar Stunden hatte sich das deutlich einfacher angehört, als es sich nun anfühlte.

»Für den Buchladen«, murmelte Hannah leise. »Für Mama, Tante Marlies und ihre Freundinnen.« Und für ihr eigenes Seelenheil, denn ganz sicher würde sie nicht ruhig und zufrieden weiterleben können, in der Gewissheit, dass Ben gewonnen hatte.

Bevor sie es sich noch einmal überlegen konnte, hob sie die Faust und klopfte entschlossen an.

Sie zählte bis zehn, dann öffnete sich die Tür einen Spaltbreit, und Ben spähte vorsichtig hinaus.

»Hannah.« Er klang nicht gerade erfreut.

»Ja, ich bin's.« Sie lächelte unsicher. »Kann ich reinkommen?«

»Kommt drauf an.« Die Tür bewegte sich keinen Millimeter. »Hast du vor, wieder handgreiflich zu werden?«

»Eigentlich möchte ich mich entschuldigen.« Wie zum Beweis hob sie die Tragetasche mit der Weinflasche hoch.

Seine Augenbrauen fuhren überrascht nach oben. »Entschuldigen?«

»Ja. Ich bin wohl etwas übers Ziel hinausgeschossen.« Es kostete sie alle Überwindung, ihn dabei weiterhin freundlich anzulächeln und die Worte nicht zu gezwungen klingen zu lassen. Wenn sich hier einer entschuldigen musste, dann doch wohl er.

Für den Buchladen!, rief sie sich eilig ihr Mantra ins Gedächtnis und schaute ihn möglichst unschuldig an.

»Keine versteckten Fallstricke?«

Wenn du wüsstest. »Überhaupt keine!«

»Nicht einmal eine klitzekleine Beleidigung?«

Hannah schnaubte. »Wenn du unbedingt darauf bestehst …«

Er lachte laut auf und öffnete die Tür. »Nicht nötig, danke. Komm rein.«

Sie folgte ihm mit hämmerndem Herzen ins Zimmer. Er trug schon wieder die verwaschene Jeans und ein T-Shirt und sah mit seinen verwuschelten Haaren und dem leichten Bartschatten auf den Wangen fast schon unverschämt gut aus. Sie riss sich zusammen. *Er* sollte ihr heute zu Füßen liegen. *Sie* würde sich von ihm nicht aus dem Konzept bringen lassen.

Hannah lehnte sich mit dem Po an seinen Schreibtisch, streckte die Beine ein wenig vor und richtete den Oberkörper kerzengerade auf.

»Ist das dein Ernst?« Ben deutete auf die Weinflasche, die sie neben sich abgestellt hatte. Ihm war anzusehen, dass er aus ihrem plötzlichen Erscheinen nicht schlau wurde. Neugier und Misstrauen spiegelten sich in seinem Gesicht.

»Ja.« Hannah zuckte mit den Schultern. »Sieh es als Friedensangebot.«

»Ich muss zugeben, nach deinem Auftritt gestern hätte ich nicht damit gerechnet.«

»Ich auch nicht«, gestand sie. Sie hatte beschlossen, sich nicht allzu weit von der Wahrheit zu entfernen, um nicht völlig unglaubwürdig zu wirken. Ben mochte vieles sein, dumm war er mit Sicherheit nicht. »Ich finde dein Vorgehen noch immer mehr als fragwürdig.« Sie bemerkte die Bitterkeit in ihrer Stimme und räusperte sich. »Aber du hast recht«, fügte sie bemüht locker hinzu. »Ich habe dir den Buchladen freiwillig verkauft, das Geschäft ist wasserdicht, und ich weiß, wann ich verloren habe.«

»Tatsächlich?« Ein amüsiertes Funkeln lag in seinen Augen.

»Ja.« Sie presste die Lippen zusammen, um nichts Unbedachtes zu sagen. Er wirkte schon wieder so überheblich, so arrogant und so enervierend selbstbewusst. »Es tut mir leid, dass ich dich geschlagen habe. Normalerweise bin ich nicht so unbeherrscht.«

»Na ja.« Ein spitzbübisches Grinsen erschien auf seinem Gesicht. »Ich schätze, ich habe es ein wenig verdient.«

Überrascht starrte Hannah ihn an. Sie wusste nicht, was sie darauf erwidern sollte. Ebenso wenig, wie sie wusste, wie es nun weitergehen sollte. Sooft sie ihr Treffen in Gedanken auch durchgespielt haben mochte, sie war nie über diesen Punkt hier hinausgekommen.

»Ich würde sagen, wir sind quitt, was meinst du?«, fragte Ben leise und kam einen Schritt näher.

Hannah schluckte und unterdrückte den Impuls, sich nach einem Fluchtweg umzusehen. Ihre Knie waren plötzlich ganz weich. Gleichzeitig verschlug ihr seine Unverschämtheit die Sprache.

Sie waren nicht quitt! Ganz und gar nicht. *Er* hatte sie belogen, hereingelegt und obendrein auch noch mit ihr geschlafen. Außerdem war er dabei, das Vermächtnis ihrer Tante zu schänden und ein verschlafenes kleines Dorf zu zerstören. *Sie* hatte ihm lediglich eine Ohrfeige verpasst.

Ben war nur noch einen Schritt von ihr entfernt. Sie konnte bereits sein Aftershave riechen – ein überaus verlockender Duft.

Hannahs Verstand raste. Was würde Mata Hari jetzt tun? Oder zumindest Inge?

»Ich finde, darauf sollten wir anstoßen.« Sie schnappte sich die Flasche und hielt sie wie einen Schutzschild zwischen sich und Ben.

Sein Lächeln vertiefte sich. »Dann schaue ich mal nach, ob ich Gläser finde.« Er wandte sich von ihr ab.

Mit gemischten Gefühlen sah Hannah ihm hinterher, als er im Badezimmer verschwand. Ganz bestimmt spürte er, dass etwas im Busch war.

»Ich habe leider nur die hier«, sagte er bedauernd, als er gleich darauf wieder erschien. In jeder Hand hielt er einen Zahnputzbecher.

Wieso hatte sie nicht daran gedacht, Weingläser mitzubringen? So würde es eher wie Camping wirken, nicht wie ein romantischer Abend. Doch solange das Schlafmittel in Bens Becher landete, konnte es ihr eigentlich egal sein.

Hannahs Hand fuhr wie automatisch zu ihrer Hosentasche, wo das kleine Papiertütchen mit den sorgsam zerstampften Tabletten lag. In letzter Sekunde merkte sie, was sie da tat, und strich sich stattdessen über den Oberschenkel.

Ben stellte die Becher ab und griff nach der Flasche.

»Erinnert mich ein bisschen an meine Studentenzeit«, bemerkte er, bevor er sich daranmachte, mit dem Daumen den Korken in die Flasche zu drücken.

Hannah biss sich innerlich in den Hintern. Eine Geheimagentin war sie definitiv nicht.

»Fertig!«, verkündete Ben und deutete auf den Korken, der

nun fröhlich in der Flasche schwamm. »Aber ich fürchte, meine Hände haben was abbekommen. Ich bin gleich wieder da.«

Hannah konnte ihr Glück kaum fassen. Ben ließ sie mit den Bechern und dem Wein alleine. Sie linste zur Badezimmertür. Sie war angelehnt, und Hannah hörte das Wasser rauschen. Hastig fingerte sie das Schlafmittel aus ihrer Hosentasche und schüttete es in einen der Becher. Dann kippte sie eilig etwas Wein darüber und wartete mit angehaltenem Atem darauf, dass es sich auflöste.

Das Wasser wurde abgedreht. Mit zitternden Fingern stopfte Hannah das Tütchen zurück in die Hosentasche und füllte auch das zweite Glas.

Ben trat zu ihr.

»Prost!« Sie hielt ihren Becher auffordernd in die Höhe.

Er beugte sich vor und griff nach dem anderen.

Hannah hielt gespannt den Atem an.

Ben sah ihr tief in die Augen und schien dabei alles um sich herum zu vergessen. Mit einem leisen Klirren stieß der Becher in seiner Hand gegen die Weinflasche. Die rote Flüssigkeit schwappte über, die Flasche schwankte, und Ben fing sie gerade noch rechtzeitig auf.

»Oh nein!«, fluchte er. Seine Hand war schon wieder voller Wein, und auch die Flasche zierten einige rote Tropfen. »Ich fürchte, du bringst mich ganz schön durcheinander.« Mit der Flasche und seinem Becher in der Hand ging er erneut in Richtung Bad. »Das muss ich abputzen.«

»Soll ich dir helfen?«, rief Hannah erschrocken. Was, wenn er ihr auf die Schliche kam?

»Nein, schon gut.« Er lächelte besänftigend. »Wenn du ein paar Taschentücher hast, kannst du in der Zwischenzeit vielleicht den Tisch abwischen. Das gibt sonst so hässliche Abdrücke.«

»Sicher.« Hannah griff nach ihrer Handtasche. Verzweifelt

starrte sie die Badezimmertür an. Sie war mit Sicherheit aufgeflogen. Sie hörte Ben fröhlich pfeifen. Vielleicht sollte sie einfach verschwinden, bevor das hier in einer Katastrophe endete.

Zu spät. Er trat wieder ins Zimmer.

Ängstlich schaute Hannah zu ihm hinüber.

Sein Glas war immer noch gefüllt, und die Flasche schien auch nicht leerer geworden zu sein – zumindest soweit sie es aus der Entfernung beurteilen konnte.

Konnte es sein, dass er beides tatsächlich bloß saubergemacht hatte?

Hannah lächelte schwach und schickte ein Dankgebet zum Himmel.

»Alles in Ordnung bei dir?«, fragte Ben. »Du wirkst so blass.«

»Ja, alles gut. Ich … ähm … Ich habe bloß keine Taschentücher gefunden«, log sie hastig.

»Dann nehmen wir eben Toilettenpapier.«

»Gute Idee.« Sie rührte sich nicht von der Stelle. Um nichts auf der Welt würde sie ihr Glas jetzt aus den Fingern geben. Was, wenn er sie durchschaut hatte? Wenn er die Gläser hinter ihrem Rücken vertauschte?

»Ich hole es.« Zum dritten Mal innerhalb von fünf Minuten verschwand Ben im Badezimmer.

Hannah atmete tief durch. Das Ganze hatte schon fast etwas von Klamauk. So viel zu Inges Verführungsplan.

Ben kam zurück und beseitigte sorgfältig alle Weinspuren auf dem Schreibtisch, bevor er sich wieder Hannah zuwandte.

»Ich freue mich wirklich, dass du gekommen bist«, sagte er, und seine Augen funkelten voller Wärme.

Für einen Moment vergaß Hannah, was für ein ekliges Scheusal er war. Sie fühlte sich zurückversetzt in die wunderbaren Stunden, die sie zusammen verbracht hatten.

Jetzt bloß nicht weich werden!, ermahnte sie sich streng. Es gab einen Grund, wieso sie hier war, und das waren ganz bestimmt nicht Bens schöne Augen. Sie musste ihn dazu bringen, sein Glas zu leeren.

»Auf uns!«, sagte sie und hielt ihren Becher hoch.

»Auf uns!«, wiederholte er und stieß mit ihr an.

Hannah hob ihr Glas an die Lippen und schaffte es mit Mühe und Not, einen kleinen Schluck herunterzuwürgen, so angespannt war sie. Sie wagte kaum zu atmen, während sie zusah, wie Ben seinen Becher fast bis zur Hälfte leerte.

»Und, wie ist er?«, fragte Hannah nervös und ärgerte sich im nächsten Moment über sich selbst. Was für eine bescheuerte Frage war das denn?

Ben nahm noch einen Schluck. »Nicht schlecht. Hat aber einen eigenartigen Nachgeschmack im Abgang.«

Erleichterung durchflutete Hannah. Das war bestimmt das Schlafmittel. Er hatte es tatsächlich geschluckt. Jetzt musste sie nur noch etwa zwanzig Minuten bei ihm ausharren, denn so lange dauerte es laut Karin, bis das Mittel wirkte.

Sie nippte an ihrem eigenen Wein.

»Darf ich dich was fragen?« Ben beugte sich vor und stellte seinen Becher neben ihr auf dem Tisch ab. Dabei streifte sein Arm wie zufällig ihre Hüfte. Die Stelle begann sofort zu kribbeln.

Hannah rückte ein Stück ab und verfluchte ihren verräterischen Körper. Sie mochte Ben nicht, dennoch fand sie ihn nach wie vor verdammt attraktiv.

»Hannah?«

»Ja, was?«

Er schmunzelte. Für den wissenden Ausdruck in seinem Gesicht hätte sie ihm am liebsten vors Schienbein getreten. Er hielt sich wohl für unwiderstehlich. Na, der würde sich noch wundern!

»Wie kam es zu deinem Sinneswandel?«

»Was meinst du?« Sie musterte ihn verwirrt.

»Bist du wirklich nur hier, weil dir die Ohrfeige leidtut?« Der forschende Blick seiner noch viel zu klaren Augen schien sie zu durchbohren.

Hannah senkte den Kopf und schielte auf ihre Armbanduhr. Wieso verging die Zeit bloß so quälend langsam? Selbst der Sekundenzeiger schien sich in Zeitlupe zu bewegen. Es half nichts. Sie musste die nächsten zwanzig Minuten irgendwie überbrücken, ohne dass er sie aus dem Zimmer warf.

»Nein.« Sie schüttelte langsam den Kopf. »Ich wollte es dir erklären.«

»Was denn?« Seine Stimme klang unerwartet sanft.

»Was der Laden mir und den Menschen im Dorf bedeutet. Wieso ich so aufgebracht war.« Ihre Augen begegneten den seinen. Neugier lag darin, gemischt mit etwas Ernsterem. Bedauern? Schuldgefühl?

Hannah befeuchtete ihre trockenen Lippen. Sollte sie es wirklich wagen? Sollte sie sich ihm noch einmal anvertrauen? Dann würde sie auf jeden Fall sehen, aus welchem Holz er geschnitzt war. Vermutlich würde er ihren Eindruck von ihm bloß bestätigen. Aber etwas Besseres fiel ihr auch nicht ein.

»Deine heftige Reaktion hat mich in der Tat sehr überrascht«, sagte Ben abrupt und ließ sich auf einen Stuhl sinken. War ihm das gerade etwa auch zu viel Nähe gewesen?

Hannah spürte, wie neue Zuversicht in ihr aufstieg. Wenn ihre Gegenwart Ben ebenfalls nicht kaltließ, war vielleicht noch nicht alles verloren.

»Der Laden und ich – wir haben eine schwierige Vergangenheit«, setzte Hannah stockend an. »Früher war er so etwas wie der Mittelpunkt meines Lebens. Ich habe jede freie Minute dort verbracht. Die Bücher haben mir Zuflucht geboten, wenn es im realen Leben mal nicht so glattlief.« Sie brach ab und atmete tief durch. Beinahe hätte sie ihm erzählt, wie sie sich mit acht Jahren dort vergraben hatte, weil die anderen Kinder sie wegen ihrer neuen Brille ausgelacht hatten. Oder wie sie nach Hogwarts abgetaucht war, weil ihr erster Freund mit ihr Schluss gemacht hatte. »Damals habe ich geglaubt, dass es für jede Stimmung, für jedes Problem das richtige Buch gibt. Tante Marlies hat immer gesagt, Bücher berühren die Seele. Sie erden uns und lassen uns gleichzeitig fliegen. Es gibt nichts Besseres, um dem Alltag für ein paar Stunden vollkommen zu entfliehen und alles hinter sich zu lassen.«

Hannah verstummte und griff nach ihrem Becher. Sie merkte kaum, wie sie ihn in einem Zug leerte, während sie krampfhaft darum kämpfte, die Tränen, die plötzlich in ihr aufgestiegen waren, zurückzuhalten.

»Du sagst, es wäre früher so gewesen. Was ist dann geschehen?«

Hannah blinzelte. Ben hatte ihr tatsächlich zugehört.

»Dann ist meine Mutter gestorben«, erklärte sie knapp. »Und ich habe den Laden nie wieder betreten.«

»Das tut mir leid«, murmelte er betroffen.

Hannah zuckte mit den Schultern und schenkte sich noch einmal Wein ein.

»Du wolltest nichts mehr mit dem Laden zu tun haben«, fasste Ben zusammen.

»Ja.« Sowohl wegen der falschen Versprechen, die die Bücher ihr gemacht hatten, als auch wegen all der Erinnerungen, die damit verknüpft waren.

»Und wieso hast du deine Meinung geändert?«

Weil sie sich geirrt hatte. Weil sie Dingen und Menschen die Schuld an etwas gegeben hatte, das nichts und niemand hätte verhindern können. Weil sie wütend, jung und verzweifelt gewesen war. Doch das wollte sie Ben gegenüber nicht zugeben.

»Der Laden bedeutet nicht nur mir etwas«, sagte sie stattdessen. »Viele Leute im Ort lieben ihn, brauchen ihn sogar.« Sie sah ihm direkt in die Augen. »Vielleicht ist dir aufgefallen, dass der Altersdurchschnitt in Kempenich Richtung Rente tendiert. Die Menschen hier bestellen ihre Bücher nicht online, sie gehen kaum ins Kino. Wenn der Buchladen schließt, wird ihre Welt ein ganzes Stück ärmer.«

Ben räusperte sich. »Vielleicht siehst du das auch zu einseitig.« Er stand auf und nahm sich ebenfalls noch mehr Wein. Dann setzte er sich aufs Bett und schlug die Beine übereinander.

»Wie meinst du das?« Hannah ließ sich ihm gegenüber auf dem Stuhl nieder. Ihre Knie fühlten sich vom langen Stehen und dem Alkohol ein wenig wackelig an.

»Mein Hotel schafft Arbeitsplätze, bringt vielleicht sogar die Jugend dazu, im Dorf zu bleiben. Hast du darüber schon mal nachgedacht?«

Sie schüttelte trotzig den Kopf. »Der Laden hat eine Seele, eine Vergangenheit. Es steckt so viel Liebe darin. Dein Betonbunker hat nichts davon zu bieten.«

»Betonbunker?« Ben lachte ungläubig auf. »Hast du überhaupt eine Ahnung, wovon du da sprichst?«

»Ich denke, schon.«

»Ich denke, nicht.«

»Dann klär mich auf!« Herausfordernd funkelte sie ihn an.

»Überaus gern.« Ben erhob sich und drehte sie samt Stuhl schwungvoll herum, sodass sie mit dem Gesicht zum Schreibtisch saß.

Überrascht schrie Hannah auf. Seine Wange streifte die ihre, sie spürte die kurzen Bartstoppeln, die über ihre Haut kratzten, war umgeben von seinem Duft.

»Etwas mehr Abstand bitte«, murmelte sie schwach.

Seine Arme griffen rechts und links an ihr vorbei zu seinem Laptop. »Keine Sorge, ich will dir nur etwas zeigen«, brummte er, klappte den Bildschirm hoch und öffnete eine PDF-Datei.

Skeptisch studierte Hannah die Hochglanz-Werbebroschüre, die vor ihr erschien.

»Das soll es sein?« Sie deutete auf das 3D-Modell eines Gebäudes, das sich anstelle des Buchladens zwischen die übrigen Häuser quetschte.

»Ja, genau«, bestätigte Ben mit unüberhörbarem Stolz. »Von wegen Betonbunker.«

Hannah musste zugeben, dass es gar nicht so hässlich aussah. Das Modell überragte die übrigen Gebäude nur um ein Stockwerk, die Fassade fügte sich gut in die Häuserzeile ein, der Hauptteil des Hotels befand sich auf dem dahinterliegenden Grundstück und war von der Straße aus nicht zu sehen.

»Dann hätten wir das also auch geklärt«, sagte Ben, als sie nicht reagierte.

»Genießen Sie das Kleinstadtflair«, zitierte Hannah die Überschrift. »Damit willst du punkten?«

»Was spricht denn dagegen?« Sie spürte, wie sein Kiefer aufgebracht mahlte, doch er rückte nicht von ihr ab.

»Dir ist schon klar, dass du mit diesem Hotel genau das zerstören würdest, womit du die Leute anzulocken versuchst?«

»Danke für deine qualifizierte Einschätzung!«, bemerkte Ben sarkastisch und erhob sich. »Darauf sollten wir anstoßen.«

Er nahm die Flasche und füllte die beiden Becher bis zum Rand. »Prost!« Er trank einen großzügigen Schluck.

Hannahs Blick fiel auf die Zeitanzeige des Laptops. Erschrocken schnappte sie nach Luft. Jetzt waren schon mehr als zwanzig Minuten vergangen, und Ben stand immer noch aufrecht. Vielleicht hatte Karin sich bei der Dosierung geirrt. Vielleicht brauchte das Mittel bei ihm etwas länger.

»Is irgendwas?«, fragte Ben und hörte sich dabei definitiv nicht mehr ganz nüchtern an.

»Nein«, versicherte Hannah schnell und griff nach ihrem Glas. *Dann eben auf die altmodische Art*, hallte Inges Spruch in ihrem Hinterkopf wider, und sie musste kichern.

»Was is so lustich?«, erkundigte sich Ben verwirrt. Er sah dabei unglaublich niedlich aus.

Hannah kicherte noch mehr. »Das alles – ich, du, wir hier.« Auf einmal erschien ihr der Plan, ihn zu verführen, nicht mehr ganz so schlimm.

»Find ich nich.« Er ließ sich vor ihr auf die Knie sinken und sah ihr eindringlich ins Gesicht. Ein Feuer loderte in seinen Augen, als er seine Hände auf den Stuhl legte und Hannah näher zu sich heranzog.

»Gib mir den Buchladen zurück«, forderte sie leise.

»Geht leider nich«, entgegnete er und hörte sich aufrichtig bedauernd an.

»Dann werden wir wohl niemals Freunde werden«, raunte sie.

»Ssieht sso aus.« Bens Adamsapfel hüpfte auf und ab, als er schluckte. Dann vergrub er eine Hand in ihren Haaren und zog ihren Kopf noch näher zu sich heran.

Hannahs Körper drohte bei seiner Berührung dahinzuschmelzen, doch der letzte noch nicht umnebelte Rest ihres Verstands hielt sie zurück. Das hier war ihre einzige Chance, noch eine würde sie nicht bekommen. Sie brauchte den verdammten Kaufvertrag, oder dieser unglaublich faszinierende, aufregende und selbstbewusste Mann würde etwas sehr Wertvolles für immer zerstören.

Sie legte ihre Hand auf seine Brust und widerstand der Versuchung, über die Wölbung seiner Muskeln zu streicheln. Sein Gesicht war dem ihren so nah, dass sie den Alkohol in seinem Atem riechen konnte.

Hannah schielte zu der Weinflasche hinüber. Es war kaum noch etwas drin. »Hast du noch mehr davon?«, fragte sie heiser.

Bens Mundwinkel zuckten. »Ich schau in der Minibar nach.« Er erhob sich wankend.

Hastig richtete Hannah sich die Haare, froh, seiner aufwühlenden Gegenwart zumindest für den Moment entkommen zu sein.

Mit einer Handvoll kleiner Schnapsfläschchen wandte Ben sich ihr wieder zu, ließ sich aufs Bett plumpsen und schaute sie auffordernd an. Sie wusste, dass es vermutlich keine gute Idee war, sich zu ihm zu legen, andererseits sah es so gemütlich aus. Ben rutschte bis zum Kopfende hoch und streckte einladend die Arme nach ihr aus. Hannah krabbelte zu ihm und nahm ein Fläschchen mit Feigenschnaps aus seinen Fingern. Seit ihrer Teenagerzeit hatte sie dieses Zeug nicht mehr angerührt. Tapfer öffnete sie den Drehverschluss und nahm einen winzigen Schluck. Ben tat es ihr gleich, dann zog er sie an sich.

Sie drehte den Kopf und sah ihn an. Begehren flackerte in seinem Blick.

Hannah wusste genau, was er wollte. Und sie wollte es auch. Ihr Herz klopfte unnatürlich schnell, ihr Atem war flach, ihr gesamter Körper kribbelte vor Erwartung.

Seine Augen wanderten tiefer und blieben an dem Schlitz in ihrem Ausschnitt hängen. Langsam hob er eine Hand und schob den Zeigefinger in den Schlitz, genau in das Tal zwischen ihren Brüsten.

Hannah schnappte nach Luft.

»Ist das eine Einladung?«, fragte Ben heiser.

Hannah zählte innerlich bis zehn. »Nicht, wenn wir auf verschiedenen Seiten stehen.«

»Schade.« Er nahm seine Hand weg. »Dann bleibt uns wohl nur der Alkohol.«

Hannah schreckte aus dem Schlaf hoch. Verwirrt fuhr sie sich durch die Haare. Ihr Kopf dröhnte, und sie hatte einen schalen Geschmack im Mund. Durch die Vorhänge drang schwaches Tageslicht herein, und neben sich hörte sie Bens ruhige Atemzüge.

Ach du Scheiße!

Ihr Kopf ruhte auf seinem Arm, ihr Hintern war gegen seine Hüfte gepresst.

Nein! Nein! Nein!, dachte sie verzweifelt. Sie hatten doch nicht etwa schon wieder …

Hastig schaute Hannah an sich herab und atmete erleichtert auf. Ihre Kleidung war zwar nicht gerade geordnet, aber sie hatte sie eindeutig noch an. Sie konnte sich nur noch daran erinnern, wie sie neben Ben auf dem Bett gesessen hatte. Sie hatten getrunken und geredet, sich irgendwann vielleicht auch geküsst. Oh Gott!

Was für ein Glück, dass nicht noch mehr passiert war. Sie hatte definitiv zu viel getrunken. Dabei hatte sie nur darauf warten wollen, dass Ben endlich einschlief. Dass sie es sich selbst in seinem Bett gemütlich machte, war nie Teil des Plans gewesen.

Vorsichtig stemmte sie sich hoch. Ben murrte etwas Unverständliches, und sie hielt kurz inne. Sie musste sich beeilen, den Vertrag finden und von hier verschwinden, bevor er aufwachte.

Sie schwang die Beine aus dem Bett und tastete auf dem Nachttisch nach ihrer Brille. Sie konnte sich vage daran erinnern, dass Ben sie dort abgelegt hatte, bevor er …

Nein, daran wollte sie jetzt lieber nicht denken.

Sie atmete zitternd durch. Wo zum Teufel war bloß die verdammte Brille?

Ben regte sich erneut. Sie musste sich beeilen. Dann eben ohne Brille. Sie war ja nicht völlig blind.

Langsam setzte Hannah einen Fuß vor den anderen. Im schwachen Licht konnte sie den verschwommenen Umriss des Tisches erkennen. Und der Fleck davor war bestimmt der Stuhl. Ihre Hand legte sich auf die Stuhllehne, sie spürte den Stoff von Bens Sakko unter den Fingern. Fröstelnd streifte sie es sich über. In dem dünnen, ärmellosen Top war es ihr eindeutig zu kalt.

Hannah tastete suchend über den Schreibtisch. Es lagen zwar einzelne Notizzettel herum, jedoch nichts, was an die Mappe vom Notar oder den Kaufvertrag erinnert hätte. Mit zunehmender Verzweiflung knipste sie die Tischleuchte an. Wenn sie nicht bald etwas fand, war alles umsonst gewesen.

Vorsichtig zog sie die oberste Schublade auf. Da lagen eine ganze Reihe wichtig aussehender Dokumente herum. Sie packte den Stapel auf den Schreibtisch und versuchte, irgendwas zu erkennen. Ihre Nase berührte beinahe das Papier.

»Vielleicht klappt es damit etwas besser«, erklang Bens kühle, amüsierte Stimme in ihrem Rücken.

Erschrocken fuhr Hannah herum, die Papiere noch in der Hand. Undeutlich konnte sie seinen Umriss erkennen, er hatte sich wohl im Bett aufgesetzt.

»Warte, ich helfe dir.« Der Umriss kam näher, und einen Moment später wurde Hannah die Brille auf die Nase gesetzt. »Besser so?« Bens Stimme troff vor Sarkasmus.

»Woher hast du die?«, fragte Hannah, weil ihr gerade nichts Schlaueres einfiel.

»Oh, die habe ich gestern vorsorglich in Sicherheit gebracht. Ich weiß doch, wie unbeholfen und tollpatschig du ohne Brille bist.«

Hannah schoss das Blut in die Wangen. Heftige Empörung machte sich in ihr breit, als ihr der Sinn seiner Worte dämmerte. »Du hast sie mit Absicht versteckt? Findest du das etwa witzig?«

»Ein wenig schon«, entgegnete Ben ungerührt. »Ich wollte schließlich sehen, was du wirklich vorhast.«

Wutentbrannt starrte sie ihn an. »Du hast mich abgefüllt, um mich noch einmal ins Bett zu kriegen und anschließend vorzuführen?« Tränen der Enttäuschung und des Zorns schossen ihr in die Augen. Sie blinzelte, um sie zu vertreiben.

»Aber, aber.« Sein Ton wurde schneidend. »Wir schwingen uns hier gerade auf ein sehr hohes Ross. *Du* hast den Wein mitgebracht und nach noch mehr Alkohol verlangt, *du* hattest vor, mich außer Gefecht zu setzen. Was war es, was du in mein Glas gekippt hast? Schlafmittel? Drogen?«

Hannah presste trotzig die Lippen zusammen und wünschte sich, sie hätte sich niemals auf diesen irrwitzigen Plan eingelassen. »Ich habe keine Ahnung, wovon du sprichst«, behauptete sie. Da es offensichtlich nicht funktioniert hatte, hatte er keinerlei Beweise für seinen Verdacht.

»Ach, und dass du meinen Schreibtisch durchsuchst, kaum dass du mich eingeschlafen wähnst, ist wohl auch reiner Zufall?« Ben beugte sich vor und riss ihr die Unterlagen aus den Händen.

Hannahs Verstand raste. Leugnen hatte keinen Zweck mehr. »Du darfst den Laden nicht abreißen! Er bedeutet sehr vielen Menschen hier ziemlich viel«, murmelte sie lahm. Sie hatte auf ganzer Linie versagt.

»Trotzdem verstehe ich nicht …« Ben brach ab und lachte schallend auf. »Hast du etwa geglaubt …« Er lachte so sehr, dass ihm die Tränen kamen. »Dachtest du, du könntest das Geschäft verhindern, indem du mir meine Kopie des Vertrags stiehlst? Oh, Hannah!« Er wischte sich über das Gesicht. Er klang fassungslos, belustigt und so unglaublich herablassend, dass sie unwillkürlich die Fäuste ballte. »Du hast eindeutig zu viele Agentenfilme gesehen. Ein Exemplar des Vertrags liegt sicher verwahrt beim Notar, schon vergessen? Er wird den Grundbucheintrag veranlassen. An dem Verkauf gibt es nichts mehr zu rütteln.«

»Das werden wir ja sehen«, presste sie hervor. Ihre Wut auf Ben half ihr, sich nicht ganz so dämlich zu fühlen.

»Was meinst du damit?«

»Lass dich überraschen!«, zischte sie. Dann schnappte sie sich ihre Tasche, wandte sich ab und rauschte davon.

Es war natürlich eine völlig leere Drohung gewesen. Doch

das wusste Ben ja nicht. Und zumindest ihr Abgang wurde damit spektakulär.

***

Mit gemischten Gefühlen starrte Ben ihr hinterher. Es war niedlich, wie wenig Ahnung sie von der Geschäftswelt hatte. Hatte sie ernsthaft geglaubt, mit dieser Aktion irgendetwas ausrichten zu können? Dass sie nur den Vertrag zu vernichten brauchte, und das Geschäft wäre hinfällig?

Gleichzeitig fand er ihren Einfallsreichtum und ihre Entschlossenheit mehr als bewundernswert. Sie brachte definitiv vollen Einsatz. Und sah dabei auch noch so sexy aus. Wenn er nur an dieses Top dachte, wurde ihm schon ganz anders. Es hatte ihn all seine Selbstbeherrschung gekostet, heute Nacht die Finger von ihr zu lassen. Nur die Tatsache, dass sie total betrunken gewesen war, hatte ihn davon abgehalten. Außerdem hatte er ja geahnt, dass sie etwas im Schilde führte. Und *so* nötig hatte er es nun auch wieder nicht.

Ben verspürte einen Stich des Bedauerns. Er hatte es für eine gute Idee gehalten, Hannah seinerseits hereinzulegen, nachdem er durchschaut hatte, dass etwas im Busch war. Er hatte den Wein aus seinem Glas ausgeschüttet, es neu gefüllt und sogar den Wein in der Flasche ein wenig verdünnt, damit ihr nicht auffiel, dass etwas fehlte. Dann hatte er so getan, als wäre er betrunken, obwohl ihm Alkohol so schnell nichts anhaben konnte. Gespannt hatte er abgewartet, was geschehen würde, und dabei ganz heimlich seinen Spaß gehabt. Eigentlich war der Abend richtig schön gewesen. Er mochte Hannah, er mochte sie wirklich. Und wenn sie sich unter anderen Umständen kennengelernt hätten, hätte sich daraus vielleicht eine vielversprechende Bekanntschaft entwickeln können – beruflich wie privat.

So aber hielt sie ihn vermutlich für so etwas wie den Antichristen, wenn er die Verachtung und die Wut, die in ihren Augen gefunkelt hatten, richtig deutete. Und er konnte es ihr nicht einmal verübeln. Sie hatte etwas an sich, das ihn reizte und zugleich herausforderte. Ihr gegenüber hatte er sich wahrhaftig nicht von seiner besten Seite gezeigt. Ben seufzte. Vermutlich lag das daran, dass auch er das Projekt mit dem Buchladen inzwischen persönlich nahm. Es stand für ihn zu viel auf dem Spiel. Es tat ihm leid, Hannahs Gefühle zu verletzen, aber Aufgeben war schlichtweg keine Option. Er brauchte dieses Hotel. Außerdem – wie schlimm könnte es schon für sie werden? Ihr Leben spielte sich woanders ab. Und sie war die letzten zehn Jahre ganz wunderbar ohne das Dorf und den Buchladen zurechtgekommen.

Was die Dorfbewohner anging: Die waren natürlich gegen alles Neue, doch auch das würde sich legen, sobald das Hotel erst einmal stand.

Ben atmete tief durch und setzte sich an seinen Laptop. Es war zwar noch sehr früh, aber wenn er schon mal wach war, konnte er auch den Papierkram für die Baugenehmigung finalisieren.

KAPITEL 10

»Scheiße, scheiße, scheiße!« Hannah lehnte sich kraftlos an die Mauer des Hotels. Irgendwo ertönte eine Kirchenglocke. Angestrengt zählte sie die Schläge. Waren es sechs oder sieben? Ein eiskalter Schauer lief ihr über den Rücken.

Es war Montag! Sie musste auf der Stelle nach Köln!

Fieberhaft tastete sie in ihrer Handtasche nach ihrem Handy, nur um festzustellen, dass der Akku immer noch leer war. Hektisch schaute sie sich um. Es musste doch irgendwo eine Bushaltestelle oder zumindest einen Passanten mit einem Handy geben. Dann könnte sie den Fahrplan studieren und in der Agentur Bescheid geben, dass sie ein wenig später kam.

Natürlich war die Straße wie ausgestorben.

»Scheiße!« Was sollte sie jetzt bloß tun?

Hannah wandte sich nach rechts und lief bis zur nächsten Kreuzung. Etwas schlug beim Gehen gegen ihren Oberschenkel, und sie fuhr mit der Hand in ihre Jackentasche.

Nein, nicht ihre! Sie hatte noch immer Bens Sakko an. Und ihre Finger schlossen sich gerade um sein Smartphone.

Hannah schluckte und starrte auf das glänzende Stück Technik in ihrer Hand. Sie sollte es auf der Stelle zurückgeben. Doch die Vorstellung, wieder da hochzugehen, Bens selbstzufriedenes, arrogantes Gesicht zu sehen, sich anzuhören, wie ahnungslos und dumm sie war – nein, das wäre wirklich zu viel des Guten. Er glaubte, er wäre ihr haushoch überlegen. Na, wenn er so toll war, konnte er auch eine Zeit lang ohne sein bestes Stück auskommen.

Schadenfreude machte sich in ihr breit, als sie sich vorstellte, wie er das Fehlen des Telefons bemerkte, wie er danach suchte und immer mehr in Panik verfiel. Vermutlich würde es nicht lange dauern, bis er eins und eins zusammenzählte und auf Hannah kam. Dann musste er sie allerdings erst einmal finden.

Kurz überlegte sie, ob sie sich womöglich strafbar machte, wenn sie das Handy behielt, tat den Gedanken aber mit einem Schulterzucken ab. Sie hatte es nicht mit Absicht gestohlen. Und so ruchlos Ben auch sein mochte, er würde wohl kaum so weit gehen, Anzeige gegen sie zu erstatten. Ihre Euphorie verflog. Vermutlich lohnte sich die Mühe für ihn gar nicht. Dafür war Hannah nicht bedeutend genug.

Auf gut Glück schaltete sie das Handy ein. Der Bildschirm war natürlich gesperrt. Resigniert steckte sie es wieder in die Tasche und setzte sich in Bewegung. Hier Wurzeln zu schlagen würde ihr garantiert nicht helfen.

Es war schon halb neun, als Hannah mit Blasen an den Füßen und trotz der morgendlichen Frische völlig durchgeschwitzt das Ortseingangsschild von Kempenich passierte. Mit dem Bus wäre sie vermutlich auch nicht schneller gewesen, denn der Fahrplan in einem einsamen Haltestellenhäuschen hatte ihr verraten, dass sie fast vierzig Minuten auf den nächsten Bus hätte warten müssen. Spätestens da war ihr klar geworden, dass sie es auf keinen Fall rechtzeitig nach Köln schaffen würde. Also hatte sie beschlossen, von Karin aus in der Agentur anzurufen, noch ein paar Stunden herauszuhandeln, sich schnell frisch zu machen und dann zu verschwinden.

Müde lenkte Hannah ihre Schritte zu Karins Haus. Was sie machen würde, wenn diese nicht da war, wusste sie nicht. Es lief ohnehin alles nur noch schief, da brachte es auch nichts, irgendwelche Pläne zu schmieden.

Sie klingelte an der Tür und wartete. Dann klingelte sie erneut. Es dauerte ewig, bis sie endlich Schritte auf der Treppe hörte. Gleich darauf wurde die Tür geöffnet.

»Hannah?« Karin trug einen Handtuchturban auf dem Kopf und einen Frottee-Bademantel. Offensichtlich hatte sie gerade geduscht.

»Es tut mir leid, ich wollte dich nicht stören …«, setzte Hannah an.

»Mein Gott, was ist denn passiert?«, unterbrach die ältere Frau sie erschrocken.

Hannahs Schultern sackten herab. Anscheinend sah sie genauso elend aus, wie sie sich fühlte. »Es ist alles schiefgegangen«, schniefte sie. Plötzlich schossen ihr Tränen in die Augen. Das Wochenende hatte in einer einzigen Katastrophe gemündet. Der Buchladen war futsch, und ihren Job war sie vermutlich auch los. Es war einfach nicht fair!

»Komm erst mal rein«, sagte Karin und trat beiseite. »Ich koche uns einen Kaffee, und dann erzählst du mir in Ruhe, was geschehen ist.«

Hannah wischte sich die Augen trocken. »Eigentlich habe ich dafür gar keine Zeit.«

»Die wirst du dir wohl nehmen müssen. So aufgelöst lasse ich dich auf keinen Fall wieder gehen«, entgegnete Karin und zog sie ins Haus.

»Kann ich mal telefonieren?«, fragte Hannah. Sie musste den Anruf auf jeden Fall vor neun Uhr erledigen, um nicht als völlig unzuverlässig zu gelten.

»Sicher.« Karin reichte ihr das Telefon. »Wen willst du denn anrufen?«, fügte sie neugierig hinzu.

»Meinen Chef.«

»Und was willst du ihm sagen?«

»Dass ich mich leider ein wenig verspäte.« Hannah räusperte sich. »Ich werde es wohl erst gegen eins schaffen.«

»Lohnt sich das denn überhaupt noch?«

»Natürlich. Ich will meinen Job schließlich behalten.«

»Und du glaubst, du machst einen guten Eindruck, wenn du so abgehetzt und durch den Wind dort ankommst?«

»Was soll ich denn sonst machen?«, fragte Hannah verzweifelt. »Mein Chef war nicht gerade begeistert, dass ich mir für Donnerstag und Freitag Urlaub genommen habe. Ich kann nicht noch länger wegbleiben.«

»Deine Tante ist gerade gestorben«, erinnerte Karin sie mit Nachdruck.

»Das weiß ich. Leider interessiert das Herrn Lorenz nicht besonders.«

»Dann würde ich mich für ihn auch nicht so ins Zeug legen.«

»Ich habe da nicht gerade eine Wahl.«

Karin zuckte mit den Schultern. »Die hat man immer. Für mich hört sich der Typ nach einem klassischen Ausbeuter an.«

»Ich glaube nicht, dass du das beurteilen kannst«, widersprach Hannah ihr etwas zu scharf. Karin hatte wirklich keine Ahnung davon, wie es draußen in der großen weiten Welt zuging. Wie hart es war, einen guten Job zu bekommen, Beachtung zu finden, aufzusteigen. Sie hatte Kempenich schließlich niemals verlassen.

»Mag sein, dass du recht hast. Ich würde dir dennoch raten, erst richtig zu dir zu kommen, bevor du dich auf den Weg nach Köln machst. Sonst wirst du keinen besonders professionellen Eindruck bei deinem Chef hinterlassen.«

»Also soll ich mir einfach freinehmen? Da wird er sich aber freuen.« Hannahs Stimme troff vor Sarkasmus. Wieso ließ Karin sie nicht endlich telefonieren?

»Nicht frei, krank. Dagegen kann er nichts sagen.«

»Hast du 'ne Ahnung!«, brummte Hannah. »Wenn ich mich direkt im Anschluss an den widerwillig genehmigten Urlaub krankmelde, wird er auf einem Krankenschein bestehen.«

»Nichts leichter als das.«

»Was?« Überrascht starrte Hannah Karin an. »Ich habe noch nie krankgefeiert. Oder mir einen Krankenschein erschlichen.«

»Das sollst du auch gar nicht. Jeder Arzt, der dich sieht, würde dich unverzüglich wegen seelischer Belastung krankschreiben.«

»Ja, sicher.« Ungläubig schüttelte Hannah den Kopf. Ihr Hausarzt schickte sie selbst mit dem Kopf unterm Arm noch ins Büro.

»Ich kann gern für dich bei Dr. Hanser anrufen.«

»Was, der lebt immer noch?« Dr. Hanser war schon in Hannahs Jugend alt gewesen.

Karin nickte. »Das tut er. Allerdings praktiziert der Senior nicht mehr. Sein Sohn hat die Praxis vor ein paar Jahren übernommen.«

Hannah dachte nach. Die Idee, sich nicht direkt wieder ins Getümmel zu stürzen, sondern erst einmal zu verschnaufen und ihre Wunden zu lecken, gewann immer mehr an Reiz. »Geht das denn so einfach?«, fragte sie zögernd. »Das mit dem Termin, meine ich.«

Karin strahlte sie an. »Dich schiebt er sicherlich gerne dazwischen. Und was das andere anbelangt: Deine Tante war im Dorf sehr beliebt, ihr Tod hat viele stark getroffen. Dr. Hansen wird keinen Zweifel daran haben, dass er auch dir zu schaffen macht.«

Hannah spürte, wie sich ihr schlechtes Gewissen regte. Es war ja nicht so, als würde sie Tante Marlies nicht vermissen oder um sie trauern, aber wenn sie ganz ehrlich war, hatte ihr momentaner Zustand andere Gründe.

»Ich … Äh …«

»Schon gut, Liebes.« Karin tätschelte ihren Arm. »Jeder trauert auf seine Weise. Du tust es, indem du für einen Laden kämpfst, um den du bis vor zwei Tagen noch einen riesigen Bogen gemacht hast.«

Hannah presste die Lippen aufeinander. Sie war noch gar nicht darauf gekommen, es von diesem Standpunkt aus zu sehen. Aber ganz unrecht hatte Karin natürlich nicht. Sie wollte nicht, dass das Vermächtnis ihrer Tante in die falschen Hände geriet und zerstört wurde.

»Also, soll ich einen Termin für dich machen?«, fragte Karin.

»Erst muss ich auf der Arbeit anrufen.« Es war immerhin schon kurz vor neun. Mit zitternden Fingern wählte Hannah die Nummer des Empfangs.

»Ja, hallo, hier ist Hannah«, sagte sie, als Rebecca sich am anderen Ende der Leitung meldete.

»Hannah, wo steckst du? Herr Lorenz wartet bereits auf dich.«

»Echt?«, entfuhr es ihr überrascht. »Ich meine, wir haben keinen Termin«, fügte sie schnell hinzu. Er hatte ihr deutlich zu verstehen gegeben, dass sie bei der angesetzten Besprechung nicht dabei sein würde.

»Er ist immer noch ganz außer sich, weil du ihn letzte Woche so versetzt hast.« Rebecca bemühte sich um einen mitfühlenden Tonfall, doch Hannah hörte deutlich die Sensationslust darin. »Er hat heute Morgen die Anweisung gegeben, dich sofort in sein Büro zu schicken, wenn du erscheinst.«

Hannah schluckte. Das hörte sich gar nicht gut an.

»Also, wo steckst du?«

»Ich …« Sie brauchte sich nicht zu verstellen, um ihre Stimme krächzend klingen zu lassen. »Mir geht es nicht so gut. Das mit meiner Tante nimmt mich ganz schön mit, mein Kopf dröhnt, und ich habe kaum geschlafen.« Das war nicht einmal gelogen. »Ich gehe gleich erst mal zum Arzt.«

»Was?«

»Ja. Es bringt einfach nichts, wenn ich in diesem Zustand zur Arbeit komme.«

»Aha«, sagte Rebecca nur. Zum Glück hatte Herr Lorenz das

Gespräch nicht persönlich entgegengenommen. Er hätte Hannah jetzt mit Sicherheit ein paar Takte gehustet.

»Ich melde mich, wenn ich beim Arzt gewesen bin. Sagst du bitte den anderen Bescheid?«

»Mach ich.« Hannah war sich sicher, dass Rebecca die Krankmeldung mit ihrer persönlichen Meinung würzen würde. »Gute Besserung«, fügte sie kühl hinzu.

Hannah bedankte sich und legte auf.

»Na, das war doch gar nicht so schwer«, sagte Karin anerkennend.

»Ich weiß nicht.« Hannah ließ sich auf einen Stuhl sinken. Sie hatte das Gefühl, einen Fehler begangen zu haben. Überhaupt schien sie in letzter Zeit kaum noch etwas richtig zu machen.

Karin nahm ihr das Telefon aus der Hand.

»In einer Stunde sollen wir da sein«, teilte sie Hannah mit, nachdem sie ihrerseits kurz telefoniert hatte. »Genug Zeit für ein schönes Frühstück.«

Obwohl sie geglaubt hatte, keinen Bissen herunterzubekommen, erwachte beim Anblick der aufgebackenen Brötchen Hannahs Appetit, und ihr Magen meldete sich knurrend zu Wort.

»Wann hast du denn das letzte Mal was gegessen?«, fragte Karin.

Hannah zuckte mit den Schultern. So genau konnte sie sich nicht mehr daran erinnern. War es gestern Vormittag gewesen?

Die ältere Frau schüttelte missbilligend den Kopf, reichte ihr ein Brötchen und schob ihr die Butter rüber. »Streich dir ordentlich was drauf, du kannst es vertragen.«

Hannah lächelte höflich.

Karin goss ihnen beiden herrlich duftenden, heißen Kaffee ein und nahm sich ihrerseits ein Brötchen. »Und jetzt erzähl endlich, wie es gestern Abend gelaufen ist.«

Hannah seufzte. »Ben hat mich sofort durchschaut und

meinen Plan durchkreuzt. Keine Ahnung, wie genau er das angestellt hat. Auf jeden Fall hat das Schlafmittel nicht gewirkt. Vielleicht hat er es gar nicht getrunken, vielleicht ein Gegengift genommen, was weiß ich.«

Karin riss die Augen auf. »Und was hat er dann gemacht?«

»Sich nichts anmerken lassen. Er hat mich abgefüllt und bühnenreif vorgeführt.« Hannah senkte beschämt den Blick. »Und selbst wenn der Plan aufgegangen wäre, hätte es nichts gebracht«, fügte sie bitter hinzu.

»Wieso nicht?«

»Der Vertrag ist ohnehin beim Notar hinterlegt. Ben kann sich jederzeit eine neue Kopie holen.« Dass sie nicht von allein darauf gekommen waren!

Karin biss sich grübelnd auf die Lippe. Der Ausdruck in ihrem Gesicht gefiel Hannah ganz und gar nicht.

»Denk nicht mal daran!«, wehrte sie entschieden ab, noch bevor Karin etwas sagen konnte.

»An was denn?«, fragte diese betont unschuldig.

»Ich werde *nicht* beim Notar einbrechen.«

»Schade, dass ihr nicht bei Herrn Bricken wart. Mit Paula wären wir uns schon irgendwie einig geworden. Aber so …« Karin schüttelte seufzend den Kopf. »Dann müssen wir uns eben etwas anderes einfallen lassen.«

Entgeistert starrte Hannah sie an. »Es ist vorbei.« Sie selbst hatte Ben zwar gedroht, dass er damit nicht durchkommen würde, doch sie sah keinen Weg, ihren Worten Taten folgen zu lassen.

»Nein, so schnell geben wir nicht auf!« Karin schaute auf die Uhr. »Jetzt sollten wir allerdings erst mal zu Dr. Hanser.«

Hannah erhob sich. Dabei rutschte Bens Sakko von der Stuhllehne, und mit einem dumpfen Knall landete das Handy auf dem Boden. Hastig bückte sie sich danach. Hoffentlich war es nicht beschädigt.

»Wo kommt das eigentlich her? Das hast du gestern doch nicht getragen?« Karin deutete auf das fremde Kleidungsstück.

Hannah verzog das Gesicht. »Das Sakko habe ich mir von Ben *ausgeliehen*, als ich heute früh abgehauen bin. Und das Smartphone war zufällig in der Tasche.«

»Du meinst …« Karin bekam ganz große Augen. »Du hast sein Handy?«

»Sieht so aus.«

»Hast du schon reingeschaut?«

»Nein. Das gehört sich nicht. Und außerdem ist es gesperrt.«

»Pah! Zeig mal her.« Karin streckte auffordernd die Hand danach aus.

Skeptisch reichte Hannah ihr das Smartphone. »Bist du neuerdings unter die Hacker gegangen?«, fragte sie, als Karin selbstbewusst eine Ziffernfolge eintippte.

»Nein.« Karin versuchte es mit einer anderen Kombination. »Ich habe letztens so eine Reportage gesehen …«, murmelte sie geistesabwesend und tippte erneut. »Ha!«, entfuhr es ihr triumphierend. Mit einem strahlenden Grinsen hielt sie Hannah den entsperrten Bildschirm unter die Nase.

»Das muss ja eine geniale Reportage gewesen sein«, bemerkte Hannah anerkennend. Wenn dadurch alte Damen zu Meisterhackern werden, fügte sie in Gedanken hinzu.

»Allerdings«, verkündete Karin. »Sie haben nämlich gesagt, dass die meisten Menschen irgendwelche simplen Codes verwenden, um sie nicht zu vergessen. So was wie 1 1 1 1 oder 1 2 3 4.«

»Ben auch?« Kaum zu glauben.

»Nein, dafür ist er viel zu gewitzt.« Karin kicherte. »Er hat 4 3 2 1 gewählt.«

Hannah konnte sich ein schadenfrohes Lachen nicht verkneifen. Mister Ich-bin-so-toll-und-habe-alles-im-Griff war von einer harmlosen Rentnerin durchschaut worden!

Zögernd nahm Hannah das Smartphone entgegen. Es fühlte sich nicht richtig an, Bens Privatsphäre dermaßen zu verletzen. Andererseits hatte er die ihre ebenfalls nicht respektiert. Wer mit ihr ins Bett stieg, nur um seine beruflichen Ziele zu erreichen, hatte jedes Recht auf Rücksicht verwirkt. Weil sie nicht wusste, wo sie anfangen sollte, rief sie seinen Terminkalender auf.

Der Notartermin von Freitag stand drin, ebenso wie die Testamentseröffnung, nach der er sie abgefangen hatte. Wie lange schien das jetzt schon her zu sein. Sie hatte ihn für ihren strahlenden Retter gehalten, der all ihre Probleme auf einmal löste.

Hannah scrollte noch ein wenig zurück und ging die Termine der letzten Woche durch. *Essen mit Paula* sprang ihr am Dienstagabend ins Auge.

»Du hattest recht«, murmelte sie tonlos und zeigte Karin den Eintrag. Er hatte die Assistentin von Herrn Bricken bezirzt, damit sie Karin einen falschen Termin für die Testamentseröffnung mitteilte.

Und sie selbst hatte ihm auch nicht mehr bedeutet als diese blondierte Vorzimmerdame, die verzweifelt einen Mann abzukriegen versuchte. Sie waren beide bloß Bauern auf seinem Schachbrett gewesen. Dieser Mann kannte weder Anstand noch Ehre – und erst recht kein Gefühl.

»Blätter mal weiter«, drängte Karin ungeduldig. »Was hat er diese Woche noch vor?«

»Morgen hat er einen Termin im Bürgermeisteramt.«

»Vermutlich will er da über sein Bauvorhaben sprechen. Wir müssen ihm zuvorkommen.«

»Wir?«, fragte Hannah verwirrt. Morgen musste sie definitiv wieder in Köln sein.

»Natürlich wir. Oder besser gesagt du. Wenn ich den Mund aufmache, heißt es bloß, ich sträube mich gegen jede Veränderung. Aber das besprechen wir später. Jetzt müssen wir los.«

»Warte. Hast du vielleicht ein Ladekabel?« Sie musste dringend ihr Handy aufladen.

»Sicher. Schau mal, ob eins hiervon passt.« Karin zog eine Schublade auf, in der es vor Kabeln nur so wimmelte.

Hannah hockte sich hin und wühlte in der Schublade. Es sah so aus, als hätte Karin von jedem technischen Gerät, das sie jemals besessen hatte, das Kabel aufbewahrt. Immerhin befand sich tatsächlich eins darunter, das zu Hannahs Handy passte.

Das kleine Telefon piepste leise, als sie es anschloss. Gleich darauf begann es, pausenlos zu summen und zu vibrieren. Oje. Hannah verzog schuldbewusst das Gesicht. Sie hatte sich schon seit Tagen nicht mehr bei Katja gemeldet. Das würde sie heute Abend auf jeden Fall nachholen. Und der Anruf bei ihrem Vater stand auch noch aus.

»Eine Woche?« Schockiert starrte Hannah den Arzt an. Hatte er gerade ernsthaft vorgeschlagen, sie für eine ganze Woche krankzuschreiben?

Dr. Hanser runzelte die Stirn. »Wären Ihnen vierzehn Tage lieber?« Er musterte sie mitfühlend. »Noch einmal mein herzliches Beileid, Frau Konrads.«

»Danke.« Sie nickte leicht. »Und eine Woche reicht völlig.« Sie hatte mit einem Tag gerechnet, maximal zwei.

»Wenn es Ihnen dann noch nicht besser geht, schauen Sie gerne wieder vorbei. So etwas braucht seine Zeit.«

»Und wenn ich mich schon früher gut fühle, darf ich wieder zur Arbeit gehen, oder?«

»Rein rechtlich spricht nichts dagegen. Als Arzt würde ich Ihnen jedoch davon abraten, sich zu schnell dem Arbeitsstress auszusetzen.«

Hannah bemühte sich um eine undurchdringliche Miene. Der hatte ja keine Ahnung! Im Vergleich zu den letzten vier Tagen war ihr Job eine reine Spazierfahrt. Gleichzeitig verspürte sie keinerlei Lust, jetzt schon in ihr gewohntes Leben zurückzukehren – und sich der unvermeidlichen Auseinandersetzung mit ihrem Chef zu stellen. Nicht, solange ihre Gedanken unaufhörlich um den Buchladen und Ben kreisten.

»Frau Konrads?«

»Ja?«

»Kann ich sonst noch was für Sie tun?«

»Nein, danke.« Sie erhob sich und reichte ihm die Hand. »Sie haben mir sehr geholfen.«

»Auf Wiedersehen, und passen Sie auf sich auf.«

»Na, was sagst du?« Karin, die im Wartezimmer geblieben war, stupste sie auf dem Weg nach draußen verschwörerisch mit dem Ellbogen an.

»Wozu?«, erkundigte sich Hannah verwirrt.

»Na, zu ihm. Dr. Hanser. Er ist ein Schnuckelchen, oder?«

»Kann sein.« Wenn sie ehrlich war, hatte sie kaum auf den Arzt geachtet. Außer braunen Haaren und einer Brille war ihr nichts im Gedächtnis geblieben. Dafür war ein anderes Gesicht viel zu präsent und führte ihr nachdrücklich vor Augen, dass man sich nicht auf Äußerlichkeiten verlassen durfte. Ganz egal, wie charmant und attraktiv jemand wirkte, er konnte sich im Handumdrehen als riesengroßes Arschloch entpuppen.

»Seit er die Praxis übernommen hat, muss der weibliche Teil der Bevölkerung plötzlich viel öfter zum Arzt«, sagte Karin schmunzelnd.

»Du etwa auch?« Hannah versuchte, die bitteren Gedanken über Ben und sein Verhalten abzuschütteln.

»Ich doch nicht.« Karin fuhr sich indigniert durch die Haare. »Dafür bin ich zu alt.« Sie hakte sich bei Hannah unter und wechselte das Thema. »Da du jetzt die ganze Woche Zeit hast, können wir uns in Ruhe einen Schlachtplan zurechtlegen.«

»Glaubst du wirklich, dass wir eine Chance haben?«

»Der Kampf ist erst verloren, wenn der Buchladen abgerissen ist. Und noch ist es lange nicht so weit. Mir ist noch etwas eingefallen: Vor ein paar Jahren hat Marlies einen Antrag eingereicht, um den Laden unter Denkmalschutz zu stellen. Du weißt sicherlich, dass das Gebäude aus der Zeit der Jahrhundertwende stammt, oder?«

Nein, das hatte sie nicht gewusst.

»Heißt das, Ben darf den Laden gar nicht abreißen?«

»So einfach ist es leider nicht. Der Antrag ist nie bewilligt worden. Die Entscheidung wurde vertagt, weil es bei uns so viele alte Häuser gibt, und Marlies hat das Ganze nicht weiter verfolgt.«

»Dann hilft uns das leider wenig.«

»Der Antrag wurde aber auch nie abgelehnt. Du musst dem smarten Herrn Fullert nur zuvorkommen und den Bürgermeister davon überzeugen, dass das Ladenlokal unbedingt geschützt werden muss.«

Hannah merkte, wie sich ihre Stimmung zu bessern begann. »Du glaubst, das könnte wirklich klappen?«

Karin grinste. »Du schaffst das bestimmt.«

»Und wie soll ich das anstellen?«

»Als Erstes statten wir dem Bürgermeisterbüro einen Besuch ab. Utes Enkelin Christine sitzt dort nämlich im Vorzimmer.«

»Christine? Christine Wagner?« Aufregung machte sich in Hannah breit. Sie waren in der Schule gut befreundet gewesen.

»Ja, du müsstest sie eigentlich kennen.«

»Sehr gut sogar.«

»Na, umso besser!«, rief Karin erfreut. »Außerdem weiß Christine, wie wichtig der Laden für ihre Oma ist. Sie hat sogar die Homepage für Marlies eingerichtet. Es dürfte nicht schwer sein, sie auf unsere Seite zu ziehen.«

»Alles klar.« Hannah straffte – von neuer Zuversicht erfüllt – die Schultern. »Lass mich nur kurz auf der Arbeit Bescheid geben, dann können wir los.«

»Hannah? Bist du das wirklich?« Ungläubig schaute die hübsche junge Frau hinter dem Schreibtisch sie an.

»Wie sie leibt und lebt«, bestätigte Karin.

»Oh, mein Gott!« Christine sprang auf und lief um den Schreibtisch herum. »Wie lange ist das jetzt her?«

»Zehn Jahre.« Hannah strahlte sie an und drückte sie einem Impuls folgend an sich. Sie hätte nie gedacht, dass sie sich so freuen würde, ihre Jugendfreundin wiederzusehen. Es fühlte sich ein bisschen an, wie nach Hause zu kommen. »Ich hätte nicht damit gerechnet, dich ausgerechnet hier anzutreffen«, fügte sie verwundert hinzu. Soweit sie sich erinnern konnte, hatte Christine früher davon geträumt, das Landleben hinter sich zu lassen.

»Ja, ich weiß.« Christine lachte gutmütig. »Bis zum Abi wollte ich bloß weg von hier. Aber dann«, sie zuckte mit den Schultern und wirkte nicht im Mindesten betrübt, »ist mir was dazwischengekommen.«

»Was denn?«

»Ein Paar ganz toller dunkelblauer Augen.« Sie hielt glücklich die linke Hand in die Höhe, an der ein Verlobungsring funkelte. »Micha wollte nicht weg von hier, er führt das Bauunternehmen seines Vaters fort. Also bin ich auch geblieben.«

»Zum Glück!«, warf Karin ein.

»Und was ist mit dir?«, fragte Christine neugierig. »Ich habe gehört, dass du den Buchladen geerbt hast. Bleibst du jetzt auch hier?«

»Nein«, wehrte Hannah entschieden ab, obwohl die Vorstellung, länger in Kempenich zu bleiben, ihr keine Angst mehr einjagte. »Ich arbeite bei einer PR-Agentur in Köln.«

Hoffentlich stimmte das überhaupt noch. Rebecca hatte äußerst missbilligend geklungen, als Hannah ihr am Telefon das Ergebnis des Arztbesuchs mitgeteilt hatte. Und sie hatte versprochen, die Krankmeldung *umgehend* an Herrn Lorenz weiterzugeben. Sicherheitshalber hatte Hannah den Krankenschein ebenso *umgehend* eingetütet und eigenständig zur Post gebracht.

»Dann bist du nur zu Besuch hier?«

»Ja. Ich muss mich darum kümmern, dass der Laden in gute Hände kommt. Und dabei könntest du mir einen riesigen Gefallen tun.«

»Ich? Ich verstehe nichts von Immobilien.«

»Darum geht es auch nicht.« Hannah winkte rasch ab und schaute sich um. »Können wir hier ungestört reden?«

»Sicher«, meinte Christine leicht verunsichert. »Der Chef ist gerade nicht da, und alle anderen sitzen in ihren Büros. Worum geht's denn?«

»Ich habe einen Fehler gemacht«, sagte Hannah leise. »Ich habe den Laden an Ben Fullert verkauft.«

»Ben Fullert?« Christine runzelte nachdenklich die Stirn. »Ist das nicht dieser Typ, der das Brohls-Grundstück gekauft hat?«

»Ja, genau. Er hat mir nach der Testamentseröffnung aufgelauert und das Blaue vom Himmel erzählt: dass Tante Marlies ihm den Laden verkaufen wollte, dass alles schon abgesprochen wäre, dass er ihn weiterführen würde. Also habe ich unterschrieben. Ich dachte, dass Tante Marlies es so wollte. Und jetzt will Ben den Laden abreißen und stattdessen ein Hotel errichten.«

»Was?«, entfuhr es Christine schockiert. »Das kann er doch nicht tun!«

»Das meine ich auch. Deswegen habe ich ihn zur Rede gestellt und den Laden zurückgefordert. Aber er hat mich eiskalt abserviert.« Hannah spürte, wie Wut in ihr hochkochte, wenn sie nur daran dachte.

»Und was kann ich für dich tun?«

»Ben Fullert hat morgen einen Termin beim Bürgermeister. Wir vermuten, dass es dabei um seine Baugenehmigung geht. Ich muss unbedingt vorher mit dem Bürgermeister sprechen und ihn davon überzeugen, das Projekt abzulehnen. Wenn Ben sein Hotel nicht bauen darf, ist der Laden für ihn wertlos. Ihm bleibt dann nichts weiter übrig, als ihn an mich zurückzugeben oder selbst weiterzuführen. Worauf er mit Sicherheit keine Lust haben wird, denn es lässt sich nicht genug Profit rausholen.«

»Hm. Ich kann ja mal schauen, ob morgen noch ein Termin frei ist.« Christine setzte sich wieder an ihren Schreibtisch und ließ die Finger über die Tastatur fliegen. »Nein, tut mir leid«, sagte sie schließlich. »Der ganze Vormittag ist dicht.«

»Dann nehmen wir doch einfach den Termin von Herrn Fullert«, schlug Karin ungerührt vor.

»Was?« Erschrocken schaute Christine sie an. »Ich kann nicht einfach seinen Termin neu vergeben.«

»Du weißt, es würde Ute das Herz brechen, wenn der Buchladen verschwindet. Sie hat es dir vielleicht nie erzählt – aber Henri und sie haben sich in diesem Laden kennengelernt. Damals war es zwar noch kein Buchladen, aber trotzdem.«

»Opa Henri?«

»Ja.« Karin nickte. »Und jedes Mal, wenn sie dort ist, fühlt sie sich an ihre glückliche Jugend mit ihm erinnert. Man könnte sagen, dass du deine Existenz diesem Gebäude verdankst.«

Christine verdrehte die Augen. »Das ist jetzt ein wenig weit hergeholt.«

»Wer weiß.« Karin zuckte mit den Schultern. »Fakt ist, der Laden gehört zu Kempenich, er hat eine Geschichte und spielt für viele Menschen eine große Rolle. Ben Fullert will das alles mit einem Schlag vernichten. Das dürfen wir nicht zulassen!«

Zweifelnd schaute Christine auf den Monitor. Ihr war deutlich anzusehen, wie ihr Pflichtgefühl mit ihrem Gewissen kämpfte.

»Vielleicht kannst du Bens Termin ja ein wenig nach hinten schieben?«, schlug Hannah vor.

Christine seufzte resigniert. »Sieht so aus, als ob der Chef morgen seine Mittagspause verschieben müsste. Das macht ihn übrigens unausstehlich.« Sie grinste boshaft. »Da kann sich Ben Fullert warm anziehen.«

»Danke, du bist ein Schatz!« Karin lief um den Schreibtisch und drückte überschwänglich Christines Schulter. »Ich sag Ute, sie soll dir einen ganzen Korb voll Brownies backen, die liebst du doch so sehr.«

Christine lächelte breit. »Allein dafür hat sich diese Aktion schon gelohnt.«

»Danke dir!«, sagte Hannah. »Dafür hast du echt etwas gut bei mir.«

»Schon okay.« Christine winkte ab. »Sorg einfach dafür, dass Herr Fullert mit seinem Vorhaben nicht durchkommt. Es wäre echt schade, wenn der Buchladen verschwindet.«

»Ich gebe mein Bestes«, versprach Hannah.

»Dann sehen wir uns morgen. Seid pünktlich um Viertel vor elf hier, damit Herr Fullert euch nicht in die Quere kommt. Offiziell beginnt der Termin um elf, aber ich winke euch schon vorher zum Chef rein.«

»Danke!«, wiederholte Hannah.

»Du hast mich schon immer zu Schabernack angestiftet«, gab Christine schmunzelnd zurück.

»Oh, mein Gott!«, rief Katja fassungslos ins Telefon, als Hannah am Abend ihren Bericht beendet hatte. »Jetzt ist mir klar, wieso du dich nicht gemeldet hast, obwohl ich schon drauf und dran war, eine Vermisstenmeldung rauszugeben. Ich habe mir echt Sorgen um dich gemacht!«

»Es tut mir leid«, sagte Hannah entschuldigend. »Wäre mein Akku nicht leer gewesen, hätte ich mich auf jeden Fall bei dir gemeldet.«

Katja seufzte. »Ich kann immer noch nicht glauben, dass sich der strahlende Ritter als fieser Schurke entpuppt hat.«

»So strahlend war er gar nicht«, gab Hannah etwas pampig zurück.

»Na ja, beim letzten Mal hast du noch ordentlich von ihm geschwärmt.«

»Da wusste ich noch nicht, was für ein hinterhältiger Arsch er ist.«

»Und du bist mit ihm ins Bett gestiegen!«

Hannah mochte es wirklich nicht, daran erinnert zu werden. »Es hat mich halt gejuckt«, sagte sie ungerührter, als sie sich fühlte.

»Es tut mir so leid, Süße.«

»Mir hätte klar sein sollen, dass es viel zu schön war, um wahr zu sein. Ich meine, im Job ging es endlich aufwärts, ein charmanter Mann hat mir unverhofft einen Haufen Geld angeboten und versprochen, den Buchladen meiner Familie weiterzuführen. Und jetzt …« Hannah brach ab. »Meine Karriere kann ich vergessen. Mit etwas Glück werde ich demnächst für Hilfstätigkeiten abgestellt, falls ich meinen Job überhaupt behalten darf. Der Buchladen wird vermutlich abgerissen, und das Geld …«

»Genau, was ist eigentlich damit?«, hakte Katja neugierig nach.

»Keine Ahnung. Kommt wohl darauf an, wer von uns den Kürzeren zieht.«

»Das wäre immerhin ein kleiner Trost.«

»Wäre es nicht! Ich brauche es im Grunde gar nicht. Bisher bin ich auch ohne wunderbar klargekommen.«

»Lass die Dinge einfach mal auf dich zukommen«, versuchte Katja, ihr Mut zu machen. »Vielleicht hast du morgen ja Glück.«

»Vielleicht«, erwiderte Hannah nicht ganz überzeugt. Ihr erster Plan hatte schließlich ebenfalls grandios geklungen und war hoffnungslos gescheitert. Um nichts in der Welt wollte sie erneut Bens überhebliches Grinsen sehen. Alleine, um diesen selbstzufriedenen Ausdruck aus seinem Gesicht zu tilgen, lohnte es sich, mit allen Mitteln zu kämpfen.

»Hannah? Bist du noch da?«

»Ja, ich habe nur wieder an Ben gedacht«, murmelte sie geistesabwesend.

»Der geht dir echt nicht aus dem Kopf, was?«

»Wie bitte? So meine ich das nicht!« Es fehlte noch, dass Katja ihr irgendein romantisches Interesse an diesem Mistkerl unterstellte. »Ich grüble nur die ganze Zeit darüber nach, wie ich ihn fertigmachen könnte.«

»So ist es richtig, Süße! Lass dich nicht unterkriegen! Und wenn ich dir irgendwie helfen kann, sag mir Bescheid.«

»Vielleicht könntest du das tatsächlich.« Die Idee war Hannah ganz spontan gekommen, und sie fand, es war einen Versuch wert. »Du könntest Ben mit einem scharfen Artikel ein wenig unter Druck setzen. Ganz egal, wie es morgen ausgeht, wenn er Gegenwind und schlechte Publicity bekommt, wird er wohl schnell einsehen, dass er besser von hier verschwinden sollte.«

»Was schwebt dir vor?« Katja klang nicht abgeneigt.

»Ein Bericht über den Buchladen, über seine Bedeutung für Kempenich und seine Historie. Und darüber, welche Konsequenzen Bens Projekt für den Ort hätte. Habe ich dir erzählt, dass er hier ein Wellnesshotel unter dem Motto ›Kleinstadtcharme‹ errichten möchte? Diese Idee ist so was von bescheuert und zeigt, dass er überhaupt keine Ahnung hat.«

»Wieso denn das?«

»Kannst du dir vorstellen, wie sich ein Tausend-Seelen-Dorf verändern würde, wenn plötzlich hundert Touristen auftauchen? Damit wäre jeder Zehnte, dem man auf der Straße begegnet, ein Fremder aus der Großstadt. Plus all die Menschen, die sie bedienen sollen – im Hotel und auch außerhalb. Ich glaube nämlich nicht, dass die Touristen sich alle mit dem örtlichen Tante-Emma-Laden zufriedengeben würden! Mit dem Hotel würde Ben genau das zerstören, weswegen die Menschen überhaupt herkommen sollen: den Kleinstadtcharme.«

»Siehst du das nicht etwas zu schwarz?«, wandte Katja vorsichtig ein. »Ein kleines Wellness-Hotel bedeutet nicht gleich den Untergang der Dorfidylle.«

»Doch, genau das bedeutet es!«, widersprach Hannah. »Aber wenn du mir nicht helfen willst, ist das auch okay.«

»Ich habe nicht gesagt, dass ich es nicht mache, nur, dass das Hotel global betrachtet keine sooo große Katastrophe darstellen würde wie für dich persönlich. Natürlich ist dieser Ben trotzdem ein Arsch!«, fügte Katja voller Überzeugung hinzu.

Hannah musste schmunzeln. »Danke.«

»Nicht dafür, Süße. Ich werfe mal meine Recherchemaschine an und lasse ein paar Kontakte zu den Zeitungen und Presseagenturen spielen. Morgen gebe ich dir Bescheid, wie es aussieht.«

»Du bist die Beste!«, sagte Hannah besänftigt.

»Ich weiß.«

KAPITEL 11

Aufgeregt lief Hannah vor dem Rathaus auf und ab. Sie hatte sich mit Karin für halb elf verabredet und wurde allmählich nervös. Bis spät in die Nacht hatte sie die Argumente hin und her gewälzt, mit denen sie den Bürgermeister am besten überzeugen könnte.

Wie schade, dass sie ihren Laptop nicht dabeihatte, sonst hätte sie ihm eine schicke Präsentation erstellt. Schlagworte und Bilder wirkten meist deutlich überzeugender als ein Vortrag. Nun musste es eben so gehen. Sie schielte auf ihre Armbanduhr. Karin war bereits eine Minute zu spät. Beunruhigt blickte Hannah sich um. Hoffentlich kam Ben nicht auf die Idee, jetzt schon hier aufzutauchen, sonst wäre alles verloren.

Endlich kam Karin die Straße hinunter und winkte Hannah vergnügt zu. Erleichtert packte Hannah sie am Arm und zog sie zum Eingang des Rathauses. Erst als die schwere Holztür hinter ihnen ins Schloss fiel, wagte sie es, ein wenig aufzuatmen.

»Bist du bereit?«, fragte Karin enthusiastisch.

»Ja.« Hannah reckte das Kinn vor. Sie freute sich schon unglaublich auf Bens dummen Gesichtsausdruck. Hoffentlich bekam sie den auch wirklich zu sehen.

»Da seid ihr ja schon!« Christine winkte sie durch die halb offene Bürotür zu sich.

»Wir sind etwas früh dran, ich wollte nicht riskieren, in Ben Fullert reinzulaufen«, erklärte Hannah.

»Kann ich gut verstehen. Keine Sorge, jetzt kann nichts mehr schiefgehen.« Christine zwinkerte Hannah verschwörerisch zu, stand auf und schloss die Tür. »An mir kommt er nicht so schnell vorbei.« Dann griff sie zu ihrem Telefonhörer. »Herr Barthold? Ihr Elf-Uhr-Termin ist da«, flötete sie. »Gut, ich sage Bescheid.« Sie legte auf und wandte sich Hannah und Karin zu. »Ein Paar Minütchen dauert es noch, dann ruft er euch rein.«

»Herr Barthold?«, fragte Hannah verwundert. »Ist er mit unserem früheren Deutschlehrer verwandt?«

Christine grinste. »Er ist es höchstpersönlich. Ist schon witzig, jetzt für ihn zu arbeiten. Er streicht mir immer noch jeden Rechtschreibfehler doppelt an.«

Hannah merkte, wie ihre Laune stieg. Herr Barthold hatte damals große Stücke auf sie gehalten.

Kurz darauf klingelte das Telefon, und als Christine ranging, nickte sie den Wartenden aufmunternd zu. »Ihr könnt jetzt rein.«

Sie stand auf, um sie zu der holzvertäfelten Tür in ihrem Rücken zu begleiten. In diesem Moment ertönte ein Klopfen. Hannah erstarrte und sah auf die Uhr. Es war zehn vor elf.

Hastig scheuchte Christine sie ins Büro ihres Chefs. »Keine Sorge, ich halte ihn auf«, raunte sie Hannah leise zu.

»Danke«, gab diese ebenso leise zurück. Dann fiel die Tür mit einem Klicken hinter ihr und Karin ins Schloss. Hannah schaute auf und begegnete Herrn Bartholds aufmerksamem Blick. »Guten Tag«, stammelte sie und fühlte sich, als wäre sie wieder fünfzehn und in der Schule.

»Frau …« Er sah sie fragend an, seine Augenbrauen rutschten nach oben. »Hannah?«

»Hallo, Herr Barthold.«

Sein Blick huschte zu ihrer Begleiterin. »Und Karin«, stellte er fest.

»Grüß dich, Herbert!« Sie lächelte.

»Wie kann ich euch helfen?« Er schien überrumpelt zu sein.

»Es geht um den Buchladen meiner Tante«, sagte Hannah.

Er seufzte. »Wirklich eine Schande, das mit Marlies. Mein herzliches Beileid.«

»Danke. Es kam sehr unerwartet. Sie hat mir ihren Laden vererbt.«

»Ich weiß.« Herr Barthold klang nicht sonderlich erfreut. »Ich habe versucht, sie davon abzubringen. Was soll jemand wie du mit einem Buchladen? Du hast das Dorf seit Jahren nicht mehr betreten. Aber Marlies konnte sehr stur sein, wenn sie wollte. Also, wie geht es jetzt mit dem Laden weiter?«

»Ich wollte ihn gern an jemanden verkaufen, der ihn liebevoll weiterführt.«

Der Bürgermeister brummte zustimmend.

»Ein gewisser Ben Fullert hat mir ein entsprechendes Angebot unterbreitet.«

»Ben Fullert? Der Name sagt mir etwas …«

»Er ist Hotelbesitzer und möchte den Laden abreißen, um stattdessen ein Wellnesshotel zu errichten.« Hannah legte all ihre Entrüstung und Geringschätzung in diese Worte.

»Ist doch eine nette Idee«, kommentierte Herr Barthold schulterzuckend.

»Was?!« Hannah fiel aus allen Wolken.

»Ich wollte schon lange den Tourismus in unserer Stadt ein wenig ankurbeln. Das bringt Arbeitsplätze und Steuergelder.«

»Er möchte den Buchladen *abreißen*«, wiederholte Hannah.

»Ein historisches und kulturelles Wahrzeichen des Ortes«, fügte Karin hinzu. »Es liegt sogar ein Antrag vor, das Gebäude unter Denkmalschutz zu stellen.«

»Tatsächlich?« Herr Barthold tat, als würde er in irgendwelchen Unterlagen kramen. Dann griff er nach seinem Telefon. »Frau Wagner? Liegen Ihnen Unterlagen vor, dass der Buchladen in der Goldbachstraße unter Denkmalschutz gestellt werden soll? Ja, danke, bis gleich.« Er legte auf. »Sie schaut eben nach«, fügte er an Hannah und Karin gewandt hinzu.

»Der Antrag ist drei oder vier Jahre alt«, erklärte Karin. »Damals gab es im Ortskern noch viele Gebäude aus der Zeit der Jahrhundertwende. Inzwischen sind sie fast alle Umbaumaßnahmen zum Opfer gefallen. Kaum ein Haus zeigt noch die ursprüngliche historische Fassade.«

»Das ist natürlich wahr.« Herr Barthold kratzte sich nachdenklich am Kinn.

»Außerdem braucht Kempenich unbedingt einen Buchladen«, setzte Hannah noch einen drauf. Bei einem ehemaligen Deutschlehrer musste dieses Argument doch wohl ziehen. »Wollen Sie etwa, dass die Bürger ihre Bücher bei einem dieser Internethändler bestellen? Glauben Sie mir, wenn man damit einmal anfängt, bestellt man dort auch viele andere Dinge. Das wäre der Untergang des lokalen Einzelhandels.«

»Gott bewahre!« Der Bürgermeister bekreuzigte sich erschrocken. »Das dürfen wir natürlich nicht riskieren. Ihr habt schon recht: Sowohl das Gebäude an sich als auch der Buchladen sind es wert, erhalten zu bleiben. Ich werde das prüfen lassen.«

Karin warf Hannah einen triumphierenden Blick zu, doch diese traute sich nicht, ihre Freude allzu deutlich zu zeigen. Noch war schließlich nichts entschieden.

Die Tür öffnete sich, und Christine reichte die geforderten Unterlagen herein.

»Danke.« Herr Barthold beugte sich über die Dokumente.

Nervös trommelte Hannah mit den Fingern auf ihre Oberschenkel. Ihr war, als würde ihr Leben von seiner Einschätzung abhängen.

Schließlich schaute der Bürgermeister auf, und Hannah hielt gespannt den Atem an.

»Hm«, machte er, und sie wäre ihm am liebsten an die Gurgel gesprungen, um ihn so lange zu schütteln, bis er etwas sagte.

»Der Antrag muss natürlich noch vom zuständigen Gremium geprüft werden, ich werde mich allerdings dafür einsetzen, dass ihm stattgegeben wird.«

Hannahs Finger krallten sich in Karins Hand. Es kostete sie alle Selbstbeherrschung, vor Erleichterung nicht auf und ab zu hüpfen wie ein kleines Mädchen.

»Der Laden wird also nicht abgerissen?«, vergewisserte sie sich mit unnatürlich hoher Stimme.

»Nein«, versprach Herr Barthold und lächelte gewinnend. »Darauf gebe ich mein Wort als Bürgermeister.«

»Danke, Herbert!« Karin nickte ihm zu. »Ich werde es weitersagen.«

Hannah war sich nicht sicher, ob das als Drohung oder als Versprechen gemeint war. Er offensichtlich auch nicht, denn sein Lächeln verblasste ein wenig.

»Tu das«, murmelte er.

»Auf Wiedersehen, Herr Barthold, und vielen Dank!« Hannah streckte ihm zum Abschied die Hand hin.

»Auf Wiedersehen, Hannah. Es hat mich gefreut.«

»Ja, mich auch.« Ihr war, als würde sie auf einer Wolke schweben, als sie das Büro des Bürgermeisters verließ.

***

Verärgert tigerte Ben in dem engen Flur auf und ab. Das konnte jetzt nicht wahr sein! Er war felsenfest davon überzeugt, dass sein Termin für elf Uhr angesetzt war. Er vergaß nie irgendwelche Termine. Außerdem war der Kalender auf seinem Laptop mit dem Handy synchronisiert, das er erstaunlicherweise nicht mehr finden konnte, seit Hannah bei ihm gewesen war. Dieses kleine Biest! Wenn er gewusst hätte, wo sie sich aufhielt, hätte er sie schon gestern zur Rede gestellt. Aber er hatte keine Zeit, ihr nach Köln hinterherzureisen. Und ehrlich gesagt auch keinen Nerv. Wann immer er in ihre großen dunklen Augen sah, die ihn abwechselnd herausfordernd und traurig anblickten, musste er stark an sich halten, um ihr nicht wer weiß was zu versprechen, nur damit sie ihre Stacheln einfuhr und ihn anlächelte.

Nach ihrer letzten Begegnung würde das allerdings vermutlich nie wieder passieren.

Hoffentlich sah sie zumindest endlich ein, dass der Deal wasserdicht war, und machte ihm keine weiteren Scherereien. Obwohl Ben zugeben musste, dass ihr Katz-und-Maus-Spiel durchaus seinen Reiz gehabt hatte – von ihrer Gesellschaft ganz abgesehen –, musste er sich jetzt auf das Wesentliche konzentrieren.

Wenn das neue Hotel richtig anlief, würde er mit etwas Glück das Desaster bereinigen können, das sein Vater ihm hinterlassen hatte. Nicht zum ersten Mal verfluchte Ben den Tag, an dem er die Erbschaft angetreten hatte. Denn neben den zehn Hotels, von denen er sieben fast zum Nulltarif hatte verkaufen müssen, hatte ihm Vati auch einen schönen Schuldenberg hinterlassen. Hinzu waren dann die Investitionen gekommen, um aus den drei übrigen zweitklassigen Häusern themenspezifische Wellnesshotels zu zaubern. Damals hatte Ben es als seine Pflicht empfunden, das Unternehmen weiterzuführen. Hätte er stattdessen bei null angefangen, wäre er jetzt schon deutlich weiter und hätte weniger Probleme am Hals.

Ungeduldig klopfte Ben noch einmal an die schwere Holztür.

Er hörte Schritte auf der anderen Seite, dann wurde die Tür einen Spaltbreit geöffnet, und die Sekretärin lugte verärgert heraus.

»Was gibt es, Herr Fullert?«, zischte sie.

Was war der denn über die Leber gelaufen? Sie hatte ihn schon vorhin so unfreundlich behandelt. Letzte Woche, als er diesen Termin vereinbart hatte, war sie noch ganz anders gewesen.

Ben setzte ein charmantes Lächeln auf, das jedoch wirkungslos an ihr abprallte. »Wie lange dauert es noch?«

Sie schaute demonstrativ auf ihre Armbanduhr. »Da Ihr Termin für halb zwölf angesetzt ist, bitte ich Sie, sich bis dahin zu gedulden.« Sie machte Anstalten, die Tür zu schließen.

Ben drückte mit der Hand dagegen. »Ich bin mir ziemlich sicher, dass wir elf Uhr vereinbart haben. Und so steht es auch in meinem Kalender.«

»Dann haben Sie sich wohl leider vertan. Entschuldigen Sie bitte, ich habe zu tun.«

»Warten Sie! Steht mein Termin wenigstens für halb zwölf wirklich in Ihrem Kalender?«

»Selbstverständlich. Eine halbe Stunde.« Ihre Mundwinkel zuckten kurz.

»Eine *halbe* Stunde?«, wiederholte Ben empört. Das Gefühl, dass sie ihn verarschte, wurde immer stärker. Dreißig Minuten würden nicht reichen, um sein Projekt gebührend vorzustellen. Was auch der Grund dafür gewesen war, dass er eine *ganze* Stunde reserviert hatte.

»Ja, der Bürgermeister braucht schließlich auch eine Mittagspause.«

»Natürlich«, presste Ben mühsam beherrscht hervor. Zur Not würde er dem Herrn Bürgermeister eben beim Essen Gesellschaft leisten. Was auch immer geschah, er würde nicht ohne seine Baugenehmigung – oder zumindest die Zusage einer raschen Erteilung – von hier verschwinden.

»Gut.« Sie musterte ihn streng. »Und bitte sehen Sie von weiteren Nachfragen ab. Ich werde Sie reinbitten, sobald Herr Barthold Zeit für Sie hat.«

»Selbstverständlich.« Ben schluckte seinen Ärger herunter.

Es brachte nichts, sich mit der Sekretärin anzulegen. Wenn sie auf stur schaltete, würde sich alles nur noch mehr verzögern. Er setzte sich auf einen der Stühle auf dem Gang und atmete tief durch. Ganz automatisch tastete seine Hand nach dem Handy, bis ihm wieder einfiel, dass es verschollen war. Er verzog das Gesicht. *Gestohlen* traf es wohl besser. Auch wenn er nicht glauben konnte, dass Hannah das tatsächlich mit Absicht getan hatte. Wie auch immer, er brauchte es dringend zurück. Ihm würde also nichts anderes übrig bleiben, als heute Nachmittag nach Köln zu düsen. Zum Glück stand ihre Adresse in dem Kaufvertrag, den er aus ihren flinken kleinen Fingern gerettet hatte.

Ben schloss die Augen und lehnte den Kopf an die Wand. Er hasste es, untätig zu sein, besonders, wenn so viel Arbeit auf ihn wartete.

Irgendwann hörte er fröhliche Stimmen aus dem Büro der Sekretärin. Sein Herz machte einen aufgeregten Satz, und im selben Moment schalt er sich einen Narren. Das war *nicht* Hannahs Stimme gewesen! Und selbst wenn, wäre das für ihn ganz sicher kein Grund zur Freude.

Schritte näherten sich der Tür. Erwartungsvoll stand Ben auf. Sein Körper begann vor Aufregung zu kribbeln. Jetzt ging es ums Ganze. Wenn er den Bürgermeister von seinem Projekt überzeugen konnte, würde ihn nichts mehr aufhalten.

Die Tür ging auf. Eine strahlende Hannah erschien. Sie stockte kurz, als sie ihn sah und ihre Blicke sich trafen. Für den Bruchteil einer Sekunde wirkte sie ertappt, dann straffte sie die Schultern, und ein triumphierender Ausdruck schlich sich auf ihr Gesicht.

Tausend Gedanken schossen Ben durch den Kopf. Was zum Teufel machte sie hier? Sie sah so hübsch und so fröhlich aus. Was hatte sie denn jetzt bloß ausgeheckt? Er wollte sein Handy zurück!

»Herr Fullert, Sie können nun rein«, sagte die Sekretärin.

Erst da fiel ihm auf, dass er Hannah noch immer verdattert hinterherstarrte. Begleitet von einer älteren Frau war sie wortlos an ihm vorbeimarschiert. Ein ganz ungutes Gefühl machte sich in ihm breit.

»Ja, ich komme.«

Er folgte der jungen Frau ins Büro des Bürgermeisters.

Der Mann hinter dem Schreibtisch schaute auf. »Noch ein Termin?«, fragte er missmutig.

Ben unterdrückte ein Seufzen. Das fing ja nicht gerade vielversprechend an. »Wenn Sie möchten, können wir unser Gespräch auch an einen anderen Ort verlegen, in ein Restaurant vielleicht«, schlug er beflissen vor.

»Nein, nein.« Der Bürgermeister winkte ab. »Ich muss auf meine Cholesterinwerte achten, meine Frau packt mir immer so ein Gesundheitszeug ein. Außerdem will ich mir nicht nachsagen lassen, ich wäre beeinflussbar. Dies ist ein kleiner Ort, Sie verstehen schon.«

Ben nickte höflich und spürte den forschenden Blick des Bürgermeisters auf sich ruhen.

»Sie sind keiner von meinen Wählern, was kann ich denn für Sie tun?«

»Ben Fullert ist mein Name«, setzte er an.

»Interessant. Wir haben gerade über Sie geredet.«

»Haben Sie das?« Sein ungutes Gefühl wurde zur Gewissheit. Hannah, diese kleine Schlange! Wenn er sie erwischte …

»Sie sind derjenige, der den alten Buchladen abreißen möchte, um an der Stelle ein Hotel zu errichten.«

Ben riss sich zusammen. »Das ist im Wesentlichen korrekt, wenn auch stark verkürzt.«

»Ich würde es gern noch etwas mehr verkürzen. Das Gebäude steht schon so gut wie unter Denkmalschutz, es darf also nicht abgerissen werden.«

Bens Herz setzte einen Schlag aus. Er brauchte ein paar Sekunden, um diese neue Information zu verarbeiten. Langsam zog er sich einen Stuhl heran und ließ sich darauf fallen. »Was bedeutet *so gut wie* genau?«, fragte er schließlich.

»Der Antrag wurde schon vor Jahren gestellt. Die zuständige Kommission wird in der nächsten Sitzung darüber befinden.«

»Dann ist also noch nichts entschieden?« Erleichterung durchflutete Ben, der anfängliche Schock klang ab. Gleichzeitig regte sich sein Ärger. Hannah ließ wirklich nichts unversucht, um ihm Steine in den Weg zu legen. Kein Wunder, dass sie eben so selbstzufrieden ausgesehen hatte, dieses Biest.

»Offiziell nicht, ich würde mir an Ihrer Stelle jedoch keine allzu großen Hoffnungen machen. Das Gebäude ist ein Wahrzeichen unserer Gemeinde. Es tut mir leid.«

Bens Verstand raste. So leicht würde er sich nicht geschlagen geben. »Und wenn die ursprüngliche Fassade stehen bleibt und nur der hintere Teil umgebaut wird?« Das würde zwar teurer werden, wäre aber immer noch besser, als das Vorhaben komplett aufzugeben.

»Hm.« Der Bürgermeister rieb sich nachdenklich das Kinn.

»Denken Sie an all die Arbeitsplätze, die ich hier schaffen würde. An die Steuereinnahmen und die zusätzlichen Umsätze in den ansässigen Geschäften.« Ben holte die vorbereitete Präsentationsmappe hervor. »Hier habe ich die zu erwartenden Auswirkungen auf den Ortskern aufgelistet.« Er schlug die entsprechende Seite auf und legte die Mappe auf den Tisch.

Interessiert beugte sich der Bürgermeister darüber.

Ben ließ ihm Zeit, die Daten und Fakten in Ruhe zu studieren. »Sie sehen, das Hotel wäre von großem Vorteil für Kempenich«, sagte er schließlich.

Herr Barthold nickte. »Auf dem Papier sieht das in der Tat sehr gut aus. Ich muss jedoch auch an die Wünsche unserer

Bürger denken. Und die öffentliche Meinung ist nicht gerade auf Ihrer Seite, wenn ich das so sagen darf. Die Leute hängen sehr an diesem Buchladen.«

Ben seufzte. In spätestens einem Jahr würde sich kein Mensch mehr an den Laden erinnern, aber jetzt taten alle so, als hätte ihr Leben ohne ihn keinen Sinn. »Vielleicht könnte ich die Einwohner von Kempenich mit einer kleinen Spende besänftigen? Wie ich hörte, soll das Rathaus demnächst saniert werden. Und wenn es hier ein Wahrzeichen gibt, dann doch wohl das Rathaus.«

Die Augen des Bürgermeisters begannen zu funkeln. Und Ben setzte gedanklich einen weiteren Posten auf die Ausgabenseite.

»Das wäre in der Tat äußerst hilfreich«, stimmte Herr Barthold ihm zu. Alles andere hätte Ben auch sehr gewundert. »Und vielleicht findet sich in Ihrem Hotel auch ein kleines Eckchen für den Buchverkauf?«, fügte der Bürgermeister hinzu. »Dann wären wirklich alle zufrieden.«

»Selbstverständlich.« Ben nickte und musste zugeben, dass diese Idee gar nicht so schlecht war.

»Dann sind wir uns also einig, Herr Fullert?«

»Ich denke schon. Sie sorgen dafür, dass der Denkmalschutz nur die vordere Fassade betrifft und ich ansonsten freie Hand beim Um- und Anbau habe. Und dafür gibt es im Hotel einen Bücherkiosk sowie eine Spende für das Rathaus.«

»Diese Spende hat mit der Entscheidung bezüglich des Bauvorhabens nichts zu tun«, betonte Herr Barthold.

»Natürlich nicht. Sehen Sie es einfach als meinen Beitrag zum Wohlergehen dieser Gemeinde.«

»Genau so habe ich es auch verstanden.«

Ben lächelte. »Dann werden wir uns jetzt wohl öfter sehen, Herr Barthold.«

»Auf eine angenehme Zusammenarbeit, Herr Fullert.« Der

Bürgermeister streckte Ben die Hand hin, die dieser zufrieden ergriff.

***

»Ich kann immer noch nicht fassen, dass wir es geschafft haben!« Überschwänglich drückte Karin Hannah an sich.

»Ich auch nicht«, gab sie kichernd zurück. Sie hatten den Buchladen gerettet! Und Ben eins ausgewischt. Sein Gesichtsausdruck, als er sie unverhofft aus dem Büro des Bürgermeisters hatte kommen sehen, war einfach unbezahlbar gewesen. Auch wenn er Hannah für einen Moment ein wenig leidgetan hatte, immerhin hatte sie nicht ganz fair gespielt. Aber er hatte damit angefangen und brauchte sich wirklich nicht zu wundern, wenn sie es ihm mit gleicher Münze heimzahlte.

»Und was hast du jetzt vor?«, fragte Karin. »Fährst du zurück nach Köln?«

Hannah zögerte. »Ja, vermutlich.« Sie hatte sich irgendwie an den Gedanken gewöhnt, länger in Kempenich zu bleiben. Jetzt gab es dafür keinen Grund mehr. Sie hatten gewonnen.

Das heißt, nicht ganz. Einmal musste sie noch mit Ben reden und die Sache zum Abschluss bringen. Nun, da der Laden wertlos für ihn war, würden sie den Kaufvertrag wieder rückgängig machen müssen. Und sich vermutlich die Notarkosten teilen. Hannah verzog das Gesicht. Dafür würde ein großer Teil von Tante Marlies' Ersparnissen draufgehen, aber das war es ihr wert. Viel mehr Bauchschmerzen bereitete ihr das Gespräch mit Ben.

»Hannah, träumst du?«

»Nein.« Höchstens einen Albtraum. »Ich gehe jetzt besser in die Wohnung, Sachen zusammenpacken und so.« Dann musste sie Bärbel noch die Klamotten ihrer Tochter vorbeibringen, die sie sich geborgt hatte. Da sie geglaubt hatte, länger hierzubleiben, hatte Hannah sich gestern mit einem ganzen Schwung eingedeckt.

»Alles klar.« Karin lächelte sie freundlich an. »Kommst du noch mal vorbei, bevor du wegfährst?«

»Sicher!« Hannah zog Karin fest an sich. »Ohne dich hätte ich das niemals geschafft. Danke!«

»Ist schon gut, Herzchen. Ich freue mich, dass Marlies' Laden in Sicherheit ist. Und das nächste Mal sehen wir uns den Käufer ganz genau an, bevor du was unterzeichnest.«

»Einverstanden!«, versprach Hannah lachend. »Bis dann.« Sie wandte sich ab und lief fröhlich die Straße zum Buchladen hinunter.

Oben in der Wohnung holte sie Bens Handy hervor und starrte es nachdenklich an. Es war ein wahrer Glücksgriff gewesen, dass der Zufall es ihr in die Hände gespielt hatte. Sie lächelte. Offenbar war jemand ganz oben auf ihrer Seite. Sie schaltete das Handy ein und entsperrte den Bildschirm. Sie fühlte sich unwohl dabei, so als würde sie Ben heimlich durch ein Schlüsselloch beobachten, auch wenn sie dieses Mal hehre Absichten hatte. Sie wollte nur seine E-Mail-Adresse herausfinden, um ihn zu einem Gespräch einzuladen. Anrufen konnte sie ihn ja schließlich schlecht.

Der Kalender war noch immer geöffnet. Hannah wollte ihn schon schließen, als sie plötzlich innehielt. Für morgen hatte Ben einen Termin mit einem Architekten vereinbart. Sie kicherte, als sie den Namen las: Adam Bauknecht. Das passte ja wie die Faust aufs Auge. Tja, dem würde Ben wohl absagen müssen.

Erst jetzt wurde Hannah bewusst, wie knapp ihr Sieg wirklich gewesen war. Ben hatte alles bereits vorbereitet – Papiere, Unterlagen und Pläne. Vermutlich hatte er sogar schon einen ganzen Arbeitstrupp in der Hinterhand, der darauf brannte, ans Werk zu gehen. Sie schüttelte sich. Ben musste wie ein Geier auf Tante Marlies' Ableben gewartet haben. Anders konnte sie sich seine Ungeduld nicht erklären. Als hätte er nichts anderes zu tun.

Wie auch immer. Hannah ging das alles nichts mehr an – weder Ben noch seine fragwürdigen Geschäftspraktiken. Rasch suchte sie seine E-Mail-Adresse heraus, dann schloss sie alle Apps und schaltete das Handy aus. Sie würde es ihm nachher zurückgeben und wollte nicht, dass er dachte, sie hätte ihm hinterherspioniert. Denn das hatte sie nicht. Zumindest so gut wie gar nicht. Sie hatte nur einen ganz flüchtigen Blick in den Kalender geworfen – und auf die beeindruckende Liste seiner weiblichen Kontakte. Es war keine schöne Erkenntnis, dass sie nur eine unter sehr vielen gewesen war.

Hannah holte ihr eigenes Handy, um Ben eine Mail zu schicken.

Hey, tippte sie und wusste plötzlich nicht, wie sie fortfahren sollte. So vieles stand zwischen ihnen. Sollte sie schreiben, dass sie sich freuen würde, ihn zu treffen? Dass sie reden mussten? Dass sie gewonnen hatte?

Hannah atmete tief durch.

Können wir uns heute um 15 Uhr im Gasthof Bergweiler treffen, um alles Weitere zu besprechen?, schrieb sie schließlich ganz nüchtern und vertraute darauf, dass Ben es auch so verstehen würde.

Sie hatte gerade das Smartphone beiseitegelegt und die Schuhe ausgezogen, als es laut an der Wohnungstür klopfte. Erschrocken zuckte Hannah zusammen und huschte zum Eingang.

»Ben!«, entfuhr es ihr überrascht. Ihn so unverhofft vor sich stehen zu sehen erinnerte sie an ihre erste Begegnung mit ihm. Auch damals hatte sie seine breite, durchtrainierte Brust angestarrt. Nur dass sie inzwischen sogar wusste, wie sie sich anfühlte.

Hannah schluckte und trat einen Schritt zurück. Er sah wie immer unverschämt gut aus – und lange nicht so niedergeschlagen oder wütend, wie sie erwartet hatte. Vielleicht nahm er das Ganze ja sportlich. Schließlich hing lediglich sein Geld an dem Projekt und nicht sein Herz.

»Darf ich reinkommen?«, fragte er.

Sie musterte ihn aufmerksam, konnte an seinem Gesicht aber nicht ablesen, was in seinem Kopf vor sich ging. Er wäre ein verdammt guter Pokerspieler, im Gegensatz zu ihr.

»Sicher, komm rein. Magst du einen Kaffee oder Tee?« Sie ignorierte den neugierigen Blick, den er durch die angelehnte Tür ins Schlafzimmer warf, und lotste ihn in die Küche.

»Ein Kaffee wäre nett«, sagte er höflich. »Du wirkst nicht überrascht, mich zu sehen«, fügte er hinzu.

»Ein wenig schon«, widersprach sie und spürte, wie sie immer nervöser wurde. Er verhielt sich definitiv merkwürdig. »Ich dachte, wir treffen uns nachher im *Bergweiler*.«

Seine Augenbrauen fuhren überrascht nach oben. »Wieso sollten wir das tun?«

Sie stellte die Kaffeekanne ab, die sie gerade mit Wasser befüllt hatte, und sah Ben verwundert an. »Ich habe dir doch gerade eine E-Mail geschrieben …« Im selben Moment ging ihr auf, dass er auf keinen Fall wegen ihrer Nachricht hier sein konnte. Selbst wenn er sie bereits gelesen hätte, hätte er nicht so schnell herkommen können. »Was willst du eigentlich hier?«

»Hm.« Ben griff sich demonstrativ ans Kinn. »Was könnte ich von dir wollen? Mein Handy vielleicht? Oder mich dafür bedanken, dass deinetwegen das Hotel noch einige Zigtausend teurer wird? Oder dich vielleicht einfach bitten, dich endlich aus meinen Geschäften rauszuhalten?«

Hannah blinzelte ihn verwirrt an. Sie musste sich verhört haben. »Wie meinst du das?«, raunte sie.

»Ich hatte gerade einen netten Plausch mit dem Bürgermeister. Aber das weißt du ja bereits, immerhin hast du meinen Termin gestohlen.«

»Ich habe überhaupt nichts gestohlen!«, brauste sie auf.

»Abgesehen von meinem Handy.«

»Das blöde Ding lag in deiner Sakkotasche! Ich hatte keine Ahnung, dass es da drin war.«

»Und du hattest mein Sakko an, weil …?«

»Weil mir kalt war.« Augenblicklich überkam sie die Erinnerung an den Morgen, als sie eng an Ben gekuschelt aufgewacht war.

Er räusperte sich und schaute zu Boden. Anscheinend waren seine Gedanken in eine ähnliche Richtung gegangen, denn seine Stimme wurde leiser. »Wie auch immer, ich hätte beides sehr gerne zurück.«

»Ich muss mal schauen, ob ich deinen Kram nicht weggeworfen habe. Ich habe nicht wirklich Verwendung dafür.« Belustigt bemerkte Hannah den Anflug von Panik in seinen Zügen. Er traute ihr wohl wirklich allerhand zu.

»Ich wäre dankbar, wenn du eben nachsehen könntest.«

»Mache ich – sobald du mir verrätst, was du damit gemeint hast, dass das Hotel teurer wird.«

»Ach, es gibt da ein paar zusätzliche Auflagen, die ich erfüllen muss.« Ben schaute sie äußerst selbstzufrieden an. Dann lachte er auf. »Dachtest du wirklich, du könntest meine Pläne sabotieren, indem du einen verschütteten Antrag auf Denkmalschutz ausgräbst?«

Hannah ballte die Fäuste, um ihm nicht an die Gurgel zu springen. Die arrogante, selbstgefällige Art, die er ständig an den Tag legte, trieb sie innerlich zur Weißglut. »Der Bürgermeister hat mir persönlich versprochen, dass der Buchladen nicht abgerissen wird«, sagte sie so ruhig wie möglich.

»Zumindest nicht vollständig«, korrigierte Ben sie. »Das ist eine der Auflagen. Und eine ziemlich teure noch dazu.«

»Das verstehe ich nicht. Das Grundstück ist wertlos für dich, wenn du das Haus nicht abreißen und stattdessen dein schickes Hotel bauen kannst.«

»Das sehe ich anders. Erstens ist da immer noch die Heilquelle, die ich für mein Hotel zu nutzen gedenke. Und zweitens erinnerst du dich vielleicht daran, dass mein Entwurf sich gar nicht so sehr von der aktuellen Fassade unterscheidet. Sie ist nur so alt und unansehnlich, dass es günstiger wäre, sie abzureißen und neu zu bauen. Doch wenn den Einheimischen so viel an dem Gebäude liegt, werde ich die Fassade selbstverständlich sanieren.«

Fassungslos starrte Hannah ihn an. Aus seinem Mund klang das so einfach. Als ließen sich alle Hindernisse der Welt aus dem Weg räumen, wenn man genügend Geld besaß. Ein paar Zehntausender hier, ein paar Scheine dort, und schon lief alles so, wie Ben Fullert es wollte. Wie es ihr oder anderen Menschen dabei erging, spielte für ihn keine Rolle. Dabei hatte es in ihrer kurzen und dennoch merkwürdig intensiven Bekanntschaft durchaus Momente gegeben, in denen Hannah geglaubt hatte, dass für Ben auch andere Dinge zählten, dass auch er ein Herz besaß. Nun, so konnte man sich täuschen.

»Du willst das Hotel also tatsächlich bauen?«, fragte sie entmutigt.

»Ich möchte es nicht nur, ich werde es auch tun.«

»Und du denkst, du kommst damit durch?«

»Ja«, sagte er knapp. Sein Tonfall verriet keinerlei Zweifel.

»Du glaubst wohl, dass man mit Geld alles kaufen kann«, sagte sie verächtlich, um ihn irgendwie zu treffen.

Er schüttelte den Kopf. »Nicht alles, nein. Aber ziemlich viel.«

»Das Wohlwollen der Menschen hier auf jeden Fall nicht.«

»Da wäre ich mir nicht so sicher. Nichts ist so käuflich wie die Menschen oder ihr Wohlwollen.«

»Du wirst dich noch wundern!«, zischte Hannah. Sie musste dringend mit Katja sprechen. Ihr Bericht würde die ganze Region aufrütteln. Dagegen kam auch ein Ben Fullert nicht an.

»Du dich auch. Ich habe dem Bürgermeister eine großzügige Spende für das Rathaus versprochen.«

»Und du denkst, dass du damit etwas erreichst?«

»Ja. Menschen lassen sich immer von Geld beeinflussen.«

»Ich nicht! Mir kannst du nichts vormachen.« Sie legte all die Abscheu, die sie momentan für ihn empfand, in ihre Stimme.

Sein Gesicht verhärtete sich. »Ach, wirklich?« Sein wissender Blick trieb ihr die Schamesröte ins Gesicht. »Hättest du etwa auch mit mir geschlafen, wenn ich ein Penner unter einer Brücke gewesen wäre?«

Ihr war, als hätte er ihr eine Ohrfeige verpasst. »Ich habe nicht wegen deiner Kohle mit dir geschlafen«, sagte sie so würdevoll wie möglich. Hatte er ihr Picknick am Moselufer schon vergessen? Oder die Wanderung auf den Weinberg? Er hatte sie ja nicht gerade ins *Ritz* ausgeführt. »Aber du hast recht, beim nächsten Mal setze ich meine Maßstäbe ein wenig höher an und nehme lieber den Penner!«

Ben biss die Zähne zusammen. Sein Kiefer mahlte. Seine grünen Augen blitzten Hannah an. Seine Brust hob und senkte sich mit jedem wütenden Atemzug. Stumm funkelten sie einander an, und Hannah konnte nicht leugnen, dass er dabei unglaublich attraktiv wirkte – männlich, leidenschaftlich, gefährlich.

Abrupt wandte sie sich ab und verließ, ohne ein weiteres Wort zu sagen, die Küche. Im Schlafzimmer atmete sie einmal tief durch, nahm ihre Brille ab und fuhr sich über das Gesicht. Sie konnte es sich nicht leisten, in Bens Gegenwart noch einmal die Fassung zu verlieren. Er war der Gegner, der Feind und ein Scheusal – ganz egal, wie anziehend er auf sie wirken mochte.

Sie schnappte sich sein Sakko, steckte das Handy in die Tasche zurück und rauschte wieder in die Küche.

»Hier!« Sie warf Ben das Sakko ohne einen weiteren Kommentar zu und glaubte einen Moment lang, es würde ihn mitten im Gesicht erwischen. Doch er streckte einen Arm aus und fing das Kleidungsstück in der Luft.

»Vielen Dank.«

In ihrer kurzen Abwesenheit musste er seine Nonchalance wiedergefunden haben. Seelenruhig griff er in die Tasche und holte das Smartphone hervor. Er schaltete es ein, entsperrte den Bildschirm und scrollte durch seine Apps, als wollte er sich vergewissern, dass alles in Ordnung war.

»Keine Bange, ich habe nicht reingeschaut«, bemerkte sie schnippisch.

»Tatsächlich?« Er hob skeptisch eine Augenbraue. »Und woher wusstest du dann von meinem Termin?«

Hannah verschränkte die Arme vor der Brust. Sie würde sich von ihm nicht ins Bockshorn jagen lassen. »Wie du vielleicht gemerkt hast, ist das hier ein *sehr* kleiner Ort. Die Assistentin des Bürgermeisters ist eine gute Schulfreundin von mir, und ihre Oma gehört zum Buchclub meiner verstorbenen Tante. Ach ja, und beim Bürgermeister habe ich früher meine Liebe zu deutschen Klassikern entdeckt. Wie du selbst schon so treffend gesagt hast, ist es nicht wirklich schwer, an eine nicht gerade geheime Information zu gelangen. Und im Gegensatz zu dir musste ich dafür nicht einmal jemanden verführen.«

»Was soll das denn schon wieder bedeuten?«

»Ich verstehe ja, dass dir bei den vielen Frauengeschichten ein wenig die Übersicht abhandenkommt. Dein Abendessen mit Paula Reinold ist allerdings gerade mal eine Woche her, daran müsstest du dich eigentlich erinnern können.«

»Ach das.« Ben rümpfte die Nase.

»Ja, *das*«, bestätigte Hannah heftiger als nötig. Auch wenn sie Paula kaum kannte, versetzte es ihr einen Stich, dass er so abfällig über eine Frau sprach, mit der er ausgegangen war.

»Frauen sind für dich wohl wirklich nichts weiter als Mittel zum Zweck! Dass sie dabei verletzt werden könnten, kommt dir gar nicht in den Sinn!«

Ben sah sie aufmerksam an. »Sprechen wir noch immer über Paula oder schon über dich selbst?«

»Ha!« Hannah lachte laut auf. Natürlich hatte er ins Schwarze getroffen, aber das würde sie ihm gegenüber niemals zugeben. »Verletzt kann man nur werden, wenn Gefühle im Spiel sind.«

»Da hast du recht. Paula war überaus *gefühlvoll.*« Ben grinste herausfordernd.

Hannah japste wütend nach Luft. Das Blut rauschte in ihren Ohren. Dieser Mistkerl! Er schien auch noch stolz darauf zu sein.

»Raus!« Sie deutete entschlossen auf die Wohnungstür.

Ben schlug die Beine übereinander und machte keine Anstalten, sich zu erheben. »Du hast mir noch einen Kaffee versprochen.«

Einen Moment lang konnte Hannah ihn bloß anstarren. Kannte seine Unverschämtheit denn gar keine Grenzen?

Dann schnappte sie sich die Kanne, in der sie vorhin das Wasser abgemessen hatte. »Wie unaufmerksam von mir«, säuselte sie. »Ich habe glatt das Kaffeekochen vergessen.«

Mit einem Schritt war sie bei ihm und kippte ihm das kalte Wasser über den Kopf.

»Ah!« Ben schrie erschrocken auf, sprang vom Stuhl und schüttelte sich wie ein nasser Hund.

»Möchtest du das Kaffeepulver auch noch haben?«, erkundigte sich Hannah seelenruhig.

»Bist du noch bei Trost?«, schnauzte er sie an und versuchte, sich das nasse Hemd vom Körper zu ziehen, das wie eine zweite Haut an ihm klebte.

Hannah biss sich auf die Lippe, um ihr Kichern zurückzuhalten. Einerseits tat ihr ihre kindische Aktion bereits leid, andererseits sah Ben einfach nur komisch aus. Ihr Lächeln gefror, als er anfing, sein Hemd aufzuknöpfen.

»Was machst du da?«, fragte sie irritiert und konnte ihren Blick nicht von seiner durchtrainierten Brust abwenden, die allmählich zum Vorschein kam.

»So kann ich wohl kaum auf die Straße. Du hast nicht zufällig ein Handtuch?« Er fuhr sich durch die kurzen, nassen Haare.

Hannahs Augen blieben an einem Wassertropfen hängen, der an seinem Hals herabperlte und schließlich in der Kuhle zwischen seinen Schlüsselbeinen verschwand.

»Das Handtuch?«

»Ja, sicher!« Hastig wandte sie sich ab und lief ins Badezimmer.

Als sie zurückkam, hatte Ben sein Hemd bereits vollständig ausgezogen, und Hannah dankte Gott dafür, dass seine Hose nichts von dem Wasser abbekommen hatte.

Das war wirklich eine dämliche Aktion von ihr gewesen. Jetzt hatte sie ihn nicht nur noch länger am Hals, er stand auch noch halb nackt in Tante Marlies' Küche. Sie warf ihm das Handtuch zu und atmete tief durch. Die ganze Situation war irgendwie surreal und für ihren Geschmack viel zu intim. Mit den verstrubbelten Haaren, die er sich gerade mit dem Handtuch trocken gerubbelt hatte, und den vereinzelten Wassertropfen auf dem Oberkörper wirkte Ben, als wäre er gerade aus der Dusche gekommen.

Entschieden drängte Hannah ihre Fantasien beiseite. Sie wollte jetzt ganz bestimmt nicht daran denken, wie Ben unter der Dusche aussah oder wie verlockend er in diesem Moment wirkte, wie gern sie ihn berühren würde. Sie schüttelte den Kopf. Was war nur los mit ihr? Sonst war sie nicht so hormongesteuert. Bestimmt lag es nur daran, dass sie bereits mit ihm geschlafen hatte und genau wusste, wie großartig das war.

»Ich hole mal einen Fön«, verkündete sie abrupt.

Er legte das Handtuch zur Seite und schaute sie überrascht an. Es schien ihm nicht das Geringste auszumachen, dass er weitgehend unbekleidet vor ihr stand. »Wozu denn das?«

»Je schneller dein Hemd trocken ist, desto schneller kannst du von hier verschwinden.«

***

Sobald sie die Küche verlassen hatte, schloss Ben für einen Moment die Augen und atmete aus. Das Treffen mit Hannah verlief definitiv anders, als er es geplant hatte. Er hatte nur sein Handy holen und ihr klarmachen wollen, dass sie sich von nun an aus seinem Vorhaben raushalten sollte. Sie konnte es ohnehin nicht verhindern. Und nun stand er halb nackt in ihrer Küche, und sie hasste ihn noch mehr als zuvor.

Er konnte es ihr nicht verübeln. Er hatte sich schon wieder wie ein vollkommenes Arschloch aufgeführt. Hatte ihr sogar vorgeworfen, käuflich zu sein, dabei gehörte er nicht zu den Menschen, die glaubten, mit Geld alles erreichen zu können. Hannah hatte einfach etwas an sich, das ihn immer wieder dazu reizte, ihr Kontra zu geben. Leider bestätigte er damit bloß ihre Vorurteile, von denen nicht einmal die Hälfte zutraf. Es verletzte und ärgerte ihn zugleich, dass sie so schlecht von ihm dachte. Immerhin hatte er ihr mehr über sich erzählt, als bei einer flüchtigen Bekanntschaft üblich. Wenn sie trotzdem bereit war, das Schlimmste von ihm anzunehmen, konnte er es nicht ändern. Dann hatte sie die Wahrheit auch nicht verdient. Deswegen hatte er sie auch glauben lassen, er hätte mit dieser Paula geschlafen. Er hatte Hannah so treffen wollen, wie sie ihn getroffen hatte. Und allem Anschein nach war ihm das gelungen. Auch wenn der Triumph darüber erschreckend kurz gewesen war.

Damit, dass sie ihm einen Schwall kaltes Wasser über den Kopf kippte, hatte Ben nun wirklich nicht gerechnet. Genauso wenig wie mit den Gefühlen, die ihr begehrlicher Blick auf seinen Oberkörper in ihm ausgelöst hatte. Selbst die kalte Dusche änderte nichts daran, dass er sie überaus anziehend fand. Und auch sonst ziemlich faszinierend. Sie war leidenschaftlich, einfallsreich und unberechenbar – wie ihre letzte Aktion einprägsam demonstriert hatte –, und sie gab nicht so leicht auf. Was in seinem Fall ein ziemliches Problem darstellte.

Hannah tauchte mit einem Bügeleisen in der Hand wieder auf. »Tut mir leid, ich habe keinen Fön gefunden. Ist ja nicht meine Wohnung. Aber das hier geht vielleicht auch.«

»Kein Problem.« Er streckte eine Hand nach dem Bügeleisen aus.

Sie musterte ihn misstrauisch, als würde sie irgendeine Gemeinheit von ihm erwarten. Dabei war er nicht einmal sauer auf sie. Höchstens auf sich selbst.

Er zuckte mit den Schultern. »Wenn dir so viel daran liegt, kannst du mein Hemd natürlich auch selber bügeln.«

»Hättest du wohl gern!«, zischte Hannah und knallte ihm das Bügeleisen förmlich vor die Brust.

Und schon wieder hatte er es geschafft, sie mit nur einem Satz auf Hundertachtzig zu bringen.

Sie holte das Bügelbrett hinter der Tür hervor und baute es mit einem lauten Quietschen vor ihm auf. »Ich schätze, du kommst zurecht?«, fragte sie eisig.

»Wenn du mir noch die Steckdose zeigst.«

Mit unbewegtem Gesicht deutete Hannah auf die Leiste über der Arbeitsplatte. »Such dir eine aus. Und vergiss dein Handy nicht, wenn du gehst. Ich will mir nicht schon wieder vorwerfen lassen, ich hätte es dir entwendet.«

Ben nickte. Das war dann wohl sein offizieller Rausschmiss. Gern hätte er noch irgendetwas gesagt, ihr erklärt, wie leid ihm das alles tat, dass er weder so geldgeil noch so kaltherzig war, wie sie offenbar dachte. Aber er wusste, dass es nichts ändern würde, sie standen nun mal auf unterschiedlichen Seiten. Und er konnte es sich nicht leisten, ihr nachzugeben, selbst wenn sie ihm das niemals verzeihen sollte.

KAPITEL 12

»Hannah? Ich geh dann mal.«

Bens Stimme drang wie aus weiter Ferne zu ihr. Sie rührte sich nicht, auch wenn es albern war. Er wartete kurz, dann hörte sie die Dielen unter seinen Füßen knarzen, und kurz darauf fiel die Tür hinter ihm ins Schloss. Erst dann traute sie sich aus dem Schlafzimmer hinaus. Er hatte das Bügelbrett ordentlich hinter die Tür zurückgestellt und das Kabel vom Bügeleisen aufgerollt. Selbst der Stuhl, auf dem er vorhin gesessen hatte, stand wieder an seinem Platz.

Hannah lehnte sich gegen die Arbeitsplatte und seufzte. Ben benahm sich deutlich erwachsener als sie. Sie wusste selbst nicht genau, wieso sie sich die letzte Viertelstunde vor ihm versteckt hatte. Sie hatte sich in seiner Gegenwart einfach unwohl gefühlt, und die Tatsache, dass ihr Körper und ihr Verstand ganz unterschiedlich auf ihn reagierten, war regelrecht zermürbend. Sie hatte sich selbst nicht mehr vertraut und Angst gehabt, irgendetwas zu tun, was sie später bereuen würde – ihm in die Weichteile zu treten zum Beispiel, wenn er sie erneut provozierte, oder, noch schlimmer, ihn zu küssen.

Dabei hatte sie gerade genügend richtige Probleme. Ben hatte es mal wieder geschafft, alles zu seinem Vorteil zu drehen. Noch vor wenigen Stunden hatte Hannah geglaubt, auf der Siegerseite zu stehen, jetzt war sie wieder am Anfang. Nein, schlimmer noch: Allmählich gingen ihr die Optionen aus, während Ben mit seinem Plan zügig vorankam. Schon morgen hatte er einen

Termin mit dem Architekten, danach würden bestimmt bald die Baumaschinen anrücken. Und wenn der Laden erst einmal kaputt war, gab es für sie nichts mehr, wofür sie kämpfen konnte. Selbst wenn Ben mit seinem Hotel auf die Schnauze fliegen, wenn die Gäste ausbleiben oder die Kempenicher ihn boykottieren sollten, würde es Hannah nichts mehr nutzen. Wenn sie noch irgendetwas bewirken wollte, musste sie es in den nächsten paar Tagen tun, auch wenn ihre Aussichten auf Erfolg immer schwächer wurden. Auf jeden Fall würde sie nicht kampflos aufgeben. Selbst wenn sie Ben nicht aufhalten konnte, würde sie ihm so viele Steine wie nur möglich in den Weg legen.

Apropos. Hannah grinste, als ihr plötzlich eine Idee kam. Wie hieß noch mal Bens Architekt? Irgendwas mit Bau…

Bauknecht!

Sie schnappte sich ihr Smartphone, tippte *Architekt Bauknecht* in die Suchmaschine ein und scrollte durch die Treffer. Da war er ja – Adam Bauknecht, Architekt und Sachverständiger mit Sitz in Mayen. War ja klar, dass Ben keinen Einheimischen beauftragen würde. Hannah notierte sich die Telefonnummer und spürte, wie ihr Puls in die Höhe schnellte. Sie hatte genau einen Versuch. Bevor sie es sich anders überlegen konnte, wählte sie die Nummer und lauschte mit angehaltenem Atem dem Freizeichen.

»Architekturbüro Bauknecht«, meldete sich schließlich eine geschäftige Frauenstimme. »Silke Bäumer am Apparat, was kann ich für Sie tun?«

»Ähm. Hannah Konrads hier, ich rufe im Auftrag von Ben Fullert an. Er muss den morgigen Termin leider verschieben.«

»Ben Fullert«, wiederholte die Frau langsam, während im Hintergrund eine Tastatur klackerte. »Ah, da habe ich ihn ja. Morgen um vierzehn Uhr. Hm«, fügte sie nachdenklich hinzu. »So schnell kann ich Ihnen leider keinen Ausweichtermin anbieten.«

»Das ist nicht schlimm«, sagte Hannah eilig. »Es ist nicht besonders dringend.«

»Den Eindruck hat Herr Fullert nicht gemacht, als er vor zwei Wochen bei uns angefragt hat. Wie war noch mal Ihr Name?«

»Hannah Konrads«, wiederholte sie gepresst und hoffte, dass ihre Nervosität für Ungeduld durchgehen würde. Vermutlich war es keine gute Idee gewesen, ihren echten Namen zu verraten. Andererseits würde Ben ohnehin wissen, dass sie dahintersteckte, wenn sein Termin platzte oder die Frau bei ihm anrief, um sich rückzuversichern. »Ich bin die Assistentin von Herrn Fullert. Ich war die letzten beiden Wochen in Urlaub, deswegen musste er sich selbst um den Termin kümmern.« Hannah merkte, wie sie ins Plappern geriet, konnte jedoch nicht damit aufhören. »Sie wissen bestimmt, wie die Herren manchmal sind. Wenn sie eine Idee haben, wollen sie sie auf der Stelle umsetzen, auch wenn andere Dinge eigentlich dringender sind.«

»Aha«, machte die Frau. Hannah konnte nicht heraushören, ob sie diese Erfahrung teilte, zumindest widersprach sie ihr nicht. »Das ist natürlich sehr kurzfristig«, sagte sie verstimmt. »Ich musste einige Termine verschieben, um das Treffen mit Herrn Fullert zu ermöglichen. Sind Sie sicher, dass er es nicht einrichten kann?«

»Ganz sicher. Es gibt ein schwerwiegendes Problem in seinem Hotel in Norddeutschland. Das Ordnungsamt will es dichtmachen. Er muss sich persönlich darum kümmern und ist bereits auf dem Weg dorthin. Es tut mir wirklich leid.«

»Jaja, schon gut«, brummte die Sekretärin. »Ich kann aber nicht wieder so zeitnah einen Termin freiräumen. Nicht einmal für Herrn Fullert.«

Hannah verdrehte die Augen. Sie konnte sich gut vorstellen, wie er seinen Charme hatte spielen lassen, um eine Sonderbehandlung zu bekommen. »Das verstehe ich vollkommen. Wann hätten Sie denn etwas frei?«

»Frühestens übernächste Woche, am Donnerstag um 17 Uhr.«

»Das klingt super!«, rief Hannah erleichtert aus. »Das reicht uns völlig.«

»Dann vermerke ich den Termin.«

»Vielen Dank.«

»Ich schicke nachher noch eine Bestätigungsmail.«

»Ach, das ist wirklich nicht nötig. Wir haben Ihnen schon so viele Umstände gemacht. Ich verschiebe einfach den Termin in Herrn Fullerts Kalender.« Sie machte eine kurze Pause. »So, schon erledigt.«

»Danke, dann bis zum nächsten Mal.«

»Danke ebenfalls.« Hannah legte auf und grinste breit. Das war doch wie am Schnürchen gelaufen.

Gleich darauf wurde ihr bewusst, dass die Terminverschiebung nicht das Geringste änderte, abgesehen davon, dass Ben sich ärgern würde. Der Bau des Hotels würde sich höchstens ein wenig verzögern. Sie seufzte. Vielleicht gewann sie dadurch ja wertvolle Zeit, um irgendwas zu bewirken. Sie wählte Katjas Nummer und hoffte, dass diese ein paar gute Neuigkeiten für sie hatte.

»Und, wie schaut es aus?«, trällerte ihre Freundin gut gelaunt in den Hörer.

»Könnte besser sein«, brummte Hannah.

»Ist das Gespräch mit dem Bürgermeister nicht gut gelaufen?«

»Im Prinzip schon. Er hat mir versprochen, dass der Laden nicht abgerissen werden darf.«

»Das ist doch toll!«

»Dachte ich auch. Leider hat Ben den Bürgermeister anschließend mit einer großzügigen Spende davon überzeugt, dass es völlig ausreicht, wenn er die Fassade des Gebäudes stehen lässt. Mit dem restlichen Grundstück darf er machen, was er möchte.«

»Scheiße!«, rief Katja im Brustton der Überzeugung.

»Du sagst es. Hast denn wenigstens du etwas erreichen können?«

»Ich habe ein wenig über deinen Herrn Fullert recherchiert. Ein ziemlich beeindruckender Mann.«

»Er ist nicht *mein* Herr Fullert.« Und beeindruckend war er schon mal gar nicht.

»Wie auch immer. Interessant ist er auf jeden Fall. Und er sieht *wirklich* gut aus. Jetzt verstehe ich auch, wieso du schwach geworden bist.«

»Was hast du rausgefunden? Hat er irgendwo Dreck am Stecken?«, lenkte Hannah das Gespräch auf das Wesentliche. Sie wollte ganz sicher nichts darüber hören, wie toll Ben war.

»Keinen Dreck im eigentlichen Sinne. Er hat vor einigen Jahren eine sehr marode Hotelkette von seinem Vater geerbt. Drei der Hotels hat er behalten, und seitdem kämpft er darum, sich einen Platz unter der Wellness-Sonne zu erobern. Sein Markenzeichen ist es wohl, dass jedes Hotel ein besonderes Motto hat. Er hat schon ›Tausendundeine Nacht‹, ›Antike‹ und ›Berauschende Natur‹ im Angebot. Ich persönlich finde ja das letzte besonders ansprechend, da gibt es echt schöne Geräuschkulissen und atemberaubende Foto- und Videoinstallationen.«

»Vielleicht schenkt er dir ja einen Gutschein, wenn du ihm ein bisschen davon vorschwärmst«, brummte Hannah.

»Du bist vielleicht mies drauf …«

»Ich habe auch allen Grund dazu! Immerhin will er aus *meinem* Buchladen seinen nächsten Goldesel machen. Wobei ich bezweifle, dass ›Kleinstadtcharme‹ als Motto so gut ankommt.«

»Du würdest dich wundern. Ich kenne einige, die der Hektik ihres Alltags gern für ein paar Tage entkommen würden. Und wenn man dann noch eine Heilquelle, gutes Bio-Essen und die Entschleunigung des Landlebens mitanbietet ...« Katja ließ ihre Stimme sehnsüchtig ausklingen.

»Du könntest glatt Werbung machen, *für ihn*.«

»Ist ja gut, ist ja gut. Ich wollte nur mal anbringen, dass er kein so übler Kerl zu sein scheint. Ich habe keine Skandale und keine Exzesse gefunden. Nur eine Exfreundin, von der er sich vor einigen Jahren einvernehmlich getrennt hat.«

»Das hilft mir jetzt wirklich nicht weiter.« Außerdem bedeuteten die Ergebnisse von Katjas Recherche nicht, dass Ben Fullert ein Heiliger war, sondern nur, dass er äußerst diskret vorzugehen verstand. Und so reich und bekannt war er nun auch wieder nicht, dass die Presse jede seiner Verfehlungen ans Licht zerren würde. Hannah wusste genau, wie er sich ihr gegenüber verhalten hatte, und konnte seinen Charakter sehr gut einschätzen.

»Vielleicht hilft dir ja das: Ich habe meine Fühler ausgestreckt, und einige regionale Zeitungen hätten durchaus Interesse an der Story.«

Das klang schon besser. »Welche denn?«

»Die *Rheinzeitung*, der *Mayener Kurier* und das *Kempenicher Blättsche* natürlich.«

»Danke. Das ist ein guter Anfang.«

Eine kurze Stille folgte.

»Hm.« Katja räusperte sich. »Es tut mir leid, dich enttäuschen zu müssen, aber ich denke, mehr werden wir nicht erreichen.«

»Vielleicht doch, wenn der Artikel genügend hohe Wellen schlägt.«

»In der *FAZ* oder der *Zeit* wirst du damit trotzdem nicht landen. Die Story ist einfach nicht sensationell genug und nur von sehr lokalem Interesse.«

Hannahs Herz sank. »Trotzdem müssen wir es versuchen.«

»Auf jeden Fall!« Katja bemühte sich hörbar um Enthusiasmus. »Ich komme heute Abend zu dir, interviewe ein paar Leute, schau mir die Örtlichkeiten persönlich an.«

»Wirklich?«, fragte Hannah dankbar.

»Wirklich.« Katjas Stimme wurde sanft. »Ich bin für dich da und helfe, wo ich nur kann.«

»Danke!« Eine Welle der Zuneigung für ihre Freundin wallte in Hannah auf. »Dafür schulde ich dir was.«

»Ach, ich mach das gern. Jetzt muss ich allerdings los. Bis später.«

»Bis dann. Und melde dich, wenn du in Kempenich bist.«

Hannah starrte das Handy an, dann zwang sie sich zu einem weiteren Anruf, auf den sie gut und gerne verzichtet hätte. Karin bedeutete der Buchladen immerhin fast genauso viel wie ihr selbst.

»Ben war eben bei mir«, berichtete Hannah, sobald die ältere Frau rangegangen war.

»Und? Wie hat er es aufgefasst?«

»Besser als ich«, sagte Hannah bitter. »Er hat uns schon wieder ausmanövriert.«

»Das kann nicht sein! Herbert hat uns persönlich versprochen, dass das Haus nicht abgerissen wird.«

»Tja, das wird es auch nicht. Dafür so um- und ausgebaut, dass es trotzdem Bens Zwecken dient. Wenn uns kein genialer Plan einfällt, ist der Buchladen schon bald Geschichte.«

Betroffenes Schweigen folgte Hannahs Worten.

»Das schreit nach einer Krisensitzung«, sagte Karin schließlich entschlossen. »Ich trommle die Mädels zusammen. In einer halben Stunde treffen wir uns bei mir.«

»Ich denke, du solltest klagen!«, sagte Ute entschieden.

Hannah hatte den Damen einen kurzen Abriss der jüngsten Ereignisse gegeben, und nun saßen sie an Karins Esstisch und diskutierten lautstark ihre Möglichkeiten.

Bärbel schüttelte bedächtig den Kopf. »So ein Prozess ist sehr teuer. Außerdem habt ihr Stefan gehört. Es gibt kaum Aussicht auf Erfolg.«

»Er hat auch gesagt, dass er es trotzdem tun würde!«, beharrte Ute. »Und für Hannah könnte er bestimmt einen Sondertarif anbieten.«

»Er kann doch nicht für umsonst arbeiten!«, empörte sich Bärbel. »Und allein die Gerichtskosten sind ein ziemlicher Batzen. Die müsste auch jemand bezahlen.«

»Und wenn wir alle zusammenschmeißen?«

»Danke, das wird nicht nötig sein«, ging Hannah hastig dazwischen. Sie hatte bereits genug Mist gebaut, sie wollte nicht auch noch dafür verantwortlich sein, dass die Damen ihre Ersparnisse verloren. Sie seufzte. »Eine Klage ist wohl wirklich nicht der richtige Weg.«

Ihre Gewinnaussichten hatten sich in den letzten zwei Tagen nicht gerade verbessert. Wenn Ben bei der Verhandlung anführte, dass Hannah versucht hatte, ihn zu betäuben, ihn anschließend beklaut und ihm danach Wasser über den Kopf gekippt hatte, könnte sie wohl von Glück sprechen, nicht selbst eine Strafanzeige zu bekommen. Nein, um einen Rechtsstreit würde sie einen möglichst großen Bogen machen.

»Unsere einzige Chance ist es, über die öffentliche Meinung Einfluss auf den Bürgermeister und auf Ben zu nehmen. Meine Freundin Katja kommt heute Abend her, um einen Bericht über ihn und sein Vorhaben zu schreiben. Diesen Effekt müssen wir nutzen, ihn irgendwie verstärken.«

»Wie wäre es mit einer Demonstration?«, schlug Karin vor. »Wenn wir alle Bücherfreunde aktivieren, kriegen wir bestimmt einige zusammen.«

»Gute Idee!« Hannah nickte zustimmend. Sie hatte keine Ahnung, ob das etwas bringen würde, aber es war auf jeden Fall einen Versuch wert.

»Ich kümmere mich um die Genehmigung«, warf Bärbel ein. Wie Hannah inzwischen wusste, war ihr Mann früher bei der Polizei gewesen. Mit einem Kommissar im Ruhestand als Ehemann und einem Rechtsanwalt als Sohn war sie die unumstrittene Autorität, was Regeln und Vorschriften betraf.

»Sehr schön.« Dankbar lächelte Hannah sie an. »Ich vermute, dass Katjas Artikel am Donnerstag erscheint. Vielleicht sollten wir die Demo für Freitag ansetzen. Bis dahin werden die meisten Einheimischen den Bericht gelesen haben. Und ich werde Katja bitten, noch einen Aufruf zur Demo mit reinzunehmen.«

»Und wenn du Ben Fullert noch einmal zu überzeugen versuchst?«, fragte Inge, die bisher erstaunlich ruhig gewesen war.

»Das habe ich bereits! Drei Mal.« Und von Mal zu Mal war es schlimmer geworden. »Hat noch irgendjemand eine Idee?« Hannah sah erwartungsvoll in die Runde.

Ute zuckte mit den Schultern. »Es tut mir leid, Hannah. Mir fällt wirklich nichts mehr ein.«

»Na ja.« Sie zwang sich zu einem optimistischen Lächeln. »Wenigstens habe ich uns ein wenig Zeit verschafft.«

»Wie meinst du das?«, fragte Karin neugierig.

»Ben hatte für morgen einen Termin mit dem Architekten ausgemacht. Den habe ich vorhin um zwei Wochen verschoben«, erklärte sie zufrieden.

Ute kicherte. »Und der Gute weiß nichts davon?«

»Nö. Er wird sich schön wundern, wo sein Architekt bleibt.«

»Und was hindert ihn daran, den Mann einfach anzurufen und mit etwas Verspätung zu sich zu bestellen?«, wandte Bärbel ein.

»Äh, nichts«, gab Hannah zu. »Außer der Entfernung. Der Architekt kommt aus Mayen, und bis er da wäre, wäre die angesetzte Zeit schon vorbei.«

»Darauf würde ich mich nicht verlassen«, sagte Bärbel.

»Vielleicht springt ihm ein anderer Kunde kurzfristig ab. Vielleicht hatte er sich eh den ganzen Nachmittag für Herrn Fullert freigehalten.«

Hannah biss sich nachdenklich auf die Unterlippe und versuchte sich zu erinnern, was genau in Bens Kalender gestanden hatte. Aber sie hatte sich nur die Anfangszeit gemerkt. Sie hatte keine Ahnung, wie lange der Termin dauern sollte.

»Du solltest ihn ablenken und dafür sorgen, dass er seinen Architekten vergisst«, meinte Inge und zwinkerte Hannah verschwörerisch zu.

Hannah verdrehte die Augen. Sogar Inge musste inzwischen klar sein, dass sie nicht die geborene Verführerin war. Außerdem legte sie ebenso wenig Wert auf Bens Gesellschaft wie er vermutlich auf ihre.

»Wir könnten Paula auf ihn ansetzen«, schlug Karin zögernd vor. Offensichtlich hatte sie Hannahs Mimik richtig gedeutet.

Hannahs erster Impuls war, lautstark zu protestieren. Auf keinen Fall wollte sie diese *gefühlvolle* Frau, die nur auf Männerfang aus war und überdies bereits mit Ben geschlafen hatte, in seine Nähe lassen. Sie öffnete den Mund – und schloss ihn erschrocken wieder. Was war nur los mit ihr? Es behagte ihr nicht, dass Paula sich an Ben – oder er sich an sie – ranmachen würde. Ganz bestimmt lag das nur daran, dass er ein Arschloch war und Frauen ohne Gewissensbisse flachlegte. Andererseits war Paula, wie man hörte, auch nicht gerade ein Unschuldslamm. Von daher passten die beiden hervorragend zusammen.

»Es wäre einen Versuch wert«, murmelte sie und ignorierte entschieden das ungute Gefühl in ihrer Magengegend.

Karin grinste. »Dann knöpfen wir uns das Mädel gleich mal vor. Ich habe sowieso noch eine Rechnung mit ihr offen.«

Stimmt. Dieser ganze Schlamassel war Paulas Schuld. Hätte

sie Karin nicht den falschen Notartermin mitgeteilt, hätte Ben Hannah nicht abfangen können, und sie hätte ihm nicht den Laden verkauft. Ihre Abneigung gegen diese Paula wurde immer größer.

»Gut.« Bärbel leerte schwungvoll ihre Kaffeetasse. »Dann kümmere ich mich um die Genehmigung der Demonstration. Karin und Hannah sprechen mit Paula. Und ihr beiden«, sie schaute Ute und Inge an, »trommelt so viele Leute wie möglich zusammen. Damit wir es Ben Fullert noch einmal richtig zeigen können.«

»Und ich denke, ich nehme mir Herbert zur Brust«, fügte Inge hinzu. »Immerhin hat er Hannah so gut wie versprochen, dass der Buchladen erhalten bleibt. Er sollte nicht vergessen, wer seine Wähler sind.«

»Dann mal los!« Hannah nickte entschlossen in die Runde. Die Tatsache, dass diese Frauen so hinter ihr standen und sie wieder einen Schlachtplan hatten, gab ihr das Gefühl, dass doch noch alles gut werden könnte. Dass sie nicht das Andenken an ihre Tante und ihre Mutter verraten und ein wichtiges Stück ihrer Kindheit für immer verlieren würde.

»Das wird schon.« Ute drückte aufmunternd Hannahs Schulter.

»Dem heizen wir gehörig ein!« Inge reckte kämpferisch eine Faust in die Höhe.

Hannah war sich nicht sicher, ob sie damit Ben oder den Bürgermeister meinte, sie traute ihr beides zu. Sie schmunzelte und sah noch einmal in die Runde. »Vielleicht habt ihr heute oder morgen ein wenig Zeit, um Katja einige Fragen zu beantworten. Solche Artikel kommen immer besser, wenn man die Betroffenen zitieren kann.«

»Du kannst auf uns zählen«, versprach Bärbel. »Jetzt muss ich allerdings wirklich los. Ich habe Wilfried versprochen, Reibekuchen zum Abendessen zu machen.«

Karin wartete, bis ihre Freundinnen das Haus verlassen hatten, dann schüttelte sie lächelnd den Kopf. »Bärbel übertreibt es manchmal mit ihrer Fürsorge. Sie hilft wirklich gern, aber nur, solange die Essenszeiten nicht gefährdet sind. Ich glaube, bei ihr stand das Mittagessen noch nie später als eine Minute nach zwölf auf dem Tisch. Und das war der Tag, an dem sie sich das Handgelenk verstaucht hatte.«

Hannah kicherte. »Jedem das seine. Ist doch schön, dass sie in ihrer Rolle als Hausfrau so aufgeht. Ist sie eigentlich als Einzige von euch verheiratet?«, fragte sie neugierig. Für diese Generation war das ja schon ein wenig ungewöhnlich. Auch Tante Marlies war ihr Leben lang allein gewesen.

»Inge ist schon seit dreißig Jahren geschieden. Sie ist einfach nicht für die Ehe geschaffen, sagt sie. Sie hat es nicht so mit der Monogamie.«

Das konnte sich Hannah ziemlich gut vorstellen.

»Utes Mann ist im Pflegeheim. Er ist gut fünfzehn Jahre älter als sie, wird nächstes Jahr neunzig. Sie fährt ihn jeden Tag besuchen. Und meiner ist tot.« Karin zuckte mit den Schultern.

»Wieso hat Tante Marlies eigentlich nie geheiratet?«

»Sie hat wohl einfach nie den Richtigen getroffen«, sagte Karin leise, aber Hannah spürte, dass es noch einen anderen Grund geben musste. Es lag so ein wehmütiges, kleines Lächeln auf Karins Gesicht.

»War sie unglücklich verliebt?«, fragte Hannah fasziniert weiter.

Karin biss sich auf die Unterlippe. »Ganz unglücklich war es nicht.«

Hannah schaute sie erwartungsvoll an, doch Karin schüttelte nur den Kopf.

»Wir sollten jetzt gehen.«

»Warte!« Hannah schluckte und starrte die ältere Frau aus weit aufgerissenen Augen an. Ihre Gedanken überschlugen sich. Karin hatte ihrer Tante sehr nahegestanden. Sie sprach nur wenig und nicht sonderlich berührt von ihrem toten Mann. Konnte es sein, dass …?

»Du und Tante Marlies?«, raunte Hannah fassungslos.

Karin seufzte. »Ihr jungen Leute seid wirklich daran gewöhnt, um die Ecke zu denken, was? In all den Jahren hat im Dorf niemand etwas auch nur vermutet, nicht einmal mein Mann.«

»Dann stimmt es also, ihr wart ein Paar?«, entfuhr es Hannah ungläubig.

»Nein, nicht so, wie du das vermutlich meinst. Wir waren nie … zusammen. Immerhin war ich verheiratet. Trotzdem haben wir uns geliebt.« Karins Augen füllten sich mit Tränen. »Sie fehlt mir, sie fehlt mir sehr.«

Hannah schlang ihre Arme tröstend um Karins Schultern. »Wie ist das möglich? Du hattest einen Mann und Kinder.« Sie mochte sich nicht einmal vorstellen, wie das für sie gewesen sein musste.

»Ein anderes Leben war für mich damals nicht denkbar. Hätte ich Marlies vor meiner Hochzeit kennengelernt, wäre manches vielleicht anders gekommen. Leider bin ich erst mit meinem Mann aus Weibern nach Kempenich gezogen.« Karin straffte die Schultern. »Ich hatte ein gutes Leben«, betonte sie. »Ich liebe meine Kinder. Bei der Auswahl des Mannes hätte ich mir vielleicht etwas mehr Gedanken machen sollen, aber im Großen und Ganzen war es okay.« Sie atmete hörbar durch. »So, genug gequatscht. Jetzt sollten wir zusehen, dass wir Marlies' Laden retten.«

Hannah nickte. Sie war mehr denn je entschlossen, genau das zu tun.

»Karin, Frau Konrads …? Was kann ich für euch tun?« Irritiert schaute Paula von ihrem Schreibtisch auf, als sie das Vorzimmer des Notars betraten. »Herr Bricken ist nicht da, ich schließe gleich ab«, sagte sie verwirrt, als die beiden sich vor ihrem Schreibtisch aufbauten.

»Das trifft sich gut«, erwiderte Karin. »Wir wollen nämlich zu dir.«

»Zu mir?« Paulas Blick flackerte nervös.

»Ja.« Karin lehnte sich an den Schreibtisch. »Du musst uns einen Gefallen tun.«

»Muss ich das?« Paula warf ihre blondierte Mähne zurück und wirkte wieder deutlich selbstbewusster.

Aufmerksam betrachtete Hannah sie. Mit ihren toupierten Haaren, dem etwas zu knalligen Lippenstift und den glitzernden Gelnägeln wirkte sie irgendwie billig. Komisch, dass ihr das bei ihrem ersten Besuch nicht aufgefallen war. Damals hatte sie freundlich und ganz normal auf Hannah gewirkt. War das der Typ Frau, auf den Ben stand? Dann passte sie selbst nicht wirklich ins Bild. Oder war es ihm schlichtweg egal, wen er vor sich hatte, solange es seinen Zwecken diente?

»Ben Fullert?«, fragte Paula plötzlich, und Hannah merkte, dass sie einen Teil der Unterhaltung verpasst haben musste. Sie riss sich zusammen. »Wer soll das sein?«, fügte Paula herausfordernd hinzu.

»Du musst dich bestimmt erinnern«, sagte Karin zuckersüß. »Immerhin hattet ihr letzte Woche ein romantisches Dinner.«

Und phänomenalen, *gefühlvollen* Sex, fügte Hannah in Gedanken hinzu und biss sich auf die Zunge, um es nicht laut auszusprechen. Was auch immer sich zwischen Ben und diesem blonden Püppchen abgespielt hatte, ging sie nicht das Geringste an.

»Was interessiert es euch, mit wem ich ausgehe?« Geschäftig packte Paula ihre Sachen zusammen und fuhr den PC herunter.

»Es interessiert mich schon, wenn du dich daraufhin von ihm überreden lässt, mir einen falschen Termin für die Testamentseröffnung mitzuteilen«, erklärte Karin.

Paula schluckte. Ihr Gesicht nahm einen abweisenden Ausdruck an. »Ich weiß nicht, wovon du redest.«

»Wirklich nicht? Vielleicht hilft es deinem Gedächtnis ja auf die Sprünge, wenn ich die Geschichte vor deinem Chef wiederhole.«

Viel heftiger als nötig zog Paula den Reißverschluss ihrer Handtasche zu. »Was wollt ihr eigentlich von mir?«

Karin lächelte triumphierend. Jetzt hatte sie die junge Frau genau da, wo sie sie haben wollte. »Erst einmal solltest du dich schämen, deine Position so zu missbrauchen«, sagte sie streng.

»Es war doch nichts dabei. Du warst zu dem Termin ohnehin nicht eingeladen.«

»Und du hast dich nicht gefragt, wieso es Ben Fullert so wichtig war?«

»Nein.« Paula grinste süffisant. »Ich war *abgelenkt*. Und er war sehr überzeugend.«

Hannah drehte sich der Magen um. So genau wollte sie das gar nicht wissen.

»Wie auch immer«, kehrte Karin zum Kern ihres Anliegens zurück. »Wir möchten, dass du Ben morgen Nachmittag ein wenig beschäftigst.«

»Wieso?«

»Weil er einen Termin mit einem Architekten hat, der allerdings nicht erscheinen wird. Und wir möchten nicht, dass er den Mann anruft und das Treffen doch noch zustande kommt.«

»Worum geht es hier eigentlich?«, fragte Paula verwirrt.

»Kriegst du überhaupt irgendetwas mit?«, fuhr Karin sie an. »Ben Fullert will den alten Buchladen abreißen und stattdessen ein Hotel errichten.«

Paula zuckte mit den Schultern. »Na und? Könnte nicht schaden, wenn etwas mehr Leben ins Dorf kommt.«

»Wir sehen das anders. Und wenn du deinen Job behalten möchtest, sorgst du dafür, dass Ben diesen Architekten *nicht* anruft. Verstanden?«

»Wann genau soll dieser Termin denn sein?«

»Morgen um vierzehn Uhr«, warf Hannah ein.

»Tja, da kann ich nicht, da muss ich arbeiten.«

»Lass dir was einfallen«, entgegnete Karin ungerührt. »Oder du hast in Zukunft sehr viel Freizeit.«

»Das ist Erpressung!«

»Sieh es als Freundschaftsdienst.«

Paula seufzte. »Also gut. Ich mache es. Ich wollte Ben ohnehin noch mal wiedersehen.«

Hannah hatte Mühe, der jungen Frau nicht an die Gurgel zu springen. Dieses Flittchen! Ben und sie passten wirklich zusammen. Sollten sie doch ihren Spaß haben. Ihr war es egal.

»Sehr schön«, sagte Karin. »Also morgen um vierzehn Uhr vor dem Buchladen. Sei pünktlich. Oder, wenn es geht, lieber ein paar Minuten zu früh.«

»Jaja«, brummte Paula. »Aber erwartet nicht, dass ich ihn genauso schick ausführe wie er mich.«

»Uns ist völlig egal, was du mit ihm anstellst«, sagte Karin. »Hauptsache, er ist den ganzen Nachmittag beschäftigt.«

»Kein Problem«, flötete Paula grinsend.

Hannah verschluckte sich und musste husten.

»Alles in Ordnung, Liebes?«, fragte Karin besorgt.

»Bestens«, japste Hannah. »Lass uns gehen.«

»Na, das ist ja prima gelaufen!« Zufrieden stupste Karin sie mit dem Ellbogen an, sobald sich die Tür hinter ihnen geschlossen hatte.

»Ja«, stimmte Hannah ihr knapp zu.

»Allzu glücklich scheinst du nicht zu sein.« Karin musterte sie forschend.

»Doch, doch«, beeilte Hannah sich zu sagen und reckte sogar die rechte Faust in die Luft. »Hey!«

»Hm.« Karin schien nicht ganz überzeugt.

Zum Glück summte in diesem Moment Hannahs Handy und erlöste sie von weiteren kritischen Fragen.

»Katja ist da!«, verkündete sie nach einem kurzen Blick auf das Display.

»Dann wünsche ich dir viel Spaß mit deiner Freundin. Wir sehen uns morgen.«

»Bis dann.«

KAPITEL 13

»Da bist du ja!« Lachend zog Hannah ihre Freundin in die Arme. »Es tut so gut, dich zu sehen.«

»Ich habe dich auch vermisst. Vorsicht, die Kamera!« Katja legte schützend eine Hand auf die bauchige schwarze Tasche, die sie um den Hals trug.

»Du bist ja voll ausgerüstet!«

Katja zwinkerte ihr zu. »Wenn schon, denn schon.«

Hannah nahm Katjas Laptoptasche, während ihre Freundin den Teleskopgriff des kleinen Koffers auszog. Mit ratternden Rollen setzten sie sich in Bewegung.

»Wie ist der Plan für heute?«, erkundigte sich Katja.

»Ich dachte, wir stellen erst mal deine Sachen in der Wohnung ab. Wenn du magst, kannst du auch den Buchladen besichtigen, und dann gehen wir eine Kleinigkeit essen. Viel Auswahl gibt es hier leider nicht, aber der *Gasthof Bergweiler* hat eine ganz ordentliche Karte.«

»Ich möchte unbedingt den Buchladen sehen. Schließlich bin ich deswegen hier. Und der Gasthof klingt auch gut, dann kann ich mir gleich einen Eindruck vom Ort und den Einwohnern verschaffen.«

»Danke, dass du das für mich machst!«

»Ist doch selbstverständlich, Süße.« Katja grinste. »Außerdem ist so ein Ausflug in die Natur auch mal ganz nett.« Sie ließ ihren Blick über die bewaldeten Hügel schweifen, die sich hinter dem Dorf erhoben. »Hier sagen sich wahrhaftig Fuchs und

Hase Gute Nacht. Ich kann schon verstehen, was diesen Ben Fullert reizt. Sogar die Luft riecht anders.«

»Ja, nach Kuhdung.« Hannah musste ebenfalls grinsen.

»Nicht nur.« Katja hob die Schultern und atmete tief ein. »Sie ist so frisch und klar.« Sie drehte den Kopf und sah in eine Seitenstraße, die sie gerade passierten. »Es ist so urig hier«, sagte sie begeistert.

»Und, kannst du dir vorstellen, wie es sein wird, wenn hier Horden von Touristen durchmarschieren?«

»Ganz so viele werden es wohl nicht werden.«

»Trotzdem …«

»Schon gut, schon gut! Ich bin ja auf deiner Seite.«

Hannah seufzte und verzichtete auf einen weiteren Kommentar. Vielleicht konnte es niemand verstehen, der nicht in Kempenich aufgewachsen war. Vielleicht nahm sie das Ganze auch nur wegen des Buchladens so persönlich. Aber so war es nun mal, und selbst wenn sie es gewollt hätte, konnte sie es nicht ändern.

»Wir sind da«, bemerkte sie nach einer Weile und streckte den Arm aus. »Tadaa: *Marlies' Bücherecke!*«

Katja blieb stehen und musterte neugierig das Gebäude. Hannah tat es ihr gleich und versuchte, es so zu betrachten, als würde sie es zum ersten Mal sehen.

Die rötliche Abendsonne schien auf die Tür und das darüber angebrachte, verwitterte Holzschild, als wäre beides in Scheinwerferlicht getaucht. Der gelbe Anstrich der Fassade ließ wie immer Wärme in Hannahs Herzen aufsteigen. Es war ein Gefühl von Zuhause, stellte sie erstaunt fest. Das hier war stets ihr sicherer Hafen gewesen, bis sie ihn übereilt und verletzt verlassen hatte.

Gleichzeitig entgingen ihr weder die feinen Risse im Putz noch die Stellen, an denen die Farbe allmählich abbröckelte. Die hölzernen Fensterrahmen waren schon länger nicht mehr gestrichen worden, und das Schild über der Tür konnte man kaum noch lesen. Der Laden sah wahrlich nicht nach einer Goldgrube aus, eher nach einem geheimen Schatz.

Nervös schielte Hannah zu Katja hinüber. Was, wenn der Buchladen sie völlig kaltließ? Sie stand der Sache mit dem Hotel ohnehin relativ aufgeschlossen gegenüber. Natürlich würde sie Hannah nicht hängen lassen, aber es war schon ein Unterschied, ob sie mit dem Herzen dabei war oder den Artikel nur ihrer Freundin zuliebe schrieb. Hannah war sich sicher, dass die Leser es merken würden.

»Können wir reingehen?«, fragte Katja.

»Sicher.« Hannah kramte den Schlüssel aus ihrer Tasche und öffnete die Tür.

Muffige, abgestandene Luft schlug ihr entgegen, als sie ins Innere trat. Ihr Herz zog sich sehnsüchtig zusammen. Vermutlich würde diese Wirkung niemals nachlassen, zu viele Emotionen waren mit dem Buchladen verknüpft. Und obwohl sie sich inzwischen mit der Vergangenheit – so gut es ging – ausgesöhnt hatte, obwohl sie verbissen darum kämpfte, den Laden zu retten, war Hannah seit dem einen Mal mit Karin nicht hier gewesen. Sie hatte sich davor gescheut, all die Erinnerungen, die Schuld und das Bedauern noch einmal zu erleben.

Dabei ging es ihr nicht mehr so sehr um den Tod ihrer Mutter oder die Tatsache, dass sie nicht bei ihr gewesen war, als sie starb, sondern um ihr Verhalten danach. Sie hatte Tante Marlies im Stich gelassen, als diese gerade ihre jüngere Schwester verloren hatte, und sie hatte der wundervollen Welt der Bücher den Rücken gekehrt. Das, was sie in den letzten Jahren verpasst hatte, würde sie nie mehr aufholen können. Aber zumindest wollte sie nun dafür sorgen, dass andere auch weiterhin diese Wunder erleben durften.

»Wow!«, raunte Katja leise, während sie langsam zwischen den Regalen umherging. »Da sind ja ein paar richtige Schätze dabei.« Sie hielt eine alte, wunderschön illustrierte Ausgabe von *Robinson Crusoe* hoch. »Deine Tante hat solche Bücher verkauft?«

»Nicht wirklich.« Hannah trat zu ihr und ließ ihre Fingerspitzen über den Einband gleiten. »Ich meine, wenn jemand so ein Buch wirklich haben wollte und es zu schätzen wusste, hat sie sich auch davon getrennt. Ansonsten hat sie sie bloß immer wieder zwischen die neuen Bücher geschoben, um etwas zum Entdecken und Staunen zu bieten. Sie war der Ansicht, dass Bücher reifen müssen wie ein guter Wein, und hoffte, dass etwas von dem Zauber und der Erhabenheit der Meisterwerke auf die anderen abfärbt.« Hannah lächelte bei der Erinnerung. »Sie hat stets versucht, die Jugend für Literatur zu begeistern. Wann immer ein Mädchen den neusten *Hanni und Nanni*-Band haben wollte, hat sie ihm von Jane Austen und den Brontë-Schwestern vorgeschwärmt.«

»Sie muss ein wirkliches Unikat gewesen sein.«

»Oh ja, das war sie.« Hannah musste lachen. »Auch wenn ich befürchte, dass sie einige potenzielle Leser eher verschreckt haben dürfte. Auf jeden Fall hat sie diesen Laden geliebt.«

»Das sehe ich.« Katja nickte. »Er ist wunderschön.«

Hannah spürte, wie ihr ein riesengroßer Stein vom Herzen fiel. »Dann verstehst du mich jetzt?«

»Ja, das tue ich.« Fragend hielt Katja ihre Kamera hoch. »Darf ich?«

»Nur zu.«

»Danke. Es dauert auch nicht lange.« Katja hielt sich den Sucher vors Auge und betätigte ein paarmal den Auslöser, während sie halb gebückt durch den Laden schlich und nach passenden Motiven Ausschau hielt. »Darf ich dich mal was fragen?«, durchbrach ihre Stimme plötzlich die Stille.

Hannah, die völlig versunken ein Regal betrachtet hatte, schreckte auf. »Sicher.«

»Nehmen wir mal an, du gewinnst. Ben Fullert gibt sein Projekt auf, und du bekommst den Laden zurück. Was machst du dann?«

»Ich … ähm …« Hannah stockte. Die Antwort, dass sie den Buchladen anderweitig verkaufen würde, lag ihr bereits auf der Zunge, immerhin war das der Plan. Doch selbst wenn sich ein geeigneter Käufer fand, würde sie nie sicher sein können, dass der Laden wirklich bestehen blieb. Auf jeden Fall würde es Umbaumaßnahmen und Modernisierungen geben, die den besonderen Zauber vernichten würden.

»Ich bin nicht sicher«, sagte sie langsam. »Am liebsten würde ich den Laden genau so lassen, wie er ist. Aber das ist natürlich nicht möglich. Wer soll ihn denn betreiben? Die Mädels von Buchclub sind dafür leider zu alt, auch wenn sie noch unglaublich rüstig sind.«

»Was für Mädels?«

»Ach, die Freundinnen meiner Tante. Sie hatten so einen Lesekreis. Und sie haben den Laden nach ihrem Tod noch ein paar Tage weitergeführt, weil er ihnen so viel bedeutet. Nach dem Verkauf an Ben haben wir es dann lieber sein lassen. Immerhin gehört der Laden jetzt offiziell ihm.« Hannah räusperte sich. »Du wirst sie morgen alle kennenlernen. Sie sind sehr charmant – jede auf ihre eigene Art.«

»Ich freue mich schon drauf. Immerhin scheinst du sie nach der kurzen Zeit bereits sehr zu mögen.«

»Ja, das tue ich. Ohne sie hätte ich gar nicht gewusst, was ich machen soll.«

»Du hast also noch keinen Plan für diesen Laden?«, kam Katja auf ihre Frage zurück.

»Wieso willst du das wissen?«

»Na ja.« Sie packte ihre Kamera ein und trat zu Hannah. »Wenn ich einen Bericht darüber schreibe, wie tapfer du für den Buchladen kämpfst, und die Leute auffordere, dich zu unterstützen, wäre es schon sehr hilfreich, einen Plan zu haben. Ein Ziel, das sich für alle lohnt.«

»Ich weiß es«, sagte Hannah plötzlich. Sie hatte zuvor nie darüber nachgedacht, dennoch fühlte es sich richtig an. Es hätte Tante Marlies mit Sicherheit gefallen und würde ihrem Vermächtnis gerecht werden. »Ich möchte den Laden in eine Bücherei umwandeln und der Gemeinde überlassen. So haben wirklich alle etwas davon. Die überschüssigen Exemplare könnte man verkaufen und von dem Geld neue Bücher anschaffen.«

»Das hört sich wirklich toll an. Und es ist überaus großzügig.«

»Wie meinst du das?«

»Immerhin ist der Laden – wie viel – wert? 230.000?«

Hannah zuckte mit den Schultern. »So ungefähr.«

»Und die Heilquelle nicht zu vergessen.«

»Ich weiß. Worauf willst du hinaus?«

»Willst du wirklich auf das ganze Geld verzichten?« Ungläubig schaute Katja sie an.

So, wie sie das ausdrückte, wäre es schon ein gewaltiger – und ziemlich verrückter – Schritt. Trotzdem spürte Hannah, dass es richtig war. Die Gewissheit, dass der Laden ein Ort der Wunder bleiben würde, dass er Menschen weiterhin verzauberte und ihnen die Magie der Buchstaben näherbrachte, machte sie viel glücklicher und zufriedener, als ein gut gefülltes Bankkonto es jemals tun könnte.

»Ja.« Sie nickte lächelnd. »Das Geld gehört mir nicht, ich habe nichts getan, um es zu verdienen. Das hier«, sie machte eine weit ausholende Geste mit der Hand, »ist *Marlies' Bücherecke*, und so soll es auch bleiben.«

Katja wiegte nachdenklich den Kopf. »Dann wollen wir dafür sorgen, dass es wirklich so kommt.«

Dankbar strahlte Hannah sie an.

»Kann man das Wasser eigentlich auch trinken?« Katja beugte sich über den kleinen Springbrunnen und schnupperte vorsichtig daran.

»Sicher.« Hannah trat neben sie. »Als Kind habe ich oft daraus getrunken, wenn ich draußen gespielt habe und zu faul war, ins Haus zu laufen.«

Versuchsweise schöpfte Katja eine Handvoll Wasser. »Und, hat es wirklich irgendwelche Heilkräfte?«

»Keine Ahnung. In dem Bericht stand irgendwas von seltenen Mineralien.« Hannah lächelte, als plötzlich eine Erinnerung in ihr aufblitzte. »Tante Marlies hat das hier mal ihren persönlichen Schönheitsbrunnen genannt. Für ihr Alter hatte sie wirklich immer bemerkenswert gute Haut und glänzende Haare. Vielleicht kann uns Karin mehr dazu sagen.«

»Aber nicht mehr heute.« Katja fuhr sich müde über die Stirn. »Die Fahrt hierher war eine richtige Odyssee.«

Hannah nickte. »Wem sagst du das. Ohne Auto ist man hier aufgeschmissen. Sollen wir deine Sachen eben nach oben bringen und eine Kleinigkeit essen gehen?«

»Das klingt nach einem Plan.«

Die Wohnung war über einen separaten Eingang am Hinterhof erreichbar. Sie stellten Katjas Taschen nur eben in den Flur und stiegen die knarzende Holztreppe wieder nach unten.

»Auf ins Getümmel!«, sagte Katja enthusiastisch.

Hannah verdrehte die Augen. »Oh ja. Jetzt lernst du das schillernde Nachtleben von Kempenich kennen. Wir haben die Wahl zwischen einer Pizzeria und dem Gasthof.«

»Wo gibt es denn die besseren Drinks?« Katja fuhr mit den Fingern gespielt affektiert ihren langen Pferdeschwanz entlang.

»Der Hauswein im *Bergweiler* ist nicht schlecht«, erwiderte Hannah im gleichen Tonfall.

»Dann nichts wie hin!«

Sie brauchten etwa zehn Minuten, um die einzige Kneipe

Schrägstrich Restaurant Schrägstrich Herberge von Kempenich zu erreichen. Sobald sie die Tür öffneten, fühlte Hannah sich zehn Jahre zurückversetzt. Das Licht war dämmrig, der Raum gut gefüllt, die Luft schwer und der Geräuschpegel hoch. Wie es aussah, bildete die Gasstätte noch immer das Zentrum des gesellschaftlichen Lebens.

»Wow!«, entfuhr es Katja anerkennend. »Jetzt verstehe ich, wieso die Straßen so leer waren.«

Hannah ließ ihren Blick schweifen. Es sah wirklich so aus, als wäre die Hälfte der Dorfbewohner hier versammelt, aber vielleicht lag das auch nur an den beengten Räumlichkeiten. An einem der Seitentische entdeckte sie eine Gruppe Jugendlicher, die bei Crackern und Softdrinks gemütlich beisammensaßen. So hatte sie früher auch oft ihre Abende verbracht, bevor sie sich mit einem Buch ins Bett verzogen hatte.

»Sollen wir uns an die Bar setzen?«, fragte Katja.

Hannah nickte. Sie sah gerade keinen freien Tisch und verspürte wenig Lust, sich zu irgendwem dazuzugesellen.

»Zwei Gläser vom weißen Hauswein, bitte«, bestellte Hannah bei der Kellnerin, nachdem sie es sich auf den hohen Hockern bequem gemacht hatten. »Und die Speisekarte.«

»Kommt sofort.«

»Ist irgendwie gemütlich hier«, meinte Katja.

Hannah nickte. Die Bedienung stellte zwei mit Weinreben verzierte Gläser vor ihnen ab, und Hannah hob ihres hoch. »Na, dann Prost. Auf eine erfolgreiche Kampagne!«

»Auf den Buchladen!« Katja ließ ihr Glas gegen Hannahs klirren und nippte an ihrem Wein. »Der ist echt gut.«

»Sag ich doch.« Hannah nahm ebenfalls einen Schluck.

»Hannah?«, erklang plötzlich eine tiefe Stimme hinter ihr.

Sie fuhr herum und starrte in das bärtige Gesicht eines stämmigen Mannes. Irgendetwas an ihm kam ihr bekannt vor, sie konnte sich jedoch partout nicht erinnern, wer er war.

»Mensch, du hast dich ja gar nicht verändert!« Der Bärtige zog sie in eine Umarmung.

Vorsichtig befreite sie sich aus seinem Griff. »Du dich offensichtlich schon«, bemerkte sie verwirrt.

Einen Moment lang musterte er sie verdattert, dann griff er sich mit einer theatralischen Geste ans Herz. »Sag bloß, du erkennst mich nicht wieder?«

Angestrengt musterte Hannah ihn. Auch seine Stimme klang merkwürdig vertraut. Dann dämmerte es ihr plötzlich. »Sven?«

Wie peinlich war das denn? Sie hatte tatsächlich ihren ersten Freund nicht mehr erkannt. Aber wie hätte sie ahnen können, dass der schlaksige, leicht pickelige Junge inzwischen Ähnlichkeit zu einem Bären entwickelt hatte?

Er lachte laut. »Wie er leibt und lebt. Schön, dich mal wiederzusehen!«

»Aha.« Sie nickte höflich.

Sie war damals untröstlich gewesen, als er mit ihr Schluss gemacht und stattdessen etwas mit Maike aus der Parallelklasse angefangen hatte. Ein Jahr lang waren die beiden das Traumpaar der Stufe gewesen, und ihr Anblick hatte Hannah jedes Mal einen Dolchstich ins Herz gejagt. Dann wurde ihre Mutter krank, und sie hatte weit wichtigere Sorgen. Als ihre Mutter starb, hatte Sven sich nicht einmal erkundigt, wie es Hannah ging, und bald darauf waren sie und ihr Vater umgezogen. Seitdem hatte sie kein einziges Mal mehr an ihn gedacht.

»Wie geht es dir?« Nicht dass es sie wirklich interessierte.

»Ich kann mich nicht beschweren. Ich bin jetzt Filialleiter im örtlichen Supermarkt.« Er klang mächtig stolz.

»Glückwunsch.« Hannah nippte an ihrem Wein und fragte sich, wann er endlich abziehen würde. Das Wiedersehen mit ihm löste keinerlei Gefühlsregung in ihr aus, nicht einmal einen Anflug von Sentimentalität.

»Und wer ist deine hübsche Freundin?«, fragte Sven und setzte ein Lächeln auf, das vermutlich charmant wirken sollte.

»Katja«, meldete sich die Angesprochene selbst zu Wort. »Und glücklich vergeben.«

Er grinste, nicht im Mindesten betrübt. »Ein Grund, aber kein Hindernis, oder wie sagt man so schön?«

»Keine Ahnung«, erwiderte Katja in einem Tonfall, der Wasser gefrieren lassen konnte.

Dieses Mal schien Sven den Wink zu verstehen. Sein Gesicht wurde wieder ernst, und er wandte sich an Hannah. »Tut mir übrigens leid, das mit deiner Tante.« Offenbar hatte er in den letzten Jahren zumindest etwas dazugelernt.

»Danke.«

»Bist du wegen des Ladens hier?«

»Unter anderem.«

»Du wirst ihn vermutlich auflösen, oder?«

»Wie kommst du darauf?«

Er stutzte. »Was willst du denn sonst damit machen?«

Hannah zuckte mit den Schultern. »Ich habe mich noch nicht entschieden.«

Auf keinen Fall würde sie Sven von ihren Plänen erzählen, denn das würde er womöglich als Einladung verstehen, sie noch länger zu belästigen. Sie konnte nicht fassen, dass sie sich seinetwegen wochenlang die Augen ausgeheult und sich kaum vor die Tür getraut hatte. Nun ja, zumindest hatte sie in jener Zeit ein paar richtig gute Bücher entdeckt.

»Wie auch immer.« Er zückte eine Visitenkarte. »Wenn du es weißt, ruf mich an. Ich könnte dir entgegenkommen und dir einen guten Preis für ein paar Restbestände machen.«

»Du willst die Bücher kaufen?«, entfuhr es ihr überrascht. Damit hatte sie wirklich nicht gerechnet.

»Ja. Der Grabbeltisch bei uns ist recht beliebt.«

Hölzern streckte Hannah ihre Hand nach der Karte aus.

Es kostete sie alle Überwindung, sie ihm nicht ins Gesicht zu schleudern. Eher würde die Hölle zufrieren, als dass sie zuließ, dass Tante Marlies' Schätze auf irgendeinem Supermarkt-Grabbeltisch landeten. Doch diese Gefahr bestand ohnehin nicht, erinnerte Hannah sich bitter. Denn die Bücher hatte sie genauso voreilig an Ben verkauft wie den Laden selbst.

»Ich glaube, da ruft dich jemand«, sagte Katja neben ihr und klang ziemlich erleichtert.

Hannah wandte den Kopf. Christine saß mit einem Mann an einem der Tische und winkte sie fröhlich zu sich. Wegen des dämmrigen Lichts hatte sie sie beim Reinkommen gar nicht gesehen.

Hannah hob grüßend die Hand. »Wir müssen da mal eben rüber«, meinte sie entschuldigend.

»Kein Problem«, erwiderte Sven großzügig. »Du hast ja jetzt meine Nummer. Wenn du die Bücher also verkaufen möchtest oder sonst was brauchst«, er hob bedeutungsvoll die Augenbrauen, »weißt du ja, wie du mich erreichst.« Er steckte die Daumen in den Hosenbund und lächelte selbstbewusst.

»Okay.« Hannah hatte Mühe, nicht laut loszuprusten. »Mach's gut, Sven.«

»Ja, ihr auch. Man sieht sich.« Er zog seine Hose hoch und wandte sich mit zufriedener Miene ab.

»Was war das denn für ein Exemplar?«, murmelte Katja, sobald er außer Hörweite war.

»Ein Sven«, kicherte Hannah und ließ sich auf den freien Platz neben Christine sinken, während Katja ihr gegenüber Platz nahm.

»Wie ich sehe, hast du unseren Frauenschwarm schon getroffen«, kommentierte Christine vergnügt.

»Danke, dass du uns gerettet hast.«

»Gern geschehen.« Sie lächelte. »Ich hätte euch aber auch so hergeholt. Warst du nicht sogar mal mit dem zusammen?«

»Erinnere mich bloß nicht daran!«, stöhnte Hannah. »Nicht zu fassen, dass ich mal richtig verknallt in ihn war.«

»Ernsthaft? Du und dieser Spacko?«, fragte Katja ungläubig.

»Hey, ich war jung«, verteidigte Hannah sich. »Und er schien damals ziemlich cool zu sein.«

»Gut, dass sich dein Männergeschmack inzwischen gebessert hat.«

Hannah sagte nichts. So richtig konnte sie dieses Kompliment nicht annehmen. Noch immer fiel sie auf selbstbezogene Mistkerle herein. Obwohl, ganz so schlimm war es nicht. Immerhin war sie in Ben nicht verliebt. Sie hatte lediglich mit ihm geschlafen. Und das war etwas völlig anderes!

»Wir kennen uns noch nicht, oder?«, unterbrach Christines Stimme ihre Gedanken. Die junge Frau musterte Katja neugierig.

Hannah besann sich auf ihre Manieren. »Das ist meine Freundin Katja«, erklärte sie. »Sie ist Journalistin und möchte mich bei der Rettung des Buchladens unterstützen. Und das ist Christine, sie arbeitet für den Bürgermeister und ist mit mir zur Schule gegangen«, fügte sie an Katja gewandt hinzu.

»Ach, *die* Christine.« Katja nickte anerkennend.

»Ich habe Katja erzählt, wie du mir geholfen hast«, warf Hannah ein.

»Habe ich gern gemacht. Der Buchladen ist vielen hier sehr wichtig.«

»Leider hat das Gespräch mit Herrn Barthold nicht so viel gebracht«, bemerkte Hannah.

»Ja, das habe ich gehört«, murmelte Christine bedauernd. »Micha und ich überlegen schon den ganzen Abend, was man noch machen könnte.« Liebevoll drückte sie die Hand des Mannes, der ihr gegenübersaß und sich bisher dezent im Hintergrund gehalten hatte.

»Wieso wollt ihr den Laden denn retten?«, fragte Katja, und

Hannah hörte den professionellen Tonfall der Journalistin heraus.

Christine zuckte mit den Schultern. »Er war einfach schon immer da, soweit ich mich erinnern kann. Ich habe dort mit Oma Ute die ersten Kinderbücher gekauft. Es wäre wirklich schade, wenn er plötzlich weg wäre. Es ist schwer zu erklären. Das ist so ein Gefühlsding.«

»Macht es dir was aus, wenn ich das mitschreibe?«, fragte Katja.

»Du willst mich zitieren?« Christine klang verunsichert.

»Ich mach mir erst mal nur ein paar Notizen, dann sehe ich weiter. Keine Sorge, wenn du nicht willst, wird dein Name nicht genannt.«

»Oh, okay.« Christine lächelte leicht.

In diesem Moment tauchte endlich eine Bedienung an ihrem Tisch auf. »Darf's hier noch was sein?«

Sie bestellten eine weitere Runde Getränke. Hannah nahm außerdem ein Putensteak mit Pommes und Katja einen großen Salat.

»Was ist?«, rechtfertigte Hannah sich verlegen, als Katja sie kopfschüttelnd musterte. »Wenn ich Stress habe, muss ich nun mal essen.«

»Ich frage mich nur, wo du das immer hinsteckst, so zierlich wie du bist.«

»Ich muss schließlich noch wachsen.« Hannah zwinkerte ihr vergnügt zu.

Katja prustete und wandte sich an Christines Verlobten. »Und wie stehst du zu dem Laden?«

»Na ja, ich persönlich lese nicht viel. Und die Fachliteratur bestelle ich ohnehin im Internet. Trotzdem fände ich es schade, wenn er zumacht. Grade für die Älteren, die keinen Computer besitzen, ist der Buchladen wichtig. Und für die Kinder, wenn wir mal welche haben.«

»Micha hat mir übrigens erzählt, dass Ben Fullert in seinem Bauunternehmen auch ein Angebot angefragt hat«, warf Christine ein. »Keine Ahnung, ob das irgendwie relevant ist.«

»Ein Angebot?«

»Ja, für den Hotelbau.« Micha nickte. »Das muss vor etwa einem Jahr gewesen sein, damals habe ich ihm eine Kalkulation erstellt. Aber als er vor knapp zwei Wochen mit seinen Plänen auf mich zukam, habe ich abgelehnt. Das war mir viel zu kurzfristig. Außerdem verstehe ich die Eile nicht.«

Hannah schüttelte den Kopf. Ben hatte wirklich keine Zeit verloren. Tante Marlies war vermutlich noch nicht mal unter der Erde gewesen, als er schon alle möglichen Leute mobilisiert hatte – den Architekten, Bauunternehmer, Notar und wer weiß wen noch alles. Er musste sich seiner Sache hundertprozentig sicher gewesen sein, und Hannah hatte ihm geradewegs in die Hände gespielt.

»Er wird bestimmt jemand anderen gefunden haben«, murmelte sie bitter. Plötzlich kam es ihr vor, als würde sie einen Feldzug gegen Windmühlen führen. Ben hatte alles von langer Hand geplant, sie konnte gar nicht gewinnen.

»Hey!« Katja tätschelte leicht ihre Hand. »Es ist noch nicht alles verloren. Wir fangen gerade erst an.«

Hannah nickte dankbar. »Du meinst, David hat auch gegen Goliath gesiegt?«

»Genau. Und so übermächtig ist dieser Goliath gar nicht, auch wenn du einen ganz tollen David abgibst.«

Es war schon nach zehn, als sich Christine und Micha schließlich verabschiedeten, und auch Hannah und Katja machten sich auf den Heimweg. Der Abend war unerwartet produktiv verlaufen. Immer wieder waren Leute an ihren Tisch herangetreten, hatten Hannah begrüßt, ihr Beileid ausgesprochen und ihre Unterstützung zugesagt. Sie hätte nicht gedacht, dass sich so viele Menschen an sie erinnerten, aber die Kempenicher wussten genau, wer sie war, was vermutlich zum großen Teil an Tante Marlies' Beliebtheit lag. Gerührt stellte Hannah fest, dass sie sich in der Gemeinschaft aufgehoben fühlte, aus der sie vor Jahren geflohen war.

Damals hatte sie die mitleidigen Blicke, die ständigen Erkundigungen nicht mehr ertragen können. Es war schlichtweg zu viel für sie gewesen. Nun verstand sie, dass die Menschen es nicht böse, hämisch oder sensationslüstern gemeint hatten. Sie hatten einfach Anteil genommen, und das taten sie auch jetzt wieder. Die Geschichte, wie Ben sie hereingelegt hatte, hatte längst die Runde gemacht. Ihn unbeliebt zu nennen wäre die Untertreibung des Jahrhunderts. Hannah konnte sich nicht vorstellen, dass er jemals wieder einen Fuß auf Kempenicher Boden setzen konnte, ohne wüste Schimpftiraden über sich ergehen zu lassen. Wie er in dieser Atmosphäre ein Wellnesshotel zu errichten und zu führen gedachte, war ihr ein Rätsel. Ein wenig tat er ihr sogar leid. Er hatte sich das alles sicher ganz anders vorgestellt. Rasch drängte sie diesen Gedanken beiseite. Er war schließlich an allem selber schuld.

KAPITEL 14

Am nächsten Morgen nutzte Hannah die Zeit, um Tante Marlies' Sachen zu sortieren und schon mal ein paar Kisten zu packen, während Katja sich an ihren Artikel setzte. Es fühlte sich eigenartig an, in den Sachen ihrer Tante zu wühlen, aber Hannah blieb nichts anderes übrig.

Sie fing mit der Kleidung an, das kam ihr am einfachsten vor. Bluse um Bluse, Rock um Rock faltete sie sorgsam zusammen. Bärbel hatte versprochen, die Sachen anschließend zur Wohlfahrt zu bringen. Vielleicht konnte ja noch jemand etwas davon gebrauchen.

Als Nächstes kamen die Bücher an die Reihe. Hierbei tat sich Hannah schon um einiges schwerer. Sie konnte sie unmöglich alle behalten, so viel Platz bot ihre kleine Wohnung nicht. Doch der Gedanke, sie einfach wegzuschmeißen, tat ihr beinahe körperlich weh. Und so hielt sie jeden Band nachdenklich in den Händen, blätterte darin, las sich immer wieder fest, bevor sie ihn auf einen der drei Stapel legte. Den ersten Stapel, der schnell größer wurde, wollte sie auf jeden Fall behalten. Den zweiten würde sie Karin und deren Freundinnen anbieten und den dritten an irgendeine Bibliothek spenden – oder in den Buchbestand von Tante Marlies' Laden überführen, falls er tatsächlich in eine Bücherei umgewandelt werden sollte. Notfalls würde Hannah einen Flohmarkt veranstalten. Sie war auf jeden Fall fest entschlossen, dass kein Buch in die Altpapiertonne wandern sollte.

Sie griff nach dem nächsten Wälzer und stellte erstaunt fest, dass es ein Fotoalbum war. Neugierig schlug Hannah es auf. Das strahlende Gesicht ihrer Mutter lächelte ihr entgegen. Hannahs Augen füllten sich wie auf Kommando mit Tränen, ihre Knie gaben nach, der Atem verfing sich in ihrer Brust. Langsam sank sie zu Boden und konnte den Blick nicht von diesem Bild abwenden. Ihre Mutter musste da gerade mal neunzehn oder zwanzig gewesen sein, wunderschön und voller Lebensmut. Zitternd strich Hannah mit den Fingerkuppen über ihr Gesicht. Sie traute sich kaum weiterzublättern und spürte zugleich, dass ihr keine andere Wahl blieb.

Es folgten noch weitere Bilder von ihrer Mutter, ungezwungene Schnappschüsse, die sie genau so zeigten, wie sie gewesen war. Hannahs Herz zog sich schmerzhaft zusammen. Es war unglaublich, wie sehr sie Mama selbst nach all den Jahren noch immer vermisste. Sie sah die Hochzeitsfotos ihrer Eltern und ein Bild, auf dem ihre Mutter sie als neugeborenes Baby im Arm hielt. Sie schien so glücklich zu sein. Hannah schnappte laut nach Luft und biss sich in die Fingerknöchel, um ihr Schluchzen zurückzuhalten.

»Alles in Ordnung?«

Hannah zuckte erschrocken zusammen, als sich eine Hand auf ihre Schulter legte. Mit verweinten Augen schaute sie hoch. Offenbar war ihr Versuch, ihre Trauer für sich zu behalten, nicht sehr erfolgreich gewesen. Katja beugte sich besorgt über sie.

»Ja.« Hastig wischte Hannah sich die Augen trocken.

»Ist das deine Mutter?«

Hannah nickte.

»Darf ich?«, fragte Katja behutsam und setzte sich neben sie.

»Nur zu.« Hannah atmete tief durch und zog ein Taschentuch aus ihrer Hosentasche. »Schon krass, dass mich das immer noch so umhaut.«

Katja stupste sie sanft mit der Schulter an. »Das würde jedem so gehen, der ein halbwegs vernünftiges Verhältnis zu seinen Eltern hatte.«

»Schon möglich.« Hannah schniefte noch einmal. Allmählich ging es ihr besser.

»Du darfst nicht immer alles in dich hineinfressen. Manchmal müssen die Dinge raus.«

Hannah nickte, auch wenn sie nicht ganz überzeugt war. Im Hineinfressen und Weglaufen war sie große Klasse, im Rauslassen und Bewältigen nicht so sehr.

»Bist du das etwa?« Katja deutete auf das Bild eines dreijährigen Mädchens mit einem Bilderbuch in der Hand.

»Ja.« Hannah lächelte. »Was habe ich dieses Buch geliebt! Der Vertreter hat es im Laden vorgestellt, und Mama hat ihn so lange bequatscht, bis er ihr das Musterexemplar überließ, weil sie es so schön fand.«

»Und das wurde im Buchladen aufgenommen?« Katja zeigte auf ein Foto, auf dem Mama und Tante Marlies gerade ein Regal einräumten.

»Ja.« Hannah schluckte den aufsteigenden Kloß in ihrem Hals herunter. »Kaum zu glauben, dass sie beide schon fort sind.« Ihr Kinn begann zu zittern, und sie schlug sich hastig die Hände vors Gesicht. »Ich darf den Laden nicht auch noch verlieren«, raunte sie.

»Das wirst du nicht«, sagte Katja entschieden und schlang tröstend die Arme um Hannahs bebende Schultern.

Versprochen?, hätte Hannah beinah gefragt. Doch sie wusste, dass ihr das niemand versprechen konnte. Sie konnten bloß alles in ihrer Macht Stehende tun. Und in Katjas Fall bedeutete das, sich um den Artikel zu kümmern, statt um Hannahs Gefühlschaos.

»Danke.« Hannah löste sich aus der Umarmung und schlug das Fotoalbum entschlossen zu. Damit würde sie sich später auseinandersetzen.

»Schau mal, da steht dein Name«, sagte Katja erstaunt.

»Wo?«

»Na hier, auf dem Umschlag.«

Tatsächlich waren die Worte *Für Hannah* in das dunkle Kunstleder geprägt.

Hannah hielt sich die Hand vor den Mund. »Tante Marlies muss das Album extra für mich angefertigt haben«, hauchte sie und kämpfte erneut mit den Tränen. »Karin hat gesagt, dass sie immer auf mich gewartet hat. Sie wollte, dass ich mich der Vergangenheit stelle.«

»Sie muss eine sehr kluge Frau gewesen sein.«

»Das war sie wohl.«

Ein Geräusch an der Wohnungstür ließ Hannah erschrocken zusammenfahren. Sie reckte den Hals und spähte in den Flur. Die Tür ging auf.

»Karin!«, rief Hannah halb erleichtert, halb vorwurfsvoll. »Du hast mich vielleicht erschreckt!«

»Nicht nur dich«, brummte Katja neben ihr und stand auf. Sie reichte Karin die Hand. »Hallo, ich bin Katja.«

Karin drückte ihre Finger. »Schön, dass du da bist. Ich bin Karin.« Ihr Blick blieb erstaunt an Hannah hängen. »Was machst du denn auf dem Boden?« Sie kam näher. »Oh! Du hast das Album entdeckt.«

»Ja.« Hannah drückte es fest an die Brust und rappelte sich ebenfalls auf.

»Ich hätte es dir vermutlich gleich geben sollen, aber wir beide hatten so viel um die Ohren.«

»Dann hat Tante Marlies es tatsächlich für mich gemacht?«, fragte Hannah gerührt.

»Ja. Du kannst dir gar nicht vorstellen, wie oft sie drauf und dran war, es dir zu schicken. Doch jedes Mal ist sie davor zurückgeschreckt. Sie meinte, die Zeit wäre noch nicht reif. Ich denke, im Stillen hat sie sich immer gewünscht, dass du herkommen würdest und sie es dir persönlich geben könnte.«

»Es ist tut mir leid, dass ich das nicht getan hab. So leid.«

»Ist schon gut. Lieber spät als nie.« Karin zögerte. »Und ich denke, dass Marlies – wo auch immer sie jetzt sein mag – verdammt stolz auf dich ist.«

Hannah wünschte, sie könnte das glauben.

»Was duftet denn hier so gut?«, wechselte Katja abrupt das Thema.

Karin hielt eine Stofftasche in die Höhe. »Ich habe Eintopf gekocht. Ich dachte, ihr Mädchen habt bestimmt Hunger.«

»Und wie!«, rief Katja begeistert.

»Dann deckt schon mal den Tisch. Ich muss den Topf nur kurz aufwärmen.«

Nach dem Essen brachte Karin Katja zu Inges Wohnung, wo auch Bärbel und Ute auf sie warten sollten. Katja wollte sich von den glühendsten Anhängerinnen des Buchladens noch ein paar Anregungen für ihren Bericht holen.

Hannah hingegen wurde immer nervöser. In knapp einer Stunde würde Ben vor dem Laden auftauchen, und Paula sollte ihn dort abfangen. Hannah drückte sich eine Faust in den Magen, in dem fruchtlosen Versuch, den Knoten darin ein wenig zu lockern. Sie fühlte sich, als würde weiß Gott was davon abhängen, was in den nächsten Stunden geschah. Was natürlich völliger Blödsinn war. Es ging nur um einen Architekten, der nicht auftauchen würde. Das würde Ben zwar ärgern, gewiss, und ihnen etwas Zeit verschaffen, aber nüchtern betrachtet konnte es Bens Plänen etwa so viel anhaben wie ein Mückenstich einem Elefanten. Und was Ben und Paula betraf …

Hannah atmete tief durch. Es ging sie nun wirklich nichts an, was die beiden miteinander trieben. Sie griff nach dem nächsten Buch und zog es aus dem Regal. Sie hatte genug andere Sorgen und außerdem viel zu tun.

Dennoch konnte sie nicht umhin, beim Kistenpacken immer öfter einen Blick aus dem Fenster zu werfen. Die Zeit kroch quälend langsam voran. Schließlich gab Hannah den Versuch auf und stellte sich, von dem dünnen Vorhang verborgen, ans Fenster. Ihr Herz trommelte aufgeregt in ihrer Brust.

Da, der Mann, der gerade um die Ecke bog, das musste er sein. Seine athletische Figur war unverwechselbar. Es gab nicht viele Männer in Kempenich, die es rein äußerlich mit Ben aufnehmen konnten.

»Ist er schon da?«

Hannah fuhr erschrocken herum. Karin stand auf der Türschwelle. Sie war so in ihre Beobachtung vertieft gewesen, dass sie die ältere Frau gar nicht bemerkt hatte.

»Pst!«, machte sie, obwohl Ben sie natürlich nicht hören konnte. »Er kommt gerade.«

»Lass mal sehen!« Neugierig stellte Karin sich neben Hannah. Sie streckte die Hand aus und zog den Vorhang ein wenig beiseite, um besser sehen zu können.

Instinktiv duckte Hannah sich. Gerade noch rechtzeitig, denn Ben hatte den Buchladen nun erreicht, blieb stehen und schaute hoch, geradewegs zu ihr. Hannahs Herz blieb für einen Moment stehen. Hatte er sie etwa entdeckt? Und wieso zum Teufel sah er so unverschämt gut aus? Lächelte er gerade? Dann hatte er sie mit Sicherheit erspäht.

Hannah verzog das Gesicht. Jetzt würde er sie bestimmt für eine Stalkerin halten und sich wer weiß was darauf einbilden. Dabei ging es hier nur ums Geschäft. Sie konnte es kaum erwarten, zu sehen, wie das selbstbewusste Lächeln aus Bens Gesicht verschwand, wenn er merkte, dass sein Termin geplatzt war.

Sie schielte auf ihre Armbanduhr. Es war fünf vor zwei. Ben

war natürlich überpünktlich. Was man von Paula nicht gerade behaupten konnte.

»Wo bleibt sie denn?«, murmelte Hannah.

»Keine Bange, die kommt schon noch«, beruhigte Karin sie. Hannah konnte nicht verstehen, wie sie so locker bleiben konnte. »Es ist ja noch nicht mal zwei.«

Hannah nickte. Sie wusste, dass sie eigentlich aufstehen und sich weiter ums Packen kümmern musste. Es gab keinen vernünftigen Grund dafür, Ben weiterhin anzustarren, aber sie konnte sich einfach nicht vom Fenster losreißen.

»Sag mir Bescheid, wenn sich was tut«, meinte Karin und wandte sich ab.

»Vorsicht! Er sieht dich sonst!«, entfuhr es Hannah. Sie packte Karins Hand und zog sie hastig zu sich herunter.

»Ich bin zu alt, um auf dem Boden herumzukrabbeln«, beschwerte sich diese. »Außerdem wohnst du hier. Also darf ich auch hier sein.« Sie machte Anstalten, sich aufzurappeln.

»Ich glaube, so langsam merkt er was«, raunte Hannah in diesem Moment. Ben schaute sich suchend nach allen Seiten um und zog sein Handy aus der Tasche. »Oh nein, nein, nein! Wo bleibt denn Paula?«

»Er schaut nur auf die Uhr«, beruhigte Karin sie. Offensichtlich wollte sie ihren Beobachtungsposten ebenfalls nicht mehr aufgeben. Sie kniete sich neben Hannah auf den Boden und spähte gespannt über die Fensterbank.

Tatsächlich warf Ben nur einen flüchtigen Blick auf das Display und steckte das Telefon wieder in seine Hosentasche. Langsam ging er auf dem Bürgersteig auf und ab.

»Jetzt könnte Paula aber wirklich mal auftauchen«, bemerkte Karin stirnrunzelnd, als er sein Handy ein weiteres Mal hervorholte und darauf herumzutippen begann.

Hannahs Herz sank in die Hose. Sie hätte wissen sollen, dass auf diese männerfressende Schnepfe kein Verlass war.

Als hätte sie bloß auf ihr Stichwort gewartet, kam Paula endlich die Straße entlangstolziert. Karin atmete auf. Hannah hingegen mochte ihren Augen nicht trauen.

»Ist das ein Rock oder ein Gürtel?«, zischte sie aufgebracht. »Und ihre Brüste fallen bei jedem Schritt beinah aus dem Top.« Sie verzog angewidert das Gesicht. Genauso gut hätte Paula sich nackt auf einem Silbertablett vor Ben rekeln können. Dieses Flittchen. »Ist doch wahr!«, fügte Hannah abwehrend hinzu, als sie Karins amüsierten Blick auf sich spürte.

»Kann es sein, dass du das Ganze eine Spur zu persönlich nimmst?«

»Es *ist* persönlich«, beteuerte sie. »Der Buchladen bedeutet mir sehr viel.«

»Dann müsste es dich ja eigentlich freuen, dass Paula sich für unsere Sache so ins Zeug legt.«

Für ihre Sache? Dass sie nicht lachte! Paula verfolgte hier ganz eindeutig eigene Interessen.

»Etwas weniger hätte auch gereicht«, brummte Hannah. »So wird Ben sofort merken, dass etwas faul ist. Auf eine so billige Anmache fällt er nie im Leben herein.«

»Ach so.« Karin nickte verständnisvoll. »Dann hat deine Aufregung nichts damit zu tun, dass dieser Mann dir ganz schön unter die Haut geht?«

»Was?« Hannah sah sie entrüstet an. »Natürlich nicht! Dieser Typ kommt nicht einmal in die *Nähe* meiner Haut.« Einmal hatte ihr mehr als gereicht.

»Dann ist ja gut.« Karin schmunzelte.

Hannah schüttelte den Kopf und wandte ihre Aufmerksamkeit wieder dem Geschehen auf der Straße zu. Paula hatte Ben inzwischen erreicht und streckte ihm ihre Brüste auf eine Art und Weise entgegen, dass er gar nicht ausweichen konnte. Selbst wenn er es gewollt hätte. Hannahs Hände ballten sich zu Fäusten. Sie sprachen miteinander, Ben lächelte. Wieso lächelte er? Wieso nur hatte sie nicht daran gedacht, das Fenster zu kippen? Dann hätte sie jetzt zumindest etwas davon hören können, was die beiden sagten. So war sie ausschließlich auf ihre Mimik angewiesen, und im Lippenlesen war sie noch nie besonders gut gewesen.

Paula gestikulierte und zeigte mit der Hand irgendwohin. Ben schüttelte den Kopf und schaute wieder auf das Handy. So ein Mist!

Paula beugte sich vor und drückte seine Hand hinunter. Die ging ja ziemlich vertraut mit ihm um! Hannah schauderte, als ihr einfiel, *wie* vertraut die beiden in Wirklichkeit waren. Händchenhalten war da gar nichts gegen. Paula redete auf Ben ein. Er sah sie mit einem ganz erstaunten, weichen Ausdruck an. Sie war ihm so nah, dass ihre Brust fast seine Schulter berührte.

Hannah schloss die Augen.

Als sie sie wieder aufmachte, war Ben ein paar Schritte zur Seite getreten und hielt sich das Telefon ans Ohr. Hilflos schaute Paula zum Fenster hoch, als wüsste sie, dass Hannah und Karin sie beobachteten, und erhoffte sich irgendein Zeichen, wie sie nun vorgehen sollte.

»Es funktioniert nicht«, seufzte Karin.

Hannah biss sich auf die Lippe. Was sie viel mehr verstörte als Paulas Scheitern, war die Erleichterung, die sie mit einem Mal überkam. Ben hatte sich nicht von Paula einwickeln lassen. Und es war definitiv nicht gesund, dass Hannah das insgeheim gut fand. Ben legte auf. Einen Moment lang wirkte sein Gesicht nachdenklich, verstimmt. Dann erhellte ein strahlendes Lächeln seine Züge. Er sagte etwas und streckte Paula einladend den Arm entgegen.

Verdattert, enttäuscht, verletzt starrte Hannah die beiden an, als sie sich so fröhlich wie ein frisch verliebtes Pärchen gemeinsam auf den Weg machten.

»Puh, das war knapp«, raunte Karin. »Ich hätte nicht geglaubt, dass das noch klappt. Da haben wir mächtig Glück gehabt.«

Hannah nickte fahrig. Nach Glück fühlte sich das gerade ganz und gar nicht an.

***

Ben erreichte den Buchladen und schaute fast automatisch zu der darüber liegenden Wohnung hinauf. Er hatte mit Hannah nie darüber geredet, aber er nahm an, dass sie vorübergehend dort wohnte. Abgereist war sie jedenfalls nicht, denn er nahm eine leichte Bewegung hinter dem Vorhang wahr. Sein Herz machte unwillkürlich einen kleinen Sprung. Angestrengt versuchte er, irgendetwas zu erkennen. Stand sie womöglich da oben am Fenster? Beobachtete sie ihn? Er schmunzelte bei dieser Vorstellung. Was ihr wohl durch den Kopf ging?

Sein Lächeln verschwand. Besonders schmeichelhaft waren Hannahs Gedanken vermutlich nicht.

Ben atmete tief durch. Irgendwie hatte diese zierliche und dennoch so hartnäckige Person es tatsächlich geschafft, ihm die Vorfreude auf sein Projekt zu vergällen. So lange hatte er darauf hingearbeitet, dieses Hotel endlich bauen zu können, hatte gehofft, dass es einen Großteil seiner Probleme lösen würde. Jetzt aber mischten sich immer wieder Zweifel in seine Euphorie. Auch wenn er es ihr gegenüber niemals zugeben würde, beschäftigten ihn die Dinge, die Hannah ihm an den Kopf geknallt hatte. Dabei ging es weniger um ihre persönliche Bindung an den Buchladen – darauf konnte er nun wirklich keine Rücksicht nehmen, ganz egal, wie leid es ihm für sie tat. Er fragte sich eher immer öfter, ob er nicht wirklich etwas Wertvolles zerstörte, irgendeine Schuld auf sich lud.

Ben riss sich zusammen. Er sollte eindeutig weniger grübeln. Diese Warterei zermürbte ihn. Nun, da er den Kaufvertrag endlich in der Tasche hatte, hätte er am liebsten direkt losgelegt, ohne sich mit Baugenehmigungen, Denkmalschutzanträgen oder Lieferzeiten von Baumaterialien herumschlagen zu müssen. Er schaute auf sein Handy. So langsam könnte der Architekt hier aufschlagen. Sie hatten eine Menge zu tun. Aufmerksam blickte Ben die Straße auf und ab, doch von Herrn Bauknecht fehlte jede Spur. Vielleicht sollte er mal in dessen Büro anrufen.

Er hatte gerade wieder nach seinem Telefon gegriffen, als er aus dem Augenwinkel eine Bewegung wahrnahm. Na endlich! Er schaute erwartungsvoll auf – und wünschte, er hätte es nicht getan. Noch lieber wäre er plötzlich unsichtbar geworden.

Paula stöckelte geradewegs auf ihn zu. Hastig schaute Ben zu Boden. Vielleicht hatte er Glück, und sie ging einfach an ihm vorbei, weil sie in Eile war oder ihn durch irgendeinen verrückten Zufall nicht erkannte.

»Ben!«, rief sie erfreut. »Was für eine Überraschung!«

So viel dazu.

»Paula.« Er rang sich ein Lächeln ab. »Nett, dich zu sehen.«

Ihre Absätze klapperten über den Bürgersteig. Wie sie mit diesen Dingern überhaupt laufen konnte, war ihm ein Rätsel. Sie waren so hoch und spitz, dass sie dafür vermutlich einen Waffenschein brauchte. Ihr Rock war so eng, dass er bei jedem Schritt höher rutschte, dabei war ohnehin nicht gerade viel Stoff daran. Ihre blonde Mähne war auftoupiert, und durch ihren Ausschnitt würde Ben bestimmt ihren Bauchnabel sehen können, wenn sie sich nur ein wenig vorbeugte. Er riss gewaltsam seinen Blick von ihr los. Er durfte auf keinen Fall falsche Signale senden.

»Was machst du hier?«, trällerte Paula.

»Ich habe jetzt einen Termin. Einen sehr wichtigen Geschäftstermin«, betonte er hastig, um ihr bloß keine Hoffnung zu machen.

»Mit wem denn?« Suchend schaute sie sich um.

»Mit meinem Architekten.«

»Ach ja, stimmt, du willst den Laden abreißen.«

Er spürte, wie sich sofort seine Stacheln aufstellten. »Nicht abreißen, nur umbauen.« Er hatte es so satt, sich ständig und vor allen rechtfertigen zu müssen.

»Wie auch immer.« Paula zuckte mit den Schultern. »Mir ist das egal. Es sieht allerdings so aus, als hätte dein Architekt dich versetzt. Vielleicht kann ich dir dann die Zeit vertreiben?« Sie klimperte mit den Wimpern. »Kennst du schon die Sehenswürdigkeiten von Kempenich? Ich könnte dich ein wenig herumführen, wenn du magst.«

»Danke.« Er lächelte höflich. »Dieser Termin ist wirklich sehr wichtig.«

Sie lächelte zurück. »Anscheinend sieht das dein Architekt etwas anders. Für wann war das Treffen denn angesetzt?«

Ben runzelte die Stirn. »Vierzehn Uhr.« Er schaute auf sein Handy. Es war bereits zehn nach. Einen besonders zuverlässigen Eindruck machte dieser Mann ja nicht gerade. Wenn er es nicht einmal schaffte, einen Gesprächstermin einzuhalten, wie sollte es dann erst mit dem Umbau werden? »Ich ruf ihn mal an.«

»Was? Nein!«, rief Paula und schlug ihm fast das Smartphone aus der Hand. »Ich meine«, nuschelte sie verlegen, als er sie irritiert ansah, »der Tag ist viel zu schön für Arbeit. Findest du nicht auch?«

»Nein, ehrlich gesagt nicht.« Wieso ließ sie ihn nicht einfach in Ruhe? »Hast du nichts anderes vor?«, erkundigte er sich nicht gerade charmant. Er hatte momentan echt keinen Nerv für sinnloses Getue.

»Nichts Wichtiges«, säuselte Paula. »Und ich wollte ohnehin noch mal mit dir reden.«

»Aha, und worüber?« Er hätte niemals mit ihr ausgehen

dürfen. Sie war ja ganz nett, aber unglaublich oberflächlich und offensichtlich nur darauf fixiert, endlich einen Mann zu finden. Als wäre sie für sich allein nicht genügend wert.

»Mir ist aufgefallen, dass du hier im Ort nicht sonderlich beliebt bist.«

Wow, was für eine tiefgründige Analyse!

»Das ist nicht gerade förderlich, wenn du hier ein Hotel bauen willst.«

Was sie nicht sagte.

»Ich denke, das liegt daran, dass die Leute dich nicht kennen. Du solltest dich ein wenig unters Volk mischen, von deinen Plänen erzählen, den Menschen zeigen, dass du nicht so übel bist, wie viele glauben.«

Ben musterte sie erstaunt. Schlagartig taten ihm seine gehässigen Gedanken leid. Das waren vermutlich die ersten aufrichtig freundlichen Sätze gewesen, die er in diesem Kaff gehört hatte. Und sie kamen ausgerechnet von Paula. Hatte er sie so falsch eingeschätzt?

»Wenn du willst, stelle ich dich ein paar Leuten vor«, bot sie an.

»Das würdest du tun?« Das könnte gesellschaftlichen Selbstmord für sie bedeuten.

»Für dich mache ich das gern.« Sie schenkte ihm ein verführerisches Lächeln. Sie war eindeutig wieder im Flirtmodus. Erhoffte sie sich etwa ernsthaft, dass er sich im Gegenzug hoffnungslos in sie verliebte und sie von hier fortbrachte?

Ben schüttelte den Kopf. »Danke, aber ich glaube nicht, dass das was bringen würde. Außerdem will ich dich nicht weiter aufhalten.« Er wählte die Nummer des Architekten. »Entschuldige mich bitte, ich muss kurz telefonieren.«

»Sicher.«

Paula rührte sich nicht vom Fleck. Also ging er ein paar Schritte zur Seite, um ungestört reden zu können.

»Ben Fullert hier«, meldete er sich. »Ich stehe in Kempenich in der Goldbachstraße und warte auf Herrn Bauknecht.«

Eine kurze Stille folgte.

»Der Termin wurde doch verlegt«, sagte die Frau am anderen Ende der Leitung schließlich.

»Verlegt?«

»Ja, Frau Konrads hat extra angerufen, weil Sie heute verhindert sind.«

»Frau Konrads?«, wiederholte er, als wäre er schwer von Begriff.

»Ja, Ihre Assistentin. Stimmt etwas nicht?«

Dieses kleine Luder! Jetzt war Ben sich völlig sicher, dass sie da oben am Fenster stand und ihn heimlich beobachtete. Vermutlich lachte sie sich ins Fäustchen. Sein Blick wanderte zu Paula. War es womöglich gar kein Zufall, dass sie so plötzlich hier aufgetaucht war? War sie Teil eines perfiden Plans? Er musterte ihre aufgedonnerte Gestalt. Glaubten die etwa, dass er *darauf* hereinfallen würde? Dachte Hannah das ernsthaft von ihm?

»Herr Fullert?«, meldete sich die Dame aus dem Architekturbüro besorgt zu Wort.

»Alles bestens«, brummte er. »Nein, doch nicht«, korrigierte er sich dann. »Frau Konrads hat da leider etwas missverstanden. Sie ist überhaupt eine sehr inkompetente Person. Deswegen werden sich unsere Wege von nun an auch trennen.«

»Sie meinen …?«, hauchte die Frau erschrocken.

»Ja. Ich hab sie gefeuert.« Obwohl seine Worte keinerlei Realitätsbezug besaßen, erfüllte es Ben mit grimmiger Zufriedenheit, Hannah in schlechtes Licht zu rücken. »Wenn sie sich also noch einmal bei Ihnen melden sollte, hören Sie bitte nicht auf sie. Ist das klar?« Er musste vermeiden, dass sie ihn weiterhin sabotierte.

»Natürlich, Herr Fullert. Das Ganze tut mir sehr leid.«

»Schon gut, Sie können ja nichts dafür. Wann ist noch mal der neue Termin?«

»Am sechsten Juli um siebzehn Uhr.«

Ben stöhnte innerlich auf. Das war ja erst in zwei Wochen! »Danke. Ich melde mich morgen bei Ihnen. Vielleicht finden Sie ja noch eine andere Möglichkeit.«

»Ich werde sehen, was ich tun kann, Herr Fullert. Es tut mir wirklich sehr leid«, beteuerte sie noch einmal.

»Schon gut«, wiederholte er. »Bis morgen.«

Ben legte auf und dachte angestrengt nach. Dank Hannah hatte er nun einen freien Nachmittag. Und offensichtlich wollte sie, dass er sich gehörig amüsierte. Also würde er genau das tun. Es kostete ihn alle Überwindung, sich einen bissigen Blick zu ihr hinauf zu verkneifen. Diese Genugtuung wollte er ihr nicht gönnen. Außerdem sollte sie nicht glauben, dass er sich ihretwegen auf Paula einließ. Wenn sie schon eine so schlechte Meinung von ihm und seinem Frauengeschmack hatte, wollte er sie auf keinen Fall enttäuschen.

Er setzte sein charmantestes Lächeln auf, ging zu Paula zurück und hielt ihr seinen Arm hin. »Lass uns gehen«, meinte er vergnügt.

Nachher hätte er noch genügend Zeit, alle Geschäftspartner, deren Kontakte in seinem Handy gespeichert waren, anzurufen und ihnen einzuschärfen, auf keinen Fall mit einer Hannah Konrads – oder irgendeiner anderen Dame, die sich als seine Assistentin ausgab – auch nur ein Wort zu wechseln.

***

»Du drückst dir gleich die Nase platt«, sagte Karin trocken.

Hannah fuhr ertappt zurück. Sie hatte gar nicht bemerkt, dass sie mit dem Gesicht fast an der Fensterscheibe klebte, um Ben und Paula nicht aus den Augen zu verlieren. Wenn er sich jetzt zu ihr umgedreht hätte, hätte er sie sicherlich für geisteskrank gehalten. Aber natürlich tat er das nicht. Er schien überaus zufrieden mit der Wendung zu sein, die der Nachmittag für ihn genommen hatte. Und Paula sowieso.

»Es scheint dir wirklich was auszumachen, dass er mit ihr abgezogen ist«, kommentierte Karin.

»Was? Nein.« Hannah schüttelte entschieden den Kopf.

»Ich habe bloß nicht damit gerechnet, dass es wirklich funktioniert. Immerhin ist Paula so ...«

»Wie?«

»Ich weiß nicht.« Hannah zuckte mit den Schultern und verwünschte sich dafür, das Thema überhaupt angeschnitten zu haben. »Ich dachte, sie wäre nicht ganz sein Typ. Dass er nur was mit ihr gemacht hat, um sein Ziel zu erreichen.« Offensichtlich hatte sie sich da geirrt. Oder er vögelte grundsätzlich alles, was bei drei nicht auf dem Baum war.

»*Was gemacht?*«, wiederholte Karin stirnrunzelnd.

Es war kindisch, sich davor zu drücken, es laut auszusprechen. »Er hat mit ihr geschlafen, okay. Sie hatten Sex.« So, jetzt war es raus.

»Bist du sicher?«

»Ja, verdammt! Er hat es mir selbst gesagt.«

»Das ist wirklich nicht die feine Art.«

»So ist er nun mal.«

»Und was stört dich daran? Immerhin hattest du auch deinen Spaß mit ihm. Oder irre ich mich da?«

Hannah seufzte und ließ sich aufs Sofa fallen. »Kannst du es wirklich nicht verstehen? Er hat mich bloß benutzt. Genauso, wie er Paula benutzt hat. Sie glaubt bestimmt, er meint es ernst mit ihr.«

»Und was hast du geglaubt?«

»Dass ich ihm zumindest vertrauen kann.« Hannah schaute verzweifelt zur Decke. »Ich habe ihn gemocht, ich gebe es ja zu.

Ich dachte, ich würde ihn nie wiedersehen, aber ich habe ihn für einen richtig tollen Kerl gehalten. Mein böses Erwachen kannst du dir bestimmt alleine ausmalen.«

»Tut mir leid«, murmelte Karin und zog sie in eine Umarmung. Dann prustete sie leicht, und Hannah spürte ihr Lächeln an ihrem Scheitel. »Ich denke allerdings, inzwischen dürftet ihr halbwegs quitt sein.«

»Nein«, entgegnete Hannah ernst. »Quitt sind wir erst, wenn er mir den Laden zurückgibt und für immer von hier verschwindet.«

***

Aufmerksam scrollte Ben durch seine Kontakte, dann legte er das Smartphone zur Seite. Das dürften jetzt alle gewesen sein. Er hatte das Bauunternehmen kontaktiert, den Baumfäller und die Umzugsfirma, die den Laden ausräumen sollte. Alle hatten ihm die Zusammenarbeit bestätigt und versichert, noch nie etwas von einer Frau Konrads gehört zu haben. Na, immerhin etwas. Hannah war also nicht ganz so ruchlos und verschlagen, wie er befürchtet hatte. Mit seinem Handy in der Hand hätte sie viel Unheil anrichten können. Es sprach für sie, dass sie das nicht getan hatte.

Halt! Es gab keinen Grund, Hannah zu verteidigen. Sie hasste ihn wie die Pest, woran er selbst nicht ganz unschuldig war, und es brachte nichts, ihr hinterherzuschmachten. Ja, sie wirkte überaus anziehend auf ihn. Und die Nacht mit ihr war toll gewesen. Doch sie standen auf unterschiedlichen Seiten, und er tat gut daran, das nicht zu vergessen. Denn sie vergaß es definitiv nicht. Er musste zusehen, dass das Projekt endlich in die Gänge kam. Dank Hannah hatte er bereits genug Zeit verplempert.

Nicht nur, dass der Termin mit dem Architekten geplatzt

war und er ihretwegen in der Weltgeschichte herumtelefonieren musste. Es hatte davor schon ewig gedauert, bis er Paula wieder losgeworden war. Nachdem er mit ihr so einvernehmlich abgezogen war, hatte er sie ja schlecht an der nächsten Ecke stehen lassen können. Also hatten sie in der Pizzeria einen Eiskaffee getrunken, bis er sich schließlich unter einem fadenscheinigen Vorwand verdrückt hatte. Paula hatte sich wirklich ins Zeug gelegt, um ihn noch länger festzuhalten, aber da er nicht wusste, ob ihr Interesse überhaupt ihm oder lediglich der Rettung dieses vermaledeiten Buchladens galt, hatte er wenig Skrupel gehabt, einfach zu verschwinden.

Ben schaute auf die Uhr. Es war bereits zehn vor fünf, und er hatte heute kaum etwas geschafft. Er überlegte kurz, dann wählte er die Nummer des Notars. Vielleicht konnte er den Grundbucheintrag ja irgendwie beschleunigen. Immerhin hatte er das Geld schon am Freitag überwiesen. Selbst Hannah würde einsehen müssen, dass die Schlacht verloren war, wenn alle Formalitäten erledigt waren.

»Ist Herr Kaltbach zu sprechen?«, erkundigte sich Ben bei der Vorzimmerdame.

»Worum geht es denn?«

»Um den Kaufvertrag von letzter Woche. Ich wüsste gern den aktuellen Stand der Dinge.«

»Einen Moment bitte.« Das Klackern einer Tastatur war zu hören. »Herr Kaltbach hat die Unterlagen bereits weitergeleitet. Wir warten auf die Bestätigung vom Grundbuchamt.«

Ben knirschte mit den Zähnen. Er wusste aus Erfahrung, wie lange *das* dauern konnte. »Kann man den Vorgang nicht irgendwie beschleunigen?«

»Es tut mir leid …«, setzte die Frau abwehrend an.

»Ich würde das gern mit Herrn Kaltbach persönlich besprechen«, unterbrach Ben sie ungeduldig.

»Ähm. Er ist momentan im Gespräch.«

»Und wann ist er fertig?«

»In etwa einer Stunde.«

»Ich werde da sein«, versprach Ben. Er brauchte einfach das Gefühl, irgendetwas bewegen zu können. »Bis gleich.« Er legte auf und warf das Smartphone achtlos auf den Beifahrersitz. Dann startete er den Motor und brauste los.

Wenige Minuten später stellte er den Wagen auf dem Hotelparkplatz ab, lächelte der jungen Frau an der Rezeption freundlich zu und ging nach oben, um sich frisch zu machen. Seine Kleidung klebte ihm schon wieder unangenehm am Körper. Er musste dringend eine Reinigung finden, stellte er fest, als er sein letztes Hemd aus dem Schrank holte. Sonst würde er bald auf T-Shirts umsteigen müssen.

Obwohl Ben sich darin sehr wohlfühlte, hatte sein Vater ihm eingetrichtert, dass man im T-Shirt keinen besonders professionellen Eindruck hinterließ. Zwar hatte sein Vater die kleine Hotelkette überaus erfolgreich vor die Wand gefahren und Ben einen ganzen Haufen Probleme beschert, aber in diesem Punkt musste er ihm recht geben.

Sein Blick wanderte durch das Hotelzimmer auf der Suche nach einer geeigneten Tüte oder einem Beutel und blieb an seiner Sporttasche hängen, die einsam und verlassen in einer Ecke lag. Eigentlich hatte er vorgehabt, die gute Landluft zu nutzen und wieder öfter joggen zu gehen, wenn er schon kein Fitnessstudio um die Ecke hatte. Wie befürchtet, war es bei dem Vorsatz geblieben.

Einem Impuls folgend, hängte Ben das Hemd zurück in den Schrank und schnappte sich ein T-Shirt. Dann tauschte er seine dunkle Jeans gegen die leichte Laufhose aus und schlüpfte in seine Turnschuhe. Herr Kaltbach würde bestimmt nicht schlechter von ihm denken, nur weil er seinen Sportdress anhatte. Er stopfte seine getragenen Hemden in die Sporttasche, schlang sie sich über die Schulter und hastete nach unten.

»Herr Fullert!«, entfuhr es der Rezeptionistin überrascht, als er vor ihr stehen blieb. Konnte es sein, dass sie ihn im ersten Moment gar nicht erkannt hatte? Ben entging nicht, wie ihr Blick sich an seinen Oberarmen festsaugte, bevor er auf das schwarze T-Shirt huschte, das sich über seiner Brust spannte. »Was kann ich für Sie tun?«, fragte sie. Zumindest sie schien sich an seinem Outfit nicht im Geringsten zu stören.

»Können Sie mir vielleicht eine Reinigung hier in der Nähe empfehlen?«

»Oh.« Ihre Augenbrauen fuhren interessiert nach oben. »Sie bleiben also noch länger?«

»Ja, eine Woche oder auch zwei.«

»Dann haben Sie ja Zeit, ein wenig von der Umgebung zu sehen. Vielleicht am Wochenende?«

Ben musterte die junge Frau aufmerksam. Sie musste ungefähr Mitte zwanzig sein, war ein klein wenig mollig und ausgesprochen hübsch. Früher hätte er nicht gezögert, das Angebot anzunehmen. In letzter Zeit fielen ihm seine Frauengeschichten allerdings irgendwie auf die Füße. Das mit Paula war, wenn er ehrlich sein sollte, nicht wirklich gut gelaufen, von der Sache mit Hannah ganz zu schweigen. Was sie wohl von ihm denken würde, wenn er jetzt auch noch mit – er warf einen schnellen Blick auf das Namensschildchen – Monika ausgehen würde? Für diesen Gedanken verpasste er sich unverzüglich einen mentalen Arschtritt. Es spielte keine Rolle, was Hannah von ihm dachte. Vielleicht sollte er gerade deshalb mit Monika anbändeln, um diesen zierlichen Quälgeist aus dem Kopf zu bekommen.

Nein, ganz unabhängig von Hannah wäre das keine gute Idee. Das hier war keine Großstadt, hier blieb niemand anonym, und man lief sich zwangsläufig immer wieder über den Weg. Ben konnte weiß Gott keine weiteren Komplikationen gebrauchen. Wenn er wieder in Frankfurt war, konnte er sich nach Belieben austoben. Er hielt sich an dieser Aussicht fest und ignorierte geflissentlich die Tatsache, dass ihm gar nicht nach Austoben war.

»Das ist wirklich sehr nett.« Er nickte Monika, die noch immer auf eine Antwort wartete, dankbar zu. »Vorerst bin ich mit der Wegbeschreibung zur nächsten Reinigung aber rundum zufrieden.«

»Selbstverständlich.« Sie presste verstimmt die Lippen aufeinander, und Ben unterdrückte ein Seufzen. Wie man's tat, tat man's verkehrt. Sie holte einen kleinen Stadtplan und zeichnete ihm den Weg mit einem Kugelschreiber ein.

»Danke.« Ben schenkte ihr sein strahlendstes Lächeln, in der Hoffnung, die Wogen ein wenig zu glätten. »Bis später.« Mit dem Plan in der Hand machte er sich auf den Weg.

Die Reinigung war wirklich nicht schwer zu finden. Er lieferte seine Hemden dort ab, und man versprach ihm, dass er sie am nächsten Tag wieder abholen könne. Manchmal schien es von Vorteil zu sein, in einem winzigen Ort zu leben. Vermutlich freuten sich die Geschäfte über jeden einzelnen Kunden. *Daran* sollte Hannah mal denken, wenn sie das nächste Mal gegen sein Hotel wetterte.

Ben ertappte sich dabei, dass seine Gedanken schon wieder zu ihr abschweiften, und schüttelte genervt den Kopf. Er sollte sich lieber beeilen. Nicht dass Herr Kaltbach in den Feierabend verschwand, bevor er mit ihm reden konnte.

»Darf ich meine Tasche auch hierlassen?«, erkundigte er sich, als ihm auffiel, dass er damit nicht so gut laufen konnte.

Die ältere Dame, die ihn bedient hatte, runzelte unwillig die Stirn.

»Bitte.« Ben sah sie treuherzig an. »Ich kann sie auch auf dem Rückweg wieder abholen. Wie lange haben Sie auf?«

»Noch zehn Minuten.«

Er grinste entschuldigend. »Okay, dann schaffe ich es doch

nicht.« Es blieb ihm nichts anderes übrig, als das Ding mit sich rumzuschleppen.

Zu seiner Überraschung gab sich die Dame einen Ruck. »Schon gut«, meinte sie. »Ich stelle sie einfach in die Ecke. Aber vergessen Sie sie morgen nicht.«

»Auf keinen Fall.« Ben hob wie zum Schwur die rechte Hand. »Ich wünsche Ihnen einen schönen Abend.«

»Danke, junger Mann. Ihnen auch.«

Gut gelaunt joggte Ben zum Notarbüro. Etwas außer Atem kam er im Vorzimmer an.

»Herr Fullert!«, begrüßte ihn die Assistentin überrascht. »Ist alles in Ordnung?«

»Ja.« Er fuhr sich durch die Haare. »Ist Herr Kaltbach jetzt zu sprechen?«

»Einen Moment, ich frage mal nach.«

Er wartete geduldig, während sie aufstand, die Tür ins Büro einen Spaltbreit öffnete und ihren Kopf hineinsteckte. Schließlich winkte sie Ben zu sich.

»Sie können jetzt rein.«

»Danke.« Zufrieden betrat er das Büro des Notars.

»Herr Fullert, was kann ich für Sie tun?«, erkundigte sich dieser.

»Wie Sie wissen, möchte ich möglichst bald mit dem Umbau der Immobilie beginnen. Ich wollte fragen, wann ich die Schlüssel bekomme und endlich loslegen kann.«

»Wir haben bisher noch keine Rückmeldung vom Grundbuchamt«, erklärte Herr Kaltbach.

»Wir wissen beide, dass sich das noch Wochen hinziehen kann. Dabei habe ich meinen Teil des Vertrags bereits vollständig erfüllt.«

»Tatsächlich? Ihr Zahlungsziel beträgt vier Wochen, wenn ich mich nicht irre.«

»Ich habe das Geld dennoch schon überwiesen. Es müsste

inzwischen auf dem entsprechenden Konto eingegangen sein. Da es sich um eine nicht unerhebliche Summe handelt, möchte ich nicht lange in Vorleistung treten.«

»Das verstehe ich natürlich.« Herr Kaltbach rieb sich nachdenklich das Kinn. »Da die Vertragslage völlig klar ist und der Grundbucheintrag eine reine Formalie darstellt, spricht selbstverständlich nichts dagegen, dass Frau Konrads Ihnen schon früher den Schlüssel überlässt.«

»Und wenn sie sich weigern sollte?«, fragte Ben vorsichtig.

Überrascht zog der Notar die Augenbrauen hoch. »Wieso sollte sie das tun? Sie wirkte mit dem Abschluss vollständig zufrieden.«

Ben räusperte sich und überlegte, wie er es möglichst diplomatisch ausdrücken konnte. »Frau Konrads ist ein wenig … hm … sentimental geworden. Sie hat die Wohnung ihrer verstorbenen Tante bezogen, und ich fürchte, es fällt ihr nun schwer, sich davon zu trennen.«

»Und was erwarten Sie jetzt von mir?« Herr Kaltbach sah ihn müde an. An seinen Augen konnte Ben ablesen, dass er keinerlei Lust hatte, sich einzumischen.

»Sobald das Geld auf dem Konto von Frau Konrads eingeht, gehört der Laden ja im Prinzip mir. Die Umschreibung ist dann nur eine reine Formsache. Daher möchte ich Sie bitten, die Überweisung schnellstmöglich vorzunehmen. Und vielleicht könnten Sie zusätzlich ein Schreiben aufsetzen, das die ordnungsgemäße Abwicklung des Verkaufs bescheinigt. Um den Rest kümmere ich mich dann.«

Herr Kaltbach nickte. »Ich muss mich natürlich vergewissern, dass das Geld tatsächlich schon eingegangen ist.«

»Selbstverständlich. Ein Blick auf den Kontostand beziehungsweise ein Anruf bei der Bank genügt.« Ben sah den Notar erwartungsvoll an.

»Sie meinen, jetzt sofort?«

»Nein. Morgen würde mir auch reichen. Um wie viel Uhr kann ich vorbeikommen?« Er hatte nicht vor, die Sache noch länger schleifen zu lassen.

Herr Kaltbach atmete tief durch und warf einen Blick in seinen Kalender. »Vierzehn Uhr?«, schlug er widerwillig vor.

»Sehr gerne.« Ben strahlte ihn an. »Auf Wiedersehen, Herr Kaltbach.«

»Bis morgen«, brummte dieser.

Ben konnte sich nur mit Mühe ein fröhliches Pfeifen verkneifen, als er das Büro verließ. Na, das war zur Abwechslung mal richtig gut gelaufen.

KAPITEL 15

»Ich hab ihn!« Aufgeregt stürmte Katja in die Wohnung. In der Hand hielt sie triumphierend eine Tageszeitung.

»Lass mal sehen!« Hannah lief zu ihr und riss ihr das Papier beinah aus den Fingern.

Direkt auf der Titelseite prangte ein Bild des Ladens und darüber die provokante Überschrift *Hotelbesitzer will Buchladen zerstören!* Begeistert hibbelte Hannah auf und ab. Damit würde Ben seine Überheblichkeit ganz sicher vergehen. Noch im Gehen faltete sie die Zeitung auseinander. Natürlich kannte sie den Entwurf, den Katja an die Redaktion geschickt hatte, aber das bedeutete ja nicht, dass dieser genau so abgedruckt wurde. Außerdem war es etwas ganz anderes, einen Bericht in einer Zeitung zu lesen als ein Word-Dokument.

Vermutlich war das die größte Schlagzeile, die die Region seit Monaten zu bieten hatte. Hastig überflog Hannah den Text, während ihr Grinsen immer breiter wurde. Katja hatte alle Register gezogen, und der Redakteur hatte praktisch nichts gekürzt. Sie hatte nicht mit Zitaten gespart, wobei die meisten natürlich von Karin, Ute, Bärbel und Inge stammten, die in den höchsten Tönen von dem Buchladen und seiner historischen und kulturellen Bedeutung schwärmten. Ben hingegen wurde als kaltherziger Geschäftsmann hingestellt, dem außer seinem Profit nichts und niemand wichtig war. Daneben war sogar ein kleines Foto von ihm in Anzug und Krawatte abgebildet, wie um sicherzugehen, dass jeder wusste, von wem die Rede war.

»Das habe ich von seiner Homepage«, erklärte Katja, als Hannahs Blick daran hängen blieb.

Hannah nickte und spürte einen Anflug von schlechtem Gewissen in sich aufsteigen. Ganz so schlimm, wie Katja ihn darstellte, war Ben nun auch wieder nicht. Sie erinnerte sich an ihren Ausflug an die Mosel. Wie sie auf einer Bank ihre Brötchen gegessen hatten und Ben ihr ein wenig von seinem Leben erzählt hatte, von seiner Mutter, die er regelmäßig besuchte, von seinem Vater, der die Familie früh verlassen hatte, von seinem Wunsch, die Welt zu sehen.

»Stimmt etwas nicht?«, fragte Katja stirnrunzelnd.

»Doch, doch, alles bestens«, sagte Hannah schnell, was ihr einen noch skeptischeren Blick einbrachte.

»Du wirkst nicht wirklich zufrieden.«

Sie zuckte mit den Schultern und hatte keine Ahnung, wie sie ihrer Freundin erklären sollte, was gerade in ihr vorging. »Der Artikel ist ganz wunderbar«, sagte sie daher bloß. »Danke dir!« Sie schloss Katja fest in die Arme. »Du bist einfach großartig.«

Katja lächelte erleichtert. »Für dich immer, Süße.« Sie nahm zwei Tassen aus dem Schrank und füllte sie mit Kaffee. »In den nächsten Tagen wird der Artikel so oder so ähnlich auch in den ganzen kostenlosen Blättern erscheinen, die es hier gibt. Die kommen ja nicht täglich, daher zieht sich das ein wenig.«

»Das ist sogar ganz gut so. Dann wird die Sache immer wieder aufgewirbelt und bleibt viel länger im Gespräch.«

»Bist du sicher, dass alles in Ordnung ist?«, vergewisserte Katja sich noch einmal.

»Ja!« Hannah nickte entschieden.

Der Bericht mochte Ben in ein etwas schlechteres Licht rücken, als er es verdient hatte. Letztendlich stand jedoch kein unwahres Wort darin, und die wesentlichen Punkte konnte sie voll unterschreiben. Er würde es schon verkraften. Es war bestimmt nicht das erste Mal, dass er schlechte Presse bekam. Und da es um ihren Buchladen ging, heiligte der Zweck jedes Mittel.

»Schön, dann mache ich mich wieder auf den Weg. Es dauert ohnehin Stunden, bis ich wieder in Köln bin. Wenn was ist, melde dich bei mir.«

»Danke.« Hannah umarmte sie erneut.

Katja nahm einen Schluck aus ihrer Kaffeetasse. »Wie lange bleibst du eigentlich noch hier?«

»Ein paar Tage.« Hannah zuckte mit den Schultern.

Wenn sie ehrlich war, wollte sie gar nicht mehr weg. So verrückt es auch klang, sie fühlte sich hier zu Hause, mehr als irgendwo sonst in den vergangenen zehn Jahren. Natürlich änderte das nichts. Ihr Leben fand in Köln statt, dort waren ihre Freunde, ihre Wohnung, ihre Arbeit. Außerdem ging die Auszeit, die der Krankenschein ihr beschert hatte, nur noch bis morgen. Ihr blieb also höchstens das Wochenende, dann musste sie zurück.

Zum Glück lag Kempenich zwar am Ende der Welt, aber nicht außerhalb davon. Dieses Mal würde sie keine zehn Jahre verstreichen lassen, bis sie wieder hierherkam.

»Halt mich auf dem Laufenden, ja?«

»Sicher«, versprach Hannah.

Katja stellte ihre Tasse in die Spüle und griff nach ihrer Laptoptasche.

»Soll ich dich zum Bus bringen?«, fragte Hannah hilfsbereit.

»Schon gut. Das schaffe ich allein. So groß ist der Ort schließlich nicht.« Katja grinste und hauchte Hannah einen Kuss auf die Wange. »Bis dann, Süße!«

»Gute Reise, und grüß Lars von mir.«

»Mach ich.« Katja nahm ihren Fotoapparat und den Koffer und verließ die Wohnung.

Nachdenklich starrte Hannah auf die vor ihr liegende Zeitung. Ein bedauerndes Ziehen durchfuhr ihr Herz, als ihr Blick erneut auf Bens Foto fiel. Dieser Bericht würde ihn in die Knie zwingen, er musste es einfach. Ben würde sie von heute an nie wieder unterschätzen, nie wieder auf sie herabsehen. Und er würde es ihr mit Sicherheit niemals verzeihen.

Hannah atmete tief durch. Was kümmerte es sie? Schließlich konnte sie ihm auch nicht vergeben, wie er mit ihr umgegangen war. Einem plötzlichen Impuls folgend, nahm sie die Zeitung, rollte sie zusammen und schnappte sich den Wohnungsschlüssel. Sie würde Ben den Artikel persönlich vorbeibringen. Dann hätte sie das Schlimmste gleich hinter sich und könnte sich in Ruhe über ihren Triumph freuen.

***

Ben rubbelte sich die Haare trocken und schlüpfte in ein Paar frische Retroshorts. Dann nahm er das letzte saubere Hemd vom Bügel. Gleich nach dem Frühstück würde er bei der Reinigung vorbeischauen. Die Dame hatte gestern einen sehr eifrigen Eindruck auf ihn gemacht. Vielleicht hatte er ja Glück, und seine Wäsche war bereits fertig. Er warf einen Blick aus dem Fenster und lächelte. Die Sonne strahlte, die Vögel zwitscherten, und die Blätter der Bäume wiegten sich in einem leichten Lufthauch – es versprach, ein rundum perfekter Tag zu werden. Nachher würde er im Büro des Architekten anrufen und nicht eher Ruhe geben, bis er einen passenden Termin bekam. Heute Nachmittag würde er sich beim Notar die Zahlungsbestätigung abholen und Hannah einen Besuch abstatten.

Seine gute Stimmung trübte sich ein wenig, als er daran dachte, dass das vermutlich ihre letzte Begegnung sein würde. Denn mit Sicherheit wollte sie ihn niemals wiedersehen, nachdem sie ihm die Schlüssel ausgehändigt hätte. Er seufzte und ignorierte den Knoten, der sich bei diesem Gedanken in seinem Magen bildete. Es war ihre Entscheidung, und er konnte nichts dagegen tun.

Vielleicht wäre alles anders gekommen, wenn er von Anfang an ehrlich zu ihr gewesen wäre.

Ja, dann hätte sie ihn vermutlich keines Blickes gewürdigt und sein Anliegen von vorneherein abgelehnt. Dann hätte er sein Bauprojekt vergessen können und Hannah gar nicht erst kennengelernt – und wäre damit noch schlechter dran als jetzt.

Wie auch immer, diese Grübelei brachte nichts. Es war, wie es war, und er tat gut daran, das Beste aus der Situation herauszuholen. Wenn er sich von sentimentalen Erwägungen beeinflussen ließ, würde er alles kaputtmachen, wofür er die letzten Jahre so hart geschuftet hatte.

Als Ben die Treppe hinunterging, sah er Monika an der Rezeption stehen. Die junge Frau beugte sich konzentriert über ihre Tastatur. Sie war wirklich hübsch, schien sehr nett zu sein und wusste, dass er nur für ein paar Tage hier war. Die Wahrscheinlichkeit, dass sie sich an ihn klammern würde, war also äußerst gering. Vielleicht sollte er wirklich mit ihr ausgehen und sich Hannah ein für alle Mal aus dem Kopf schlagen.

Er setzte ein Lächeln auf und trat zu ihr. »Guten Morgen.«

»Guten Morgen.« Sie schaute auf. Ihr Gesicht, das eben noch professionelle Freundlichkeit ausgestrahlt hatte, gefror. Sie musterte ihn eisig.

Bens Lächeln fiel in sich zusammen. Sie schien seine kleine Abfuhr vom Vorabend ja sehr persönlich zu nehmen. Dann eben nicht.

»Sind Sie *der* Ben Fullert?«, erkundigte sie sich spitz, als die Stille zwischen ihnen unangenehm wurde.

»Ich denke, schon«, entgegnete er irritiert. »Zumindest ist mir sonst niemand mit diesem Namen bekannt.«

Sie rümpfte missbilligend die Nase. »Kann ich etwas für Sie tun, *Herr Fullert?*« Sie betonte seinen Namen auf ganz eigenartige Weise.

»Nein. Ich wollte Ihnen nur einen guten Morgen wünschen«, sagte er mit ausgesuchter Höflichkeit. Dann wandte er sich ab, ohne auf ihre Antwort zu warten. Er hatte zu viel um die Ohren, um sich auch noch um die Stimmungsschwankungen einer völlig Fremden Gedanken zu machen.

Der Speisesaal war wie immer um diese Zeit ziemlich leer, nur an einem der Tische saß ein älteres Paar. Ben nickte den beiden freundlich zu, als er an ihnen vorbeiging. Aus dem Augenwinkel bemerkte er, wie die Frau ihren Mann mit dem Ellbogen anstieß.

»Das ist er«, raunte sie.

Verwundert drehte Ben sich zu ihr um, aber weder sie noch ihr Mann kamen ihm auch nur im Entferntesten bekannt vor.

Die Frau räusperte sich indigniert und schaute demonstrativ auf ihren Teller.

Stirnrunzelnd ging Ben weiter und setzte sich an einen Fenstertisch. Er liebte die Aussicht auf die grünen Hügel und Bäume, die sich in dieser Gegend vielerorts bot, und er war sich sicher, seine Hotelgäste würden sie genauso zu schätzen wissen.

Er winkte der Kellnerin zu, die gerade einen Tisch neu eindeckte. Ihr Blick wanderte über ihn hinweg, als würde sie ihn überhaupt nicht bemerken. Ben räusperte sich vernehmlich. Als das nichts half, schabte er mit dem Stuhl laut über den Boden. Verärgert schaute die Kellnerin zu ihm auf, und er lächelte sie unschuldig an. Es kam ihm mit Sicherheit nur so vor, als hätten sich plötzlich alle gegen ihn verschworen. Die Frau war bestimmt bloß mit ihren eigenen Problemen beschäftigt.

»Sie wünschen?«, fragte sie knapp und baute sich mit Stift und Block in der Hand vor ihm auf.

Ben spürte erneut Ärger in sich aufsteigen. Was auch immer ihr Problem war, es war nicht gerade professionell, es an ihm auszulassen.

»Einmal das Spezialfrühstück bitte.« Da er das Mittagessen häufig ausfallen ließ, achtete er darauf, sich wenigstens morgens vernünftig zu ernähren.

»Sonst noch was?«

»Nein, vielen Dank.«

Sie stöckelte davon, und Ben holte sein Smartphone hervor, um seine Mails zu checken. Erfreut stellte er fest, dass die Monatsberichte seiner Hotels endlich eingegangen waren, und vertiefte sich in die Lektüre. Irgendwann machte ihn sein grummelnder Magen jedoch darauf aufmerksam, dass er noch immer nichts zu essen bekommen hatte. Irritiert schaute er auf die Uhr. Er wartete seit geschlagenen zwanzig Minuten, ohne dass sich etwas getan hatte.

Das ältere Pärchen verließ gerade den Raum, und Ben kam sich plötzlich wie im falschen Film vor. Bisher war der Service immer tadellos gewesen. Was zur Hölle war heute nur los? Es musste ja schon eine mittlere Katastrophe sein, wenn ein Gast derart vernachlässigt wurde. Immerhin war das Haus nicht gerade voll.

Er erhob sich und ging zur Tür der Küche, die einen Spaltbreit aufstand. »Hallo?«, rief er.

Kurz darauf hörte er federnde Schritte auf dem glatten Linoleumboden.

»Sie dürfen hier nicht rein!«, wies ihn die Kellnerin von vorhin entschieden zurecht.

»Möchte ich auch gar nicht. Ich hätte lediglich sehr gern mein Frühstück.«

»Ich bringe es Ihnen gleich.« Sie wandte sich ab.

Verdattert kehrte Ben zu seinem Platz zurück, während sich ein ungutes Gefühl in ihm breitmachte. Es musste definitiv etwas vorgefallen sein, etwas, das alle hier zutiefst verstörte.

Er hatte sich gerade wieder hingesetzt, als die Kellnerin endlich mit seinem Essen auftauchte. Auf ihrem Tablett stand ein

Teller Rührei mit knusprigem Speck, dazu zwei Brötchen, Aufschnitt und eine Kanne Kaffee.

»Ist alles in Ordnung?«, fragte Ben, als sie das Frühstück vor ihm abstellte.

»Sicher.«

»Ist etwas vorgefallen?«, hakte er nach. »Gibt es irgendein Problem?«

»Nein.« Sie richtete sich auf. »Guten Appetit, Herr Fullert.«

Verständnislos schaute er ihr hinterher, als sie wieder in der Küche verschwand. Seit wann wurde man im Speisesaal mit Namen begrüßt? Kopfschüttelnd wandte er sich seinem Rührei zu, das bestenfalls lauwarm war. Wenn das so weiterging, würde er nachher mit dem Hotelmanager sprechen müssen. Er wollte niemanden in Schwierigkeiten bringen, aber so etwas würde er sich auf Dauer nicht gefallen lassen.

Hungrig schlang Ben das Essen herunter. Zumindest der Kaffee war stark und heiß, wie es sich gehörte. Dann verließ er den Speisesaal und machte sich auf den Weg zur Reinigung. Der kleine Spaziergang belebte ihn und vertrieb seinen aufkeimenden Ärger. Gleichzeitig stieg seine Nervosität, als er an den weiteren Verlauf des Tages dachte.

Hannah würde nicht erfreut sein, wenn er sie aufforderte, ihm die Schlüssel zu geben. Er konnte sich lebhaft vorstellen, wie ihre großen dunklen Augen hinter der Brille Funken sprühen würden, wie sie die Lippen zusammenpressen und wie sich ihre Brust unter wütenden Atemzügen heben und senken würde. Ein Schauer durchfuhr Ben, und er schüttelte erschrocken den Kopf. Es konnte doch nicht wahr sein, dass er selbst die Aussicht auf einen Streit mit ihr als anregend empfand!

Zum Glück erreichte er in diesem Moment die Reinigung. Energisch riss er die Tür auf, und das Glöckchen, das daran angebracht war, bimmelte laut. Sofort erschien die Dame vom Vortag im Durchgang zum hinteren Ladenteil.

»Guten Morgen! Bitte sagen Sie mir, dass Sie schon fertig sind«, begrüßte Ben sie freundlich, froh darüber, nicht mehr seinen Gedanken ausgeliefert zu sein, die sich immer wieder im Kreis drehten.

»Herr Fullert, nicht wahr?«, sagte sie leicht verkniffen.

»Ja«, bestätigte er vorsichtig. Was hatten neuerdings alle mit seinem Namen?

Sie schaute in ihr Auftragsbuch, und Ben entspannte sich ein wenig. Natürlich brauchte sie seinen Namen, um seine Sachen zu finden. Er wurde wohl langsam paranoid.

»Hier ist der Abholschein.« Er kramte den kleinen Zettel hervor und hielt ihn der Dame hin.

»Der wird nicht nötig sein«, beschied sie ihm kühl.

Auch gut. Erwartungsvoll sah er sie an.

»Es tut mir leid, Ihre Wäsche ist nicht fertig.«

»Und wann wird sie fertig sein?«

»Das kann ich Ihnen leider nicht sagen.«

»*Was?*«, entfuhr es ihm. »Gestern sagten Sie, sie wäre heute fertig.«

»Das war, bevor ich wusste, dass …«

»Dass was?«, fragte er ungeduldig.

»Dass meine Maschine kaputtgehen würde«, erklärte sie.

»Welche Maschine?«

»Die Bügelmaschine.«

»Ach, und Sie haben nur eine?« Allmählich kam er sich verarscht vor.

»Ja, wir sind ein kleiner Betrieb. In Meyen gibt es auch eine Reinigung.«

Na, vielen Dank auch. »Wie lange wird die Reparatur dauern?«

»Das weiß ich noch nicht. Nächste Woche ist Ihre Wäsche bestimmt fertig.«

Ben starrte die ältere Dame wütend an. Sie wirkte nicht im

Mindesten bekümmert. Er hatte nicht übel Lust, seine Wäsche tatsächlich wieder mitzunehmen. Leider fehlte ihm die Zeit, durch die Gegend zu gurken, nur um ein paar frische Hemden zu haben. Wenn er sie jetzt nach Meyen brachte, musste er sie ja auch wieder abholen.

Er atmete tief durch, dann holte er eine Visitenkarte hervor und zeigte auf seine Handynummer. »Bitte rufen Sie mich an, wenn die Sachen fertig sind.«

Die Frau biss die Zähne zusammen, und Ben befürchtete schon, dass sie ablehnen würde. Doch sie griff wortlos nach der Karte und legte sie in ihr Auftragsbuch.

»Ich verlasse mich drauf.« Er bemühte sich, seiner Stimme einen lockeren Klang zu geben, was ihm jedoch nicht ganz gelang.

»Keine Sorge, Herr Fullert. *Wir* wissen, was Ehre und Anstand sind.«

»Aha.« Ben nickte verständnislos und verließ fast schon fluchtartig die Reinigung.

Waren heute alle irgendwie verstört, oder war mit ihm selbst etwas nicht in Ordnung? Hoffentlich hatte zumindest Herr Kaltbach nachher gute Neuigkeiten für ihn. Wenn der sich ebenfalls so anstellte, würde Ben womöglich explodieren.

Bei seiner Rückkehr in den Gasthof wollte er schnurstracks an der Rezeption vorbei nach oben laufen, als er plötzlich seinen Namen hörte.

»Herr Fullert!« Monika hatte immer noch kein Lächeln für ihn übrig, aber das war ihm inzwischen egal.

»Was gibt's?«

»Das hier wurde vorhin für Sie abgegeben.«

Sie hielt etwas hoch, das verdächtig nach einer zusammengerollten Zeitung aussah. Neugierig trat er näher. Wer zum Teufel schickte ihm eine Zeitung und wickelte noch eine rote Schleife darum?

»Was ist das?«, fragte er.

»Eine Zeitung?«, erwiderte sie zuckersüß.

Was sie nicht sagte. »Von wem kommt sie?«

»Eine junge Frau hat sie hergebracht.«

Ben schwante Böses. »Was für eine Frau?«

»Kommen da so viele in Betracht?«

Ben ballte die Hand zur Faust, um Monika nicht an die Gurgel zu springen. Hatte er wirklich noch vor zwei Stunden gedacht, sie wäre nett?

»Meinen Sie Hannah Konrads?«, fragte er gepresst.

»Ihren Namen hat sie nicht genannt.«

»Sie war letzte Woche Gast in diesem Haus, vielleicht erinnern Sie sich noch an sie«, zischte Ben.

»Schon möglich.« Monika legte die Zeitung auf den Tresen. »Möchten Sie die jetzt mitnehmen?«

»Ja, danke«, brummte Ben und schnappte sich das Ding.

Oben in seinem Zimmer warf er die zusammengerollte Zeitung auf den Tisch und starrte sie so misstrauisch an, als könnte sich eine Giftschlange darin verbergen. Hannah war extra hergekommen, um ihm *das* zu bringen? Oder hatte sie mit ihm reden wollen? Wieso hatte sie dann nicht auf ihn gewartet?

Ben atmete tief durch und löste die Schleife. Dann entfaltete er neugierig das Papier. Die Schlagzeile sprang ihm sofort ins Auge. Ach, du Scheiße! Er schnappte nach Luft und fuhr sich mit der Hand über das Gesicht. Dann nahm er die Zeitung und begann zu lesen.

Tausend Gedanken und Gefühle tobten in ihm, als er den Bericht überflog. Wütend warf er die Zeitung beiseite. Hannah hatte wahrlich kein gutes Haar an ihm gelassen. Noch nie war er dermaßen durch den Kakao gezogen worden. Sie stellte ihn dar, als wäre er der Teufel in Person und als würde sein Hotel im Alleingang für den Untergang des regionalen Flairs, des Einzelhandels und der Literatur im Allgemeinen sorgen. Sicherlich würde kein Mensch diesen Blödsinn glauben.

Das war kein Artikel, sondern bestenfalls eine Kolumne. Mit unparteiischer Berichterstattung hatte es nichts zu tun. Denn dann hätte auch Ben selbst mindestens einmal zu Wort kommen müssen.

Dennoch, die Leute glaubten alles, was in der Zeitung stand, unabhängig davon, wie verzerrt die Tatsachen dargestellt wurden. Jetzt ergaben auch all die seltsamen Reaktionen heute Morgen einen Sinn. Denn natürlich hatte man vorsorglich ein Bild von ihm abgedruckt, damit er sich nicht mehr unbehelligt vor die Tür trauen konnte.

Argh! Ben nahm ein Kissen und warf es mit aller Wucht gegen die Wand. Kein Wunder, dass Hannah ihm die Zeitung persönlich vorbeigebracht hatte. Vermutlich wollte sie sich an seiner Miene ergötzen, wenn er diesen haarsträubenden Bericht las. Glaubte sie ernsthaft, dadurch würde sich irgendetwas ändern? Und sah sie ihn wirklich so, wie er in dem Artikel dargestellt wurde? Hielt sie ihn für so kalt, herzlos und berechnend?

Er spürte, wie seine Wut ganz plötzlich verpuffte. Wenn das der Eindruck war, den er bei Hannah hinterlassen hatte, dann kannte sie ihn wirklich nicht, nicht im Geringsten. Dann war all das Prickeln, das er zwischen ihnen gespürt zu haben glaubte, allein seiner Fantasie entsprungen.

Ben atmete langsam aus. Er wollte es nicht zugeben, aber diese Erkenntnis schmerzte ihn mehr, als er geglaubt hätte. Hasste Hannah ihn so sehr? Oder nahm er etwas persönlich, das rein geschäftlich gemeint war? Ging es ihr wirklich nur um den Buchladen?

Wie auch immer. Jetzt war sie zu weit gegangen. Sie kämpfte mit harten Bandagen und unter der Gürtellinie. Was sie hier betrieb, grenzte an Verleumdung. Es schadete nicht nur Bens neuem Projekt, es konnte ein schlechtes Licht auf alle seine Hotels werfen. Die Menschen, die Wellness-Urlaub machten, redeten sich gerne ein, dass alles um sie herum ethisch korrekt und am besten biologisch abbaubar war. Das gab ihnen ein gutes Gefühl, als würden sie die Welt verbessern, während sie ein paar Tage ausspannten. Wenn man den Hotelbesitzer nun als rücksichtslosen Geschäftsmann hinstellte, zerstörte das die Idylle.

Ben biss die Zähne zusammen und stand abrupt auf. Es war Zeit, die Sache ein für alle Mal zu beenden. Er würde nicht zulassen, dass Hannah ihn weiterhin so untergrub.

Sein Blick blieb an dem abgedruckten Foto hängen. Natürlich erkannte er es sofort. Er hatte es im Pressebereich seiner Homepage veröffentlicht und nicht im Traum daran gedacht, dass es mal für einen derart reißerischen Artikel missbraucht werden würde. Er hatte es immer für ein gutes Bild gehalten, auf dem er attraktiv, kompetent und selbstbewusst wirkte.

Ben legte den Kopf schief und versuchte, es so zu sehen, wie die Leute, die den Artikel lasen, es sehen würden. War es zu steif, zu nichtssagend, zu überheblich? Vielleicht waren der schwarze Anzug und die Krawatte im Nachhinein nicht die beste Wahl gewesen. Hätte er in einem nicht ganz so weit zugeknöpften Hemd sympathischer gewirkt?

Entschieden drehte er die Zeitung um. Das Foto war bestimmt nicht das Problem – Hannah war es. Er nahm seine Schlüsselkarte und verließ das Hotel.

»Herr Fullert!«, rief die Assistentin des Notars überrascht aus, als er in ihr Büro stürmte. »Wir haben Sie erst heute Nachmittag erwartet.«

»So lange kann ich leider nicht warten«, brummte Ben.

Er hatte sich in den letzten Minuten immer mehr in seine Rage hineingesteigert. Er konnte einfach nicht fassen, dass Hannah ihm das antat, dass sie ihn als geldgeiles Monster hinstellte – und ihn vermutlich tatsächlich so sah. Sein Blick fiel auf die Zeitung, die auf dem Schreibtisch der jungen Frau lag. Die verhasste Schlagzeile sprang ihm förmlich entgegen, was seine Wut noch mehr anstachelte. Hannah glaubte, er wäre ein gewissenloser Geschäftsmann? Er würde ihr zeigen, wie richtig sie damit lag!

»Ich muss dringend mit Herrn Kaltbach sprechen, es dauert auch nicht lange.«

»Worum geht es?«

Ben verengte die Augen. Machte sie sich etwa über ihn lustig? Er packte die Zeitung und warf sie direkt vor die junge Frau. »Können Sie sich das nicht denken?«

»Hm.« Sie räusperte sich und schaute auf den Bildschirm. »Der nächste Klient kommt in zehn Minuten. Ich frage mal, ob Herr Kaltbach jetzt Zeit für Sie hätte.«

»Tun Sie das.« Abwartend verschränkte Ben die Arme.

Widerwillig stand die Assistentin auf und klopfte leise an die angrenzende Bürotür, dann verschwand sie im Inneren.

Ungeduldig trommelte Ben mit den Fingern auf den Schreibtisch und überlegte, was genau er jetzt tun sollte. Am liebsten würde er Hannah hochkant aus dem Laden schmeißen. Aber was, wenn sie sich widersetzte? Er wollte weder diese elende Schlammschlacht fortsetzen, noch strebte er eine Räumungsklage an.

Die Tür wurde wieder geöffnet, und die Assistentin winkte ihn ins Büro.

»Herr Fullert«, begrüßte ihn der Notar. »Was kann ich für Sie tun?«

»Haben Sie heute Morgen die Zeitung gelesen?«

»Ich … ähm … bin noch nicht dazu gekommen.« Herr Kaltbach fühlte sich offensichtlich unwohl. »Ich habe sie höchstens kurz überflogen.«

»Dann haben Sie bestimmt die Schlagzeile auf der Titelseite

bemerkt.« Ben spürte, wie es wieder in ihm zu brodeln begann. »Noch so einen Bericht kann ich mir nicht leisten. Der Deal muss schleunigst abgewickelt werden, damit Frau Konrads mir nicht mehr dazwischenfunken kann.«

»Nun«, Herr Kaltbach legte die Fingerspitzen aneinander, »ich bin da kaum der richtige Ansprechpartner. Wenn Sie gegen Frau Konrads vorgehen möchten, brauchen Sie wohl eher einen Anwalt.«

Ben atmete tief durch und zwang sich zur Ruhe. »Fürs Erste würde mir das Schreiben genügen, über das wir gestern gesprochen haben. Haben Sie das Geld an Frau Konrads schon überwiesen?«

»Ähm, ja.« Der Notar kramte eine Akte hervor. »Sie hatten recht, der Betrag war bereits auf unserem Konto eingegangen. Ich habe die Bank angewiesen, das Geld unverzüglich an Frau Konrads weiterzuleiten.«

»Gut. Dann brauche ich von Ihnen nur noch die Bestätigung dieses Vorgangs.«

»Frau Albert macht sie heute noch fertig. Ihnen muss allerdings klar sein, dass das Schreiben nicht vollstreckbar ist. Es hat lediglich einen auffordernden Charakter.«

»Ja.« Ben grinste gehässig. »Aber das weiß Frau Konrads zum Glück nicht.«

Der Notar musterte ihn missbilligend, sagte jedoch nichts dazu. »Frau Albert wird das Schreiben heute Nachmittag wie versprochen fertigstellen und an Frau Konrads verschicken.«

»Die Zustellung übernehme ich«, sagte Ben schnell. Die Post würde Tage brauchen und außerdem vermutlich an Hannahs Wohnung in Köln adressiert sein. Damit hätte er nichts gewonnen. »Und ich warte gern, während Frau Albert das Schreiben jetzt gleich fertig macht.«

Der Notar runzelte die Stirn. »Herr Fullert, Sie sind nicht unser einziger Mandant.«

»Ich weiß.« Ben setzte ein gewinnendes Lächeln auf. »Und sobald ich das Schreiben habe, belästige ich Sie auch nicht mehr.«

Herr Kaltbach seufzte. »Ich werde Frau Albert bitten, sich unverzüglich daranzumachen.«

»Vielen Dank.« Zufrieden verließ Ben das Büro.

Wenige Minuten später parkte er den Wagen in einer Seitenstraße und tastete nach seiner Brusttasche, um sich zu vergewissern, dass das Schreiben noch immer dort war. Nun, da er in Kempenich angekommen war, stieg plötzlich seine Nervosität. Er wusste nach wie vor nicht recht, wie er Hannah begegnen sollte. Ein Teil von ihm würde ihr den Brief am liebsten einfach um die Ohren pfeffern, ihr den Schlüssel zum Laden wegnehmen und sie so empfindlich treffen, wie sie ihn getroffen hatte. Ein anderer Teil wollte nichts mehr, als ihr zu beweisen, dass er ganz anders war, als sie ihn dargestellt hatte, dass sie ihn völlig falsch einschätzte. Und beide Teile lieferten sich einen mehr als erbitterten Kampf. Vermutlich lag der richtige Weg – wie so oft – irgendwo dazwischen, doch Ben war viel zu aufgewühlt, um eine vernünftige Strategie zu entwickeln.

Er atmete tief durch, öffnete die Wagentür und stieg aus. Dann musste er sich eben spontan entscheiden, wie er vorging. Viel schlimmer konnte die Situation zwischen Hannah und ihm eh nicht mehr werden. Egal, was er sagte oder tat, ein Teil von ihm würde zwangsläufig verlieren.

Er erreichte einen Kiosk, vor dem ein großer Ständer unzählige Ausgaben der Tageszeitung präsentierte, die ihn regelrecht zu verspotten schienen. Ben verzog das Gesicht und beschleunigte seinen Schritt. Er konnte sich förmlich vorstellen, wie die Bewohner von Kempenich sich überall hinter den Fensterscheiben die Hälse verdrehten, um einen besseren Blick auf ihn zu erhaschen, wie sie einander in die Seiten stießen und sich die Mäuler über ihn zerrissen.

Sein Fuß stieß gegen etwas Hartes. Ein dumpfer Klang ertönte. Irritiert blieb Ben stehen. Irgendein Blödmann hatte einen Kübel mit Schnittblumen zu weit auf den Gehweg geschoben, und Ben war so mit der Betrachtung der verhassten Titelseite beschäftigt gewesen, dass er ihn übersehen hatte. Zum Glück war der Kübel nicht umgekippt. Verärgert schob er ihn näher an die Kioskwand. Die Rosen darin hatten genau die gleiche Farbe wie die Schleife, die Hannah ihm um die Zeitung gewickelt hatte.

Er hatte keine Ahnung, wieso ihm ausgerechnet das jetzt wieder einfiel. Doch die Beobachtung brachte ihn auf eine Idee. Kurzerhand zog Ben einen Bund Rosen aus dem Kübel und schnappte sich eine Zeitung aus dem Ständer. Damit betrat er den Kiosk.

Der Mann hinter der Ladentheke grüßte ihn freundlich, bevor sein Gesicht zu einer undurchdringlichen Maske gefror. Ben zuckte innerlich mit den Schultern. Es war wohl davon auszugehen, dass der Kioskbesitzer ihn erkannte, immerhin war er praktisch von Bens Foto umzingelt.

»Wollen Sie eine Zeitung kaufen, Herr Fullert?« Der Mann grinste schadenfroh.

»In der Tat«, gab Ben ungerührt zurück. »Übrigens, toller Service.«

»Wie meinen Sie das?«, fragte der Mann etwas verunsichert.

»Dass Sie Ihre Kunden mit Namen begrüßen, auch wenn Sie sie gar nicht kennen. Ich werde Sie meinen Hotelgästen gerne weiterempfehlen.«

»Hm, ja.« Der Mann räusperte sich. »Das macht dann vier Euro neunzig bitte.«

Ben bezahlte und wickelte noch vor den Augen des Verkäufers die Blumen in das Zeitungspapier. »Man sieht sich«, sagte er und verließ den kleinen Laden. Die Leute sollten bloß nicht glauben, dass er sich von ihnen einschüchtern lassen würde.

Eine ältere Frau, die ihm entgegenkam, wechselte demonstrativ die Straßenseite, als sie ihn erkannte. Ben nickte ihr übertrieben freundlich zu, was sie mit einem verkniffenen Gesichtsausdruck quittierte. Aus purem Trotz begann er fröhlich zu pfeifen. Die Menschen hier – und Hannah im Besonderen – mochten glauben, dass sie sich im Kampf mit ihm befanden. Dabei hatte er die Schlacht schon längst gewonnen.

Er bog in eine schmale Gasse ein und durchquerte den Hinterhof des Buchladens. Die Hintertür war wie immer nicht abgeschlossen. Hastig lief Ben die Treppe hoch. Sein Herz klopfte laut, als er die Tür zu Hannahs Wohnung erreichte. Gern hätte er das auf den kurzen Aufstieg geschoben, aber es hatte wenig Sinn, sich selbst zu belügen. Die Aussicht, Hannah gleich zum vermutlich letzten Mal zu sehen, brachte ihn gehörig durcheinander. Er hob eine Hand, die plötzlich schweißnass war, und klopfte laut an die Tür.

Nichts regte sich.

Ben klopfte erneut und lauschte angestrengt. Weder Hannahs Schritte noch die knarzende Diele im Flur waren zu hören.

Nachdem er zum dritten Mal geklopft hatte, musste Ben einsehen, dass niemand da war. Bedächtig legte er die Blumen vor der Türschwelle ab. Er hatte keine Lust, sie mit sich herumzuschleppen. Dann wandte er sich ab und stieg langsam die Treppe hinunter. Seine Knie zitterten vor Anspannung, und obwohl er das Gespräch mit Hannah am liebsten schon hinter sich hätte, war er dankbar für die so unverhofft gewährte Galgenfrist.

KAPITEL 16

Hannah genoss den Sonnenschein auf dem Gesicht, während sie durch die Straßen von Kempenich zurück zum Buchladen schlenderte. Nachdem sie Ben nicht im Hotel angetroffen hatte, war sie zu Bärbel gefahren, um ihr den Wagen, den sie sich für den Ausflug geliehen hatte, zurückzubringen, und war prompt zum Mittagessen eingeladen worden. Gemeinsam hatten sie die Pläne für die morgige Demonstration besprochen. Bärbel hatte die erforderliche Genehmigung bereits erwirkt und auch ziemlich viele Zusagen von Unterstützern bekommen.

Schließlich hatte Hannah sich ganz gerührt von der älteren Frau verabschiedet. Ihre Familie kam für Bärbel zwar eindeutig an erster Stelle, dennoch war ihr Herz groß genug, um Hannah mit Feuereifer zu unterstützen. Gern wäre Hannah noch länger bei ihr geblieben und hätte sich bemuttern lassen, doch sie musste noch Tante Marlies' restliche Sachen packen. Selbst wenn Ben das Feld räumte und sie die Wohnung behielt, brachte es nichts, all die Dinge vor sich hin stauben zu lassen.

Sie durchquerte den Hinterhof und blieb vor der sprudelnden Quelle stehen. Wie viel Ärger dieser unscheinbare Springbrunnen ihr doch eingebracht hatte! Ohne ihn wäre Ben niemals auf den Laden aufmerksam geworden, sie hätte ihn niemals kennengelernt, und sie würde jetzt nicht in diesem Schlamassel stecken. Hannah seufzte und streckte ihre Finger in das klare Wasser.

Ohne Ben wäre sie schon längst nicht mehr hier. Sie hätte

Kempenich nach der Testamentseröffnung wie geplant verlassen und vermutlich einen Makler beauftragt, sich um den Verkauf zu kümmern, während sie selbst sich auf ihre Karriere konzentriert hätte. Sie hätte den Buchladen und diesen Ort nicht wieder in ihr Herz gelassen, sie hätte sich niemals mit ihrer Vergangenheit ausgesöhnt.

Vielleicht war es sogar besser so, wie es war. Völlig unfreiwillig hatte Ben ihr tatsächlich etwas Gutes getan. Was sein sonstiges Verhalten natürlich absolut nicht rechtfertigte.

Hannah schöpfte eine Handvoll Wasser und führte sie zum Mund, genoss das Gefühl, wie das kühle Nass ihre Kehle hinabrann. Dann riss sie sich widerstrebend los. Die Arbeit wartete.

Sie stieg die Treppe zu Tante Marlies' Wohnung hoch. Nach dem hellen Sonnenlicht konnte sie im dämmrigen Treppenhaus fast nichts erkennen. Etwas knisterte unter ihrem Fuß, als sie die Wohnungstür erreichte. Erschrocken sah sie zu Boden und hob vorsichtig das eingewickelte Bündel auf.

»Au!« Ein Dorn bohrte sich in ihren Finger. Waren das etwa Rosen? Wer zum Teufel schickte ihr Rosen?

Hannah steckte den Finger in den Mund und saugte an der Wunde, während sie mit der anderen Hand den Schlüssel ins Schloss zu stecken versuchte. Endlich ging die Tür auf, und sie stolperte in die Wohnung.

Es waren tatsächlich Rosen, rote Rosen, um genau zu sein, und sie waren in die heutige Ausgabe der Zeitung gewickelt.

Hannahs Herz setzte einen Schlag aus. Die konnten nur von Ben sein! Aber was bedeuteten sie? Sie schluckte, denn natürlich wusste sie, was rote Rosen normalerweise bedeuteten. *Das* konnte er allerdings nicht gemeint haben. Oder doch? Und wieso die Zeitung? Hieß es, dass er ihr wegen des Artikels nicht böse war? War das ein Friedensangebot? Wollte er ihr sagen, dass er kapitulierte?

Fieberhaft durchsuchte sie das Papier, in der Hoffnung irgendeinen Hinweis, eine Notiz oder Botschaft zu entdecken.

Ben hatte ihr rote Rosen geschickt!

Hannah hielt sich ungläubig eine Hand vor den Mund und bemühte sich nach Kräften, die Freude, die in ihr aufstieg, zurückzudrängen. Eine Freude, die sie zutiefst irritierte. Dieser Blumenstrauß hatte mit Sicherheit nichts mit irgendwelchen Gefühlen zu tun, die Ben ihr gegenüber hegte. Und selbst wenn es so wäre, spielte es keinerlei Rolle. Trotzdem konnte sie ihr verräterisches Herz nicht daran hindern, jedes Mal einen Salto in ihrer Brust zu schlagen, wenn ihr Blick auf die Rosen fiel.

Das sah Ben wieder mal ähnlich! Er brachte sie völlig grundlos total durcheinander und hielt sie von ihrer Arbeit ab. Vermutlich hatte er die Blumen nur geschickt, um sie zu verunsichern. Sie sollte sie in den Mülleimer stecken und keinen weiteren Gedanken daran verschwenden. Ja, das wäre wohl das Vernünftigste.

Stattdessen ging sie in die Küche und holte eine Vase aus dem Schrank. Es wäre eine Schande, die Rosen verkommen zu lassen. Schließlich konnten sie nichts dafür.

Hannah legte gerade einen dunkelblauen Faltenrock in die bereitstehende Kiste, als ein Klopfen an der Tür sie erschrocken zusammenfahren ließ. Sie warf das Kleidungsstück achtlos aufs Bett und fuhr sich vor dem Spiegel durch die Haare, um ihre Frisur ein wenig zu ordnen. Dann eilte sie in den Flur.

Wieso war sie so aufgeregt? Selbst wenn es tatsächlich Ben sein sollte, gab es keinen Grund, nervös zu sein. Sie straffte die Schultern, atmete tief durch und öffnete die Tür.

»Ben!«, hauchte sie zur Begrüßung, und es gelang ihr gerade noch, ihn nicht wie ein verliebter Teenager anzugrinsen. Wie schaffte er es nur, stets so absolut umwerfend auszusehen? Obwohl sie ihn eigentlich nicht leiden konnte, wollte sie sich am liebsten an seine Brust schmiegen und in seinen glänzenden grünen Augen versinken.

»Hannah.« Er lächelte sie auf seine typische wissende Art und Weise an.

Hannah spürte, wie sie rot anlief, und war dankbar für das spärliche Licht im fensterlosen Flur. »Was willst du hier?«, fragte sie schroff und bemerkte erleichtert, dass sie sich allmählich wieder unter Kontrolle hatte.

»Kann ich reinkommen?«

Zögernd trat sie einen Schritt zur Seite und beobachtete ihn gespannt. Was hatte er vor?

Wie selbstverständlich ging Ben in die Küche. Hannah staunte immer wieder, wie selbstbewusst er auftrat, als könnte ihn nichts und niemand aus der Fassung bringen. Das hier war *ihre* Wohnung – beziehungsweise die ihrer Tante –, und doch wirkte Ben, als wäre *er* der Herr der Lage.

»Wie ich sehe, hast du meine Blumen bekommen«, sagte er schlicht.

»Ach, die waren von dir?«, antwortete sie möglichst nonchalant. Zufrieden registrierte sie, wie sein Gesicht sich kurz verspannte. »Danke, das wäre nicht nötig gewesen.«

»Ich wollte dir nichts schuldig bleiben. Immerhin hast du mir eine Zeitung geschenkt.«

Hannah sank das Herz in die Hose. Er mochte nach außen hin ruhig wirken, trotzdem hörte sie den Ärger in seiner Stimme.

»Sonst noch was?«, fragte sie abwehrend und stützte sich mit den Händen auf einer Stuhllehne ab. Plötzlich wünschte sie sich, sie hätte die Tür nicht geöffnet. Sie wollte sich nicht mit ihm streiten, wollte nicht aus seinem Mund hören, wie wütend er wegen dieses Artikels auf sie war.

»Ich dachte, wir könnten noch einmal wie zwei Erwachsene über alles reden«, sagte Ben beherrscht.

Erstaunt sah sie ihn an. »Wie meinst du das?«

Er seufzte und ließ sich auf einen Stuhl fallen. »Dieser Artikel«, er deutete auf die Zeitung, »ist das Letzte. Und das weißt du«, fügte er schnell hinzu, bevor sie etwas erwidern konnte. »Lass mich bitte ausreden!«

Hannah nickte widerstrebend.

»Ich könnte jetzt meinerseits irgendeinen Dreck über dich ausgraben oder die Tatsachen so verdrehen, wie du es getan hast.«

»Ich habe ihn nicht selbst geschrieben! Und da steht nichts drin, was nicht stimmt.«

Ben zog die Augenbrauen zusammen und winkte ab. »Darum geht es mir gar nicht«, sagte er überraschend versöhnlich. »Ich bin hier, weil ich finde, dass diese Schlammschlacht keinem von uns beiden was nutzt. Vor allem, weil sie nicht das Geringste ändert.«

»Was meinst du damit?«, fragte Hannah alarmiert. Das schlechte Gewissen, das seine Worte in ihr ausgelöst hatten, rückte augenblicklich in den Hintergrund.

»Nichts, was du tust, wird mich von meinem Vorhaben abbringen, Hannah.« Ben sah sie eindringlich an. »Du machst damit nur dir und mir unnötig das Leben schwer.«

Sie schluckte. »Du hast leicht reden. Für dich steht hier immerhin nichts auf dem Spiel.«

Überraschung flackerte in seinem Blick auf. »Das glaubst du jetzt nicht wirklich, oder? Meine gesamte berufliche Zukunft hängt an diesem Projekt.«

Er klang so aufrichtig, so ernst. Aber davon durfte sie sich nicht beeinflussen lassen. Sie hatte ihm schon einmal geglaubt.

»Tja«, entgegnete sie trotzig. »Dir mag es ums Geld gehen, bei mir hängt das Herz an diesem Laden.« Sie drückte sich die Faust an die Brust, genau an die Stelle, die so furchtbar schmerzte, wann immer sie daran dachte, dass er den Buchladen zerstören wollte.

»Dann hättest du ihn nicht verkaufen dürfen.«

»Ja.« Hannah nickte. »Und ich hätte es auch nicht getan, wenn du mich nicht belogen hättest.«

»Da sind wir also wieder?«, entfuhr es ihm aufgebracht. »Ich bin an allem schuld?«

»Ja«, entgegnete sie schlicht. Dieser Verantwortung würde er sich nicht entziehen können.

»Es tut mir leid«, murmelte er.

Erstaunt hielt sie inne. »Was denn?«

Ben machte eine ausholende Geste. »Dass ich nicht ehrlich zu dir war, dass ich dich … reingelegt habe. Ich habe schlichtweg keinen anderen Ausweg mehr gesehen.«

Er machte es sich ja ziemlich einfach. »Es gibt immer einen anderen Weg.« Hannah seufzte. »Weißt du, was ich absolut nicht verstehe?«

»Was denn?«

»Warum konntest du es nicht dabei belassen? Du hast doch bekommen, was du wolltest. Wieso hast du mich danach mit nach Koblenz genommen? Wieso hast du mit mir geschlafen?«

In seinem Gesicht arbeitete es. »Weshalb hast *du* es getan?«

Enttäuscht sah sie ihn an. Für den Bruchteil einer Sekunde hatte sie geglaubt, er würde zugeben, dass er sie mochte. Dass ihre gemeinsame Zeit ihm etwas bedeutet hatte. Sie zuckte mit den Schultern. »Keine Ahnung, mir war halt danach. Du siehst gut aus, und es war schließlich nur Sex.«

»Genau«, stimmte er ihr leise zu. »Es war nur Sex.«

Eine bedrückende Stille entstand zwischen ihnen, und Hannah fragte sich, wie sich das Gespräch überhaupt in diese Richtung entwickelt hatte. Ben hatte ihr gewiss etwas ganz anderes mitteilen wollen.

»Wie auch immer.« Er atmete tief durch und griff in seine Brusttasche. »Ich bin gekommen, um dir das hier zu geben.« Er reichte ihr einen Umschlag.

Hannahs Hand zitterte, als sie sie danach ausstreckte. »Was ist das?«

»Ein Schreiben des Notars.« Ben lächelte sie fast schon entschuldigend an. »Das Geld wird spätestens morgen auf deinem Konto eingehen.«

»Was für Geld?«, fragte sie verständnislos. Sie starrte den Umschlag in ihren Fingern an. Der Stempel des Notarbüros sprang ihr förmlich entgegen.

»230.000 Euro. Der Kaufpreis für den Laden«, erklärte Ben. »Du bist jetzt reich.«

»Nein!«, rief Hannah entschieden. »Ich möchte nicht das Geld, sondern den Buchladen!«

Ben zuckte bedauernd mit den Schultern. »Das ist leider nicht möglich. Ich habe den vereinbarten Betrag bezahlt, und damit gehört dieses Haus jetzt mir.«

Blicklos starrte Hannah ihn an. Das Blut rauschte in ihren Ohren. Ihr Verstand raste. Das konnte nicht wahr sein! Sie musste noch irgendetwas tun können!

»Hannah?«, fragte Ben vorsichtig.

Sie zwang ihre Augen, sich auf ihn zu fokussieren. Er sah so hilfsbereit aus, besorgt und freundlich. Dabei nahm er ihr gerade kaltblütig etwas sehr Kostbares weg und riss damit ihr Herz in Stücke.

»Hast du ihn überhaupt gesehen?«, raunte sie leise.

»Wen?«

»Den Laden.« Ihre Stimme gewann an Sicherheit. »Du willst ihn kaputtmachen, aber hast du ihn dir überhaupt mal angesehen?«

»Nicht richtig«, gab er zögerlich zu. »Ich war ein paarmal kurz drin, als ich mit deiner Tante gesprochen habe. Und ich kenne den Grundriss.«

Hannah schnaubte. »Natürlich, etwas anderes ist für dich auch nicht von Belang. Was kümmert es dich schon, wie viel

Liebe in dem Laden steckt, wie viel Seele und Persönlichkeit er hat? Du willst ihn schließlich nur abreißen. Aber so leicht mache ich es dir nicht.«

Ben zog die Augenbrauen zusammen. »Als leicht würde ich es bisher auch nicht bezeichnen«, brummte er.

Hannah ignorierte seinen Einwand. Sie baute sich vor ihm auf – da er saß, war sie damit ausnahmsweise mal größer als er – und sah ihn herausfordernd an. »Du willst den Laden?«, fragte sie. »Dann komm mit mir runter und sieh dir an, was du vernichten willst.«

Ben seufzte. »Also gut«, murmelte er, und sie spürte, dass er nur nachgab, um sie ruhigzustellen. Er glaubte nicht daran, dass irgendetwas seine Meinung oder seine Pläne ändern würde. Und wenn Hannah ehrlich war, glaubte sie das auch nicht. Ben war niemand, der aus rein sentimentalen Erwägungen auf ein Geschäft verzichtete. Trotzdem musste sie es versuchen. Es war ihre letzte Chance.

»Lass uns gehen.« Sie schnappte sich den Schlüssel und lief voran.

Mit voller Absicht führte sie ihn zum Vordereingang des Ladens, damit er sowohl das sorgfältig dekorierte Schaufenster als auch das traurige *Geschlossen*-Schild noch einmal sah. Selbstverständlich hatte er den Laden schon unzählige Male von außen betrachtet, aber sie bezweifelte, dass er diese Details jemals wirklich wahrgenommen hatte.

»Mit dem Schaufenster hat Tante Marlies sich immer besondere Mühe gegeben und sich sehr viele Gedanken darüber gemacht«, erklärte Hannah. »Dort fanden sich fast nie die gehypten Bestseller, sondern meistens Bücher, von denen meine Mutter und Tante Marlies glaubten, dass die Menschen im Dorf sie zum jeweiligen Zeitpunkt lesen sollten. Das konnte ein Gedichtband über den Herbst sein, weil die Verse die Jahreszeit in wunderschöne Worte fassten und jeden Tag zu einem Erlebnis der Sinne machten. Oder sie griffen ein aktuelles Thema auf, das die Gemeinde oder die ganze Welt besonders bewegte. Es war immer eine bunte Mischung aus Klassikern und neueren Werken, etwas für die Seele und etwas, das zum Nachdenken anregen sollte.«

Hannah verstummte. Sie erinnerte sich noch an die langen Diskussionen, die Mama und Tante Marlies geführt hatten, wenn sie die Bücher ausgewählt hatten. Sogar sie selbst hatte hin und wieder eine Empfehlung beisteuern dürfen. Unglaublich, dass sie das vergessen hatte. Doch jetzt, da sie vor diesem Schaufenster stand, stiegen immer mehr Bilder, Szenen und Fragmente in ihrem Geist auf. Hannah lächelte. Sie hatte nicht geahnt, dass tief in ihr noch so viele Erinnerungen schlummerten und nur darauf warteten, zum Leben erweckt zu werden. Die Tür, die sie seit zehn Jahren verrammelt hatte, war nun endgültig aufgesprungen.

»Interessant«, sagte Ben unbeeindruckt und riss sie damit aus ihren Gedanken.

Hannah warf ihm einen missbilligenden Blick zu. Konnte oder wollte er es nicht verstehen?

»Lass uns reingehen«, sagte sie und schloss auf.

Ben folgte ihr. Aus dem Augenwinkel beobachtete sie sein Gesicht, darauf erpicht, sich keine seiner Reaktionen entgehen zu lassen, wenn er den Buchladen sah, ihn *wirklich* sah. Gewiss konnte auch ihn diese besondere Atmosphäre nicht völlig unberührt lassen. Schweigend schaute er sich um.

»Spürst du es auch?«, raunte Hannah.

»Was denn?«

»Den Zauber, die Magie.«

Ben räusperte sich. »Es hat schon einen gewissen Charme – die Bücher, die Regale, das dämmrige Licht.«

Sie starrte ihn so fassungslos an, als wäre er gerade vom Mond gefallen. »Das ist alles? Mehr siehst du hier nicht?«

Er zuckte mit den Schultern. »Es tut mir leid, Hannah. Nicht alle Menschen sind so buchverrückt wie du.« Er lächelte leicht, wie um seinen Worten die Spitze zu nehmen. »Wenn ich ehrlich bin, glaube ich, dass nur du hier etwas Besonderes und Einzigartiges siehst. Und das liegt nicht an den ganzen Büchern, sondern an den Erinnerungen, die du mit diesem Laden verknüpfst.«

Sie presste die Lippen aufeinander und verschränkte die Arme vor der Brust. »Das glaubst du wirklich?«

»Ja.«

»Dann lass mich dir die Augen öffnen! Das hier«, sie machte eine ausholende Geste, »ist eine zauberhafte und grenzenlose Welt. Hier«, sie deutete auf ein Regal mit Jules-Verne-Büchern, »kannst du mit Kapitän Nemo die Unterwasserwelt erforschen, zum Mittelpunkt der Erde reisen oder die Welt in nur achtzig Tagen umrunden. Und hier«, sie zeigte in eine andere Richtung, »kannst du lieben und leiden. Du lernst etwas über Anstand, Moral und Tugend und erkennst, dass du dir selbst immer treu bleiben musst, egal, wie schwer das auch scheint. Und da hinten kannst du fremde Welten und Zivilisationen entdecken, du kannst in die Zukunft oder die Vergangenheit reisen, du erlebst Dinge, die dir in der realen Welt niemals passieren könnten – und das alles macht dein Leben so viel reicher.« Hannah verstummte und atmete tief durch. »Meine Mutter hat immer gesagt, ein Mensch, der nicht gerne liest, hat einfach noch nicht das richtige Buch gefunden. Und wo könnte man das besser tun als hier? Dieser Ort ist … bezaubernd!«

Sie streckte die Arme aus und drehte sich überschwänglich um sich selbst. In diesem Moment, inmitten all der Bücher und erfüllt von der Erinnerung an die wunderbaren Empfindungen, die sie in ihr ausgelöst hatten, fühlte sie sich so glücklich wie schon lange nicht mehr.

Erst als Bens Schweigen sich in die Länge zog, bemerkte Hannah, dass sie sich von ihrer Begeisterung hatte davontragen lassen. Ihre Wangen glühten, ihr Herz klopfte aufgeregt. Fast schon schüchtern schaute sie zu ihm hinüber. Sie meinte jedes Wort ganz genau so, wie sie es gesagt hatte, doch womöglich war sie in seinen Augen über das Ziel hinausgeschossen.

Ben musterte sie wie gebannt. In seinem Gesicht arbeitete es, sie vermochte seinen Blick allerdings nicht zu deuten. Plötzlich ging ein Ruck durch seinen Körper, mit einem Schritt war er bei ihr.

»*Du* bist bezaubernd«, raunte er heiser, bevor er sie an sich zog und sie küsste.

Ein Feuerwerk explodierte in Hannahs Kopf, ihre Knie wurden weich, ein überwältigendes Glücksgefühl flutete ihren Körper. Sie schlang die Arme um Bens Hals und schmiegte sich enger an ihn. In seiner Umarmung fühlte sie sich so klein und zerbrechlich und doch unglaublich wertvoll und stark zugleich. Seine Lippen liebkosten die ihren, und zu dem wunderschönen Gefühl, dass das hier echt war, dass dieser Kuss nichts mit Kalkül oder Geschäft zu tun haben konnte, gesellte sich die berauschende Erkenntnis, dass Ben sie verstanden hatte, dass er die Magie des Buchladens begriff.

Hannah öffnete die Lider und schaute ihn glücklich an, bereit, in seinen Augen die Bestätigung dessen zu lesen, was sein Kuss ihr verriet.

Ben versteifte sich. Ertappt, fast schon erschrocken, erwiderte er ihren Blick.

Ein eisiger Klumpen bildete sich in Hannahs Magen. Verunsichert ließ sie die Arme sinken und rückte ein wenig von ihm ab, noch immer hoffend, dass er sie gleich anlächeln, dass die Wärme in seine Augen zurückkehren und er ihr versichern würde, dass alles gut war.

Stattdessen fuhr Ben sich durch die Haare und wischte sich über den Mund, als wollte er jede Spur des Kusses tilgen.

Klirrende Kälte ergriff von Hannahs Innerem Besitz. Die

Enttäuschung, der Schmerz und die Wut schnürten ihr die Kehle zu. Sie hätte nie gedacht, dass ihr Höhenflug so schnell und so gnadenlos enden könnte.

»Es tut mir leid«, murmelte Ben betreten und trat einen großen Schritt zurück.

»Was denn?« Hannah bemühte sich, ungerührt zu wirken, doch ihre Stimme zitterte verräterisch.

»Ich …« Er räusperte sich. »Ich hätte dich nicht küssen dürfen.« Er presste die Lippen zusammen und atmete tief durch.

Hannah hatte ihre Fassung zumindest so weit wiedergewonnen, dass sie sich einen ganzen Satz zutraute. »Es war lediglich ein Kuss«, sagte sie und war stolz darauf, wie lässig sie klang. »Wir haben schon ganz andere Sachen gemacht.« Ben zuckte zusammen und sah sie ungläubig an. Hatten ihre Worte ihn etwa getroffen? Hatte dieser Kuss doch eine Bedeutung für ihn?

»Du hast recht«, sagte er grimmig. »Es war nur ein Kuss. Und er ändert gar nichts.«

Hannah nickte. Das hatte sie inzwischen auch begriffen. »Du willst den Laden trotzdem abreißen.«

»Umbauen«, korrigierte er.

Sie funkelte ihn an. »Du kannst versuchen, es dir schönzureden, aber unterm Strich kommt es aufs Gleiche raus.«

»Wie auch immer. Ich werde dieses Hotel bauen. Der Notar hat bestätigt, dass das Geld bereits auf dein Konto überwiesen wurde. Ich bitte dich also, mir den Schlüssel auszuhändigen.« Er streckte ihr die flache Hand entgegen.

Hannah verschlug es die Sprache. Wie konnte er von einem Moment auf den anderen so eiskalt und sachlich werden? Der Ben, den sie eben noch geküsst hatte, war verschwunden. An seiner Stelle stand nun ein berechnender Geschäftsmann. Sie öffnete den Mund, doch statt Worten kam nur ein leises Keuchen heraus. Was sollte sie jetzt noch sagen?

Es war alles vorbei. Sie dachte an Karin, der Bens Triumph

genauso das Herz brechen würde wie ihr. An Ute, Inge und Bärbel, die sich so ins Zeug gelegt hatten, um ihr zu helfen. An die Demo, die sie für morgen organisiert hatten. An all die Leute, denen der Buchladen so viel bedeutete, dass sie für ihn zu kämpfen bereit waren.

»Morgen«, sagte Hannah plötzlich und war erstaunt, wie fest ihre Stimme klang. Vermutlich konnte nichts und niemand Bens Entscheidung noch beeinflussen, dennoch wollte sie, dass er mit eigenen Augen sah, wie wichtig der Laden für die Menschen hier war und was er unwiederbringlich zerstörte, wenn er die Bücher durch Massageliegen ersetzte.

»Was ist morgen?«, fragte er verdutzt.

»Morgen um elf werde ich dir die Schlüssel aushändigen. Ich muss schließlich noch packen.«

»Du kannst die Wohnung auch noch ein paar Tage länger behalten«, sagte Ben versöhnlich. Vermutlich war er froh, dass sie so kampflos aufgab. »Mir geht es in erster Linie um den Verkaufsraum. Er muss zügig geleert werden, damit der Umbau beginnen kann.«

Seine Worte schnitten wie Dolche in Hannahs Herz. Aus seinem Mund klang das so nüchtern, so schlicht. Der Verkaufsraum einer Immobilie musste ausgeräumt werden. Dass es dabei um Bücher, zum Teil um seltene Erstausgaben, signierte Titel oder wunderschöne limitierte Auflagen ging, spielte für ihn keine Rolle.

»Was geschieht mit den Büchern?«

Ben zuckte mit den Schultern. »Wenn du welche behalten möchtest, kannst du es gerne tun. Den Rest werde ich ins Internet stellen.«

Hannah nickte. Sie würde dafür sorgen, dass die schönsten Stücke an die richtigen Menschen kamen.

»Dann sehen wir uns morgen?«, fragte sie und steckte die Hände in die Taschen ihrer Jeans.

»Ja.« Ben sah sie lange an. Er wirkte, als ob er noch etwas sagen wollte. Schließlich nickte er bloß knapp und wandte sich ab. »Mach's gut, Hannah.«

Schweigend schaute sie ihm hinterher, sah, wie sich seine hohe, breitschultrige Gestalt gegen das helle Tageslicht im Türrahmen abzeichnete. Das Glöckchen bimmelte, dann fiel die Tür hinter ihm ins Schloss.

Fröstelnd schlang Hannah die Arme um sich. Sie fühlte sich so hohl, einsam und erschlagen wie schon lange nicht mehr. Langsam ließ sie ihren Blick durch den Laden schweifen und konnte nicht fassen, dass sie ihn morgen zum letzten Mal betreten würde.

Ihre Augen füllten sich mit Tränen, die sie nicht zurückhalten konnte. Sie spürte, wie die salzigen Tropfen ihre Wangen hinabperlten, ohne ihrem schmerzenden Herzen Linderung zu verschaffen. Blind griff sie nach einem Buch und flüchtete in den Lesesessel am Fenster. Sie konnte sich keinen besseren Weg vorstellen, von dem Buchladen und von ihrer Vergangenheit Abschied zu nehmen, als ihren letzten Tag hier so zu verbringen, wie sie es früher mit unzähligen getan hatte.

Sie schlug das Buch auf, wischte sich über die Wangen und starrte die erste Seite an. Sie hatte keine Ahnung, was sie genommen hatte, doch sie erkannte die erste Zeile sofort – *Alice im Wunderland*. Ein kleines Lächeln stahl sich auf ihre Lippen. Vielleicht war das ja ein Zeichen. Ihr konnte nur noch ein Wunder helfen. Und wo könnte ein solches Wunder eher geschehen, als hier – am zauberhaftesten Ort dieser Welt.

»Hannah?«

Eine dumpfe, besorgte Stimme riss sie aus ihren Gedanken. Erschrocken sah sie auf. Sie hatte keine Ahnung, wie spät es war. Das aufgeschlagene Buch lag vernachlässigt auf ihren Knien, sie hatte sich lieber in ihr eigenes Wunderland geflüchtet und sich ausgemalt, wie es wäre, wenn Ben seinen Fehler plötzlich einsah, zu ihr zurückkam, ihr den Laden überließ und sie wieder so küsste wie wenige Stunden zuvor. Vielleicht könnte sie ihm dann sogar alles verzeihen – dass er sie belogen, dass er Karin Steine in den Weg gelegt, dass er mit Paula geschlafen hatte.

Sie schüttelte den Kopf. Das hörte sich ja fast so an, als wäre sie in ihn verliebt. Aber das war sie nicht. Außerdem war diese Grübelei mehr als müßig, reines Wunschdenken, dem jegliche Grundlage fehlte. Ben würde nicht ihr zuliebe auf das Hotel verzichten, das hatte er mehr als deutlich gemacht, selbst wenn er irgendwelche Gefühle für sie hegen sollte. Was er natürlich nicht tat. Der Kuss hatte ihm unverzüglich leidgetan. Aber wieso hatte er sie dann überhaupt geküsst?

»Hannah?«, schallte Karins Stimme erneut durch das Haus. Die Treppe, die zur Wohnung führte, knarzte. Offenbar kam Karin gerade wieder herunter.

»Hier bin ich!« Hannah sprang auf und lief zur Hintertür. Sie riss sie in dem Moment auf, als Karin keuchend unten ankam.

»Mensch! Was ist denn los? Ich habe mir Sorgen gemacht.« Karin wischte sich den Schweiß von der Stirn.

»Wieso denn das?« Hannah nahm ihre Hand und zog sie zu einem der Tritthocker im Laden, damit sie sich setzen konnte.

»Du warst plötzlich wie vom Erdboden verschluckt. Bist nicht ans Handy gegangen, und in der Wohnung warst du auch nicht.«

»Ben war bei mir«, sagte Hannah leise und ließ sich neben sie auf die niedrige Treppenstufe sinken, die den Kassentresen vom vorderen Verkaufsraum abgrenzte.

»Und?« Ein erwartungsvoller Ausdruck trat auf Karins Gesicht. »Wie hat ihm unser Artikel gefallen?«

Hannah verknotete ihre Hände. »Gar nicht.« Und sie konnte es ihm nicht verübeln.

»Oje.« Karin musterte sie mitfühlend. »War es sehr schlimm? Hat er getobt und geschimpft?«

»Nein.« Sie schüttelte den Kopf. Alles in allem hatte Ben sich sehr beherrscht und würdevoll verhalten. Sie glaubte nicht, dass sie im umgekehrten Fall dazu in der Lage gewesen wäre. Aber schließlich hatte er bereits gewusst, dass er gewonnen hatte. »Das hatte er nicht nötig. Er hat mir ein Schreiben vom Notar mitgebracht, in dem ich aufgefordert werde, ihm die Schlüssel zu übergeben.«

»Ist das denn rechtens?«

»Keine Ahnung.« Hannah zuckte mit den Schultern. »Ich schätze, schon. Immerhin habe ich den Kaufvertrag unterschrieben, und er hat mir sogar bereits das Geld überwiesen.«

Karin sackte in sich zusammen. »Wir haben verloren?«

Ihr Anblick brach Hannah gleich noch einmal das Herz. »Es tut mir so leid«, schluchzte sie, stand auf und schlang ihre Arme um Karins Schultern. »So leid.«

Karin atmete tief durch und tätschelte ihre Hand. »Es ist nicht deine Schuld, Liebes.«

Hannah seufzte leise. Sie rechnete es Karin hoch an, dass sie ihr keine Vorwürfe machte. Aber sie wusste ganz genau, dass sie die Schuld am Verlust des Buchladens trug. Vielleicht nicht ausschließlich, aber zum größten Teil.

»Sollen wir die Demo absagen?«, fragte Karin entmutigt.

»Nein«, entgegnete Hannah. »Wir werden Ben zeigen, aus welchem Holz wir geschnitzt sind.« Wenn sie schon unterging, dann mit wehenden Fahnen. »Er soll sehen, dass es hier nicht nur um eine Handvoll Buchverrückte geht. Dass nicht nur ältere Damen und einsame junge Frauen das gedruckte Wort zu schätzen wissen. Er soll sehen, was er kaputtmacht. Und danach vor schlechtem Gewissen ganz lange nicht mehr schlafen können.«

»Meinst du, das bringt was?«, fragte Karin skeptisch.

»Nein«, räumte Hannah ein. »Wenn nicht noch ein Wunder geschieht, wird Ben seine Pläne nicht ändern.«

Karin musterte sie. »Vielleicht könntest du diesem Wunder ja etwas auf die Sprünge helfen? Ich habe irgendwie das Gefühl, dass zwischen euch mehr ist als diese geschäftliche Fehde.«

Hannah gab einen brummenden Laut von sich und richtete ihre Brille. »Da irrst du dich.«

»Bist du ganz sicher?«

»Ja. Ich habe heute versucht, mit ihm zu reden. Ich habe ihn in den Laden geführt, habe ihm gezeigt, was dieser Ort mir bedeutet, welche Magie ihm innewohnt. Ich habe gehofft, dass er sich davon mitreißen lassen würde. Er ist ein intelligenter Mann, er hat studiert, und ich habe wirklich gedacht, dass ihm Bücher nicht völlig gleichgültig sein können.«

»Und was hat er gemacht?«

»Mich geküsst.«

Karin schnappte überrascht nach Luft. »Das ist doch toll!«

»Danach hat er sich dafür entschuldigt und mir versichert, dass es absolut nichts zu bedeuten hat und seine Entscheidung nicht beeinflusst.«

»Ich denke, du bist trotzdem auf dem richtigen Weg. Er hätte dich nicht geküsst, wenn du ihm völlig gleichgültig wärst.«

Entschieden brachte Hannah den kleinen Teil von sich zum Schweigen, der Karin begeistert zustimmen wollte. Sie würde sich nicht in die Irre führen lassen. In Karins Jugend hatte ein Kuss vielleicht noch irgendeine Bedeutung gehabt, inzwischen hatte die Welt sich weitergedreht.

»Wir haben schon ganz andere Dinge getan, als uns bloß zu küssen«, erklärte sie nüchtern, »ohne dass es ihn von irgendetwas abgehalten hätte.«

»Wie du meinst.« Karin seufzte tief. »Das heißt, wir müssen morgen Abschied von Marlies' Laden nehmen?« Ihre Stimme zitterte.

»Sieht so aus. Und jeder, der kommt, darf sich ein Buch als Andenken mitnehmen.«

»Du verschenkst die Bücher? Darfst du das denn?«

»Ben hat gesagt, ich darf so viele haben, wie ich möchte. Er hat mit keinem Wort erwähnt, dass ich sie selbst behalten muss.«

»Hannah, Hannah«, murmelte Karin anerkennend. »So ist es recht, lass dich nicht unterkriegen, Mädel!«

»Habe ich nicht vor.«

»Das ist gut. Und ich werde jetzt heimgehen und trotz allem für ein Wunder beten. Solange der Laden nicht abgerissen ist, gibt es immer noch Hoffnung.«

KAPITEL 17

Frustriert klappte Ben seinen Laptop zu und vergrub das Gesicht in den Händen. Seine Augen brannten vor Anspannung. Er kniff sie zusammen und massierte mit den Fingern die Stelle über der Nasenwurzel. Seit Stunden hockte er schon so da, ging seine Businesspläne und die Finanzlage durch, mit dem einzigen Ergebnis, dass sein Kopf zu qualmen schien. Einer Lösung des Problems war er dennoch keinen Schritt näher gekommen.

Natürlich nicht. Was hatte er denn erwartet? Die Realität veränderte sich nicht, bloß weil ihm gerade danach war. Hätte es eine Alternative gegeben, hätte er sie schon vor Monaten gefunden. Man konnte ihm vieles vorwerfen, aber nicht, dass er nicht gründlich genug war.

Langsam ließ Ben die Stirn auf die Tischplatte sinken. Wieso zum Teufel hatte er Hannah noch mal geküsst? Es war das Dümmste gewesen, was er hätte tun können. Aber es hatte sich gut angefühlt, so verboten gut. Er hätte wütend auf sie sein müssen, ihr für den Artikel den Kopf abreißen – zumindest verbal. Und stattdessen küsste er sie! Weil er einfach nicht hatte widerstehen können. Er hatte nicht gelogen, sie *war* bezaubernd. Das Leuchten, das ihr Gesicht erhellt hatte, als sie von diesem verdammten Buchladen und all den *Schätzen* dort gesprochen hatte, war unbeschreiblich gewesen.

Vielleicht war es doch mehr als reine Sentimentalität, die Hannah bewegte. Sie schien die Bücher tatsächlich zu lieben.

Sie tat fast so, als wären die erfundenen Figuren lebendig, alte Freunde aus Kindheitstagen. Sie war eindeutig verrückt!

Nein, er war verrückt, dass er überhaupt in Erwägung zog, nachzugeben. Energisch richtete Ben sich auf und schob den Stuhl vom Tisch zurück. Er musste damit aufhören. So viel war es ihm nun auch nicht wert, das Lächeln auf ihr Gesicht und das Leuchten in ihre Augen zurückkehren zu sehen – selbst wenn beides ihm statt diesen verstaubten Wälzern gelten würde. Außerdem hing er da nicht alleine drin. Er trug Verantwortung für seine Angestellten. Wenn er Hannah das Feld überließ, würden andere ihre Jobs verlieren, Menschen mit Familien.

Hannah würde den Verlust schon verschmerzen. Für sie ging es schließlich lediglich um Erinnerungen, ums Prinzip. Es war nichts, das irgendeinen Einfluss auf ihre Zukunft hatte. Abgesehen von der Tatsache, dass sie ihn für immer aus ihrem Leben streichen würde.

Ben seufzte laut. Da war er – der Kern des Problems. Er wollte nicht, dass Hannah aus seinem Leben verschwand. Sie hatte ihm nichts als Scherereien eingebracht, dennoch bewunderte er ihre Hartnäckigkeit, ihren Einfallsreichtum und ihre Leidenschaft, selbst wenn sie einer Sache galt, mit der er nicht viel anfangen konnte. Er hatte sich nie sonderlich für Bücher interessiert, hatte seit seiner Kindheit kaum mehr als die Pflichtlektüre der Schule oder Uni gelesen, und danach nur noch Fachliteratur. Für etwas anderes blieb ihm schlichtweg keine Zeit. Und er hatte nicht das Gefühl, dass ihm irgendetwas entging.

Ein Mensch, der nicht gerne liest, hat einfach noch nicht das richtige Buch gefunden, hallten Hannahs Worte in ihm nach. Nachdenklich kaute er auf seiner Unterlippe. Das klang gar nicht so abwegig. Auch wenn er sich nicht vorstellen konnte, welches Buch es in seinem Fall sein sollte.

Und wo könnte man das besser tun als hier? Er hatte sie genau vor Augen, wie sie sich schwungvoll um sich selbst drehte, als hätte sie seine Gegenwart völlig vergessen. Die leichte Röte, die daraufhin ihre Wangen überzog, hatte sie nur noch bezaubernder, noch unwiderstehlicher gemacht.

Ben schnappte sich den Autoschlüssel und rannte aus dem Zimmer. Er wusste selbst nicht genau, was er vorhatte, was das bringen und wohin es führen sollte. Er konnte einfach nicht länger grübelnd am Schreibtisch sitzen. Hannah hatte versucht, ihm ihren Standpunkt zu erklären, vielleicht sollte er das Gleiche tun. Auch wenn sie gerade auf unterschiedlichen Seiten standen, wollte er sich nicht vorwerfen lassen, er hätte nicht alles versucht.

Es dämmerte bereits, als Ben den Wagen in einer Seitenstraße parkte und zum Buchladen eilte. Überrascht bemerkte er den Lichtschein, der durch das große Fenster nach draußen drang. Hannah musste noch immer dort drin sein.

Sein Herz setzte einen Schlag aus, als er sie entdeckte. Sie saß in dem alten Ohrensessel, die langen Beine hatte sie seitlich unter den Po geschoben, den Kopf geneigt. Die große Brille war ihr ein wenig die Nase heruntergerutscht, aber sie schien es nicht einmal zu bemerken, so vertieft war sie in das Buch, das auf ihren Knien lag. Ein leichtes Lächeln umspielte ihre Lippen, sie wirkte völlig im Einklang mit sich selbst.

Hingerissen trat Ben näher. Hannah war einfach wunderschön. Es kümmerte ihn nicht, dass er sie wie ein Spanner anstarrte. Er konnte den Blick nicht von ihr abwenden und genoss die Gelegenheit, sie heimlich zu beobachten, ohne dass sie es bemerkte und ihre Stacheln ausfuhr, wie sie es in seiner Gegenwart meistens tat. Schließlich gab er sich einen Ruck und ging zur Tür. Um Hannah nicht zu erschrecken, klopfte er kurz an, bevor er die Klinke herunterdrückte.

Hannahs Kopf zuckte hoch, das Buch auf ihren Knien geriet

ins Rutschen, und sie hielt es hastig fest. »Ben?«, entfuhr es ihr überrascht.

Sie schob ihre Brille hoch, und ihm wurde ganz warm ums Herz bei der Freude, die er in ihrem Gesicht las. Er zuckte hilflos mit den Schultern und lächelte sie schüchtern an.

Umständlich zog sie ihre Beine unter dem Gesäß hervor. Der Art und Weise nach zu urteilen, wie vorsichtig sie die Füße auf den Boden stellte, mussten sie eingeschlafen sein. Es juckte Ben in den Fingern, ihr eine Fußmassage anzubieten.

»Was machst du hier?« Ungläubig kam sie näher. »Hast du deine Meinung geändert?«, fragte sie hoffnungsvoll.

Bens Lächeln gefror. Ihre Freude galt überhaupt nicht ihm, sondern lediglich der Aussicht darauf, den Buchladen behalten zu können. Er räusperte sich. Er hatte noch nie eine so abrupte Bauchlandung erlebt, noch bevor er richtig losgeflogen war. All die Worte, die ihm auf der Zunge gelegen hatten, blieben plötzlich in seiner Kehle stecken. Hannah lag rein gar nichts an ihm. Sie hatte es ihm selbst gesagt: Weder die gemeinsame Nacht noch der Kuss hatten irgendeine Bedeutung für sie. Doch Narr, der er war, hatte er es nicht glauben wollen. Hatte gedacht, dass auch sie dieses Knistern zwischen ihnen spürte.

»Hm.« Er räusperte sich erneut. »Nein. Ich …«

»Oh.«

Es war, als hätte er ein Licht ausgeknipst. Dieser Buchladen schien wirklich das Einzige zu sein, was Hannah überhaupt interessierte. Dagegen kam er nicht an. Und wenn er ehrlich war, wollte er auch gar nicht mit einem Haufen verstaubter Regale konkurrieren.

»Was möchtest du dann?« Sie verschränkte die Arme vor der Brust, als würde ihr das Halt geben.

Da war sie, die Frage aller Fragen. Wollte er sich entschuldigen, wollte er ihr seinen Standpunkt erklären, wollte er ihr sagen, wie sehr er sie mochte? Oder wollte er einfach nur verschwinden, diese blöde Idee, die ihn hierhergeführt hatte, schnellstens vergessen und sich weiter strikt an seinen Plan halten? Einen sehr guten Plan, wohlgemerkt. Einen, der es ihm ermöglichen würde, pünktlich zur kalten Jahreszeit ein wunderschönes neues Wellnesshotel zu eröffnen.

»Ich wollte sehen, wie es dir geht.«

»Wieso?« Nun lag Herausforderung in ihrer Stimme, fast so, als glaubte sie, er wollte sich an ihrer Niederlage ergötzen.

»Ich weiß, wie viel der Laden dir bedeutet. Ich wollte nicht, dass du … traurig bist«, sagte er lahm.

»Bin ich nicht.«

Für eine PR-Beraterin war sie eine ausgesprochen lausige Lügnerin.

»Ich habe mir hier wunderbar die Zeit vertrieben«, fügte sie hinzu und deutete auf den Sessel und das Buch. Vermutlich hatte sie seinen skeptischen Gesichtsausdruck richtig gedeutet.

Ben linste an ihr vorbei, um einen Blick auf das Buchcover zu erhaschen. Es war eine nichtssagende Kohlezeichnung einer Frau, offenbar aus einem vergangenen Jahrhundert.

»Was liest du denn da?«, fragte er, um das Gespräch irgendwie am Laufen zu halten, und kam sich gleichzeitig total bescheuert vor. Was machte er hier überhaupt?

»*Jane Eyre.*«

Der Titel sagte ihm nichts. »Und, ist es gut?«

Sie sah ihn so verwundert an, als hätte er sie gerade gefragt, ob der Papst katholisch war. »Ja, ist es. Seit ich es mit neun zum ersten Mal gelesen habe, gehört es zu meinen absoluten Lieblingsbüchern.«

»Und worum geht es da?«, fragte er. Es sah nicht nach einem Kinderbuch aus. Außerdem musste er zugeben, dass er neugierig war, welche Art von Geschichten Hannah dermaßen begeistern konnte.

»Um eine sehr starke junge Frau, die immer ihrem Gewissen folgt und sich selbst treu bleibt, auch wenn sie dadurch den Mann verliert, den sie über alles liebt.«

Oha. Das hörte sich nicht gerade vielversprechend für ihn an. Was natürlich nicht heißen sollte, dass er glaubte, Hannah würde ihn lieben. Oder er sie …

Ben schüttelte den Kopf. Vielleicht sollte er lieber gehen, seine Gedanken spielten bereits völlig verrückt.

»Wolltest du wirklich nur nach mir sehen?«, fragte Hannah plötzlich und wirkte schüchtern und erfreut zugleich.

»Ja.« Er sah sie offen an. Seine Hand zuckte und wollte nach der ihren greifen, doch er ballte sie zur Faust, um diesen Impuls zu unterdrücken. »Ich wollte nicht, dass die Sache zwischen uns so endet«, sagte er und hoffte inständig, sie würde ihm versichern, dass es nicht das Ende war.

Hannah atmete tief durch, als würde sie all ihren Mut zusammennehmen. Dann trat sie näher an ihn heran und hob den Kopf, um ihn besser ansehen zu können. »Es muss nicht so enden.«

Ihre wunderschönen, großen, dunklen Augen sahen ihn beschwörend an. Ihre Lippen waren den seinen so nah, dass er nur den Kopf senken musste, um sie zu küssen. Ein Kribbeln durchlief seinen Körper, und er wünschte sich nichts sehnlicher, als genau das zu tun. Wie von selbst legte sich seine Hand an ihre Wange. Hannah lächelte ihn zärtlich an, und sein Herz quoll förmlich über.

»Wie meinst du das?«, fragte er rau.

»Gib dein Vorhaben auf, bitte!«, raunte sie. »Ich möchte in dir nicht meinen Gegner sehen.«

Ben schloss für einen Moment die Augen. Genau das hatte er befürchtet. »Das ist leider nicht möglich«, flüsterte er heiser. »Aber das heißt nicht, dass du mir gleichgültig bist, Hannah«, fügte er hinzu und fühlte sich, als wäre er gerade ohne Sicherungsseil in einen Abgrund gesprungen. Sein Daumen strich sanft über ihre Wange. »Und ich bin nicht dein Gegner. Du musst mir einfach nur verzeihen, uns eine Chance geben.«

Er sah, wie sich ihr Kehlkopf bewegte, als sie schluckte, dann presste sie die Lippen zusammen und senkte den Kopf. »Das ist leider nicht möglich«, wiederholte sie kaum hörbar seine Worte und trat einen Schritt zurück.

»Dann war's das also?«, fragte er bitter.

»Sieht so aus.« Sie nickte gefasst. »Wir sehen uns morgen.«

»Ja.« Ohne noch etwas hinzuzufügen, wandte Ben sich ab und flüchtete aus dem Laden. Noch nie hatte sich ein Sieg für ihn so sehr nach Niederlage angefühlt.

***

Verunsichert starrte Hannah die Tür an, durch die Ben gerade verschwunden war. War das eben tatsächlich passiert? Und was war *das* überhaupt gewesen? Für einen Moment hatte sie wirklich geglaubt, er würde etwas für sie empfinden. Seine Berührung war so sanft, sein Blick so zärtlich gewesen. Ein paar wenige Herzschläge lang hatte sie sich diesem köstlichen Gefühl hingegeben, sich vorgestellt, wie es wäre, wenn die Sache mit dem Buchladen nicht zwischen ihnen stände. Und sie hatte ihm noch eine letzte Chance gegeben, all seine Lügen und Betrügereien wiedergutzumachen.

Hannahs Gedanken schwirrten, und obwohl Ben nicht eingelenkt hatte, spürte sie, wie die Hoffnung ganz sanft ihre Flügel regte. Er *mochte* sie. Er wollte, dass sie ihm verzieh. Er war noch einmal hergekommen, obwohl er schon gewonnen hatte. Das musste etwas bedeuten. Und vielleicht – nur vielleicht – würde er seine Meinung morgen noch ändern. Sie wünschte es sich so sehr. Nicht nur, weil der Buchladen dann gerettet wäre, sondern auch, weil dann nichts mehr zwischen ihnen stehen würde. Weil sie ihm dann endlich vertrauen könnte.

Hannah lächelte und stellte das Buch auf seinen Platz im Regal zurück. Dann verriegelte sie die Tür, löschte das Licht und stieg die Treppe zur Wohnung hinauf. Karin hatte recht – solange der Laden nicht abgerissen war, gab es immer noch Hoffnung.

»Wann genau kommt Ben, Hannah?«, fragte Karin geschäftig.

»Gegen elf«, erwiderte sie und schaute sich überwältigt um.

Sie konnte nicht fassen, wie viele Menschen erschienen waren. Der kleine Laden war brechend voll. Überall standen Leute oder saßen auf selbst mitgebrachten Hockern und schmökerten in ihren Lieblingswerken. Diese Lese-Demo war Karins Idee gewesen, nachdem Hannah ihr erzählt hatte, dass sie die Bücher verschenken wollte.

Irgendwo leuchtete ein Blitzlicht auf, und Hannah winkte, leicht geblendet, dem Fotografen von der örtlichen Presse zu.

»Gut, dann haben wir ja noch etwa zwanzig Minuten«, sagte Karin und hastete davon.

Gerade kam eine Gruppe Schüler an. Sie blieben unschlüssig vor dem Laden stehen, weil sie sich offensichtlich nicht hineinquetschen wollten. Sofort eilte Hannah zu ihnen, sie wollte nicht riskieren, dass sie wieder abzogen. Je mehr Menschen unterschiedlicher Altersstufen vertreten waren, desto deutlicher wurde ihre Botschaft.

»Um die kümmere ich mich schon!«, rief Ute hastig und drängelte sich an Hannah vorbei zur Tür. Neugierig folgte Hannah ihr. »Meine Tochter hat ihre ganze Deutschklasse mitgebracht«, raunte Ute ihr vergnügt zu, bevor sie die Neuankömmlinge überschwänglich begrüßte.

Hannah warf einen Blick in den überfüllten Laden. »Vielleicht könnt ihr euch hier draußen postieren?«

»Sehr gerne.« Die Lehrerin lächelte sie an. »Wir haben auch ein paar Plakate mitgebracht.«

»Das ist großartig, danke!«

»Kein Problem.« Sie zwinkerte Hannah zu. »Das war ein guter Aufhänger für unsere Lesewoche. Wir haben fleißig Sprüche und Zitate übers Lesen gesammelt, und jeder darf in den nächsten Wochen sein Lieblingsbuch vorstellen.« Sie entrollte mehrere Banner, auf denen Sprüche wie *Lesen gefährdet die Dummheit* oder *Schock deine Eltern, lies ein Buch* prangten.

»Danke.« Hannah drückte gerührt Utes Hand.

»Habe ich gern gemacht, Liebes. Und jetzt lass uns dem Möchtegern-Hotelier richtig einheizen!«

Hannah grinste und nickte Christine zu, die gerade mit dem Bürgermeister im Schlepptau ankam. Mit einem mulmigen Gefühl in der Magengegend studierte Hannah sein Gesicht. Sie hätte zu gern gewusst, wie er zu ihrer Demonstration stand. Vorsichtig trat sie näher.

»Herr Barthold, ich freue mich, dass Sie gekommen sind.«

»Hm.« Er schaute sich staunend um. »Ich konnte diesem Volksauflauf wohl kaum fernbleiben«, brummte er, doch seine Mundwinkel kräuselten sich leicht. »Ich muss gestehen, du hast mich wirklich überrascht, Hannah. Ich hätte nie gedacht, dass du wegen des Buchladens einen solchen Aufstand veranstaltest.«

»Wie Sie sehen, stehe ich nicht allein da.« Hannah deutete auf all die Menschen, die gekommen waren, um für den Erhalt des Ladens zu demonstrieren.

»In der Tat.« Der Bürgermeister nickte nachdenklich.

»Wie ist denn Ihre Meinung zu dem Ganzen?«

»Nun, als ehemaliger Deutschlehrer liegt mir die Literatur natürlich sehr am Herzen«, setzte er diplomatisch an.

»Aber?«

»Ich muss natürlich auch an das Wohl der Gemeinde denken.«

»Ein beachtlicher Teil davon ist gerade hier versammelt. Ich finde, es ist eindeutig, was die Menschen sich wünschen.«

»Stimmt schon.« Er lächelte unverbindlich. »Und ich hoffe sehr, dass wir eine gute Möglichkeit finden, alle Bedürfnisse unter einen Hut zu bekommen.«

»Sie meinen den Bücherkiosk?«, entfuhr es Hannah bitter. Christine hatte ihr von dieser Idee erzählt. Die Euphorie, die sie angesichts der bombastischen Unterstützung den ganzen Morgen verspürt hatte, schwand. Der Bürgermeister war der Einzige, der Ben noch aufhalten konnte, aber wie es aussah, würde er es nicht tun.

»Es ist eine der Möglichkeiten. Ich werde alles in Ruhe mit Herrn Fullert besprechen.«

»Natürlich«, presste Hannah hervor. »Sie beide verstehen sich sicher fantastisch.«

»In der Tat. Er ist überaus höflich und entgegenkommend.«

Er meinte wohl spendabel. Hannah biss sich auf die Zunge, damit diese Worte nicht aus ihrem Mund herauspurzelten. Es würde nichts bringen, sich jetzt mit Herrn Barthold zu streiten.

»Bitte entschuldigen Sie mich«, sagte sie kühl. »Ich muss mich um die ganzen Menschen hier kümmern.«

***

»Danke, wir treffen uns gleich dort.«

Ben steckte das Smartphone ein und entriegelte den Wagen. Jetzt kam die Stunde der Wahrheit.

Gestern nach dem Gespräch mit Hannah war er noch aufgewühlter gewesen als zuvor. Immer wieder hatte er sich den Kopf über sie und ihr Verhalten zermartert. Hatte sie bloß versucht, ihn zu manipulieren, oder hegte sie wirklich Gefühle für ihn? Einen Moment lang hatte er geglaubt, dass sie es ernst meinte, aber dann war sie unverzüglich zurückgerudert, als sie nicht ihren Willen bekam. Allzu weit her konnte es mit ihren Gefühlen also nicht sein. Ihre Sympathie reichte nicht aus, um ihm zu verzeihen. Das war die einzige Gewissheit, die er vom gestrigen Abend mitgenommen hatte.

Heute würden sich ihre Wege trennen. Für immer. Unwiderruflich. Ben ignorierte das Ziehen in seiner Brust, das dieser Gedanke auslöste, und stieg in sein Auto. Je schneller er das Ganze hinter sich brachte, desto besser.

Zum Glück spielte die Umzugsfirma, die er für die Ausräumung des Ladens engagiert hatte, mit. Er hatte sich bereits letzte Woche ein Angebot machen lassen, ohne jedoch einen konkreten Termin mitzuteilen. Und gerade eben hatte der Inhaber ihm versichert, dass er heute einen kleinen Lieferwagen und zwei Mann entbehren konnte. Wenn Ben selbst tüchtig mit anpackte, müssten sie innerhalb weniger Stunden fertig werden.

Ben startete den Wagen und fuhr los. Er hoffte sehr, dass Hannah ihm einfach den Schlüssel überließ, ohne es ihnen beiden noch schwerer zu machen. Ein Schmunzeln stahl sich auf seine Lippen. So, wie er sie kannte, war das ziemlich unwahrscheinlich. Sie zog wahrlich alle Register.

Die Fahrt nach Kempenich verging viel zu schnell. Er parkte den Wagen und wünschte sich, er könnte stattdessen noch stundenlang die staubige Landstraße entlangjagen. Über sich selbst den Kopf schüttelnd, stieg er aus. Er war doch sonst kein Feigling.

Schon von Weitem hörte er lautes Stimmengewirr, das für diese Tageszeit und Gegend sehr untypisch war. Ben bog um die Ecke – und erstarrte. Was zur Hölle ging da vor sich?

Eine große Menschentraube hatte sich vor dem Buchladen versammelt. Ein paar Jugendliche hielten Plakate hoch, andere saßen an die Mauer gelehnt auf dem Boden und lasen. Etwas abseits entdeckte Ben zwei Männer in grauen Overalls, die unschlüssig herumstanden. Das mussten seine Umzugshelfer sein. Ihr Wagen stand gut zwanzig Meter entfernt im Halteverbot am Straßenrand. Verärgert rannte Ben zu ihnen.

»Was geht hier vor?«, fragte er atemlos, sobald er die Männer erreichte.

»Keine Ahnung.« Der ältere der beiden zuckte mit den Schultern. »Herr Fullert, nehme ich an?«

»Ja, Entschuldigung.« Ben besann sich auf seine Manieren und streckte ihm die Hand entgegen. »Nennen Sie mich Ben.«

»Gerne. Ich bin Kurt, und das hier ist Eddie. Hast du diese ganzen Menschen bestellt?«

»Ganz sicher nicht!«, brummte Ben. »Entschuldigt mich mal bitte.«

Er hatte gerade die mutmaßliche Übeltäterin erspäht. Hannah trug ein enges weißes T-Shirt, blaue Jeggins und flache Sneakers und sah einfach umwerfend aus, wie sie sich da zwischen den Menschen hindurchschlängelte, hier ein Wort wechselte, dort ein Lächeln oder einen Handschlag schenkte. Sie hatte ihn offensichtlich noch nicht bemerkt.

Ben versuchte, sich durch die Menschenmenge zu ihr zu drängen, doch flink wie ein Wiesel verschwand sie im Inneren des Ladens. Er blieb stehen und sah sich staunend um. Waren all diese Menschen tatsächlich gekommen, weil sie den Buchladen retten wollten, oder war das hier bloß ein Beweis für den sagenhaften Zusammenhalt einer Kleinstadt?

Ben schaute genauer hin. Die meisten der Anwesenden hielten ein Buch in den Händen, manche lasen tatsächlich darin, andere diskutierten mit ihren Nachbarn, wobei die Gespräche sich teilweise sogar um Bücher zu drehen schienen. In Gedanken begann Ben die Menschen zu zählen, brach jedoch schnell wieder ab. Es mussten allein hier draußen weit über vierzig sein. Aber was bezweckten sie?

Als hätte er die Frage laut gestellt, fingen die Jugendlichen mit den Transparenten lautstark zu skandieren an. »Ret-tet den Buch-la-den! Bü-cher braucht die Stadt! Ret-tet den Buch-laden! Bü-cher braucht die Stadt!«

Okay, damit hatte er wohl seine Antwort. Ben runzelte die Stirn. Glaubten sie tatsächlich, diese Aktion würde irgendetwas ändern? Oder hatte Hannah es bloß darauf angelegt, ihn möglichst viel zu ärgern, bevor sie verschwand?

Bens Blick fiel auf einen stämmigen Mann in Cordhose und hellem Hemd, der ihm bekannt vorkam. Er brauchte einen Moment, um ihn als den Bürgermeister zu identifizieren. Mit dem würde er ein ernstes Wörtchen reden.

»Herr Barthold«, begrüßte er ihn, als er ihn endlich erreicht hatte. »Ich muss zugeben, ich bin überrascht, Sie hier zu sehen.«

»Herr Fullert!« Der Mann wirkte nicht im Mindesten ertappt, dafür spürte Ben, wie sich die Augen aller Umstehenden nicht gerade wohlwollend auf ihn richteten. Konnte der Bürgermeister nicht leiser reden? »Nun, ich bin immer da, wo meine Bürger sind.«

»Auch wenn diese gerade eine Ordnungswidrigkeit begehen?«, fragte Ben spitz.

»Wie meinen Sie das?«

»Sie blockieren die ganze Straße und sorgen für eine ziemliche Ruhestörung.« Er hasste sich selbst dafür, so kleinkariert zu klingen, aber das Ganze hier ging ihm so was von gegen den Strich. Warum mussten sich in diesem Dorf selbst die einfachsten Dinge als kompliziert entpuppen? Er wollte nichts weiter als den Schlüssel zu einem Gebäude, das er rechtmäßig erworben hatte.

»Das mag stimmen, Herr Fullert. Bei einer angemeldeten Demonstration ist das jedoch völlig zulässig.«

»Diese Versammlung hier ist genehmigt?«, fragte Ben skeptisch.

»Oh ja. In unserer Gemeinde nehmen wir Gesetz und Ordnung sehr ernst. Sie war sogar in der Zeitung angekündigt.«

Ben verzog das Gesicht. Vielleicht hätte er den Artikel sorgfältiger lesen sollen, aber er hatte sich nicht überwinden können, den ganzen gehässigen Blödsinn, der da über ihn verzapft wurde, aufmerksam zu studieren.

Der Bürgermeister sah auf seine Armbanduhr. »Ein paar Stunden müssen Sie sich wohl noch gedulden. Um siebzehn Uhr ist diese Veranstaltung offiziell vorbei.«

»Das werden wir ja noch sehen!«, brummte Ben. So lange konnte er nicht warten. Die beiden Umzugshelfer standen ihm nur heute zur Verfügung, und er musste sie so oder so bezahlen.

Entschlossen kämpfte er sich durch die Menge auf den Eingang des Buchladens zu und prallte beinahe mit Hannah zusammen, die gerade mit einem Tablett voller Pappbecher nach draußen kam.

»Ben!«, entfuhr es ihr, und er griff hastig nach dem Tablett, bevor die Becher ins Rutschen geraten konnten.

»Hallo, Hannah! Überrascht mich zu sehen?«

»Nein, natürlich nicht.« Sie lächelte ihn an. »Wir waren schließlich verabredet.«

»Du erinnerst dich also, dass du mir den Schlüssel übergeben wolltest?«

Ihr Gesicht verhärtete sich. »Wenn du ihn wirklich haben möchtest.«

»Wieso sollte ich ihn nicht wollen?«

»Sieh dich doch mal um! So viele Menschen sind gekommen, nicht nur aus Kempenich, sondern auch aus den umliegenden Orten, um dir zu zeigen, wie viel der Laden ihnen bedeutet.«

Ben seufzte tief. »Ich dachte, das hätten wir längst hinter uns.«

»Du vielleicht. Für mich ist das hier noch sehr aktuell.«

»So meinte ich das nicht«, setzte Ben an, doch seine Stimme ging im lauten Protestgeschrei der Demonstranten unter. »Können wir irgendwo in Ruhe reden?«

»Sicher, komm mit.« Hannah drückte das Tablett einer vorbeieilenden Frau in die Hände, die ihr einen besorgten Blick zuwarf. »Ist schon in Ordnung«, sagte Hannah leise zu ihr, dann zog sie Ben in den Laden, in dem es tatsächlich um einiges ruhiger war, wenn auch nicht weniger voll.

»Was machen all diese Menschen hier?«

»Lesen«, erklärte sie das Offensichtliche, als wäre er ein zurückgebliebenes Kleinkind.

»Das meine ich nicht, und das weißt du auch!«, zischte er aufgebracht.

»Wir nutzen unser Versammlungsrecht und das Recht zur freien Meinungsäußerung.«

»Diese Rechte gelten aber mit Sicherheit nicht in *meinem* Buchladen!«

Hannah öffnete den Mund, als wollte sie ihm widersprechen, doch es kam kein Ton heraus. Schockiert starrte sie ihn an. Hatte sie etwa immer noch nicht begriffen, dass der Laden tatsächlich ihm gehörte?

Sie straffte die Schultern und verschränkte die Arme vor der Brust. »Dann musst du das den Leuten hier selber sagen.«

»Gut.« Ben sah sich um und entdeckte einen leeren Hocker. Seelenruhig ging er an Hannah vorbei und schnappte ihn sich. Dann stellte er ihn in die Mitte des Verkaufsraums und kletterte hinauf.

»Ich bitte kurz um Ihre Aufmerksamkeit!«

Unverzüglich wurde es mucksmäuschenstill. Alle Augenpaare richteten sich auf Ben. So weit, so gut.

»Wie Ihnen allen bekannt sein dürfte, hat Hannah Konrads diesen Laden an mich verkauft. Er gehört ab sofort also mir. Ich möchte Sie daher bitten, ihn zu verlassen.«

Kein Mensch rührte sich vom Fleck.

»Haben Sie mich verstanden?«, rief Ben. »Wenn Sie nicht freiwillig gehen, werde ich den Laden von der Polizei räumen lassen.«

Endlich kam Leben in die Anwesenden.

»So eine Frechheit!«

»Unerhört! Das ist Marlies' Geschäft!«

»Sie sollten sich schämen!«

»Ey Mann, das ist voll uncool!«

Von allen Seiten schlug Ben Protest und auch das ein oder andere Schimpfwort entgegen. Erwartungsvoll schaute er Hannah an. »Möchtest *du* es ihnen erklären, oder soll ich wirklich die Polizei rufen?«

Hannah starrte ihn ungläubig an. Verzweiflung stand ihr ins Gesicht geschrieben. Wenige Herzschläge später wurde diese von abgrundtiefem Schmerz abgelöst. Hannahs wunderschöne Augen füllten sich mit Tränen, sie wirkten gebrochen. Doch ihre Schultern blieben gestrafft und ihr Kopf stolz erhoben. Kalte Verachtung sprach aus dem Blick, mit dem sie Ben maß.

Ihr Ausdruck ging ihm durch Mark und Bein. Genau wie sie gewusst hatte, dass er nach Belieben über den Laden verfügen konnte, hatte er gewusst, was daraufhin geschehen würde. Er hatte in Kauf genommen, dass sie ihm niemals verzieh. Es war allerdings ein himmelweiter Unterschied, etwas rein rational zu begreifen und es tief in seinem Herzen tatsächlich zu spüren. Ben schluckte, seine Kehle wurde eng, und eine tiefe Leere breitete sich in ihm aus, als hätte er gerade etwas unglaublich Wertvolles verloren, ohne es jemals besessen zu haben.

Dann wandte Hannah sich von ihm ab und lenkte ihre Aufmerksamkeit auf die versammelten Menschen. »Ich danke Ihnen allen, dass Sie heute gekommen sind. Das werde ich Ihnen niemals vergessen. Aber«, sie hob ihre Arme in einer resignierten, hilflosen Geste, »leider hat dieser Mann hier recht. Das Gebäude gehört von nun an ihm. Und er will uns nicht länger hier haben.« Irgendwer schluchzte laut auf, und Hannah sprach hastig weiter. Ben sah, wie viel Überwindung sie die Worte kosteten. »Ich bitte Sie daher, zu gehen. Ich möchte nicht, dass

Sie Ärger bekommen, bloß weil Sie mir helfen wollten.« Ihre Stimme versagte, und sie räusperte sich. »*Marlies' Bücherecke* schließt heute zum letzten Mal ihre Türen.« Sie schniefte und holte zitternd Luft. »Als Dank für Ihre Treue und Ihre Liebe zu Büchern, dürfen Sie sich gern ein Andenken an Marlies und ihren zauberhaften Buchladen mitnehmen. Ich danke Ihnen.« Sie verstummte und wischte sich verstohlen über die Wangen.

Ein älterer Mann erhob sich und klopfte Hannah aufmunternd auf die Schulter. Er schaute Ben grimmig an und verließ, mit einem Buch unterm Arm, langsam den Laden. Als Nächstes erhob sich eine junge Frau und folgte ihm.

Auch wenn es bei Ben den Eindruck eines einstudierten Theaterstücks hinterließ, wie die Menschen einer nach dem anderen an ihm vorbeimarschierten, berührte ihn ihre stille, würdevolle Trauer. Hannah stand die ganze Zeit blass und gefasst neben ihm und wirkte so klein und zerbrechlich wie niemals zuvor. Der Wunsch, ihr den Arm um die Schultern zu legen, sie an sich zu ziehen, ihr Halt und Trost zu geben, war übermächtig. Aber Ben wusste, dass es keinen Sinn mehr hatte. Was auch immer zwischen ihr und ihm gewesen sein mochte, es war vorbei.

Als Letzte verließ eine ältere Frau, in der er eine Freundin von Hannahs Tante erkannte, den Laden. Ihr Gesicht war tränenüberströmt, und sie nahm Hannah ganz fest in den Arm, bevor sie mit hängenden Schultern davonschlurfte.

Ein Gefühl von Schuld senkte sich auf Bens Brust, auch wenn er streng genommen im Recht war. Zögernd wandte er sich Hannah zu, die ihm mit ausdruckslosem Gesicht einen Schlüsselbund entgegenhielt.

»Das sind alle Schlüssel zum Laden, von denen ich weiß«, sagte sie tonlos. »Den Wohnungsschlüssel bekommst du gleich. Ich muss nur noch meine Sachen holen.«

»Lass dir ruhig Zeit«, sagte er, und wünschte, er könnte irgendwie diese starre Maske durchdringen, zu der ihr Gesicht geworden war.

»Nicht nötig. Hier hält mich nichts mehr.«

Ihre Worte schnitten wie glühende Dolche in sein Herz.

»Das war's also?«, fragte er leise.

»Du hast es selbst so gewollt. Herzlichen Glückwunsch, du hast gewonnen!« Ohne noch etwas hinzuzufügen, wandte Hannah sich ab und verließ den Laden durch den Hinterausgang. Er hörte die Treppe leicht knarzen, dann nahm er ihre federnden Schritte auf den Holzdielen wahr, während sie über seinem Kopf umherhuschte, um ihre Sachen zusammenzusuchen.

Unschlüssig schaute Ben sich in dem plötzlich so leeren Laden um. Draußen hingegen drängten sich die Menschen, diskutierten, schimpften und lachten. Stand er vielleicht doch auf der falschen Seite der Tür?

»Hier.« Hannahs Stimme riss ihn aus seinen Gedanken. Sie legte einen kleinen Schlüssel auf die verwaiste Ladentheke. »Ich wäre dann so weit.«

»Hannah, bitte ...«, sagte er, ohne zu wissen, worum er sie überhaupt bitten wollte. Dass sie blieb? Dass sie ihm verzieh?

»Karin wird die gepackten Kisten später hier abholen und sie mir nachschicken«, sagte sie, ohne auf ihn einzugehen. »Der Rest wird am Montag zur Wohlfahrt gebracht.«

»Hast du wirklich alles, was du wolltest?«

»Nein«, entgegnete sie schlicht. »Aber das Leben ist nun mal kein Wunschkonzert.« Sie wandte sich ab, schlang sich ihre Reisetasche über die Schulter und verschwand so plötzlich aus seinem Leben, wie sie darin aufgetaucht war.

Zu spät fiel Ben ein, dass er ihr hätte anbieten können, sie zur Bushaltestelle zu fahren. Andererseits hätte sie das ohnehin abgelehnt. Es war schon besser so – ein glatter Schnitt, und beide wussten, woran sie waren. Ein Schnitt, der mit Sicherheit bald verheilen würde. Spätestens, wenn sein neues Hotel brummte und die Ablehnung der Leute sich gelegt hatte. Vielleicht würde sie eines Tages wiederkommen und sehen, dass die Welt, wie sie sie kannte, gar nicht untergegangen war.

Ja, rede dir das ruhig ein, meldete sich eine gehässige, kleine Stimme in Bens Kopf zu Wort. Hannah würde nicht zurückkommen, und wenn doch, würde er selbst längst nicht mehr hier sein.

KAPITEL 18

Blind vor Tränen stolperte Hannah die Straße zur Haltestelle entlang. Obwohl die Sonne warm vom Himmel schien, kam ihr die Welt trist und trostlos vor. Der Riemen der schweren Reisetasche rutschte ihr von der Schulter. Fluchend blieb sie stehen und zog ihn wieder hoch. Dann setzte sie ihre Flucht fort. Sie wusste weder, wie spät es war, noch, wann der nächste Bus fahren würde, und es war ihr egal. Irgendwann würde schon einer kommen. Sie erreichte das Haltestellenhäuschen und ließ sich schwer auf eine Bank sinken.

Es ist vorbei, vorbei, vorbei. Die Worte hallten in ihrem Kopf wie Hammerschläge. Sie hatte alles gegeben, hatte mit Händen und Füßen gekämpft und trotzdem verloren. All ihre Mühe, all das Herzblut hatten nicht das Geringste bewirkt. Ben hatte sich nicht erweichen lassen. Hannah schloss die Augen und seufzte tief. Sie wünschte, sie könnte ihn dafür hassen, aber ihr Innerstes war leer, bis auf eine alles umfassende Traurigkeit. Sie hatte keine Kraft mehr, noch irgendetwas zu fühlen.

»Es tut mir leid, Mama«, raunte sie und spürte Tränen über ihre Wangen rinnen. »Es tut mir leid, Tante Marlies.« Sie hatte versagt, hatte es nicht geschafft, das Vermächtnis der beiden Frauen zu bewahren.

Hannah nahm die Brille ab und vergrub das Gesicht in den Händen. Welchen Sinn hatte das Ganze gehabt? Wieso war sie nach Kempenich zurückgekehrt, hatte den Laden und all die Erinnerungen, die damit verbunden waren, erneut in ihr

Herz gelassen, wenn ihr letztendlich alles wieder entrissen wurde?

Wie viel glücklicher war sie noch vor zwei Wochen gewesen! Wie viel einfacher wäre alles, wenn sie Bens Lügen gar nicht durchschaut hätte! Sie wäre nach Hause gefahren, hätte die Tür zu ihrer Vergangenheit, die nun erbarmungslos über sie hereinbrach, niemals aufgestoßen. Stattdessen flüchtete sie schon zum zweiten Mal verzweifelt und verletzt aus diesem Dorf. Hannah biss die Zähne zusammen, um nicht erneut aufzuschluchzen. Es fühlte sich an, als wäre sie wieder sechzehn, als hätte sie ihre Mutter, ihr Zuhause, alles, was ihr wichtig war, ein zweites Mal verloren.

Und Ben.

Nein, an ihn wollte sie ganz sicher nicht denken. Er hätte alles zum Guten wenden, hätte ihr strahlender Ritter sein können, doch er hatte sich dagegen entschieden. Und das tat weh, fast so sehr wie der Verlust des Ladens.

Eine Wolke heißer Luft schlug Hannah entgegen, als ein Bus zischend vor ihr hielt. Hastig tastete sie nach ihrer Brille und blinzelte die Tränen weg, um etwas sehen zu können. Sie stand auf und wuchtete ihre Tasche durch die schmale Tür.

»Alles in Ordnung bei Ihnen?«, erkundigte sich der Fahrer besorgt, als sie ihm ein paar Münzen für die Fahrkarte reichte. Sie musste furchtbar aussehen – blass, mit roten Augen und verlaufener Mascara.

»Ja«, sagte sie, auch wenn es nicht stimmte. Der Busfahrer konnte ihr ohnehin nicht helfen.

Die Tür glitt hinter ihr zu, ruckelnd setzte der Bus sich in Bewegung, und Hannah kämpfte um ihr Gleichgewicht. Sie ließ sich auf den ersten freien Platz fallen und starrte teilnahmslos auf die vorbeigleitende Landschaft. Ihr war, als wäre ein großes Stück ihres Herzens in Kempenich zurückgeblieben, und sie bezweifelte, dass diese Wunde jemals heilen würde.

Ein leises Summen drang an ihr Ohr, und sie brauchte eine Weile, um es als das Klingeln ihres Handys zu erkennen. Sie griff danach und warf einen Blick auf das Display. *Karin.*

Schuldgefühle explodierten in Hannahs Brust und nahmen ihr die Luft zum Atmen. Sie hatte sich nicht von ihr verabschiedet. Karin hatte ihr die ganze Zeit ohne ein Wort des Vorwurfs oder der Klage zur Seite gestanden, und Hannah hatte sich einfach still und heimlich davongestohlen. Ihr hatte die Kraft gefehlt, Karin gegenüberzutreten – und der Mut. Sie wollte den Schmerz in ihren Augen nicht sehen und auch nicht den Groll. Wenn der Verlust des Buchladens Hannah schon das Herz brach, wie schlimm musste es erst für Karin sein? Sie hatte Marlies und den Laden geliebt. Beide so rasch nacheinander zu verlieren musste wahrlich unerträglich sein. Hannahs Schuld wog unsagbar schwer.

Sie schaltete das Handy aus und steckte es weg. Es war feige und schwach, doch im Moment konnte sie nicht anders. Vielleicht würde sie Karin anrufen, wenn ihr Herz sich nicht mehr so wund und ihr Inneres nicht mehr so hohl anfühlte. Bis dahin würden Karins Freundinnen sie mit Sicherheit viel besser trösten, als Hannah es jemals vermocht hätte. Karin brauchte sie nicht, sie hatte tolle Frauen um sich, die sie niemals so schwer enttäuschen würden, wie Hannah es getan hatte.

Hannah konnte nicht sagen, wie sie schließlich nach Hause gekommen war. Irgendwie hatte sie es tatsächlich geschafft, in den richtigen Zug zu steigen, obwohl sie kaum in der Lage war, sich auf derart profane Dinge wie einen Fahrplan oder die Uhrzeit zu konzentrieren. Sie hatte das Gefühl, ihr Körper würde auf Autopilot laufen, weil ihr Geist die Kontrolle abgegeben hatte.

Sie ließ sich in ihren Sessel plumpsen und schloss die vom Weinen brennenden Augen. In ihrem Kopf hämmerte es immer noch, sie fühlte sich restlos ausgelaugt und erschöpft. Sie zog die Beine an, kauerte sich zu einer Kugel zusammen und kuschelte sich trotz der sommerlichen Temperaturen in eine Decke.

Ein schrilles Klingeln ließ sie erschrocken zusammenfahren. Orientierungslos schaute Hannah sich in dem düsteren Zimmer um und brauchte eine Weile, um sich zu erinnern, wo sie sich befand. Sie war zu Hause, in ihrem Sessel, draußen dämmerte es bereits, und jemand klingelte Sturm an ihrer Tür. Sie schüttelte den Kopf, um die schläfrige Benommenheit zu vertreiben, und tapste auf unsicheren Füßen in den Flur. Sie drückte auf den Summer und hörte unten die Eingangstür aufgehen.

Mist! Sie hatte ganz vergessen, zu fragen, wer da eigentlich war. Absätze klackerten laut auf der Treppe, und kurz darauf kam Katja ins Sichtfeld von Hannahs Spion. Zielstrebig ging ihre Freundin zur Tür und klopfte an. Hannah seufzte, am liebsten hätte sie sich wieder in ihrem Sessel – oder noch besser im Bett – verkrochen. Sie konnte jedoch schlecht vorgeben, nicht zu Hause zu sein. Immerhin hatte sie Katja gerade erst die Haustür geöffnet.

»Hannah! Bist du da?« Katjas besorgte Stimme wurde von einem erneuten Klopfen begleitet.

»Ja«, brummte sie und öffnete die Tür.

»Ist alles in Ordnung?« Ihre Freundin kniff die Augen zusammen, um in dem dämmrigen Licht besser sehen zu können.

»Nö, aber komm rein.« Hannah wandte sich um und schlurfte ins Wohnzimmer zurück. Sie hörte, wie Katja ihre Handtasche abstellte, ihre Schuhe auszog und ihr folgte. Im nächsten Moment wurde sie von hellem Lichtschein geblendet, als Katja ohne Vorwarnung die Lampe anmachte.

»Du hast ja noch nicht mal ausgepackt«, bemerkte sie missbilligend.

Hannah raffte sich dazu auf, ihrem Blick zu folgen. Ihre Reisetasche stand noch genau an der Stelle, wo sie sie vorhin abgestellt hatte.

»Hast du etwa geschlafen?«, fragte Katja, als Hannah sich wieder in ihre Decke wickelte, und dieses Mal überwog eindeutig die Besorgnis. »Bist du krank?«

»Nein.« Zumindest galt diese Art von seelischem Leid gemeinhin nicht als Krankheit.

Katja setzte sich zu ihr auf die Sessellehne. »Ich habe gehört, was passiert ist. Es tut mir so leid.«

»Woher weißt du es?«

»Ich habe versucht, dich anzurufen, wollte wissen, wie die Demo gelaufen ist. Bei dir ging nur die Mailbox dran. Also habe ich es bei Karin versucht, und sie meinte, du wärst einfach verschwunden, nachdem Ben dir die Schlüssel abgenommen hatte. Ich habe mir echt Sorgen gemacht. Und weil du nicht an dein Handy gehst, bin ich auf gut Glück hergefahren.«

»Danke.« Hannah schmiegte eine Wange an Katjas Arm. »Wie … Wie geht es Karin?«, fragte sie nach einer kurzen Pause.

»Na ja.« Ihre Freundin zuckte mit den Schultern. »Sie klang nicht gerade erfreut. Es ist für uns alle ein herber Rückschlag.«

Hannah nickte. Das war noch eine bodenlose Untertreibung.

»Und, was hast du jetzt vor?«, fragte Katja. Sie klang, als wollte sie Hannahs trübe Stimmung unbedingt vertreiben.

Hannah schnaufte bitter. »Keine Ahnung. Nichts. Ich glaube nicht, dass Ben sich noch durch irgendetwas umstimmen lassen würde.«

Nichts, was sie getan oder gesagt hatte, hatte irgendeinen Einfluss auf ihn gehabt. Dabei hatte sie zwischendurch das Gefühl gehabt, zu ihm durchzudringen. So konnte man sich irren. Vielleicht gab es ja Buchmenschen und Nicht-Buchmenschen, die einander niemals verstehen würden, so wie es Katzen- und

Hundemenschen gab. Hannahs Herz wurde noch schwerer, und sie seufzte vernehmlich.

»Das meine ich nicht«, sagte Katja. »Du bist jetzt reich, schon vergessen?«

»Ich will sein Geld nicht!«, erwiderte Hannah wie aus der Pistole geschossen.

»Jetzt vielleicht nicht«, meinte Katja besänftigend. »Aber warte noch ein paar Tage, oder von mir aus auch Wochen oder Monate, dann wirst du das Ganze mit Sicherheit anders sehen.«

»Werde ich nicht!«, beharrte Hannah.

Katja musterte sie nachdenklich. »Der Kerl setzt dir wirklich unglaublich zu, was?«

»Wie bitte? Nein!« Entrüstet schaute Hannah ihre Freundin an. »Das hat überhaupt nichts mit Ben zu tun. Es ist … Blutgeld!«

Katja zog spöttisch eine Augenbraue hoch. »Übertreibst du jetzt nicht ein wenig?«

»Kann sein«, räumte Hannah ein. »So fühlt es sich für mich nun einmal an. Tante Marlies hätte sicher nicht gewollt, dass es so endet.«

»Dennoch ist es geschehen. Also solltest du das Beste daraus machen«, sagte Katja pragmatisch. »Meine Laune würde zum Beispiel ein schicker, neuer, apfelgrüner Flitzer ganz sicher heben«, fügte sie mit einem breiten Grinsen hinzu.

»Dann nimm das Geld und kauf dir einen.«

Kopfschüttelnd schaute Katja sie an. »Oh Mann, ich muss dich wirklich lieb haben, wenn ich dieses Angebot ausschlage.«

»Wenn du es nicht nimmst, sollte ich das Geld vielleicht einfach spenden«, sagte Hannah.

»Untersteh dich!« Ernst sah Katja sie an. »Okay, versprich mir eins: Du machst keine Dummheiten und überstürzt nichts. Lass das Geld liegen, bis du dich beruhigt hast. Vergiss es einfach erst mal.«

»Ist gut.« Hannah seufzte. Vergessen hörte sich nach einem ausgezeichneten Plan an.

***

Ben saß am Fenster und starrte nachdenklich in die Nacht hinaus. Um ihn herum war es fast schon unnatürlich still. Nichts regte sich. Draußen kämpfte eine einsame Straßenlaterne mit ihrem spärlichen Licht gegen die Dunkelheit an. Er hatte keine Ahnung, wie spät es war.

Wenn er die Augen schloss und den Kopf gegen die Sessellehne drückte, meinte er fast, Hannahs blumigen Duft riechen zu können. Wie oft hatte sie hier wohl in den vergangenen Tagen gesessen, mit einem Buch auf den Knien, versunken in eine Welt, die nur sie selbst wahrnahm? Er schmunzelte wehmütig. Ihre Liebe zum gedruckten Wort hatte ihn beeindruckt. Wäre der Laden nicht schon ausgeräumt, hätte er der Neugier wohl nicht widerstehen können und zu einem Buch gegriffen. Auch wenn er keine Ahnung gehabt hätte, was er lesen sollte. Weder die aktuellen Bestseller noch die Werke, an die er sich aus der Schulzeit erinnerte, sprachen ihn sonderlich an. Vielleicht hätte er Hannah nach einer Empfehlung fragen sollen, sie war schließlich diejenige, die daran glaubte, dass es für jeden das richtige Buch gab.

Aber dafür war es zu spät.

Müde rieb Ben sich über die Augen. Es war ein verdammt langer Tag gewesen. Es hatte ewig gedauert, bis der Volksauflauf vor dem Laden sich aufgelöst hatte, und noch länger, bis er mit den beiden Helfern den Verkaufsraum ausgeräumt hatte. Um keinen Ärger zu erregen, hatten sie den Lieferwagen im Hinterhof geparkt und alles umständlich nach hinten geschleppt. Ben hatte nicht gewusst, dass Bücher so schwer sein konnten, und auch nicht, dass sich in den stabilen Regalen so unendlich viele davon befanden. Während er Kiste um Kiste getragen hatte, hatte er immer wieder Hannahs vorwurfsvollen Blick vor Augen gehabt, ebenso wie die Entrüstung all der Menschen um ihn herum.

Da war ihm zum ersten Mal bewusst geworden, dass er sich gründlich geirrt hatte.

Hannah, ihre Tante und deren Freundinnen waren kein Einzelfall. Selbst wenn er davon ausging, dass gut die Hälfte der heute Erschienenen nur aus Neugier, Sensationslust oder prinzipiellem Protest gegen alles Neue gekommen war, blieben immer noch reichlich Menschen übrig, denen der Laden wirklich etwas bedeuten musste. Irgendwie konnte Ben das sogar verstehen. Das kleine Geschäft hatte eine ganz besondere Atmosphäre verströmt, in der sich all die, die sich gern von Geschichten verzaubern ließen, mit Sicherheit wohlfühlen mussten.

Der Bildschirm des aufgeklappten Laptops auf seinen Knien wurde schwarz, und er fuhr mit dem Finger über das Touchpad, um den Standby-Modus auszuschalten. Die letzten zwei Stunden hatte er mit Recherchen verbracht und erstaunt festgestellt, dass der Buchmarkt in Deutschland jedes Jahr einen gewaltigen Umsatz machte. Das bedeutete wiederum, dass es – trotz der ständigen Klagen über sinkendes Bildungsniveau und schlechte Pisa-Studien – Tausende und Abertausende von Menschen geben musste, die gerne lasen. Ben hatte unzählige Foren und Communities gefunden, die sich Tag für Tag nur über Bücher und Geschichten austauschten.

Die Idee, die in seinem Kopf allmählich Gestalt annahm, wurde immer reizvoller. Er spürte Aufregung in sich aufsteigen, das sichere Gefühl, auf dem richtigen Weg zu sein. Wenn er ehrlich war, war die Idee schon seit Tagen in seinem Hinterkopf herumgeschwirrt, ohne dass er sie hatte greifen können, und er war froh, dass es ihm endlich gelungen war. Bevor es endgültig zu spät war.

Natürlich war die Idee sehr riskant und der Erfolg mehr als ungewiss. Er hätte gern mit Hannah darüber gesprochen, um ihre Meinung dazu zu hören. Aber zuerst musste er die Bank überzeugen. Wenn er Hannah von seinem Vorhaben erzählte und der Investor ihm dann den Geldhahn abdrehte, weil das Projekt wagemutig, ja fast schon verrückt schien, würde er sie nur erneut enttäuschen.

Ben atmete tief durch und starrte erschöpft auf den überarbeiteten Businessplan. Wenn er das durchzog und es nicht funktionierte, würde er alles verlieren, wofür er in den letzten Jahren hart gearbeitet hatte. Dann hätte er sich den ganzen Streit mit Hannah auch sparen können.

Aber wenn es hinhaute … Ben grinste. Dann würde hier etwas absolut Geniales entstehen.

Es würde funktionieren, das musste es einfach. Sein Instinkt hatte ihn noch nie getäuscht. Seine Finger kribbelten, so sehr brannte er darauf, sich direkt an die Arbeit zu machen. Er tippte ein paar Ziffern in das Feld der prognostizierten Gewinnerwartung und versuchte sich einzureden, dass sein gutes Gefühl nichts mit einem Paar großer dunkler Augen zu tun hatte, die er womöglich wieder zum Leuchten bringen würde.

***

Mit gemischten Gefühlen öffnete Hannah am Montag die Tür der PR-Agentur. Schon den ganzen Morgen versuchte sie sich in die richtige Stimmung zu bringen. Endlich konnte sie sich voll auf das konzentrieren, was ihr wichtig war, was für sie wirklich zählte. Und mit etwas Glück würde die Arbeit sie von den trüben Gedanken ablenken, die sich immer nur im Kreis drehten.

Der Verlust des Buchladens schmerzte drei Tage später noch genauso sehr. Darüber hinaus fehlte ihr Ben. Sie konnte es selbst nicht fassen, aber sie vermisste diesen Mistkerl, der so überheblich und arrogant daherkam, nur um ihr im nächsten Moment seine versöhnliche und einfühlsame Seite zu zeigen. Hätten sie sich unter anderen Umständen kennengelernt, hätte Hannah sich womöglich sogar in ihn verlieben können. Und auch so hatte ein Teil von ihr wohl insgeheim geglaubt, dass sich alles irgendwie zusammenfügen würde. Aber das Leben war kein Wunschkonzert – wie sie Ben selbst so treffend erklärt hatte – und erst recht kein Märchen mit Happy-End-Garantie. Das hatte sie schon sehr früh gelernt.

»Hannah, da bist du ja!«, riss Rebeccas Stimme sie aus ihren Gedanken. Die junge Frau hinter dem hohen Empfangstresen wirkte wie immer so perfekt gestylt, als wäre sie gerade einer Modezeitschrift entsprungen. »Du siehst furchtbar aus«, sagte sie naserümpfend. »Bist du etwa immer noch krank?«

Hannah widerstand nur mühsam dem Impuls, ihr weiszumachen, sie hätte sich die halbe Nacht übergeben, und dabei wenig subtil in ihre Richtung zu husten. Stattdessen winkte sie müde ab. »Es geht schon. Ist Herr Lorenz da?« Wenn sie tatsächlich so schlimm aussah, wie sie sich fühlte, würde zumindest niemand ihren Krankenschein von letzter Woche infrage stellen.

»Ja, er ist in seinem Büro. Du solltest dich beeilen, in fünf Minuten hat er ein Meeting.«

»Danke.« Sie nickte Rebecca zu und machte sich auf den Weg zu ihrem Chef.

Vermutlich hätte sie nervös sein sollen, doch dazu fehlte ihr schlichtweg die Energie. Dass sie sich überhaupt hatte aufraffen können, das Haus zu verlassen, zeigte schon, wie wichtig ihr der Job war. Als sie an die durchsichtige Glastür klopfte, machte sich dennoch Aufregung in ihr breit.

Herr Lorenz blickte auf, runzelte die Stirn und winkte sie herein.

»Frau Konrads, wie schön, dass Sie uns mit Ihrer Anwesenheit beehren. Ich hoffe, Ihre familiären Angelegenheiten sind nun hinreichend geklärt.«

Hannah nickte. Es war alles geklärt. Nicht so, wie sie es sich gewünscht hätte, dafür endgültig.

»Sehr gut.« Herr Lorenz schaute auf seinen Laptop. »Wie Sie wissen, hat Meyer Ihr Projekt übernommen, nachdem Sie überraschend ausgefallen sind.«

»Ja«, murmelte Hannah.

»Die ersten Gespräche mit dem Kunden sind natürlich bereits gelaufen, und die Marschrichtung steht auch schon fest. Ich teile Sie trotzdem diesem Projekt zu, vielleicht können Sie ja was Sinnvolles beisteuern und Meyer ein wenig zur Hand gehen. Ich werde ein Auge auf Sie haben und danach entscheiden, ob Sie ein eigenes Projekt verdienen oder …« Er ließ den Satz bedeutungsvoll ausklingen.

Hannah schluckte. Er brauchte es nicht auszusprechen. Sie verstand auch so, dass ihre berufliche Zukunft auf Messers Schneide stand. Wenn ihre Leistung in den nächsten Wochen Herrn Lorenz nicht überzeugte, würde sie sich auf der Straße wiederfinden, noch bevor sie das Wort *Probezeitende* aussprechen konnte.

»Keine Sorge«, murmelte sie. »Sie können sich auf mich verlassen.« Sie würde die beste Projektassistenz sein, die die Agentur jemals gesehen hatte.

»Das hoffe ich.« Herr Lorenz legte die Fingerspitzen aneinander. »Noch eine Chance bekommen Sie nämlich nicht.«

»Was für ein Arsch!«, empörte Katja sich lauthals, als Hannah ihr abends am Telefon von der Begegnung mit ihrem Chef erzählte. Sie war erst kurz vor acht nach Hause gekommen und hätte Meyer schon nach dem ersten Tag am liebsten den Hals umgedreht. Er behandelte sie wie sein persönliches Laufmädchen, dabei war sie viel besser qualifiziert als er.

»Herr Lorenz hat ja irgendwie recht«, verteidigte Hannah ihn lahm. »Ich habe meine Chance verpasst.«

»Du hattest einen Todesfall in der Familie und einen ganzen Haufen zusätzlicher Probleme …«

Hannah schüttelte entschieden den Kopf, um die Erinnerung an ein Paar strahlend grüne Augen zu vertreiben, das eines dieser Probleme besaß.

»… und der Typ hat sich nicht mal erkundigt, wie es dir geht!«, fuhr Katja aufgebracht fort.

»Er ist halt der Chef.«

»Und damit sollte er über gewisse soziale Kompetenzen verfügen!«

»Wie auch immer.« Hannah versuchte, das Thema zu beenden.

Katja mochte mit ihren Worten recht haben, trotzdem wollte Hannah sich nicht auch noch über Herrn Lorenz ärgern. Sie war gerade deprimiert genug, und die Arbeit in der Agentur war der einzige Rettungsanker, der sich ihr bot. Sie würde all ihre Energie darauf konzentrieren, den eingebildeten Stefan Meyer in den Schatten zu stellen und endlich den Platz einzunehmen, der ihr zustand. Herr Lorenz war zwar nicht gerade der nachsichtige oder warmherzige Typ, aber er ließ sich von Leistung und Ergebnissen beeindrucken. Sie würde ihn schon von sich überzeugen. Und mit etwas Glück würde die Genugtuung über ihren Erfolg die gähnende Leere in ihrem Inneren füllen.

»Sehen wir uns morgen?«, fragte Katja.

»Weiß nicht«, erwiderte Hannah ausweichend. »Je nachdem, wie lange ich arbeiten muss.«

»Komm schon, für ein paar Feierabend-Cocktails mit deiner besten Freundin wirst du wohl Zeit finden. Außerdem bist du reich und musst dich nicht mehr bis mitten in die Nacht abrackern.«

Hannah räusperte sich mahnend.

»Noch zu früh für derartige Hinweise?«, fragte Katja scheinheilig. »Auch gut. Dann lade ich dich eben ein. Du bist schließlich noch in der Probezeit und solltest sorgfältig mit deinen Ersparnissen umgehen.«

»Katja!«, entfuhr es Hannah missbilligend. Ihr war definitiv nicht nach Scherzen zumute.

Ihre Freundin lachte. »Du musst dich schon entscheiden – entweder du hast das Geld oder nicht. Beides geht nicht.«

»Sehen wir es als ein Treuhandkonto. Vielleicht vererbe ich es eines Tages ganz unberührt an meine Kinder.« Das klang gar nicht so schlecht. Falls sie überhaupt mal Kinder haben sollte.

Wieso, verdammt, dachte sie dabei schon wieder an Ben?

***

Zufrieden verließ Ben das imposante Bankgebäude. Er lockerte die Krawatte, streckte das Gesicht der Sonne entgegen, die gerade hinter ein paar Wolken hervorlugte, und genoss die warmen Strahlen auf der Haut. Es fühlte sich fast wie ein Zeichen an, dass er auf dem richtigen Weg war. Das Gespräch war überaus vielversprechend verlaufen. Nach anfänglicher Skepsis hatten sich die Berater von ihm überzeugen lassen, dass sein Plan tatsächlich funktionieren konnte. Auch wenn ihnen der konservativere erste Ansatz noch immer deutlich lieber war, hatten sie letztendlich eingewilligt, weil das Risiko für sie überschaubar blieb. Ganz anders als für Ben. Er hatte seine übrigen Hotels als Sicherheit für den Kredit hinterlegen müssen. Er konnte wirklich alles verlieren. Dennoch war sein Herz unglaublich leicht und froh, als er sich pfeifend auf den Weg zu seiner Wohnung machte.

Ben hatte der Eifel kurz nach Hannahs Verschwinden den Rücken gekehrt. Zum einen, weil er die dolchartigen Blicke der

Einheimischen nicht mehr ertrug, zum anderen, weil es dort für ihn nichts mehr zu tun gab. Es war schon irgendwie ironisch. Er hatte alles genau terminiert und geplant, hatte so viel Wert auf eine rasche Umsetzung gelegt, und nun, wo er endlich hätte loslegen können, hatte er alles noch einmal über den Haufen geworfen und so gut wie von vorn angefangen. Die erste Hürde hatte er jetzt zumindest genommen, die zweite würde er aus eigener Kraft vermutlich nicht überwinden. Dazu brauchte er Hannah.

Grinsend stieg Ben in eine Straßenbahn. Er malte sich aus, wie sie reagieren würde, wenn er ihr von seinem Plan erzählte, einem Plan, auf den *sie* ihn gebracht hat. Sie würde ihn ungläubig anstarren, um ihm dann begeistert um den Hals zu fallen. Ihm wurde ganz warm bei dem Gedanken, was sie anschließend miteinander anstellen würden. Er räusperte sich und senkte den Kopf, aus Sorge, dass ihm die lüsternen Gedanken zu deutlich ins Gesicht geschrieben standen. Noch war es nicht so weit.

Und vielleicht würde es auch gar nicht dazu kommen, flüsterte die gemeine, kleine Stimme in seinem Kopf, die er einfach nicht zum Schweigen bringen konnte. Hannah und er hatten nie über Gefühle gesprochen. Beziehungsweise, *sie* hatte das nicht getan. Er hatte ihr gestanden, dass er sie gern hatte, und sie hatte nicht darauf reagiert. Was, wenn sie ihn überhaupt nicht wollte?

Bens gute Laune sank abrupt in den Keller.

Er machte das neue Projekt natürlich nicht ihretwegen, nicht ausschließlich zumindest, sondern weil er von der Idee überzeugt war. Dennoch wusste er, dass es nicht dasselbe wäre, wenn Hannah bei der Eröffnung nicht an seiner Seite stand. Er freute sich darauf, all die kleinen und großen Details mit ihr gemeinsam zu planen. Er hatte genau vor Augen, wie sie mit konzentriert gerunzelter Stirn und leicht auf die Nase gerutschter

Brille über den Plänen brüten und ihm dieses ganz besondere Lächeln schenken würde, wann immer sie ihn ansah.

Die Straßenbahn hielt ruckelnd an. Ben schaute aus dem Fenster. In seine Tagträume vertieft, hätte er beinahe seine Haltestelle verpasst. Hastig stand er auf und drängte sich zur Tür.

Zu Hause loggte Ben sich in seinen Mail-Account ein. Das erschien ihm als der vielversprechendste und schnellste Weg, um Hannah zu kontaktieren, schließlich war ihre E-Mail-Adresse noch immer in seinem Handy gespeichert.

Dann starrte er auf den Bildschirm und wusste nicht, wie er anfangen sollte. Welchen Betreff sollte er wählen, damit sie die Nachricht überhaupt las?

Marlies' Bücherecke, schrieb er schließlich in die entsprechende Zeile. Wenn das nicht ihre Aufmerksamkeit weckte, dann wusste er es auch nicht.

Liebe Hannah, tippte er weiter. Nun, da er angefangen hatte, flossen die Worte wie von selbst.

Ich habe über alles nachgedacht, was du gesagt hast. Und ich habe eine ganz fantastische neue Idee, die ich dir vorstellen möchte. Ich bin sicher, du wirst ebenso begeistert sein wie ich.

Kurz überlegte er, ob er noch eine Einladung zum Abendessen hinzufügen sollte, entschied sich aber dagegen. Er wollte nicht den Eindruck erwecken, er wäre bloß auf ein Date mit ihr aus.

Bitte ruf mich an. Ben.

Den ganzen Nachmittag über zuckte Ben bei jedem Klingeln oder Summen zusammen, in der Hoffnung, es wäre Hannah, die ihn anrief. Immer wieder checkte er den Posteingang. Am Abend hielt er es nicht mehr aus und schickte ihr eine weitere Nachricht. Dieses Mal schrieb er seine Botschaft direkt in den Betreff: *Wir müssen reden. Bitte. Es ist wichtig.*

Seine Unruhe steigerte sich ins Unermessliche. Um nicht ständig auf das Handy zu starren, schaltete Ben irgendwann den Fernseher ein, dennoch huschte sein Blick immer wieder zum Couchtisch, wo sein Smartphone lag. Er konnte sich gar nicht daran erinnern, wann er das letzte Mal wegen einer Frau so nervös gewesen war. Er fühlte sich fast wie ein Fünfzehnjähriger vor seinem allerersten Date.

***

Ungläubig starrte Hannah auf das Display. Sie blinzelte und schaute noch einmal hin. Ben Fullert hatte ihr eine E-Mail geschickt.

Der hat sie doch nicht mehr alle!, fuhr es ihr durch den Kopf, während gleichzeitig Schmetterlinge einen wilden Reigen in ihrem Bauch zu tanzen begannen. Aufgewühlt studierte sie den Betreff: *Marlies' Bücherecke.* Neugier, Angst und Ablehnung lieferten sich in ihrem Inneren einen erbitterten Kampf. Wollte er ihr mitteilen, dass der Buchladen nun bis auf die Front abgerissen war? Wollte er sich entschuldigen?

Hannah zögerte. Ihr Finger schwebte über dem Papierkorb-Symbol. Bens erschreckend vertrautes Gesicht mit dem charmanten Lächeln blitzte vor ihr auf. Sehnsucht machte sich in ihrem Herzen breit. Sollte sie nicht zumindest nachsehen, was er zu sagen hatte?

Hannah kniff fest die Augen zusammen und wartete, bis dieser Moment der Schwäche verflog. Was auch immer es war, sie war mit ihm fertig. Dieses Kapitel war endgültig vorbei, und sie wollte nie wieder daran erinnert werden. Entschieden markierte sie die Nachricht als *Spam*, bevor sie sie löschte. So würde Ben sie nicht mehr belästigen. Dann legte sie hastig das Handy zur Seite, bevor sie es sich doch noch anders überlegen konnte.

Die nächsten Wochen zogen sich eintönig dahin. Hannah vergrub sich in ihrer Arbeit und verdrängte jeden Gedanken an Kempenich, den Buchladen oder Ben. Es schien zu funktionieren. Die Mauer, die sie die letzten zehn Jahre davor bewahrt hatte, in Kummer, Selbstmitleid und Schuldgefühlen zu versinken, war wieder fast vollständig aufgebaut.

Anfangs hatte Katja noch versucht, sie aus der Reserve zu locken und ihr die angenehmen Seiten des Lebens wieder näherzubringen, aber inzwischen war sie zu einer mehrwöchigen Asienreise aufgebrochen. Ihr größter Traum wurde wahr: Sie durfte endlich ihre erste eigene Reportage machen. Hannah freute sich sehr für sie, so eine Chance bekam man nicht alle Tage. Und obwohl sie die Freundin vermisste, war sie insgeheim erleichtert, ihr nicht mehr ständig vorspielen zu müssen, dass alles in Ordnung wäre. Denn das war es nicht. Wann immer sie zur Ruhe kam, ergriff eine tiefe Traurigkeit Besitz von ihrem Herzen, sosehr sie sich auch dagegen sträubte. Vielleicht sollte sie zu ihrem Vater fahren, mit ihm über alles reden. Sie hatte ihm bisher nur knapp mitgeteilt, dass Tante Marlies gestorben und wie die Sache mit dem Buchladen ausgegangen war.

Doch wie sollte sie anderen ein Problem erklären, das sie selbst nicht verstand?

Ihre Tante war gestorben. Sie hatte deren Buchladen an einen Mann verkauft, der sie belogen hatte. Das war nichts, womit man nicht umgehen konnte. Immerhin war sie erwachsen. Aber egal, wie oft sie sich das auch einzureden versuchte, sie kam nicht darüber hinweg.

Zumindest hatte die Sache ein Gutes: Herr Lorenz schaute sie bei den morgendlichen Teammeetings deutlich wohlwollender an als zuvor. Kein Wunder, Hannah verbrachte fast jede wache Minute in der Agentur. Und er wusste schließlich nicht, dass dies eher an ihrem Bedürfnis nach Ablenkung lag als an ihrer Begeisterung für das aktuelle Projekt.

Sie schaute auf die Uhr. Es war kurz vor neun an einem Freitagabend. Höchste Zeit, sich ins Bett zu verkriechen. Ihr Blick fiel auf die Bücherkisten, die Karin ihr vor ein paar Wochen geschickt hatte. Wie eine Katze um einen Teller Milch schlich Hannah seitdem um die Kisten herum und traute sich nicht, sie zu öffnen. Zu viel Schuld hing daran, zu viele geplatzte Hoffnungen. Auch so dienten die Kisten ihr als ständiges Mahnmal.

Sie hatte sich bei Karin noch nicht einmal dafür bedankt. Anfangs hatte sie Angst gehabt, mit ihr zu sprechen, und dann war es irgendwie zu spät gewesen. Deswegen hatte sie auch nicht auf die Anrufe reagiert, die sie in den letzten Wochen hin und wieder bekommen hatte. Sie wusste nicht, was sie sagen sollte, wenn Karin sie nach dem Grund für ihr langes Schweigen fragte. Sollte sie lieber glauben, dass die Nummer falsch war oder Hannah ihr Handy verloren hatte. Es war feige, und sie schämte sich dafür, dennoch konnte sie nicht anders. Es gab ohnehin nichts mehr zu sagen. Es war Zeit, mit der Vergangenheit abzuschließen und endlich nach vorne zu sehen.

Hannah wollte gerade aufstehen, als ihr Handy klingelte. Überrascht warf sie einen Blick darauf, aber sie kannte die Nummer nicht.

»Hallo?«, fragte sie vorsichtig, als sie das Gespräch angenommen hatte.

Einen Moment lang herrschte Stille. Dann räusperte sich jemand.

»Hallo, Hannah«, sagte Ben rau.

Ihr Herz stolperte beim Klang seiner Stimme, bevor es unkontrolliert zu pochen anfing. Wieso hatte dieser Kerl nur so eine Wirkung auf sie? Ihr ganzer Körper begann vor Aufregung zu kribbeln, gleichzeitig spürte sie den vertrauten Groll in sich aufsteigen. Sie hatte ihm noch immer nicht verziehen. Und würde es niemals tun.

»Woher hast du diese Nummer?«, fragte sie beherrscht. Sie wusste, dass sie am besten direkt aufgelegt hätte. Dennoch konnte sie es nicht tun.

»Karin hat sie mir gegeben.«

»Was?«, entfuhr es ihr ungläubig. Wie konnte sie bloß? Und vor allem wieso? Ein Verdacht keimte in Hannah auf. »Du lügst«, sagte sie kalt.

So musste es sein. Mit Sicherheit wusste Ben, dass seine Behauptung ihre Neugier wecken und sie daran hindern würde, das Gespräch sofort zu beenden.

»Wieso sollte ich das tun?« Ben klang aufrichtig überrascht.

»Wäre nicht das erste Mal.«

Er atmete hörbar durch. »Kannst du deine Vorurteile bitte kurz vergessen und mir zuhören?«

»Es gibt nichts mehr zu sagen.«

»Das sehe ich anders. Es geht um das Hotel.«

»Ist es etwa schon fertig?«

»Nein …«

»Ist der Buchladen fort?«

»Ja, aber …«

»Dann ist alles gesagt«, unterbrach Hannah ihn schroff.

»Jetzt hör mir doch mal zu!«, rief Ben aufgebracht. »Ich mache etwas völlig anderes damit …«

»Schön für dich. Ruf mich nie wieder an!« Hannah legte auf und starrte fassungslos das verstummte Handy an. Sofort regte sich Bedauern in ihr, der Wunsch, erneut seine Stimme zu hören, den Grund für seinen Anruf zu erfahren.

Das Telefon klingelte erneut. Hannah schlug sich die Hände vor die bebenden Lippen und wusste nicht, was sie tun sollte. Schließlich versteckte sie das Handy unter einem Kissen und ging ins Bad, um sich für die Nacht fertig zu machen.

Als sie nach einer ausgiebigen Dusche wiederkam, wartete ein halbes Dutzend entgangener Anrufe auf sie und genauso viele Mailboxnachrichten. Sie löschte sie alle, bevor sie aufgewühlt ins Bett ging. Dort verkroch sie sich bis zum Kinn unter der Decke und ließ ihren Tränen freien Lauf.

Der Buchladen war fort und jede Brücke zwischen Ben und ihr endgültig abgerissen.

KAPITEL 19

Hannah überprüfte im Spiegel noch einmal den Sitz ihres dunkelgrauen Hosenanzugs, bevor sie ihre Wohnung verließ. Heute war ein sehr wichtiger Tag. Letzte Woche war ihre Probezeit zu Ende gegangen, und Herr Lorenz war von ihrer Leistung so beeindruckt, dass er ihr nicht nur einen unbefristeten Arbeitsvertrag mitsamt einer kleinen Gehaltserhöhung angeboten, sondern ihr auch das erste eigene Projekt in Aussicht gestellt hatte. Heute würde er sie endlich mit den Einzelheiten vertraut machen.

Sie trat auf die Straße und schaute sich lächelnd um. Rings um sie verfärbten sich bereits die ersten Blätter, der Himmel war blau, und es war für Mitte September noch angenehm warm. Sie liebte diese goldenen Tage im frühen Herbst. Heute blieb ihr jedoch nicht viel Zeit, ihre Umgebung zu bewundern. In einer halben Stunde musste sie in der Agentur sein. Hannah beschleunigte ihren Schritt. Ihre Absätze klapperten laut über den Bürgersteig, und ihr Herz klopfte im Takt ihrer Schritte. Sie hatte so lange auf diesen Moment hingearbeitet und war mehr als neugierig, was sie erwartete. Natürlich durfte sie ihre Hoffnungen nicht zu hochfliegen lassen, immerhin war es ihr erstes Projekt. Andererseits hatte sie bereits genügend Berufserfahrung vorzuweisen, um eine wirklich spannende Aufgabe zu bekommen.

Sobald Hannah die Agentur betrat, wurde sie von Rebecca in den Besprechungsraum geleitet. Herr Lorenz war bereits dort, ebenso wie ein großer, breitschultriger Mann, der mit dem Rücken zu ihr am Panoramafenster stand.

Ben! Ihr dummes Herz machte einen aufgeregten Hüpfer, und Hannah verdrehte die Augen über sich selbst. Nach drei Monaten schien sie immer noch nicht über ihn hinweg zu sein, obwohl zwischen ihnen im Grunde gar nichts gewesen war. Wieso nur glaubte sie in einem wildfremden Mann, der zufällig seine Statur besaß, gleich Ben zu erkennen?

Dann drehte der Fremde sich um, und Hannah erstarrte. Er war es. Er war es tatsächlich.

»Ah, guten Morgen, Frau Konrads.« Herr Lorenz trat zu ihr und reichte ihr die Hand.

Automatisch erwiderte Hannah den Händedruck, ohne die Augen von Ben nehmen zu können. Er sah gut aus, sehr gut sogar. Sein Gesicht war glatt rasiert, die dichten braunen Haare leicht nach oben gegelt. Auf seinen Lippen lag die Andeutung eines Lächelns, und in seinen warmen grünen Augen spiegelten sich Vorfreude und leichte Nervosität. Hannah musste zugeben, dass diese Mischung ihn noch anziehender, noch unwiderstehlicher machte, als die fast überhebliche Selbstsicherheit, die er sonst meist zur Schau trug. Wie hypnotisiert starrte sie ihn an. Was machte er hier? Und warum jetzt?

»Darf ich Ihnen Herrn Fullert vorstellen?«, fuhr ihr Chef fort und streckte seinen Arm in Bens Richtung aus.

»Ist er … etwa … der Kunde?«, fragte Hannah nicht gerade professionell. Bens Mundwinkel zuckten, und sie hätte sich für die blöde Frage am liebsten in den Hintern getreten.

Herr Lorenz schien mit ihrem Auftreten nicht zufrieden und runzelte missbilligend die Stirn. »Noch nicht. Aber ich hoffe sehr, dass wir Herrn Fullert davon überzeugen können.«

Hannah riss sich zusammen und streckte Ben steif die rechte Hand entgegen. Sofort schlossen sich seine starken, warmen Finger um die ihren. Die Berührung ging ihr durch Mark und

Bein, Erinnerungen an seine Hände auf ihrem Körper schossen ihr durch den Kopf, als wäre ihre gemeinsame Nacht erst gestern gewesen und nicht bereits vor über drei Monaten.

Bens Augen verdunkelten sich. Hannahs Atem verfing sich in ihrer Brust. Konnte es sein, dass es ihm genauso erging wie ihr?

Völlig ungeachtet dessen, was sich gerade zwischen ihnen abspielte, fuhr Herr Lorenz mit seinen Ausführungen fort. »Herr Fullert ist gerade dabei, ein ganz großartiges neues Wellnesshotel zu errichten, und braucht tatkräftige Unterstützung bei der PR-Strategie.«

Hannah fühlte sich, als würde der Raum über ihr zusammenstürzen. Das konnte nur ein schlechter Scherz sein! Sie hatte alles getan, um den Bau dieses elenden Hotels zu verhindern, und nun sollte sie Ben mit einer Kampagne zum Erfolg verhelfen? Wie konnte er ihr das bloß antun?

Hilflos sah sie von ihm zu ihrem Chef, ihr Blickfeld verengte sich, schwarze Punkte tanzten vor ihren Augen, ein tonnenschweres Gewicht schien auf ihre Brust zu drücken. Sie holte krampfhaft Luft und spürte sofort Bens starken Arm an ihrem Rücken.

»Geht es Ihnen nicht gut?«, fragte Herr Lorenz verstimmt. Er hasste es, wenn seine Mitarbeiter nicht hundertfünfzig Prozent ablieferten.

»Doch, alles bestens«, log Hannah hastig und atmete noch einmal tief durch. Vermutlich erlebte sie gerade die erste Panikattacke ihres Lebens.

»Setzen Sie sich lieber«, sagte Ben sanft.

Dieser scheinheilige Mistkerl! Diese Ausgeburt einer Schleimschnecke! Warum machte er das?

Hannah kämpfte verzweifelt gegen ihre Tränen an. Wieso eigentlich? Vielleicht sollte sie einfach einen Nervenzusammenbruch vortäuschen – viel fehlte ohnehin nicht –, dann wäre sie aus dieser Nummer fein raus. Dann müsste sie Ben und sein bescheuertes Hotel nie wieder sehen. Ihre Karriere könnte sie dann zwar vergessen, aber das war ihr im Augenblick so was von egal.

»Ich kann das nicht!«, raunte sie.

Bens Arm legte sich stützend um ihre Taille. Besorgt sah er sie an. Offensichtlich hatte er ihre Worte falsch verstanden, denn er zog rasch einen Stuhl heran, als hätte er Angst, sie könnte umkippen.

Energisch entfernte sie seine Hand von ihrem Körper. Sie brauchte seine Hilfe nicht. Sie brauchte überhaupt nichts von ihm. Der Ärger über diese Bevormundung, nachdem er sie so hinterhältig überrumpelt hatte, gab ihr die Kraft, sich zusammenzureißen.

»Ich bin nicht die Richtige für diesen Job«, erklärte sie fest.

»Da bin ich anderer Ansicht.« Ben, der immer noch viel zu dicht neben ihr stand, lächelte sie voller Wärme an.

Nur am Rande nahm Hannah wahr, wie Herr Lorenz sich über ihre Äußerung echauffierte. Ihre ganze Aufmerksamkeit galt Ben. Er sollte gefälligst aufhören, sie so anzusehen, dass ihr verräterisches Herz dahinschmolz und ihr Widerstand bröckelte. Sie mochte ihn nicht, nicht im Geringsten! Er hatte ihr etwas weggenommen, was ihr unglaublich viel bedeutete, und er hatte ihr Vertrauen missbraucht, ohne sich Gedanken darüber zu machen, was er ihr damit antat.

Dennoch war er jetzt hier und schaute sie an, als wäre sie alles, was für ihn zählte. War das wieder ein Trick? Der Versuch, sie zu irgendetwas zu bringen, was sie eigentlich gar nicht wollte? Oder war es dieses Mal echt?

Es überraschte Hannah selbst, wie sehr sie sich wünschte, es *wäre* echt. Ihre Gedanken rasten, ihr Herz klopfte wild. Was würde sie tun, wenn er sie bat, ihm noch eine Chance zu geben? Würde sie ihm jemals verzeihen können?

Ben rückte von ihr ab, und der Zauber des Moments verflog.

»Frau Konrads ist noch nicht sehr lange bei uns. Vielleicht ist dieser Auftrag eine Nummer zu groß für sie. Ich kann sehr gern Herrn Meyer dazuholen, er ist ein alter Hase in unserem Geschäft …«, versuchte Herr Lorenz, Hannahs unangemessenes Verhalten zu überspielen.

»Das ist nicht nötig. Frau Konrads wurde mir ausdrücklich empfohlen«, unterbrach Ben seine Ausführungen. Jetzt war er wieder ganz der toughe Geschäftsmann. Vielleicht wollte er wirklich nichts weiter als ihre Expertise.

Hannah biss sich auf die Lippe. »Von wem denn?«, fragte sie provokativ.

Ben ließ sich nicht aus der Ruhe bringen. »Ich habe mich ein wenig umgehört. Sie müssen wissen, dass mein neues Hotel in einem kleinen Örtchen namens Kempenich steht. Dort sind Sie so etwas wie eine lokale Berühmtheit.«

Hannah warf ihm einen wütenden Blick zu. Machte er sich etwa über sie lustig?

»Wie meinen Sie das?«, fragte Herr Lorenz verwirrt.

»Ich habe festgestellt, dass Frau Konrads zufällig aus diesem Ort stammt. Und wer wäre besser geeignet, mein Hotel in der Region bekannt zu machen, als jemand, der Land und Leute versteht?«

»Gut. Vielleicht stellen Sie Frau Konrads Ihr Projekt dann mal vor. Ich bin auch schon sehr gespannt auf die Einzelheiten.« Herr Lorenz zögerte. »Mein Angebot, einen anderen Berater hinzuzuziehen, steht übrigens noch. Da Frau Konrads gerade etwas neben der Spur zu sein scheint, würden Ihnen dadurch keine Mehrkosten entstehen.« Dem Unterton in seiner Stimme nach zu urteilen, würde das allerdings ein gehöriges Nachspiel für Hannah haben.

»Danke, Frau Konrads genügt mir vollkommen.« Ben lächelte, und Hannah wurde es plötzlich ganz heiß.

»Nun ja.« Irritiert schaute Herr Lorenz zwischen ihnen hin und her. Selbst ihm war die Doppeldeutigkeit von Bens Worten wohl nicht entgangen. »Dann schlage ich vor, wir fangen endlich an.«

»Ich habe eine bessere Idee.« Ben suchte Hannahs Blick. »Ich denke, Frau Konrads sollte sich direkt vor Ort einen Eindruck verschaffen. Ich will sie nicht durch meine Darstellung der Dinge beeinflussen.«

Das waren ja ganz neue Töne! Entgeistert starrte Hannah ihn an, während die altbekannte Beklemmung sich in ihrer Brust ausbreitete. Sie wollte nicht zurück. Wollte nicht an den Ort, der jetzt noch mehr bittere Erinnerungen für sie bereithielt als zuvor. Wollte nicht sehen, wie Ben den gemütlichen Buchladen, in dem sie die glücklichsten Stunden ihrer Kindheit verbracht hatte, entseelt und verschandelt hatte. Wollte nicht auch noch die wenigen schönen Erinnerungen verlieren, die ihr geblieben waren.

Gleichzeitig konnte sie nicht glauben, dass Ben das bezweckte. Was auch immer zwischen ihnen passiert war, er war weder bösartig noch grausam. Außerdem wirkte er so verschmitzt, so zufrieden und erwartungsvoll, dass sich wider Willen ihre Neugier regte.

»Das ist etwas … ungewöhnlich«, stellte Herr Lorenz diplomatisch fest.

»Ich kann Frau Konrads auf der Fahrt gern einen kurzen Abriss geben, worum es geht. Sie wissen es ja ohnehin schon.« Ben lächelte ihren Chef gewinnend an. »Es gibt keinen Grund, noch mehr von Ihrer wertvollen Zeit zu verschwenden.«

»Sie wollen sofort los?«

»Wenn Frau Konrads nichts dagegen hat, kann sie gleich bei mir mitfahren.« Zum ersten Mal huschte etwas wie Verunsicherung über Bens Gesicht. Fragend wandte er sich Hannah zu.

»Herr Lorenz?«, gab sie die Frage an ihren Chef weiter. Zum

einen, weil sie ihn nicht übergehen wollte, zum anderen, weil sie schlichtweg nicht in der Lage war, diese Entscheidung zu fällen. Ihre Neugierde war definitiv dafür, sich auf den Vorschlag einzulassen, ihr Selbsterhaltungstrieb dagegen. Und ihr Herz war irgendwo dazwischen, hin- und hergerissen zwischen Hoffnung und Angst.

Herr Lorenz seufzte und schüttelte verstimmt den Kopf. Das Meeting war zweifelsfrei anders verlaufen, als er es sich vorgestellt hatte. »Fühlen Sie sich denn fit genug? Ich möchte nicht, dass Sie unterwegs kollabieren.«

»Das werde ich nicht.« Zumindest das konnte Hannah ihm versichern.

»Gut. Dann sollten Sie sich unverzüglich auf den Weg machen. Und morgen früh erwarte ich von Ihnen einen detaillierten Bericht. Ist das klar?«

Hannah widerstand nur knapp der Versuchung, *Ja, Sir!* zu erwidern. Stattdessen nickte sie. »Selbstverständlich.«

»Gut. Dann sehen wir uns wohl morgen. Auf Wiedersehen, Herr Fullert.« Er reichte Ben die Hand, musterte Hannah noch einmal streng und verließ den Konferenzraum.

Einen Moment herrschte absolute Stille, dann setzte Hannah sich fast fluchtartig in Bewegung. »Ich hole nur kurz meinen Laptop. Wir treffen uns am Fahrstuhl.«

Ohne Bens Antwort abzuwarten, hastete sie aus dem Raum. Worauf hatte sie sich da bloß eingelassen?

Ben wartete wie verabredet vor dem Fahrstuhl auf sie. Er wirkte, als wollte er etwas sagen, doch sie schaute stur geradeaus. Sie glaubte, ihn seufzen zu hören, ansonsten blieb er stumm.

»Soll das jetzt die ganze Zeit so weitergehen?«, fragte Ben, als sie schließlich im Auto saßen.

»Was meinen Sie damit, *Herr Fullert?*«

Nun, da der erste Schock über das unverhoffte Wiedersehen abgeklungen war, regte sich erneut Hannahs Ärger. Er hatte sie überrumpelt und vor ihrem Chef in eine unmögliche Situation gebracht. Sie hatte sich die letzten drei Monate abgerackert, um dahin zu kommen, wo sie jetzt war. Und kaum tauchte Ben auf, saß sie wieder auf einem absteigenden Ast. Außerdem wusste sie noch immer nicht, was er mit seinem Auftritt überhaupt bezweckte. Und ganz abgesehen davon hatte er nach wie vor Tante Marlies' Buchladen auf dem Gewissen. Das allein war Grund genug, nie wieder ein Wort mit ihm zu wechseln.

Er atmete tief durch. Ein betroffener Ausdruck legte sich auf sein Gesicht. »Bitte tu das nicht.«

»Was denn?«

»Tu nicht so, als würden wir uns nicht kennen.«

Sie zuckte mit den Schultern. »Vielleicht kennen wir uns auch gar nicht.«

Ben zog die Augenbrauen zusammen. Er wirkte, als würde er angestrengt nachdenken. Vermutlich suchte er nach einem Weg, die Wogen zu glätten. »Du siehst gut aus, Hannah«, sagte er schließlich. »Sehr gut sogar.«

Sie presste die Lippen zusammen. So leicht würde sie es ihm nicht machen. Glaubte er tatsächlich, ein Kompliment würde sie alles vergessen lassen?

»Hör auf mit dem Süßholzraspeln! Du hast Herrn Lorenz zugesichert, dass du mich unterwegs briefen würdest. Also los!«

»Das war geflunkert.« Er zuckte mit den Schultern.

»Wie meinst du das?«

»Ich möchte, dass du das Hotel völlig unvoreingenommen siehst.«

»Wieso?« Aufmerksam studierte Hannah sein Gesicht. Er gab sich wirklich Mühe, ein Pokerface zu wahren, aber seine Mundwinkel zuckten leicht. Er wirkte, als hielte er eine tolle Überraschung für sie bereit.

Fast war Hannah versucht zu glauben, dass er den Buchladen doch nicht abgerissen hatte. Doch sie erstickte diesen Hoffnungskeim, bevor er Wurzeln schlagen konnte. Eine weitere Enttäuschung würde sie nicht verkraften. Außerdem hatte Ben schon mehrfach explizit von einem Hotel gesprochen. Vermutlich ging es also gar nicht um den Buchladen oder um sie. Er freute sich einfach, dass sein blödes Wellnesshotel endlich fertig war. Und das brachte sie zu der alles entscheidenden Frage.

»Warum tust du das?«

»Was denn?« Er schaute stur geradeaus.

»Kannst du dir nicht vorstellen, wie schwierig das für mich ist? Wie weh mir das tut? Ich habe die letzten drei Monate alles versucht, um diese eine Woche zu vergessen.«

Bens Adamsapfel hüpfte auf und ab, als er schluckte. »Und, ist es dir gelungen?« Seine Stimme klang rau, angespannt.

»Das habe ich zumindest geglaubt«, flüsterte sie. Jetzt kam jedoch alles wieder hoch. Vor allem die Erinnerungen an ihn. Ihr war, als wäre seit ihrer letzten Begegnung kein einziger Tag vergangen. Seine Gegenwart genügte, um eine tiefe Sehnsucht in Hannahs Innerem zu entfachen, auch wenn ihr Verstand das ganz und gar nicht guthieß.

»Es tut mir leid«, sagte er und klang, als würde er das wirklich meinen.

»Das beantwortet nicht meine Frage.«

Ben wandte sich ihr zu. Entschlossenheit zeichnete sich in seinem Gesicht ab, als würde ihn das, was er jetzt zu sagen hatte, große Überwindung kosten. Oder großen Mut. »Du hast mir gefehlt.«

Hannah verschluckte sich fast vor Überraschung. »Und da dachtest du dir, was könnte besser sein, als zu meinem Chef zu marschieren, mich zu überrumpeln und mir einen Auftrag aufzuzwingen, der mir unweigerlich das Herz bricht? Noch einmal.«

Ben verzog den Mund zu einem schiefen Grinsen. »Ich gebe zu, in meiner Vorstellung hat es sich etwas besser angehört.« Er sah sie dabei so offen und zerknirscht an, dass sie sein Lächeln unwillkürlich erwiderte. »Ich wollte nicht, dass es so endet. Und ganz bestimmt wollte ich dir mit meinem Auftauchen nicht noch einmal wehtun.«

»Was wolltest du dann?«

»Dich wiedersehen. Und dich bei meinem wichtigsten, außergewöhnlichsten und riskantesten Projekt an meiner Seite haben.«

Wow! Sprachlos blinzelte Hannah ihn an. Ihre Gedanken überschlugen sich. War das sein Ernst? Und wenn ja, was bedeutete das für sie?

»Warum?«, fragte sie nur, in der Hoffnung, dass sein Verhalten endlich irgendeinen Sinn ergeben würde.

»Ich habe dir schon mal gesagt, dass du mir nicht gleichgültig bist.«

Sie nickte stumm.

»Du sagst wieder nichts dazu?«, hakte er nach. Ihr Schweigen schien ihm nahezugehen.

»Was soll ich denn sagen?«

»Vielleicht, dass du mich auch magst?«

»Du hast mich reingelegt und mir den …«, setzte Hannah an.

»… Buchladen deiner Tante weggenommen«, unterbrach er sie aufgebracht. »Ja, ich weiß. Aber das hat nichts mit der Sache zwischen *uns* zu tun!«

»Für dich vielleicht nicht.« Trotzig verschränkte Hannah die Arme vor der Brust. Dabei ging es ihr jetzt gerade wirklich nicht um den Laden. Sie hatte Angst vor dem, was seine Offenbarung implizierte, Angst davor, ihm zu vertrauen und wieder verletzt zu werden.

»Wieso hast du dich denn überhaupt auf meinen Vorschlag

eingelassen, wenn es so furchtbar für dich ist und dir rein gar nichts an mir liegt?«, versuchte Ben, sie aus der Reserve zu locken.

»Es ist ja nicht gerade so, als hätte ich eine Wahl gehabt.«

»Selbstverständlich hattest du die. Und das weißt du auch.«

Hannah senkte den Blick. Natürlich hatte er recht. Wäre er ihr gleichgültig, hätte sein Erscheinen sie nicht dermaßen aus dem Konzept gebracht. Und bei Herrn Lorenz hätte sie sich mit Sicherheit irgendwie herausreden können – wenn sie zu einem vernünftigen Gedanken in der Lage gewesen wäre.

»Hannah?«

Sie schaute fragend auf.

Bens Hände waren so fest um das Lenkrad gekrallt, dass die Knöchel weiß hervortraten. Er nickte kaum merklich, als wäre er gerade zu einer Entscheidung gelangt. »Ich kann die Vergangenheit nicht rückgängig machen. Was geschehen ist, ist geschehen, und wir beide hatten unseren Anteil daran. Aber die Zukunft liegt noch vor uns. Wenn du mir jetzt sagst, dass du absolut nichts für mich empfindest – nichts Positives jedenfalls –, dann mache ich auf der Stelle kehrt, fahre dich zurück und werde dich nie wieder belästigen.«

Wie jetzt? Vor Überraschung klappte Hannah fast die Kinnlade herunter.

»Es ist deine Entscheidung«, betonte Ben und schaute konzentriert auf die Straße.

Eine Entscheidung, die nicht so schwer sein sollte. Sie mochte ihn nicht und würde ihm niemals verzeihen. Sie brauchte ihn nicht in ihrem Leben, wie die letzten drei Monate eindeutig bewiesen hatten. Sie war klug, selbstbewusst und erfolgreich. Sie benötigte keinen Mann – und erst recht nicht ihn –, um glücklich zu sein.

»Fahr schon weiter!«, brummte sie widerwillig. All ihren Vorbehalten zum Trotz überstieg es ihre Kräfte, umzukehren und ihn niemals wiederzusehen. Da konnte ihr Verstand noch so laut rufen, dass es das Vernünftigste gewesen wäre.

Ein breites Grinsen erschien auf Bens Gesicht.

»Bilde dir nur nicht zu viel darauf ein«, sagte Hannah leise. »Ich mag dich, aber das ändert nichts zwischen uns.«

»Damit kann ich leben«, erwiderte er, nicht im Mindesten betrübt, und legte seine warme Hand auf ihre.

Das Erste, was Hannah auffiel, waren die weißen Parkplatzmarkierungen am Straßenrand. Natürlich, die Hotelbesucher mussten ihre Autos irgendwo abstellen, wenn sie in Scharen das neue Wellnesshotel mit *Kleinstadtcharme* stürmten. Wobei, die drei Parkplätze dürften dafür kaum ausreichend sein.

»Mit mehr Besuchern rechnest du nicht?«, fragte sie spitz und deutete auf die Straße. Sie mochte mit Ben eine Art Waffenstillstand geschlossen haben, das bedeutete jedoch nicht, dass sie sein Projekt guthieß.

»Bitte?« Ben stellte den Wagen ab und brauchte einen Moment, um ihren Kommentar zu verstehen. »Ach so.« Er wirkte belustigt. »Wir haben auch noch eine Tiefgarage. Das hier ist eher für Mitarbeiter und Kurzzeitbesucher gedacht.«

»Kurzzeitbesucher?«, fragte Hannah überrascht. »In einem Wellnesshotel?«

Ben zog beide Augenbrauen nach oben. »Wart's ab!«, sagte er geheimnisvoll.

Neugierig, was das bedeuten sollte, öffnete Hannah die Tür und stieg aus.

Ben eilte auf sie zu und hielt ihr seinen Arm hin. »Bereit?«, fragte er vergnügt.

»Ja«, entgegnete sie vorsichtig und stellte fest, dass sie auf einmal unglaublich gespannt war. Sicherlich würde Ben sich nicht so aufführen, wenn er davon ausging, dass es furchtbar für sie werden würde. Oder?

Er führte sie um das Auto herum. Die Parkplätze lagen einige Meter vom Hotel entfernt, sodass man freie Sicht auf das Gebäude hatte. Hannah atmete tief durch und hob langsam den Kopf. Jetzt war die Stunde der Wahrheit gekommen.

Die Fassade des Buchladens ragte fast unverändert vor ihr auf. Sogar das Schaufenster war noch immer da. Das war doch nicht möglich …

Sie blinzelte und sah erneut hin. Auch auf den zweiten Blick wirkte es wie Tante Marlies' Buchladen. Nur allmählich drangen die kleinen Veränderungen, die sich sehr geschickt ins Gesamtbild fügten, in ihr Bewusstsein. Die Fassade war gestrichen worden. Die Tür war neu, wenn auch auf alt gemacht, das Schaufenster umdekoriert. Auch das Schild war ersetzt worden. Der Schriftzug *Phantasia* prangte in schwungvollen Lettern über dem Eingang.

»*Phantasia?*« Verwundert wandte Hannah sich an Ben. Trotz des großen kuppelförmigen Anbaus, der sich hinter dem alten Giebel erhob, konnte sie nicht leugnen, dass das Gebäude sich kaum verändert hatte. Das Hotel sah ganz anders aus, als sie erwartet hatte.

»Ja.« Ben gab sich lässig. Das zufriedene Funkeln seiner Augen verriet jedoch, wie sehr er sich über ihre Reaktion freute. »Wir hatten erst an *Phantasien* gedacht, aber das hätte zu Lizenzforderungen führen können.«

»*Phantasien?*« Hannah traute ihren Ohren nicht. »Wie in *Die unendliche Geschichte?*«

»Genau.«

»Ich hätte nicht gedacht, dass du das kennst.«

»Ich stecke eben voller Überraschungen. Wollen wir reingehen?«

»Ich weiß nicht.« Plötzlich nervös, klammerte Hannah sich an Bens Arm. Auf den ersten Blick schien das alles zu schön, um wahr zu sein. Aber was, wenn sich dieser Eindruck im Inneren verlor? Wenn es nur Fassade war und hinter der Tür eine seelenlose, hell gekachelte Hotellobby wartete? »Was genau ist das hier?« Sie deutete zitternd auf das Schild.

Ben ergriff ihre Hand und drückte sie fest. »Vertrau mir«, sagte er schlicht. »Und sieh es dir selbst an.«

Hannah nickte und wünschte sich, er würde sie an sich ziehen. Auf einmal war das, was sie hinter der Tür erwarten mochte, nicht mehr so wichtig. Was zählte, war dieser Mann, der sich so viel Mühe gegeben hatte, um für sie zumindest einen Teil des Zaubers zu bewahren, den der alte Buchladen stets verströmt hatte. Was auch immer gleich geschah, das würde sie Ben nie vergessen.

Hannah wurde plötzlich ganz leicht ums Herz. Wie von selbst löste sich ihre Hand aus seiner und legte sich an seine Wange. »Danke«, flüsterte sie und lächelte.

Ben strahlte und senkte langsam den Kopf, bis nur noch wenige Zentimeter ihre Gesichter trennten. Sein fragender Blick suchte den ihren. Hannah stellte sich auf die Zehenspitzen, schlang die Arme um seinen Hals und zog ihn zu sich herunter, bis sich ihre Lippen in einem vorsichtigen Kuss berührten.

Ben drückte sie fester an sich, dann löste er sich ein wenig von ihr. »Wow!«, raunte er überwältigt. »Darauf habe ich nicht zu hoffen gewagt. Zumindest nicht bereits hier«, fügte er mit einem schiefen Grinsen hinzu. »Dann hätte ich mir den ganzen Rest ja sparen können.«

»Es gibt also noch mehr?«, fragte Hannah atemlos.

»Glaub mir, das Beste kommt erst noch.«

Sie konnte es gar nicht erwarten. »Lass uns reingehen!«

Ben lachte und nahm ihre Hand. Dann öffnete er die Tür und zog sie in sein *Phantasia*.

Hannah schnappte ungläubig nach Luft. Sie stand in Tante Marlies' Laden – zumindest so gut wie. Staunend schaute sie sich um, strich mit der Hand über eins der polierten Holzregale, nahm ein Buch heraus, um sich zu überzeugen, dass es wirklich echt und keine optische Täuschung war. Sogar der alte Sessel stand nach wie vor am Fenster. Die gesamte rechte Hälfte des ehemaligen Verkaufsraums war fast unverändert erhalten geblieben. Der Kassentresen war etwas vorverlegt worden, und darüber hing das alte Schild von *Marlies' Bücherecke*.

»Wie ist das möglich?«, raunte Hannah.

Ben trat hinter sie und schlang die Arme um ihre Schultern. Sie spürte seine Brust an ihrem Rücken, sein heißer Atem kitzelte ihr Ohr und sandte einen wohligen Schauer über ihren Körper. »Wie wär's, wenn ich dir alles später erkläre? Schau dich erst mal in Ruhe um.«

Hannah schloss die Augen und genoss es, ihm so nahe zu sein. Es fühlte sich aufregend, ungewohnt und doch irgendwie richtig an. Als wäre sie da, wo sie schon immer hatte sein wollen. Trotzdem konnte sie die nagenden Fragen in ihrem Hinterkopf nicht länger ignorieren. »Was ist das hier? Ich dachte, du wolltest ein Wellnesshotel bauen, und trotzdem stehe ich in einem Buchladen.«

Ben drehte sie sanft zu sich herum. »Es ist beides«, erklärte er, »und noch viel mehr. Dieser vordere Teil ist sowohl für die Einheimischen als auch für die Hotelbesucher gedacht. Weiter hinten kommt dann der exklusive Bereich nur für die Gäste.«

Seine Worte streichelten ihre Seele, sie spürte, wie die Wunde, die der Verlust des Ladens hinterlassen hatte, zu heilen begann, wie ihre Angst verschwand. Es blieb nur die leichte Sorge, dass das alles bloß ein Traum war.

»Kneif mich!«, wisperte sie lächelnd.

Stattdessen küsste er sie erneut.

Hannahs Lächeln wurde noch breiter. Was hier gerade geschah, hätte sie sich in ihren kühnsten Träumen nicht ausmalen können, also musste es echt sein.

»Soll ich dir jetzt den Rest zeigen?«, fragte Ben. Sie hörte die

Ungeduld in seiner Stimme, die Vorfreude, und fragte sich, was noch alles kommen würde.

Links neben den Bücherregalen führte ein hell erleuchteter Gang von der Eingangstür in den hinteren Teil des Gebäudes. Hinter der kleinen Stufe, wo Tante Marlies früher weitere Bücher ausgestellt hatte, befand sich die Lobby des Hotels. Staunend betrachtete Hannah die gemütliche Couchecke, den Bücherschrank sowie die Bilder und Buchzitate an den Wänden.

»Hier können sich die Gäste hinsetzen, solange sie auf ihr Zimmer warten, oder auch mal zwischendurch«, erklärte Ben. »Und der Bücherschrank ist zum Austausch gedacht. Jeder, der mag, kann sich ein Buch daraus nehmen oder selbst eins hineinstellen. Ich finde, dieser Raum schafft direkt eine behagliche Wohlfühlatmosphäre.«

»Es ist wunderschön hier«, stimmte Hannah ihm hingerissen zu.

»Das freut mich sehr. Du bist nämlich gewissermaßen unsere erste Testperson.«

»Hast du mich deshalb hergebracht? Um meine fachkundige Meinung zu deinem Hotel zu hören?«

»Natürlich interessiert es mich sehr, was du von meinem neuen Hotel hältst, immerhin bist du zum großen Teil für seine Entstehung verantwortlich«, sagte Ben ernst. »Ich muss allerdings zugeben, dass meine Beweggründe, dich heute hierher zu locken, sehr vielfältig sind.« Seine Augen nahmen einen dunklen Glanz an. »Und irgendwelche Hotels sind dabei eher zweitrangig.«

Hannahs gesamter Körper begann zu kribbeln. Auch für sie rückte das Hotel plötzlich in weite Ferne. Ben hatte Tante Marlies' Buchladen bewahrt, und er wollte sie bei sich haben – mehr musste sie in diesem Moment nicht wissen. Sie rückte näher an ihn heran, verschränkte die Hände in seinem Nacken und schaute ihm tief in die wundervollen grünen Augen. »Ich würde gerne mehr über deine Beweggründe erfahren.«

Seine Arme schlangen sich begehrlich um ihren Körper. Er schien mehr als bereit, hier und jetzt ihren Wunsch zu erfüllen. Dann schluckte er und schüttelte den Kopf. »Ich fasse es selbst nicht, dass ich das sage, aber ich würde dir vorher wirklich gern noch etwas zeigen.«

»Okay.« Sie lächelte ihn an, als er seine Finger mit ihren verflocht und sie tiefer in das Gebäude hineinführte.

Hannah kam aus dem Staunen nicht mehr heraus. Überall waren die Wände mit Buchzitaten oder Sprüchen berühmter Autoren verziert. Es gab ein Lesezimmer mit offenem Kamin und zwei weitere einladende Gemeinschaftsräume.

»Wie hast du das gemacht? Und warum? Ich dachte, du interessierst dich nicht für Bücher?«

»Es gibt da eine gewisse junge Frau, die meine Einstellung ein wenig geändert hat.«

Hannah strahlte ihn geschmeichelt an.

»Dennoch stehen mir die Lorbeeren für all das nicht allein zu«, räumte er ein. »Zu meiner Schande muss ich gestehen, dass ich kaum eins der hier zitierten Werke gelesen habe. Zum Glück habe ich ein paar reizende Damen gefunden, die mich in allen Belangen hervorragend beraten haben.«

»Reizende Damen?«, wiederholte Hannah verdattert.

»Ja. Wie ich erfahren habe, hat deine Tante einen sehr aktiven Buchclub betrieben«, erklärte Ben unschuldig.

»Was?!« Seine Worte fegten durch ihren Kopf. »Karin hat hiervon gewusst? Und sie hat mir nichts gesagt?«

All die Monate, in denen Hannah sich mit Selbstvorwürfen gequält und alles zu vergessen versucht hatte, in denen sie sich nicht getraut hatte, mit Karin zu sprechen, aus Angst, die Wunden noch tiefer aufzureißen – all das war umsonst gewesen? Sie starrte Ben fassungslos an.

»Ganz ruhig!« Er streckte besänftigend die Arme aus und legte sie vorsichtig auf ihre Schultern. »Bitte nicht wieder wütend werden, okay?« In seinem Gesicht trafen Belustigung und aufrichtige Besorgnis aufeinander. Der Frieden zwischen ihnen währte wohl noch nicht lange genug, als dass er darauf vertraute.

»Wie konntet ihr mich bloß so hintergehen? Mir das antun?« Hannah keuchte.

»Wir haben beide versucht, mit dir zu sprechen«, erinnerte Ben sie ruhig. »Ich habe mir so gewünscht, du würdest mir zur Seite stehen. Aber du hast den Kontakt vollkommen abgeblockt. Also habe ich beschlossen, Taten sprechen zu lassen, weil du meine Worte nicht hören oder glauben wolltest.«

Hannah schluckte. Sie war selber schuld. Wie anders wären die letzten drei Monate verlaufen, wenn sie nicht zu feige, zu stolz gewesen wäre? »Es tut mir leid«, murmelte sie. »Wie hätte ich denn wissen sollen, dass ...«

»Gar nicht«, fiel er ihr ins Wort. »Auch wenn ich mir etwas anderes gewünscht hätte, kann ich deine Haltung nachvollziehen.« Ben grinste schief, und sie spürte, dass er ihr wirklich nicht böse war. »Wir hatten einen etwas holprigen Start«, sagte er entwaffnend ehrlich, »und haben uns beide nicht gerade mit Ruhm bekleckert, was unseren Umgang miteinander betrifft.«

Hannah gluckste. Das konnte er laut sagen. »Vergeben und vergessen?«, fragte sie und streckte ihm die Hand entgegen.

Ben zog sie an seine Brust. »Nichts lieber als das.«

Er drückte einen Kuss auf ihr Haar, und sie schlang ihre Arme um seine Taille, lauschte dem regelmäßigen Schlag seines Herzens und genoss die Wärme und Stärke, mit der er sie umschloss.

»Karin hat dir also geholfen?«, fragte sie, als sie sich schließlich von ihm löste.

»Ja. Und Bärbel, Inge und Ute. Sie haben endlos Bücher

gewälzt und mir weitaus mehr Vorschläge gemacht, als wir letztendlich unterbringen konnten. Karin hat sich sogar dazu bereit erklärt, den Buchladen weiter zu betreiben. Eigentlich wollte ich ihn *Karins Bücherecke* nennen, aber sie hat auf dem ursprünglichen Namen bestanden. Vermutlich wird sie nun ständig erklären müssen, dass sie gar nicht Marlies heißt, doch das scheint es ihr wert zu sein. Außerdem bekommt das Hotel durch die Vergangenheit als Buchladen einen außergewöhnlichen Touch und hebt sich von der Konkurrenz ab.«

»Ist das dein neues Konzept?«, fragte Hannah, als ihr auffiel, dass sich hier nichts um Kempenich und den geplanten Kleinstadtcharme drehte.

»Ja. Eine tolle Frau hat mir mal gesagt, es gäbe nichts Besseres als Bücher, um den Alltag hinter sich zu lassen. Das hat mir die Augen dafür geöffnet, welche Möglichkeiten sich daraus ergeben.«

»Ein Wellnesshotel für Buchliebhaber?«

»Und solche, die es werden wollen. Hier kann man Körper und Geist zugleich verwöhnen. Die Möglichkeiten sind praktisch unbegrenzt. Wir können Themenwochen anbieten, Lesungen, Schreibworkshops … Aber das überlasse ich dann deiner Expertise. Immerhin bist du von heute an für die PR-Strategie zuständig. Und wem der ganze Trubel zu viel ist, der kann in unserem Wellnessbereich ganz in Ruhe entspannen.«

»Das ist unglaublich! Einfach genial und unglaublich«, wiederholte Hannah überwältigt. Ihr Leben schien plötzlich so strahlend, hell und bunt. Erstaunlich, wie sehr sich alles innerhalb von wenigen Stunden ändern konnte.

»Ich weiß.« Ben zwinkerte ihr gut gelaunt und mit einer Spur seines üblichen Selbstbewusstseins zu.

Dieses Mal störte es Hannah nicht. Er war Geschäftsmann, und das war gut so. Er wusste genau, was er tat. Gleichzeitig war er noch so viel mehr als das – aufmerksam, warmherzig und bereit, über seinen Schatten zu springen. Hannah biss sich auf die Lippe, während sie ihn verträumt betrachtete. Und dabei sah er auch noch so unverschämt gut aus.

»Da hinten beginnt übrigens der Wellnessbereich«, riss Ben sie aus ihrer Schwärmerei, »falls du ihn dir ansehen magst.« Er deutete auf eine große hölzerne Doppeltür. »Er ist leider noch nicht ganz fertig, ebenso wie der Großteil der Zimmer, aber du kannst einen ersten Eindruck davon bekommen, was unsere Gäste erwartet.«

Hannah nickte und folgte ihm gespannt. Es roch nach Mörtel und frischer Farbe, die Wände waren noch nackt, der Boden bereits mit terrakottafarbenen, asymmetrischen Fliesen belegt.

»Wir haben uns überlegt, die einzelnen Bereiche nach Autoren zu benennen. In die Jules-Verne-Grotten kommen Saunen, in denen man sich wie im Mittelpunkt der Erde oder wie in einer Unterwasserwelt fühlen kann. Und da hinten entsteht in ein paar Wochen das Jane-Austen-Spa, wo wir auch Tee und Scones servieren. Überall wird es wasserfeste Sichthüllen geben, mit denen man E-Book-Reader schützen kann. Natürlich kann man sich an der Rezeption auch entsprechende Geräte mit einer Vielzahl von Leseproben ausleihen …«

Weiter kam Ben nicht, denn Hannah fiel ihm stürmisch um den Hals. Die Gefühle, die er in ihr auslöste, dieses unglaubliche Hotel, die Gewissheit, dass er sie *wirklich* verstand, auch wenn er selbst mit Büchern nicht viel am Hut hatte – das alles war berauschend, überwältigend und musste einfach raus.

»Ich liebe dich!«, flüsterte sie atemlos.

Ben stockte kurz, rückte ein wenig von ihr ab und hob ihr Kinn an, um ihr ins Gesicht zu sehen.

Hannahs Herz setzte einen Schlag aus. Sie wusste selbst nicht, was sie geritten hatte, diese Worte zu sagen – hier und jetzt. Es war zu früh, es war zu viel. Doch obwohl es sie selbst überraschte, war es genau das, was sie für ihn empfand.

Ben räusperte sich. Seine Augen bohrten sich forschend in die ihren. Doch als er sprach, klang seine Stimme betont lässig. »Es stimmt schon, ich weiß, wie man Frauen beeindruckt. Man braucht ihnen nur ein Hotel voller Bücher zu bauen, und schwups …«

»Nein«, entgegnete Hannah ernst. Nachdem sie so vorgeprescht war, wollte sie keinen Rückzieher mehr machen. »Es geht mir nicht um das Hotel, nicht nur zumindest«, schränkte sie ein, als er ungläubig die Augenbrauen hob. »Du hattest mich schon im Auto«, murmelte sie verlegen, »oder spätestens auf der Straße vor dem Buchladen.« Eigentlich hatte er sie bereits in dem Moment gehabt, als er in der Agentur aufgekreuzt war.

»Wirklich?« Glück sprach aus jedem seiner Züge. Zärtlich nahm er ihr Gesicht in die Hände und strich mit dem Daumen über ihre Wange.

»Wirklich.«

»Dann kann ich endlich das sagen, was ich spätestens hier ohnehin vorgehabt hätte.« Ben atmete tief durch. »Ich liebe dich auch. Und ich wünsche mir nichts mehr, als dass du an meiner Seite bleibst und mir hilfst, diesen Ort zu etwas ganz Besonderem zu machen.«

Hannah lächelte. »Das lässt sich einrichten«, versprach sie glücklich und stellte sich auf die Zehenspitzen, um ihn endlich wieder zu küssen.

EPILOG

Hannah nahm sich ein Lachsschnittchen von einem Tablett und schaute sich zufrieden um. Das *Phantasia* war zur Eröffnung brechend voll, und alle Gäste zeigten sich begeistert vom Ambiente und der zugrunde liegenden Idee. Ihre Augen suchten Ben, der etwas abseits mit einer sehr interessiert wirkenden jungen Frau sprach, die eine kleine Kamera in der Hand hielt. Das musste eine der Booktuberinnen sein, die Hannah im Zuge ihrer PR-Strategie angesprochen hatte. Ben und sie hatten eine ganze Reihe von Bloggern und Booktubern zur Eröffnung eingeladen, und die Resonanz war überwältigend. Hannah hoffte, dass dieser Pfeiler ihres Marketingkonzepts dazu beitragen würde, das *Phantasia* in ganz Deutschland bekannt zu machen, ohne dass es sein Flair als Geheimtipp für Lesebegeisterte verlor. Denn genau das sollte es sein.

Am Vorabend hatten Ben und sie das ganze Hotel noch einmal begutachtet, und Hannah konnte nicht anders, als restlos begeistert davon zu sein. Am liebsten wäre sie selbst direkt hier eingezogen. Sie wusste, sie würde für immer eine ganz besondere Beziehung zu diesem Ort haben, der für sie eine einzigartige Brücke zwischen Vergangenheit und Zukunft schlug. Hier war sie aufgewachsen, hier hatte sie Lesen und Träumen gelernt. Zweimal hatte sie diesen Ort verloren, zweimal war sie zurückgekehrt. Dieses Mal, um zu bleiben – im übertragenen Sinne zumindest. Falls das überhaupt möglich war, lag das Hotel ihr noch mehr am Herzen, als es der Buchladen getan hatte, denn es beinhaltete beides – Erinnerungen und Zukunft. Und obwohl Hannah wusste, dass Ben es nicht nur errichtet hatte, um ihr eine Freude zu machen oder ihr seine Liebe zu beweisen, fühlte es sich genau so an. Er hatte nur ihretwegen seine Pläne geändert und etwas ganz Neues gewagt, ohne zu wissen, wohin es führen würde. Zum Glück hatte sich sein Instinkt als richtig erwiesen, zumindest wenn man den heutigen Tag als Maßstab nehmen konnte.

Sie sah zur Rezeption hinüber, wo Barbara, eine adrette Frau mittleren Alters, gerade eine Reservierung entgegennahm. Ihr Konzept schien also aufzugehen. Gut die Hälfte der zwanzig Zimmer war bereits im Vorfeld ausgebucht gewesen, die anderen hofften sie mit den Gästen zu füllen, die sich spontan entschieden, übers Wochenende zu bleiben. Daher hatten sie die Eröffnung ganz bewusst auf einen Freitag gelegt und auf der Einladung direkt auf diese Möglichkeit hingewiesen.

Hannah atmete tief durch und nahm einen Schluck aus ihrem Sektglas. Die letzten Monate waren sehr anstrengend und intensiv gewesen. Sie war ständig zwischen Kempenich, Köln und Bens Wohnung in Frankfurt gependelt, hatte oft bis mitten in die Nacht über irgendeinem Text gebrütet und Ben nur ganz kurz zu Gesicht bekommen. Dennoch hatte sie sich niemals glücklicher gefühlt. Wann immer sie in seine Augen sah und seine Arme um sich spürte, fühlte sie sich angekommen, zu Hause, geborgen.

Natürlich hieß das nicht, dass eine rosarote Zukunft vor ihr lag. Nun, da ihre Hauptarbeit am Hotel beendet war, würde sie wieder mehr Zeit in Köln verbringen müssen, schließlich war das hier nur ein Projekt für sie gewesen. Und nach dem Erfolg, der sich hier abzeichnete, würde Herr Lorenz ihr sicherlich schon bald ein neues Projekt übertragen, das ihr noch weniger Zeit für Ben und Kempenich ließ.

Hannahs Herz zog sich sehnsüchtig zusammen. Die Zusammenarbeit mit Ben war so unglaublich schön gewesen. Sie wollte gar nicht daran denken, wie es sein würde, wenn er wieder in Frankfurt und sie in Köln war und sie sich nur an den Wochenenden sehen könnten. Sie dachte an ihren neuen mintgrünen Flitzer, den sie sich nach der Versöhnung mit Ben dann doch geleistet hatte. Zumindest war sie so nicht mehr auf die öffentlichen Verkehrsmittel angewiesen, wenn sie ihn besuchen wollte. Und vorerst würde Ben ohnehin in Kempenich bleiben, bis er den passenden Manager für das Hotel gefunden hatte. Vielleicht konnte sie sich ja ein paar Tage freinehmen, um die Früchte ihrer Arbeit gemeinsam mit ihm zu genießen, bevor sie beide in ihren Alltag zurückkehrten. Sie schaute erneut zu Ben, der sich von seiner Gesprächspartnerin verabschiedet hatte und nun zu ihr herüberkam. Sein Arm schlang sich wie selbstverständlich um Hannahs Taille, er hauchte ihr einen Kuss auf die Schläfe und zog sie an sich.

Der vertraute Duft seines Aftershaves stieg ihr in die Nase, und ein glückliches Kribbeln durchfuhr ihren Körper. Sie fragte sich, ob sie sich je daran gewöhnen würde, und hoffte, dass er niemals diese ganz besondere Wirkung auf sie verlor.

»Und, wie gefällt es dir?«, fragte Ben.

»Es ist großartig. So unglaublich viele Menschen, viel mehr, als ich mir ausgemalt habe.«

»Geht mir auch so«, gestand er leise. »Ich meine, ich habe *gewusst*, dass es eine Zielgruppe für dieses Hotel gibt, und ich kannte dein fantastisches PR-Konzept. Trotzdem ist es ein himmelweiter Unterschied, etwas auf dem Papier zu sehen und es tatsächlich zu erleben. All diese Leute sind hier, weil sie Bücher lieben.« Er klang, als könnte er es noch immer nicht glauben. »Das erinnert mich an das letzte Mal, als es hier so voll gewesen ist«, fügte er hinzu.

Hannah verzog betreten das Gesicht. »Das mit der Demo tut mir wirklich leid. Es war mein letzter Versuch, deine Meinung zu ändern, obwohl ich ja wusste, dass sie bereits feststeht.«

Er lächelte und küsste ihren Scheitel. »Ich würde sagen, du hast dein Ziel erreicht. An diesem Tag ist mir endgültig bewusst geworden, wie wichtig Bücher für manche Menschen sind.«

»Willst du damit sagen, ohne diese Demo würden wir heute nicht hier stehen?«

»Ich rede mir gern ein, dass ich trotzdem auf diese Idee gekommen wäre oder dass du mir auch so verziehen hättest, aber ich weiß es nicht.«

»Und somit verdanken wir das alles Karin und ihrem Buchclub.«

»Oh ja. Und ich habe vor, mich bei den Damen mit Dauerkarten für den Wellness-Bereich zu bedanken. Das wird ihnen mit Sicherheit gefallen.«

»Herr Fullert! Haben Sie Zeit für ein Interview?«, rief eine Stimme in Hannahs Rücken.

Ben seufzte schicksalsergeben und löste sich von ihr. Ein junges Mädchen, kaum älter als achtzehn, bahnte sich einen Weg durch die Menge.

»Wir sehen uns später«, raunte Ben Hannah verheißungsvoll zu.

»Das hoffe ich.« Sie gab ihm noch einen schnellen Kuss und schaute auf die Uhr. »Da fällt mir ein, ich muss auch los. Die nächste Führung soll gleich starten.«

Hannah warf einen Blick zur Rezeption, an der bereits eine Handvoll Menschen versammelt war. Um den Besuchern einen besseren Eindruck von dem Hotel zu vermitteln, hatte Hannah sich dazu entschlossen, über den Tag verteilt drei kurze Führungen anzubieten. Nach der ersten Führung hatte die Hälfte der Teilnehmer direkt einen Aufenthalt gebucht.

»Hannah!«, ertönte plötzlich eine vertraute Stimme.

Hannah fuhr ungläubig herum. »Papa?«

Tatsächlich sah sie, wie ihr Vater sich durch die Menge drängte. Er trug einen hellen Parka und knetete mit beiden

Händen die unvermeidliche Baskenmütze. Er musste gerade erst angekommen sein.

Freudig lief Hannah auf ihn zu und warf sich in seine Arme. »Du bist wirklich gekommen!«

Er lächelte. »Das konnte ich mir doch nicht entgehen lassen. Du hast mir in den letzten Wochen schließlich so viel von diesem Hotel vorgeschwärmt.«

»Und, was sagst du?«, fragte sie, plötzlich nervös.

Staunend sah er sich um. »Es ist wunderschön. Man spürt die Liebe, die in allem steckt. Es ist noch ganz wie früher und doch gleichzeitig so anders.« Er musterte sie anerkennend. »Du und Ben, ihr habt etwas Großartiges geschaffen.«

Aufmerksam schaute Hannah ihn an. Sie wusste noch genau, wie es sich angefühlt hatte, zum ersten Mal nach all der Zeit wieder hier zu sein. Es war gewiss nicht einfach für ihn, auch wenn er sich nichts davon anmerken ließ.

»Wie geht es dir?«, fragte sie leise.

Ihr Vater drückte aufmunternd ihre Hand. »Ich komme schon klar, Schätzchen. Es ist eigenartig, wieder hier zu sein. Aber nicht unbedingt schlecht. Es ist wie Nachhausekommen. Vielleicht hätten wir das schon viel früher machen sollen. Immerhin hat deine Mama diesen Ort hier geliebt.« Er verstummte und wandte sich ab.

Seine Augen glänzten verräterisch, und Hannah ließ ihm Zeit, sich zu fangen. Ihr Vater deutete auf den verblichenen Zauberhut im Regal neben der Couchecke. »Es ist schön, dass ihr die Erinnerung bewahrt.«

Hannah drückte seine Schulter. Ihre Kehle wurde eng. »So bleiben Mama und Tante Marlies für immer ein Teil hiervon.«

»Sie wären beide stolz auf dich.«

»Wirklich?« Hannah lächelte.

»Daran habe ich keinen Zweifel. Und ich bin es auch. Sehr sogar.« Er küsste ihre Stirn.

»Danke«, sagte sie gerührt. Es bedeutete ihr viel, dass er gekommen war. Und auch, dass er dem Hotel seinen Segen gab. »Möchtest du eine kleine Führung haben? Die nächste fängt ohnehin gleich an.« Sie deutete auf die kleine Gruppe, die an der Rezeption wartete.

Ihr Vater winkte ab. »Mach du nur deine Arbeit. Ich möchte dich nicht ablenken. Außerdem habe ich vorhin ein paar bekannte Gesichter gesehen. Ich denke, ich sollte mal Hallo sagen.«

»Wie du meinst.« Hannah nickte. »Sehen wir uns nachher?«

»Heute hast du genug zu tun. Genieß diesen Tag. Du und Ben, ihr habt euch das wirklich verdient. Ich komme morgen früh wieder vorbei, dann kannst du mir in Ruhe alles zeigen.«

»Du bleibst über Nacht? Brauchst du ein Zimmer?«

»Ich werde mich im *Bergweiler* einquartieren.«

»Bist du sicher?«

»Ja.« Er lächelte. »Und jetzt geh schon, deine Gäste warten.«

Hannah schmiegte sich noch einmal glücklich an ihn. »Bis morgen«, raunte sie und eilte zur Rezeption. Nachdem sie die Menschen dort begrüßt hatte, schaute sie sich noch einmal nach ihrem Vater um.

Er trat gerade zu einer Gruppe Kempenicher, die etwas abseits standen. Nach einem kurzen Augenblick des Erstaunens wurden erfreute Ausrufe laut. Ein älterer Mann klopfte ihm überschwänglich auf die Schulter, ein anderer schüttelte seine Hand.

Beruhigt wandte sich Hannah ihren Gästen zu. Es war alles gut. Papa und sie waren endlich angekommen, hatten beide ihren Frieden mit der Vergangenheit gemacht.

»Puh!« Völlig erledigt ließ Hannah sich auf das weiche Sofa in der Lobby fallen.

Ben klappte den Laptop zu und setzte sich neben sie. Es ging bereits auf Mitternacht zu, und die letzten Gäste hatten sich gerade verabschiedet. Ein Teil von ihnen schlummerte nun in den liebevoll eingerichteten Zimmern, die anderen befanden sich auf dem Heimweg – nicht ohne versichert zu haben, dass sie auf jeden Fall wiederkommen würden.

»Das war ein harter Tag«, murmelte Ben gähnend.

»Aber auch schön.« Hannah drückte glücklich seine Hand. »Was machen die Reservierungen?«

»Wir sind für die nächsten Monate mindestens zur Hälfte ausgebucht. Dabei werden die ganzen Berichte über das Hotel erst in den kommenden Tagen erscheinen.«

»Das ist weit mehr, als wir gehofft hatten«, flüsterte Hannah fassungslos.

»Oh ja.« Er legte seinen Arm um sie. »Und ich glaube, ich habe sogar den richtigen Manager gefunden.«

»Jetzt schon?«, fragte sie enttäuscht. »Ich meine, das ist natürlich toll …«, korrigierte sie sich schnell. Dabei hatte sie sich so darauf gefreut, ihn in den nächsten Wochen und Monaten hier zu besuchen.

»Ja. Besser gesagt, eine Managerin.«

»Okay.« Das spielte für Hannah nun wirklich keine Rolle. »Kenne ich sie? War sie heute hier?« Ihr war gar nicht aufgefallen, dass Ben ein Vorstellungsgespräch geführt hatte. Sie war selbst sehr eingespannt gewesen, und unter den vielen Menschen, mit denen Ben gesprochen hatte, konnte natürlich auch die zukünftige Managerin gewesen sein.

»Ja. Ich denke, sie würde dir gefallen. Sie passt wirklich perfekt hierher.«

»Nun mach es nicht so spannend!« Hannah war müde und wollte nichts sehnlicher, als sich mit ihm im Bett zu verkriechen.

»Das einzige Manko ist, dass sie eine Quereinsteigerin ist. Trotzdem denke ich, dass sie das locker hinkriegt.«

Hannah massierte mit den Fingerspitzen ihre Stirn. »Müssen wir das jetzt besprechen?«, fragte sie gähnend. Sie fand nicht, dass jemand ohne entsprechende Erfahrung die richtige Wahl für diesen Posten war, aber ihr fehlte gerade die Energie, darüber zu diskutieren. Und letztendlich war das Bens Entscheidung. Es war schließlich auch sein Hotel.

»Ich würde gern deine Meinung dazu hören. Dann könnte ich viel ruhiger schlafen.«

»Okay.« Sie riss sich zusammen und sah ihn aufmerksam an. »Wer ist es?«

»Du.«

Sie blinzelte überrascht und brauchte eine Weile, um die Bedeutung dieses Wortes zu verstehen. *»Ich?«*

»Ja.« Er schaute sie voller Liebe und Bewunderung an. »Ich könnte mir niemand Besseren für den Job vorstellen.«

Gerührt erwiderte Hannah seinen Blick. Tief in sich drin spürte sie, dass es genau das war, was sie wollte, die Antwort, nach der sie die letzten Wochen gesucht hatte. »Aber ich habe keine Ahnung von so etwas.«

Ben zuckte mit den Schultern. »Was meinst du mit *so etwas?* Management und Marketing sind voll dein Ding. Bücher sowieso. Und den Rest eignest du dir in Nullkommanichts an. Außerdem bin ich auch noch da. Am Anfang kann ich dir ein wenig unter die Arme greifen, und dafür kannst du vielleicht das Marketing für meine anderen Hotels etwas aufpolieren.«

»Ist das dein Ernst?«

»Vollkommen. Und, was sagst du?«

Hannah biss sich nachdenklich auf die Unterlippe. Das wäre ein gewaltiger Schritt. Einer, der sie unglaublich reizen würde und der ihr gleichzeitig einen ziemlichen Respekt einflößte.

»Du musst dich nicht sofort entscheiden«, sagte Ben verunsichert. »Und wenn du nicht willst, ist es auch völlig in Ordnung. Ich wollte dich nicht überrumpeln. Vielleicht ist es etwas viel für einen Tag …«

Sie merkte, dass er ins Plappern geriet, und legte ihm sanft einen Finger auf die Lippen. Sie fand es süß, wenn er so viel redete, denn das machte er nur, wenn ihm etwas ganz besonders am Herzen lag.

»Ich würde wahnsinnig gern das *Phantasia* leiten«, sagte sie. »Vielleicht nicht sofort, aber nach und nach.« Immerhin hatte sie auch noch einen anderen Job, eine Kündigungsfrist, eine Wohnung in Köln.

Ben nickte, als ahnte er, in welche Richtung ihre Gedanken gingen. »Die Einzelheiten können wir ja in den nächsten Tagen besprechen. Ich wollte nur, dass du weißt, dass du und dieser Ort für mich einfach zusammengehört.«

»Ja.« Sie lächelte. »Für mich auch.«

»Gut.« Er stand auf und reichte ihr formvollendet die Hand. »Würdest du mich nach oben begleiten? Es gibt da dieses Bett, das unbedingt eingeweiht werden möchte.«

Hannah kicherte. In den letzten Wochen hatten sie so einige Plätze in diesem Hotel eingeweiht, um die Zimmer hatten sie allerdings stets einen Bogen gemacht, als würden sie bereits den Gästen gehören. Stattdessen war sie praktisch in der kleinen Wohnung eingezogen, die Ben von einem alten Ehepaar gemietet hatte. Sie hatte damit gerechnet, dass sie heute Nacht ebenfalls dorthin gehen würden.

»Ich dachte, das Hotel ist bereits ausgebucht?« Sie hatte selbst gehört, wie Ben mehrere Gäste bedauernd zum Gasthof geschickt hatte.

»Ja, schon. Aber nur, weil ich vorausgeplant habe. Weißt du noch, wie enttäuscht du warst, als du gehört hast, dass die *Phantasia-Suite* als Erstes reserviert wurde? Rate mal, von wem.« Ben grinste zufrieden.

»Von dir?« Hannah lachte auf und ergriff seine Hand.

»Stets zu Diensten, Mylady. Für Euch würde ich sogar die Sterne vom Himmel holen.«

Glücklich schmiegte sie sich an ihn und ließ ihren Blick durch die gemütliche Hotellobby schweifen. »Das hast du bereits getan.«

Ende